记忆坊出品

菩元店術

江天雪意 ··著

III

北京联合出版公司
Beijing United Publishing Co.,Ltd.

目 录

俗世情真，几经山海翻覆。

唐副官撞开门冲了进来，见室内情状，惊得倒吸一口凉气。

"外头怎么回事？"雷霁跌跌撞撞，挣扎着下床。

"二十七军反水，把给我们的兵都撤走了。"唐副官过去帮他捂住脖子。

"是谁的人？"

"武器都是军队的，却是袍哥的装束，场面太乱，我们情况不妙。长官，赶紧走吧，兄弟们还能顶一阵子。"

雷霁脑子里兀自昏昏沉沉，强自定定神，哑声开口："密道，从密道走，先去警备司令部，在那儿他们不敢乱来。"

"好！"唐副官扶着他。

雷霁忽然顿住脚，目光在地板上扫了扫，衣服狼藉，他的佩枪被扔到了床下，雷霁道："把你的枪给我。"

"怎么？"

"我要杀了这个贱货。"

"长官，留点儿余地吧！"唐副官往后面一退。

"我想做什么就做什么！这帮草民能把我怎么样！"雷霁嘶声道。

唐副官急道："若是私怨，真没必要闹出人命来。孟家跟二十一军关系紧密，刘司令要知道了，我们说不过去的。我知道您生气，但千万不要因为一个女人，坏了自己的前程啊！"

雷霁晃了两晃，唐副官捡起衣服，给他披在身上，见他不再坚持，忙扶着他快步离开了房间。

　　他们在驶出私宅不到一里地时遇到伏击。

　　子弹先是打在汽车左边的轮上，车子打滑，撞向公路一旁，又一枪打来，正中唐副官的头，他砰的一声倒在方向盘上。雷霁失血过多，已近临死前的癫狂，拼着一口气掏出枪，索性用力拉开窗户，扣动了扳机，向外胡乱射击。

　　又一枪，子弹擦过手腕，枪落到了地上。

　　他推开车门试图去捡，又来一枪，却是打在地上的手枪上，巨大的弹力让它往外扑出了好远，紧接着，枪声再次响起，这一次打在雷霁的膝盖上，他不由得跪下。

　　雷霁奋力抬起头，恍惚看到一个穿着素色衣袍的年轻人，他一时想不起他是谁，直到年轻人走近，他才恍然，"是他……秦飞。"

　　雷霁忽然笑了起来，哑着嗓子道："原来是你……你敢杀我？你今天杀了我，明天就会被枪毙，你这个笨蛋！"他大口喘着气，只觉得光线暗淡混浊，自己的视线怎么也聚不拢，无力地倒伏在地。

　　秦飞蹲了下来，盯着他瞧，"我自然不会杀你，杀你的人是你那唐副官，谁让他贪图钱财，勾结袍哥，半路上把你给暗算了呢？"向后一招手，"五爷，来吧！"

　　一个袍哥装束的中年人把手里的枪在腿上擦了擦，笑嘻嘻地提着一个麻袋走了过来，把麻袋扔进车里唐副官的身旁，扣动扳机，麻袋被子弹击破，里面滚出一个个银圆。

　　雷霁抬眼看了那袍哥一会儿，认出他来，"纪五，还真的是你。"

　　"嗯，是我，雷军长，怎么样，我的枪法还不错吧？"

　　"你不是和林静渊是一伙的吗？你不知道姓林的跟这姓秦的是死对头？"

　　纪五爷上前把雷霁身旁的枪踢得更远一些，笑道："我们这些下力人，只跟钱搭帮结伙。更何况你给清河惹了这么大乱子，我借你赚点儿钱也不错。现在林东家和秦老板都说拿钱给我，要我杀了你，你以前的长官也被你烦透了，如今他都不跟我计较什么了，我总不至于跟钱过不去吧。"

　　"我也给你钱，你要多少？"

　　"便搬个金山银山来，一辈子又能花多少？"纪五爷俯下头看他，雷霁脖子上纱布裂开，血肉模糊间是一道道深深的齿印，啧啧道，"我说雷军长，你也真是够痴情的，色字头上一把刀，你倒是不怕吃大亏！"

雷霁求生无望，只图速死免受侮辱，便看着秦飞，"你是为了你父亲还是为了那个女人？若是为了你父亲也就罢了，要是为那个女人，冒着被枪毙的危险，也太傻了，那么一个小贱货，就值得你……"

他没有说完，秦飞从纪五爷手中夺过枪，滚烫的枪口抵住了雷霁的脖子，"你再说一句对她不敬的话，我打碎你的喉咙！"

雷霁嘿嘿笑了起来，"你跟我一样，中了毒！"他的目光开始涣散，"别看……别看那小淫妇瘦得跟小鸡似的，在床上可是真风骚浪荡至极，可惜，你永远也尝不到！哈哈，哈哈！"

笑声在秋日的空气里回荡，却被一声枪响盖住，只有枪声穿透耳膜，道旁的桉树上，几只灰喜鹊振翅飞走……

她早就来过这里，她有印象……波光粼粼的河边，长满了蓝色的鸭跖草，映衬着漫天绚丽的彩霞，如水波在荡漾。她就坐在那片蓝色的水波中，看着河的对岸。一双手把她抱了起来，她好像变成了一个婴孩，依偎在谁的怀里。是父亲抱着她，他亲了亲她的脸颊，"小懒虫……别睡了，睁开眼睛看一看。"

他轻轻摇晃着她，握住她的小手指着一个地方：彩霞绚丽地画下一个楼群的剪影。她伏在父亲的肩头，呆呆地看着远方。

"老爷。"她听到秉忠的声音，像和煦的暖风，"老爷，七小姐还这么小，看了也记不住……"

"秦伯伯……"她向秉忠伸出双手，他笑吟吟地把她接过去抱着。

她用小手摸着他古铜色的脸，细细的胡楂儿，他小心翼翼地用指尖碰了碰她的脸蛋。

"秉忠……"父亲轻声说，恍如梦呓，"你说，那把火，是他放的吗？"

"不管是谁放的火，都过去了，我们有大好的前程，一切才刚刚开始。"

"七七，小七七……"秉忠轻声呢喃，霞光中，他抱着她坐了下来，看着潋滟的清河，有着秀美轮廓的盐店街。

父亲青色的衣袍在风中摆动，"你说林家的少爷会喜欢我这个宝贝吗？"

"会！"

她慢悠悠地爬到一旁的草地上，她想做一条小鱼在水里游啊游，把小小的身体淹没在蓝色的花海中，胖胖的小手划来划去。

秉忠侧头微笑着看她，"小七七，你要像这样永远开开心心的该多好。"

她咯咯笑着，一会儿爬到父亲脚边，一会儿又晃晃悠悠地走到秉忠身旁。

天边划过一道闪电，狂风怒号，父亲不见了，在黑暗中她突然觉得冷，她想钻入秉忠的怀里，可是那个怀抱冰冷僵硬，不再温暖。她仰起头，看见她的秦伯伯惨白着脸，一双眼像空洞漆黑的窗户。

他匍匐在地上。

"秦伯伯！"她叫。可她突然记起，秉忠不是死了吗？是因为她秦伯伯才死了，阿飞恨她……静渊，静渊在哪里，雷霁说阿飞杀了静渊，静渊也死了。

是谁把钉子一根根钉入了她的肌肤，只要轻轻一动，就使劲扎进她的身体里，五脏六腑都痛。那是雷霁的牙，他像野兽一样咬着她，要撕碎她。

秦伯伯……她哭得浑身发颤，皮肤里的钉子钻得那么紧，她是那么疼……救救我，救救我！带我走吧，让这一切结束吧！

秉忠没有睁开眼睛，可是他的声音却在她耳边响起，"七七……回去……回家去！"

回家，可是她的家在哪里？她没有家。

我什么也没有了，她哭，什么也没有了。天空似乎裂开，云层翻涌，血水的潮汐涌上，渐渐把他们淹没，胸腔里最后一丝余温也即将冷却，秉忠似乎在使劲推她，要把她从血泊中推出去。这时一双温暖的手把她猛地拽出寒冷，有亮光透进，刺向了她的眼睛，逼迫她迎向光明。一滴热泪，滚烫的热泪，落在了她的脸上。她茫然地将眼睛睁开一线。

"七七，醒一醒！"

是他，静渊，她的丈夫。

"你没有死……"她怔怔地看着眼前那张熟悉的脸庞，清俊的面容，他的表情不知道是痛是怒，是哀是伤。

她伸出手，摸向那张脸，"那么静渊，是我们都死了吗？"

他紧紧抱着她，心上仿佛被利刃重重划过，又似有万蛊噬心，颤声道："我没有死，七七，我没有死。你不要死，不要离开我！"

他脱下外衣，把她裹起来，她身上全是血，肩膀、锁骨、胸脯上密布齿痕，像被凶残的野兽撕咬过，他心中似有无数的冰凌怀着最恶毒的恨意在戳着搅着，他浑身发抖。

"别带我回晗园，别带我回去……我不要宝宝看到……"她气息微弱，声如蚊蚋。

"宝宝在运丰号，放心。"他的脸偎着她的脸颊，她太冰了，他用手掌轻轻摩擦着那冰凉的身体，她却陡然想起了雷霁凶狠的眼睛和粗暴的双手，抽搐起来，躲闪着，眼中涌出深深的恐惧。

"不要怕……"静渊紧紧拥着她，将下颔枕进她披散的秀发，"不要怕，他再也不会来伤害你了……"

秦飞和纪五爷赶回雷霁的私宅，善存的车停在外头，人站在院子里。

纪五爷上前见个礼，却不好叮嘱，"孟老爷，您的行迹一露，外人知道了岂不是不好说。"

善存摆了摆手，"汪立人他们一会儿才来，你们的车不够，我是来接我女儿……"

"您的司机呢？"

善存摇摇头，正要说话，静渊抱着七七出来，快步走到善存的车旁，低声道："多谢爹。"

善存不语，替他打开车门，手却在颤抖。

纪五爷什么惨状没有见过，此时看到静渊怀中的这个女人，也忍不住吸了口冷气，往后面退开了两步。

静渊把七七放到后座上躺好，他的外衣本裹在她身上，已微微散开，他忙给拢紧了，但她赤裸的双腿还是露了出来，七七忍住疼，要把腿蜷曲起来藏着，秦飞把自己的外衣脱了，安静地走上前，把衣服递给静渊，示意让他给七七盖上。

静渊脸一扭，"五爷，借您一件衣服。"

秦飞嘴角微微一抽。

纪五爷想也没想就把外衣脱了递给静渊，静渊给七七裹住双腿，轻声道："我们马上就回家。"给她撩了下头发，她痛得一抽，把手抓在他肩膀上。

善存对静渊道："运丰号在上河滩有一个小宅子，至聪已经把那儿归置好了，不要带她回晗园去，这件事情越少人知道越好。"

静渊嗯了一声。

善存向纪五爷一拱手，"先告辞了。"对秦飞道："你来开车。"

秦飞尚未回答，静渊道："爹坐后面照顾七七，我来开。"

七七神志渐渐明晰，依稀见到秦飞在外面，正一瞬不瞬地看着自己，挣扎着说："快走，我不要见阿飞！不要让我见到他！"

她仍在想，他恨她，不论秉忠是被谁所杀，但终归还是因为她。她不敢面对他。她肩上披着的衣服滑了下来，有一面皮肤已经变成黑色，伤痕触目惊心，秦飞双眼模糊，往后退了两步。

七七急促地呼吸着，把眼睛紧紧闭上，静渊下了车，从另一头上了驾驶室，善存见秦飞侧过身站着，手捏成了拳头，胸口快速地起伏，是在极力压抑心中的痛苦，便轻声说："阿飞，你快回去吧，一会儿警备局的人会过来收拾残局。七七有我们照顾，你安心处理家事，我晚上还会到宝川号去。"

秦飞点了点头。

车子绝尘而去，纪五爷跟他的兄弟们交代了几句话，见秦飞还站着，便道："你跟着我们走吧，差不多的时候把你放在半路上，没人会知道。"

半晌没有听到回答，上前两步，见秦飞脸色惨白，忙问："怎么了飞少爷？"

秦飞嘴角一扯，竟笑了，指着善存他们去的方向，"你知不知道那个女人，她小时候被我丢在火车站，差一点点就丢了。"

纪五爷见他神情不对，开解道："小孩子不懂事，你是闹着玩儿的。"

"不。"秦飞笑道，"我就是怕她嫁给那个姓林的，所以才丢了她。她才七岁，被丢在火车站，却一点儿都不怕，她也不怪我，我去找她，我舍不得还是去找她，明明知道是我故意丢了她，她却不怪我，只关心我有没有受伤，她只关心我痛不痛！"

纪五爷不便说什么，只道："孟小姐天性善良，重情重义。"

秦飞喃喃道："她怀着孩子，我怕她吃苦，逼着她回家，不论她怎么求我我都不答应，我就是要逼她回去，所以她偷偷跑了，吃了那么多的苦……可她还是不怪我。她终于回来，我以为自己会对她好，可我没有。我明明知道不能把我爹的死迁怒于她，可还是推开了她，她哭着求我要见我爹一面，我把她推开，我骂她，要她滚，可她还是不怪我。"

两行泪水从他的眼中滚下，他的嘴唇颤抖起来，"你知不知道她有多漂亮，你现在看到她的脸了，都已经不成人样了；你看到她的伤了吗，是我把她推开，推到了地狱里，让她被那个禽兽折磨。她一定不想活了，所以才拼了命。我知道她还是不怪我，但她现在终于知道怕我了，终于知道要躲开我了……"

"会好的，养一养就好了。"

"不会好了。"秦飞眼里涌上绝望，"永远也不会好了。"

盐场因运商罢市大乱，岸盐滞销，场商上书中央，要求取消专商制度，重新拟定分岸自由买卖的政策，加之雷霁又在清河郊外被刺身亡，中央勒令省主席刘荣湘亲自到清河督办此事。

监察部门似早有准备，将一份资料翔实的调查文件交给省主席，文件里证据确凿，每条都指认盐务局长欧阳松勾结两军要人，强迫清河盐商实行专商运盐，上任几年内多行不法之事，导致民怨积聚。

这份文件的内容，不知被谁泄露了一部分到成都的《国民公报》社，《国民公报》发表社论，痛斥贪官军阀勾结，害国、害家、害人民，一时群情激奋。

时局混乱，盐路的稳定迫在眉睫，政府要人举荐，盐务局长由退任的扬州盐运使郭剑霜暂时担任，欧阳松被停职查办，关押于内江监狱，盐商孟善存、林静渊都曾与之关系紧密，亦不免受到一定牵连，被带到警备局隔离审查，后由清河商会作保，将二人保释。

雷霁是刘荣湘一手带出来的，这让刘氏颇为尴尬，只愿赶紧把事情了结，怕盘根错节查到底，给自己惹上麻烦，警备局呈上资料，说明雷霁是因为钱财纠纷，被副官暗杀野外，于是就此结案。善存以商会名义，为雷霁在清河大办公祭，公祭的那一天，省主席与新任的盐务局长均出席，清河几乎所有的盐商、运商也均参加，这场血腥的大乱就此算告一段落。林静渊只是来应了个卯，跟省主席与新长官见了礼，便告辞离去。

这天正好是秉忠破七，宝川号亦摆着酒席，善存与孟家的子弟午饭后便赶往秦家，善存几日来强压悲伤，处理着各项杂事，一进秦府，终按捺不住悲恸，老泪纵横，号啕大哭。

灵堂里举行着佛会，锵锵的锡杖声中，善存喃喃自语，状若痴狂，秦飞默默垂泪，跪在父亲灵前，不发一语。

傍晚，法事已毕，亲属按旧仪送上谢礼，所有来吊丧的客人，不论是大人还是孩子，均有礼物相赠。孟家的儿子和媳妇们一直都在帮着张罗秉忠的后事，破七这天，按规矩均留下吃晚饭，孩子们也被接了过来。

下人把送给孩子们的东西从里屋搬了出来，都是些小玩具，用雕刻精美的木盒装着，一个个发给他们。毕竟是小孩，虽然知道秦爷爷去世了，但接到了礼物，还是忍不住高兴，秦飞见小坤兴高采烈地捧着两个盒子去了院子里，这才发现，原来宝宝也来了。

小姑娘穿着雪青色的小袄子，扎着小辫子，手臂上也缠着一条黑纱，坐在外头陪着三妹和秀贞她们，手里拿着一把花生，却不吃，一颗颗剥了放在盘子里，剥好了一盘，端到在一旁休息的善存那里，仰着头说："外公，不要难过了，吃花生！"

善存低头，摸摸她的小脑袋，宝宝朝善存甜甜一笑。

秦飞眼中不知为何被泪水充满，痛楚铺天盖地席卷而至，他四处看着，寻找着，只是想："她好些了吗？她有没有来？"

可那寻觅终究是徒劳。

他知道她不会来了。

几夜秋凉，繁华落尽。台阶上的羊齿蔓延生长，花盆里菊花经霜变紫，那些愁思与沉郁，是萦绕在空中的浓云，暮去朝来，永不消散。

七七身上的伤一个多星期就好了，除了左手无名指的伤，那天晚上，雷霄掰断了她这根手指。

教会的英国大夫给她扶正了指骨，上药的时候，她甚至还轻轻说："还好能养回来，也幸好是左手。"

大夫听了一笑，用不流利的中国话说："夫人是要做什么吗？"

她把头转向窗外，阳光照在她的脸上，"总得做点儿什么。"

"夫人这么想是对的。"大夫微笑道，"我发现你从来不浪费时间，至少不会把时间用在抱怨上面。"指了指她腿上搁着的刺绣，她的左手虽缠着绷带，右手却不时做点绣活儿，"你绣的这些花，一朵朵出现，越来越多，而你，也恢复得越来越快。你明白好多人都不明白的一个道理，那就是不要花时间去等待康复，只有做着事情，动脑子，有创造力，全身心地去忘记，全身心地去工作，你就不会屈服于病痛。"

七七想了一想，摇摇头，"你说得我都糊涂了，我没有想太多。"

那大夫笑了，"过去的事情不要想太多，就让它过去，好好把握现在就对了！"

七七心情好了一些，不一会儿，心中却重新变得空空落落。

就像那根手指，伤的时候，总会忘记它受伤了，是不能动的，可每次要做什么，却还是忍不住要动它，下意识就忘记受伤这件事，接着就是钻心地疼，待到好了，甚至可以活动了，却又总是在即将动作的一瞬间，心里咯噔一下，告诉自己，"它受过伤，不要动它。"

养伤的那段日子，除了善存和至聪经常过来看望，静渊则是形影不离地陪伴。

他和她从来没有单独相处过这么长时间，纵然曾在心底无数次期待过，可真正实现，代价却如此惨痛。

身心都遭遇重创，虽然从来不说，但半夜她却经常在疼痛与噩梦中突然醒来。

静渊从不跟她提起一句关于那天晚上的事情。她要忘，他更要忘。

有时她发现他总在暗中悄悄地观察她，一开始是因为她行动不便，只要稍微有个动作，他立刻就会紧张地走过来，"要什么？我给你拿！"

有一天她从镜子里发现他的眼神。

他看着她，就像看到一个珍爱的瓷器变成了碎片，再怎么喜爱，可那已经是碎片，再也无法愈合的碎片。所以才绝望，因为他还爱着她，爱着那些碎片。

她觉得有些事情本不用解释，可她太了解他，那么自尊要强。

终于能下地行走的那一天，他高兴地把她抱起来，她仰望着他，见他脸上每个毛孔里都流露着喜悦，被他感染，微笑着用手勾住了他的脖子。

若是往常，他一定会亲她，他确实想，可嘴唇即将碰到她的那一刻，他的手臂忽然变得僵硬，像想起了什么，整个身子都往后面一仰。

她轻轻挣脱站了下来，装作若无其事地拿起自己的刺绣。

他低声道："对不起，我……"

她打断了他，"你不用说，我知道。"

有些事情，七七从没有告诉过静渊。

出事之前，她曾去找余芷兰的丈夫，求他在欧阳松下马后帮静渊开脱罪责。也是那一天，她去找了秦飞，求秦飞找到制约欧阳松的把柄，以免欧阳松被清查时连累静渊。

杜老板不愿让自己的产业被儿孙挥霍殆尽，又不想交给善存，免得杜家盐号的名号被孟家取代，因此，托七七将西华宫的地契交给秦飞，盐井则交给静渊，三七成的利，杜家为三，秦飞与静渊分别占地租及股利的七成。

杜老板说："至少杜氏灶台的烟火未绝，我别无所求。"

要正常经营盐井，井灶的拥有者，不得不依赖于土地的拥有者，而地租要保值甚至增值，又决定于盐井生产效益的好坏。在这一点上，静渊与秦飞，会是相互依存而不是相互敌视对立的关系。他们联合在一起，即便善存真的要打击秦飞和静渊，也不能不有所顾忌。

正是为此，七七才答应了杜老板。

养伤这段时间，除了雷霁公祭、警备局调查，以及商会对杜家财产进行公证和拍卖，静渊一直没有离开过七七半步。余芷兰的丈夫是省里派来的督办，亲自公告了对于罢市的处理以及杜家部分财产分配的情况，这个时候静渊才知道，自己又拥有了清河最好的四口盐井，而这一切，都是七七不声不响就安排好的。

他在清河的岸边徘徊了许久，不知是悲是愁，只觉得她对他的情义，他对她的痴恋，都成了一种负担。

他整宿睡不着，却不敢翻身，怕吵醒了她，可她也常彻夜难眠。

偶尔会听到他在梦里叫她的名字，她明明离他这么近，他却在梦里呼唤她，就像她在远方，在天涯。

那天他在疲惫中醒来，看到她坐在床边，眼睛红红的。

他一惊，柔声问："怎么了？"

七七没有说话，过了很久，突然很小声地说了一句："没有。"

她仰起头看他，"有些事情不会因为不说就不去想，我也怕你介意。没有，雷霁没得逞。"

她说："静渊，这是我最后一次跟你做这样的解释。"

静渊心痛难当，把她抱紧，她盈盈有泪，却没有让它落下来。

静渊说："七七，我带你去看竹子。"他以前就曾告诉她，想带她去看那片海一样的竹林。当年他父亲去世，他堕落，自暴自弃，后来躲到了这里，摆脱悲伤振作了起来。

这片绿色的海洋，像能荡涤尽世间的哀愁与烦恼。他带她来，他们一起忘记。

她的左手也慢慢恢复了，但是他还是会帮她穿针，事先把各种颜色的绣线穿好。

七七第一次见静渊干农活，把外衣系在腰上，拔萝卜、摘野菜、杀鸡、做饭，林家祖上虽是御厨，可他的厨艺却委实不怎么样，不是盐放得太多，就是油放得太少，最后还是她上手，把他的小炒仔鸡重新下锅。

她手上无力，他负责拿锅铲来回搅拌，两个人像过家家的小孩子，慢慢地脸上都有了笑容。

下了场雨，井里全是泥浆，天晴后静渊向农户借了斧头和麻绳，雇了些人，砍了几根大楠竹，用竹筒搭了一根长水管，从半山的泉眼接了水。

泉水汇到院子外头的水缸，再慢慢浸出来，流到排水的小沟渠中，水声潺潺，静渊累得一身汗，把嘴凑到管子前大口大口地喝起来，见七七站在身旁微笑凝视，便恶作剧地把她一拉，泉水溅了她一脸，他哈哈大笑。

七七嗔怪地瞪了他一眼，不过也凑过去喝了一口，多么清甜的滋味，她鼓着嘴，含着一口泉水，双颊红红的，说不出地可爱。她刚刚咽下口里的水，却突然唇间滚烫，已经被他温柔有力的嘴唇覆盖。阳光悄无声息地洒在他们身上，带着暖意，带着湿润的泥土清香，被他身上的温度一蒸，暖烘烘地把她包围。

他轻柔地吻着她，缠绵悱恻，小心翼翼。他是风，而她像一片竹叶，被风一吹，便往后轻轻一折，他忙把她抱紧了，嘴唇却不放开她，有一瞬间，两个人仿佛回到了很多年以前，在阳光荡漾的清河边，在那个春天。

一滴泪水悄悄滚落到她的脸颊，分不清是他的泪还是她的，只知道这苦涩的甜蜜被两个人一起品尝，那滋味一直落到心里，像露水，明知它会很快消散，所以倍加珍惜。

吃过晚饭他去洗碗，顺便拧了抹布掷到桌上，笑道："给你活动一下腰。"

她的脸不由得微微一红，低头用右手拿起抹布默默擦桌子，静渊用大木盆盛着水，坐在门口洗碗，寂静的夜里，碗碟在盆里轻撞的声音，却如世界上最动听的音乐，让人心中宁静空明。

他端着洗好的碗进屋，七七坐在桌旁，托腮静思，秀发披散在肩上，不似以前那般浓密，油灯下的侧影单薄而柔弱。

静渊怔怔地看着她。

七七回过神，见他傻站着，莞尔一笑，起身去床边柜子上拿了针线盒，向他招招手，"把东西放过来。"

他将碗放入柜中，擦擦手，走了过来。

七七给他把外衣脱了，静渊这才发现原来衣服背后撕了一个口子。

她微嗔道："这么好的料子，你却穿着它劈竹子，真是糟践东西。"将衣服轻轻一展。

他辩解，"本来就脱了放到一旁的，可能是穿的时候不小心，被树枝给刮了。"

"我把它补好，你这几天干活好穿，回去后你若不喜欢，拿去送给长工就是了。"说着拿起针，挑了一团与衣服颜色相近的线，笑道，"劳驾你穿一下针。"

静渊道："太晚了，明天再补吧。"

"没事，很快的。"

他们并排坐在床边，她让他把衣服牵着，自己单手缝了起来，他匀出一只手握住她的左手，极轻柔、极温暖地握着，七七低着头，发丝偶尔在他的脸上轻拂。

静渊忽然笑道："刚才在外面洗碗，真是眼睁睁地看着下霜，就那么一层层结在地上，倒是不觉得冷，只是新奇。"

她抬头朝他一笑，"川南霜下得晚，要是在别的地方，这个时候都快下雪了。"

"你冷不冷？"他往她身边又靠了靠。

"还好。"

他掀起自己的衣服，把她的左手放进去，靠着他热乎乎的皮肤，她这时却不好意思再看他，只低着头缝衣服。

日月于天，江河于地，而他们在天地间，就是这样一对寻常夫妻。一瞬的相知，却又如此漫长，漫长到沧海桑田，海枯石烂。

静渊几乎要流泪，把脸转开，床头柜上，一个小罐子里插着他白天在林子里给她摘的野菊花，清幽幽的香气，朦朦胧胧中透出柔和的金色光晕，那么多的往事，就这样静静绽放。

七七一鼓作气把衣服缝好，吁了口气，把针线收好，又将衣服整整齐齐地叠起来，转头对静渊笑道："好了，林东家。"

静渊颤声道："七七，我会好好爱你的。"

她依偎着他，瘦弱的肩膀微微颤抖，他并不知道此刻她在想着什么，她只是轻轻说："静渊，我只有你和宝宝了。"

他一向睡得浅，却没有想到她起得比他还早，坐在床边看着他，见他睁开眼睛，微微一笑，"把你吵醒了？"

他伸手握住她的手，"起这么早？"

"这段日子睡得够了。"她嫣然一笑，"你再睡一会儿，我收拾下东西，天亮了就回去吧。"

"为什么这么快？"他说着坐起来。

"总得回去的。"

窗外透过月光，没有点灯，靠墙的角落似有荧光一闪一闪，她看到，笑道："还是屋子里暖和，你看那里，萤火虫！躲到咱们这儿来了，真是个聪明的小家伙！"

他掀开被子就要下床，"我去给你捉！"

七七一把拉住他，"不要……天气这么冷，它活不长的。"

在路上她对他说，想把香雪堂要过去自己学着经营。

静渊不想违逆她，只笑了笑，"本来就是你的，你要拿过去，我还能说什么呢？不过盐店街自古以来就没有女东家，你是破了例了。"

七七知道他敏感，顾忌又多，便道："我不会怎么抛头露面的，只是想着不能不闻不问，老是让你来打理，偶尔我去看一看就行了，你和我爹都是做大生意的，我是闹着玩儿，不想总在家闲着。其实若不是舍不得女儿，我倒真的想像我哥或者你一样，去国外游历一番，长长见识。"

静渊叹道："你舍不得女儿，我却是舍不得你，一时半刻都离不得。你就乖乖跟我在清河待着，我在哪里，你就跟到哪里便是。"

七七知道这是应允的意思，抿嘴一笑，"你帮我物色几个新伙计，好不好？"

"天海井里多的是年轻伙计，你随便挑就行了。"

"我不要盐号里的，若是什么装裱行的、百货店里的最好。"

静渊奇道："这是干什么？"

七七犹豫了一下，还是说了："如果我在香雪堂里再开个绣坊，你不会反对吧？"

静渊正色道："七七，盐店街一百多年来只卖一样东西，你不是不知道。"

"我知道啊，我只是想把账房设在香雪堂，若是要卖绣品的话，我自然会去找我三哥。"她脸上忽然掠过一丝疑虑，"不过他之前就说过，现在的人都喜欢洋玩意儿，不会买我这些东西。"

静渊眉头微皱，看着七七不说话，七七被他看得脸一红，慢慢低下头。

他沉默了一会儿，却说："也不一定卖不出去……这世界上哪有卖不出的东西。"

她抬头，明眸中闪出兴奋的光芒。

他摸摸她的脸蛋，"如果要玩儿，我就让你玩儿，若是累了就撂开手不管，不要有什么顾虑，即便扔下一堆烂摊子，自有我来给你收拾。"

她的脸红得透了，笑道："你对我期望可挺高。"

静渊想了想，神色极是认真，"因为有文斓在，欧阳松也坐了牢，欧阳家那边我总是有一份亏欠。我知道难免会委屈你，你若经常在盐店街走动，锦蓉和我母亲如果给你添麻烦，你凡事看我名下，别放在心上，有什么事尽管跟我说。七七，我什么都不担心，只是怕你受苦，想把你圈着藏着，可我知道这样对我们大家都没有什么好处。"

七七轻声说："我晓得的……"

"这几天我们还是去上河滩那里住，你再多养几天。你要找新伙计，我上哪里给你物色呢？可得好好想一想。"

七七笑道："你也趁着这几天闲着，教我算算账吧。"

"几天的工夫可教不过来。"静渊见她巧笑嫣然，把她拉近，在樱唇上亲了一口，道，"一个，两个……"又亲了一下，笑道："先从数数开始吧。"

她往旁边一躲，在他肩膀上重重一拍，"林先生，要你教我算账，可不代表我不识数！"

静渊呵呵笑着把她的手握住，眼中满是柔情。

孟府新换的管家姓穆，也是运丰号的老人，在清河郊外有自己庄子的，为讨主人们喜欢，进了不少野味，又给孩子们送了几对长耳兔，秀贞抱着孩子，跟穆管家一起张罗着，见秦飞沿着坡道走上来，人倒是精神了些，不似前阵子那般萎靡了。

秦飞笑道："大嫂总是最勤勉。"

秀贞笑道："杜家请客吃饭，你大哥他们早早去了，说是有牌局，几个弟媳妇都忍不住要去凑热闹。还好小坤他们上学去了，剩下的孩子都在睡觉，没给我添麻烦。"

秦飞跟穆管家点点头打了个招呼，忽然想到了父亲，很快便转开了脸，秀贞何尝不知道他的心情，关切地问了句："你娘身体好些没有？"

"好多了，怀德跟三妹一直照看着。"

秀贞宽慰地笑了笑，"你是来见老爷的吧？他在书房里。"

"大嫂慢慢忙。"

秦飞往前走了几步，秀贞把他叫住："阿飞，那个，那个……"不知为何有些嗫嚅。

秦飞转身看着她。

厢房有仆妇抱着被褥出来，见秀贞站在一旁，便道："大少奶奶，屋子收拾得差不多了，小小姐的行李也理好了，下学后便可以跟着人走。"

秀贞应了一声，见秦飞脸上浮现出一丝痛苦之色，想了想，说："宝宝今天就回晗园去，七七已经回清河了。"

七七跟雷霁的事情，即便是孟家的人，也甚少知道，连孟夫人都不知晓。大家只道她因为咳疾去成都疗养，其实根本不知道她一直都在清河。转眼半个多月过去，秀贞只以为秦飞因为秉忠之死对七七嫌隙甚深，但想着两个人多年的情分，便还是忍不住跟他说了。

秦飞微低着头，道："回来就好，宝宝一定很想她。"说着转身快步朝善存的书房走去。

善存独自一人坐着喝着茶，书案上却放着些七巧板等小孩的玩具，见秦飞进来，他展颜一笑，"来了。"

秦飞向他行礼，善存见到他很是高兴，让他坐到身旁来，秦飞看着书桌笑道：

"老爷现在真是有童心。"

善存呵呵一笑，知道他指的是上面的玩具，道："那是宝宝的，她这段时间住在我们这儿，怕她闷着，连我这个老头子也得陪着哄，她呀，跟七七小时候……"

话说了一半止住，眼中渐渐浮起苍凉的伤感，沉默了片刻，却是无可奈何地叹了口气。

秦飞过了一会儿方道："老爷今天叫我过来，是为什么事？"

善存道："你爹临终前处理了老杜家的债务，杜家把他们十三口盐灶作礼，用以酬谢，你父亲一向仗义，若他还在世，定不会收的。我想了想，便跟杜家商量，以租佃方式接收，佃价一万七千，名佃实送，这样外头看起来也好说。"

秦飞淡淡一笑，"我爹不会在乎虚名，若真是仗义相助，便也不求他人怎么答谢。秦家不会要这些盐灶。"

善存看着他，"阿飞，我知道你在怨恨我。"

秦飞不语。

"二十一军之所以迟迟不派人来帮你，只是因为刘主席要避嫌疑，我们本打好了招呼，这边稍微有些动静，就会跟上头举荐郭剑霜，刘荣湘如果贸然让他的军队掺和这件事，别人难免会说闲话。如果不是雷霁突然从中捣乱，你们原本不会有什么危险。"

数日不见，善存苍老了不少，微风吹来，白发轻轻飘拂。

秦飞低声道："我知道，老爷花了钱给廖军长，让他叮嘱下面不要伤人，这件事情我爹并不知道，因此才会误解老爷。"

善存苦涩一笑，"误解我的不止他一个，连七七都把我当成一个奸猾无情之人。倒是静渊了解我，他从一开始就不相信我会由着你一个人在罢市的时候冒险，所以才买通了那个什么营长。但我没有想到，他转起念头来竟然如此之快，那天晚上若不是他和你一同去找纪五，七七说不定真的会死在雷霁手里。"

秦飞太阳穴的青筋跳动了一下，咬了咬嘴唇，"我只是不明白，老爷明明比我们更有能耐，怎么却只是想着用钱去收买雷霁，而不是想法把七七救出来。"

"我怕他狗急跳墙，所以先用钱让他放下心。"

"钱并不是万能的。"秦飞冷冷地道。

善存站了起来，从抽屉里取出一个大的牛皮纸信封，"这是你父亲在运丰号名下的田产、井灶和银行的股份，至聪和我这几天整理好了，这是你们秦家的东西，你把它收好吧。"

秦飞并不客套，把信封接过，"我家也有一些债务，我会处理好，绝对不会连累到老爷，给运丰号添麻烦。"

"因为雷霁的死，一直有人盯着你，不过不用担心，汪立人告诉我只是做做样子，过段时间自然就风平浪静了。"

"是。"

"你的宝川号最近生意大受损失，有什么困难，尽管来找我。"

"多谢老爷。"

气氛越来越僵冷，秦飞见善存似没有什么好说的，便起身告辞。

"希望我们两家的情意，不要因为你父亲走了就断了。"善存的目光中似有一丝乞求。

秦飞心中一酸，点了点头。

善存道："新到任的郭剑霜提出要实行各盐号运输统制自由，你们运商的生意如今终于略有保证了。你二哥在军队，知道一些战事情况，与日本人的大仗是迟早要打的，最快两到三年，淮盐的盐路必然会被打断，那时清河会成为全中国最大、最安全的产盐基地，等着我们的，是无尽的财富和机会。我之所以做这么多事情，无非是想趁这个机会把大家的力量整合在一起。你们年轻人意气风发，向来只愿意单打独干，不知道彼此依附才是最好的生存办法。如今静渊因为欧阳松的事情，暂时离开了商会，我想他也应该明白，靠他一个人在清河是不会真正安稳地做生意的。阿飞，我从来没有意愿要打压你们这些年轻人，我的苦心，希望你能够明白。"

秦飞听了他这番话，心里不免震动，"老爷，您所做的一切都是您认为对的事情，不过在做这些事情之前，您有没有想过，您是否给过别人选择的机会？就像您的女儿，她的这一辈子，就是您给她决定的，您真的一点儿都不后悔吗？"

善存眉间一蹙，"她的命不是我定的，不是我。"

秦飞向善存深深一躬，转身离去。

过渡时期盐场困顿，有一些资金有限的场商无力继续经营，盐号不得不暂时停业，盐店街上依旧有些冷清，秦飞回到宝川号，却惊异地发现，香雪堂凭空多了好几个伙计，都是清秀规整的后生，伙计们从一辆板车上卸下一个大箱子，从里头捧出各式各样的大包裹。

不一会儿，"小蛮腰"开着车从平桥上来，停在香雪堂外头，里面下来两个俏丽的丫鬟，其中一个却是晗园的丫头小桐，和另一个丫鬟一起抬着个用绸布包着的妆台模样的东西。秦飞心中惊异，便走过去，只见"小蛮腰"已经先进了香雪堂，正大声张罗着让人把桌案收拾好，小桐和那丫鬟把手上的东西放到上面，绸布一揭，众人眼前陡然一亮。

一个一米来高的蜀绣座屏。

皑皑白雪中，有红梅傲然开放，似越是风欺雪压，花却开得越精神越艳丽，真是冰心铁骨，花色如海。

秦飞眼中涌上热泪，痴痴怔住。

天气渐冷，宋文君倒了一杯开水，一面喝一面焐着手，正备着课，忽见走廊窗台上一个小脑袋在那儿探头探脑，厚重的刘海，粉嘟嘟的一张小脸。

文君放下笔，"林婉一，有什么事情进来说吧。"

宝宝嘻嘻一笑，过了一小会儿，牵着七七走了进来。

文君忙站起来，笑道："林太太什么时候回来的？这段时间总是宝宝外公家的人来接她，我一问，他们说你去成都养病了。好些了没有？"

七七笑道："差不多了。"

除了脸色略有些苍白，她的气色倒是还不错，头发依旧是寻常的发髻，用一个夹子松松夹起，几绺秀发垂下，平添几分妩媚的风致，柔软的栀子色短袄，衣襟上绣着散乱的藤蔓，米色罗裙，一双白底绿边的绣花鞋。

文君打量她一番，微笑道："林太太真漂亮。"

七七肤色白，很容易就脸红，低头对宝宝道："去把东西抱进来。"

宝宝哦了一声，蹦蹦跳跳地走出办公室，不一会儿，连推带抱地拿了一个大纸包进来，放在文君面前的地上，七七用右手手臂抱起，放到文君的办公桌上。

文君见她左手不便，很是惊讶，先不管包裹里是什么，只问："你的手怎么了？"

七七笑道："不小心扭到了手指，还没好。"说着给宝宝擦擦脸蛋上的汗珠，"乖宝，去教室里跟同学们一起玩儿吧，一会儿该上课了吧？"

宝宝仰头看母亲，"妈妈你会等我放学吗？"

"等你。"七七微笑着摸摸她的小脑袋，宝宝向文君鞠了一躬，高高兴兴地去了。

七七从纸包裹里把东西拿出来，原来是好几套小女孩的衣服，都是冬天穿的，另有一个精致的小铜炉，"以前见过你的女儿，所以比着样子给她买了几件衣服，总是出去了一趟，来看宋老师不能空着手。天气凉了，往这小炉子里头装点儿热炭，冷的时候用来暖手，你们要常用笔的，手冻僵了可耽误工夫呢。"

文君很不好意思，"林太太太客气了。"

七七笑道："你对宝宝那么照顾，我感激得很。"

随口问了宝宝这段时间的学业，文君说宝宝聪明，学得快，毛笔字在她的班里是写得最好的。

七七很是高兴，笑得合不拢嘴。

文君笑道："她是家学渊源，听说林先生就写得一手好字，当年连清河的大才子赵香宋都很佩服他呢。"

七七笑道："他的字写得好不好，我是看不懂的。宝宝是最近才刚刚开始练字呢，她父亲没怎么教她。"

文君道："有慧根，慢慢练自然就会成。宝宝很能吃苦，学校每个班级下学后都要学生轮流打扫卫生，她班里盐商的小姐少爷们也很多，别人都是让下人来帮着做，只有她总是自己打扫。有一次，我看她一个人端着垃圾去倒，便跟她开玩笑，说你也叫你们家的仆人来帮你呀，她就摇头说这是她自己的事情，自己的事情要自己做。"

七七听到文君这么说，十分欣慰。操场西侧传来叮叮当当的斧凿声，七七便问："来的时候看到那边在修房子，又在修新的校舍吗？"

"那是新的礼堂，是令尊送给新的盐务局长的礼物，叫剑霜堂。"

原来郭剑霜上任后，善存为表相敬之诚，和校董商议，匀出一块地修建礼堂，就用郭剑霜的名字来命名。

这种事情父亲做过不止一件，七七听了，淡淡一笑。

文君道："这个新的盐务局长人倒是不错的，至少比欧阳松强多了。听说他一上任就开始征收什么公益费，从每担盐税中抽一角，成立保管委员会管理，用来救济灾民、难民，同时也作为教育的经费。我觉得孟老爷和他搞好关系，也不是什么坏事，至少这样的人对清河百姓有好处。"

七七点点头，"听说他有一个公子也在誉材读小学。"

文君拍手道："你说巧不巧，正好跟宝宝一个班，挺伶俐的一个小男孩。一会儿他母亲也会来，我引见你们俩认识一下？"

七七笑道："这倒不错。"

下午放学，果见郭剑霜的夫人来接儿子，文君便介绍她和七七认识，郭夫人欣然道："林太太我是早有耳闻的，今天总算见到了。前几日拙夫新上任摆宴，本请了林东家，后来听说他陪着你去成都看病了，我还觉得好生遗憾。"

郭夫人容颜端丽，言辞和婉，穿着件素色衣服，腰际绣的墨色云纹极是精致，七七赞了一声，"郭夫人您是南方人吗？您这件衣服针脚匀齐，像是用网针勾勒的，如果我没有猜错，应该是广绣吧？"

郭夫人笑道："林太太眼力真好，我这件衣服确实是广州师傅做的，我老家在番禺，不过自小离家，口音上倒是听不出来了。"

文君笑道："林太太是蜀绣高手，在清河很有名的，最近开了一家绣坊呢。"

郭夫人喜道："太好了，我也喜欢刺绣，不过我手艺不好，碰到好师傅，总恨不得拉着人家好好讨教一番。"一低头，见七七米色绫裙上绣着的绿色兰草，似有清芬袭人，便笑着问："这是林太太自己绣的吗？"

七七微笑道："闲着没事，瞎做的。"

郭夫人轻轻用手抚摸了一下，赞叹连声，"绣线定是极品。"

七七笑道："我用孔雀羽捻的线。"

"怪不得！"

盐商豪富至此，文君向来居于校舍，如今才算慢慢见识，不由得面露惊异之色。七七倒是很不好意思，脸上又是微微一红，郭夫人见她娇美艳丽，极是喜欢。

晚上郭夫人回到官邸，正要和郭剑霜说起今天的事情，门房忽然引进一个衣着体面的老仆来，说是天海井林东家府上的许管家，行个礼道："东家奶奶有件礼物送给郭夫人，请夫人笑纳。"

将一个杏色绸缎包裹双手递上。

郭夫人忙谢了，打开一看，只觉得满眼生辉。

郭剑霜凑了过来，赞道："好漂亮的物件！"

是一个二尺的圆形绣屏，绣着一片青翠的竹林，一只黄色小猫悠然坐卧，媚态横生，身上绒毛根根缕缕细致无比，似反射着午后阳光，最是那双翡翠般的眼睛，灵动至极，神光离合。

老许笑道："我们奶奶说，这是她闲时做的，针脚粗劣，还望夫人不要嫌弃。"

郭夫人向老许柔声道谢："改日我一定去拜访，请把我的谢意带到。"

"东家奶奶常在盐店街的香雪堂里，夫人若要去，提前知会一声，我们定备好香茶美点恭候。"

"一定！"

老许告辞离去。

郭剑霜奇道："这是什么丝线绣的呀，颜色真是美，瞧这竹子，瞧猫儿的眼睛，比真的还好看百倍千倍。"

郭夫人瞥了他一眼，"你别看这玩意儿小小的，先不说用的材料有多珍贵，就这个手艺便是千金难求。"

郭剑霜不由得沉思片刻。

郭夫人见他神情凝重，问："怎么了？"

郭剑霜摇头道："这林太太的父亲是西场的大户孟老板，你也知道，誉材学校盖了个礼堂，用我的名字来命名，这就是他父亲送给我的人情。现在你又收了这林太太的礼，你说，我们怎么还呢？"

郭夫人道："我看林太太人不错，没那么多心眼。不过你说得对，她对我好，我自然也是要有所回报的。先相处着再说吧，我新到这里来，难得看到这么顺眼的一个朋友。"

郭剑霜一笑，"真快，这就成朋友了。"

郭夫人看着那绣屏，实在是喜欢到了极点，恨不得抱到怀中亲吻几口，却只小心翼翼地抚摸着，生怕弄脏弄坏。

第二天一大早她就去了盐店街。

一进香雪堂，就看到静渊斜靠在大堂一张桌子旁，也不知道因何事那么高兴，满是笑容地看着七七，一个掌柜模样的人也立在一边，几个后生、丫鬟在后院里收拾打扫，七七正埋首桌前，拿着个本子写些什么。

"什么事情这么高兴？"郭夫人笑道。

七七忙放下毛笔，微笑而立。静渊向郭夫人行礼，笑问："夫人这么早过来，可曾用过早饭？"

"吃过了。"她说着走向前，这才看清楚，原来七七正拿着一本账簿，在上面的收支明细上做批注。

郭夫人见静渊一直面带微笑，便道："林东家，你这才算有个贤内助了。"

七七双颊晕红，"现在他是我的贤内助。"

静渊轻轻一笑，"你知道就好。"

郭夫人见二人神情恩爱，男的俊秀，女的娇艳，真是一对璧人，但听说这林东家似乎还有一个侧室，不禁暗叹这世上无事完美。

静渊略陪着她们坐了一会儿，戚大年从玉澜堂带着文澜过来，郭夫人便道："哟，这是不是小少爷？"

静渊笑道："正是犬子。"

郭夫人见文澜玉雪可爱，便朝七七探询地看了一眼，七七神色倒是挺从容，道："我只生了一个女儿。"郭夫人便知这孩子是侧室所生。

文澜向七七行了礼，又给郭夫人问好，七七便对静渊道："那你去吧，这里有郭夫人陪我。"

静渊道："我下午去接宝宝放学，你不用去了，晚上大家回玉澜堂吃饭，你看行不行？"

七七淡然一笑，"答应过的，自然不会不去。"

静渊便带着文澜去盐场，文澜给父亲拎着皮包，安静地跟在他后头。

七七重新给郭夫人斟了茶，笑道："昨天送到府上的绣屏，见笑了。"

郭夫人忙道："以前拙夫在两淮上任，我也曾遇到过一个江南的闺秀，据说是惠绣的传人，也是一手绝佳的绣活儿，我正好也收藏了一幅，还在以前宅子里没有拿来，我已经叫人去取了，过几天就会送到清河，你便把它留着。"

七七嫣然一笑，"夫人忍痛割爱，至衡可不忍心呢。"

郭夫人微笑道："这就好比把好琴送给好的乐师，只有你才配得上它。"

"多谢夫人。"

"叫什么夫人，我虚长你几岁，叫姐姐吧。"郭夫人十分亲热。

这话说出来，七七的脸色轻轻一动，似想到什么十分不愉快的事情，不过也就只一瞬的工夫，旋即缓缓一笑。

郭夫人倒没注意到什么，目光被大书架旁一个一米高的大座屏吸引，正是那幅香雪海，白雪皑皑带着寒意，红梅绽放，倒像一片火海。

她细细端详，见旁边一张小桌上放着些针线，似还要进行加工一般，便道："莫非还要继续绣？都已经十全十美了。"

七七抿嘴笑道："还缺点儿东西呢。"

郭夫人左看右看，"我看不出缺什么。"转过身问："缺什么？"

七七却不答，拿出新出的一本杂志，翻阅了一下，微笑道："若不是看到这篇文章，我真不知道郭局长是如此一个天下少有的好官，在两淮上任的时候用两年的工夫就把混乱的盐场整顿一新，建仓筑路，成绩卓著。到我们清河上任前，那里的老百姓哭着送了十里路，还送了郭局长一顶'万民伞'。清河能有这么好的盐官，真是我们的福气。"

郭夫人听得心里喜滋滋的，"他也只是做他应该做的。"

七七叹道："我这幅绣屏绣的是红梅，正是高洁之人的象征，右边留白，原是为题词留的地方，所以一直等到现在。至衡觑着脸斗胆一求，请郭局长为我这幅绣屏题几个字，我好绣到上面。天天摆在香雪堂，让来往客商都看到，我们清河有这么一个清廉高洁的护民官。"

世人谁不爱个好声名，郭夫人被她说得心动，即便有一分犹豫，但见其诚恳之意，不忍拒绝，便答应了。七七连连道谢。

郭夫人坐了一会儿就告辞，七七也要去香雪井，便起身和她一起出门。路过宝川号，郭夫人问："听说宝川号的秦老板以前也是你娘家的人。"

七七淡淡一笑，"早就不是了，出去好久了。"

秦飞自七七回来以后，几乎不再来盐店街，有一两次过来，与她照面，他尚未有什么反应，她就赶紧转头走开了。

郭夫人说："那天和剑霜一起去码头，宝川号刚刚才恢复营业，据说上一次出事损失了不少钱，伙计死了几个，士气不高，有一天一艘盐船搁浅，好些人不愿意下水，秦老板把裤腿一挽就踩到水里去，自己帮着拉纤绳。剑霜心里看着也挺难受，说别看清河的商人虽是川蜀豪富，但一分一厘都挣得很不容易。"

七七点头，"做什么生意都是不容易的。光鲜浮华的都只在表面，暗地里各有各的心酸。"

晚上静渊接了宝宝过来，七七已经去盐井走了一圈回来了，宝宝和文斓虽然打过架，这几天相处，倒是恢复了以前的亲热。

七七很高兴，静渊笑道："文斓今天还帮宝宝扫了地呢。"

宝宝笑眯眯地道："小弟弟可能干了！"她想让妈妈夸一下文斓。

文斓神色沉静，虽然带着微笑，但目光中总有点儿让人琢磨不透的意思，七七称赞了他一句，把他轻轻拉近身，拍拍他的小肩膀。

他们在香雪堂坐了片刻，静渊笑问："去盐灶巡逻了一番，感觉怎么样？"

七七道："今天守着烧盐，熏出了一身热汗，后来回晗园洗个澡换了身衣服这才过来。你天天往盐场跑，一个盐灶一个盐灶地走，如今我才算真正明白你的辛苦。"

她神情认真，脸颊上带着羞怯的红晕，静渊心头一热，揽住了她的腰，趁掌柜不在,赶紧在她嘴上吻了一下,七七把他一推,"干什么,孩子们都看着呢。"

"表扬一下,怎么了?"

宝宝咯的一声笑出来,文澜微微一皱眉,把脸转了开去。

玉澜堂依旧是那么安静,鲜红的柱子上浮着水珠,因空气潮湿,倒像是血珠子一般。林夫人正和锦蓉在厢房里收拾新做的冬衣,静渊带着七七和孩子们进去,向林夫人请安。

林夫人笑道:"来得正好,至衡,你看看这些衣服可合你的意?"

锦蓉站起来,也是满面堆笑,"今儿下午才送来的,给宝宝也做了好几件。姐姐,我看你最近气色不错呀,比前两天好多了。"

七七摸摸脸颊,笑道:"真的?太好了。"对宝宝柔声道:"快谢谢奶奶和姨娘。"

也不知道是不是刻意,姨娘这两个字音调略重,锦蓉抚着一件衣服上下摩挲,嘿地一笑。

宝宝甜甜地道:"谢谢奶奶,谢谢姨娘!"

林夫人说不出地慈祥,笑着向两个孩子招手,"你们姐弟俩都到奶奶这里来。"

文澜应了一声,立刻走了过去。宝宝也过去,林夫人一手揽着一个孩子,弯下身蹭蹭他们的小脸,"哎哟,瞧瞧这两张粉嘟嘟的小脸,真跟苹果一样,奶奶真是高兴啊,你们这两个小宝贝这么懂事听话,比你们爹爹小时候强多了。"

静渊和七七刚刚坐下,听到这话,静渊心中却有些不舒服,"母亲,我小时候可从来没有违逆过您老人家呀。"

林夫人不看他,只看着两个孩子的小脑袋,"是哟,你从小到大都是个孝子,如今更是呢。"

静渊的脸不由得一沉,七七闻言一笑。

回来后,七七便立刻接手了香雪堂,更在香雪堂另辟账房开始做起绣坊的生意。静渊原本以为母亲会大发雷霆,先自回家向其恳切请求,然林夫人并没有说什么,只道:"孟家小姐嫁到我们林家来,自是要有一番作为的,你是要脸皮的人,此事利弊我不用多说,自己心里有数就可以了。"

静渊赔笑道:"多谢母亲成全。"

林夫人目光越过他,却是看往锦蓉卧室的方向,"锦蓉在我们家也是个有名分的人,现在又怀着你的孩子,她兄长被关在内江,你却十多天对人家不闻不问,带着至衡在外面风流快活。做人不能太过偏心,更不能不顾家礼人伦。"

静渊缓缓低下头,"七七是生病了,我们在外面也没有玩。"

"要不……让至衡和宝宝搬回来吧？这样你能天天见着，又能两边都顾全。"

静渊忽然道："我会想办法把锦蓉的哥哥救出来，其实他的事情牵涉太多人，上面也不想弄得太张扬，还是好想办法的，如此林家也不至于太亏欠他们欧阳家。更何况这几年他们没少从天海井得利。"

林夫人尖厉地道："静渊，你要救欧阳松可以，但是有一件事情，你别想，只要我还活着，你就想也别想！"

静渊是打算与锦蓉离婚，这个念头被母亲一下子说破，他把头转开，手指攥紧。

玉澜堂，依旧保持着一贯的平静，表面的安宁。

此时，林夫人问起宝宝学业，宝宝从自己的小书包里拿出习字本，"奶奶，我写的字被老师表扬了呢。"

静渊一听，走过来拿起习字本，见上面一溜小楷清秀规整，忍不住称赞道："乖宝，你的字写得很好啊！"

文澜飞快地看了父亲一眼，七七笑道："小女孩鬼画符，不要让她太得意。"

静渊自小就讨厌写字，可偏生被家里强迫着练就一手好书法，这时见女儿大有天赋，说不出地高兴，拉着文澜和宝宝，"走，走，跟我来，有东西送给你们。"带两个孩子去了书房。

林夫人便吩咐下人，"把我下午留的猪儿粑给小少爷和小小姐送去。"

七七道："马上就开饭了，让他们少吃些，免得一会儿吃不下正餐。"

锦蓉一直沉默着，这才微笑着开口："姐姐好久不当家了，都忘了我们这儿开饭晚。"款款走到门口，把巧儿叫过来道："让厨房加紧做，今天大奶奶在这里，早点开饭。"回过头向林夫人道："母亲，姐姐好不容易留下来吃顿饭，我们便照顾下她，好不好？"

林夫人笑着点头。

七七恍若未闻，默默喝茶。

林夫人道："难得没有人打扰，我们娘儿仨在一块儿聊聊家常。"对锦蓉道："你是有身子的人，别太累了，家务事问几句就行了，肚子里的孩子更重要。"

锦蓉道："母亲说得是，不过，做媳妇的操劳家事是本分。我又没什么出息，以前学校学的东西全丢在脑后了，要不还可以帮姐姐做做生意。"

林夫人皱眉道："女人在家里才是本分，出去做生意毕竟不是大户人家的女人行径。"说着转头对七七正色道："按说你是正室，本该掌管家事的，如今在外面抛头露面总是不好，和宝宝一起搬回来吧。有件事我也不得不提醒你一下，静渊是林家的一家之主，他老是不在玉澜堂，别人若知道，还以为林家门风不好，不讲礼教。他毕竟是文澜的父亲，更也是锦蓉的丈夫，你劝劝他，别不回玉澜堂，外头再怎么好，也得收收心，做点他该做的事。"

七七道："静渊既是一家之主，他让我做什么，我便做什么，我若要当贤妻，哪能在丈夫面前说三道四、指指点点。"

林夫人脸一沉，"你知道我是什么意思，人不能老占着人家的东西不放，锦蓉现在可还怀着静渊的孩子呢。"

七七便看着锦蓉，锦蓉极是得意，手搭在腹部的衣服上，轻轻抚摩。

七七忽然道："锦蓉，以前你真的把我当作过朋友吗？"

锦蓉一怔，见她一双黑白分明的眸子盯着自己，心里莫名地烦躁，下意识地抓紧了衣襟，"以前是以前，现在大家关系不一样了。"

七七听了，很久都不再作声。

外面传来静渊和孩子们的笑声，暮色中，灯笼一盏盏亮起，走廊里下人们小声说话行走着，人影幢幢，像迷离的梦境。

林夫人幽幽地道："至衡，你真有本事，我家静官儿被你调教得跟变了一个人似的。"

七七的目光一直看着外头，并未理会林夫人，道："锦蓉，你哥哥现在怎么样了？"

锦蓉因为长兄的事情，早就恨极了孟家，听七七提起这事，目中如欲喷火，愤然站起。

七七转头，脸色平静地看着她，微微一笑，"不要担心，你哥哥在监狱里受不了委屈，之前没出事的时候，我有个朋友还跟我说起过这件事。他说你哥哥用一个黑账户存了一百万大洋，却突然有一天被人给取走，这笔钱下落不明，你哥也被关去内江，我还真替你忧心过。按理说，你的事也是我的事，你家遇到困难，我哪能袖手旁观？所以特意去问了我爹，让他出出主意。"

她慢条斯理地说着，说不出地柔美动听，怎奈林夫人听着脸色越来越不好，锦蓉更是背脊发寒，腿一软，重新坐回椅子上。

七七接着道："我爹说，既然这账户的钱不见了，定然会有许多人惦记，如此一来，倒不会太过为难欧阳局长，而这笔钱找不到，所谓贪污受贿，就缺了一个证明，反而对欧阳局长有利。我就问，那这么多的钱跑到哪里去了呢？难道它还会长脚不成？我爹爹只是笑不说话，我寻思半天才明白，估计是欧阳大哥跟我爹爹事先商量好了，让我爹帮他找了个靠得住的人保管着。不过我没读过什么书，脑子也不够用，这胡乱猜测，锦蓉你也不用太过在意。但是有一点你放心，只要这钱一直不出来，你哥就一定不会受委屈。"

她把眼光转到锦蓉的肚子，锦蓉不知道为什么，明明身子已经抵着椅背，却还是想再往里缩一缩。

七七嫣然一笑，"你就安心养胎，什么都不要操心，好好生个孩子吧，以后好日子多的是，咱们长长久久，一起过。"又道："要不要我来陪着你料理家务？如今你身子这么尊贵，要真有闪失，也就是我的不是啊。我每天都抽时间来帮帮你？"

锦蓉恨毒了她，却只是哑然，"暂……暂时不劳烦你了。"

"那你就辛苦了，母亲说得不错，你别太累，肚子里的才是第一位的，这第一位的东西若是没有了，就什么也没有了。"七七淡淡地道，也不等谁出声回应，起身向林夫人福了一福，"母亲和妹妹稍坐，至衡不陪了。"

出了屋子，在走廊上疾走了几步，一阵寒风迎面吹来，她猛然站立，心中无端发紧，脑子里突然一阵空空落落，竟忘了书房在哪个方向。

静渊和孩子们正在书房吃着新蒸的猪儿粑，用嫩竹叶包着，极是香糯。见她进来，宝宝忙放下手中的吃食，擦了擦小手，跑到她身边笑道："妈妈快看，爹爹送了我砚台！"

她去书桌上拿了一个小砚台给七七看，并不是新的，倒似已经用过很多年了，材质也一般，静渊只是微笑不语，七七一猜便知道一定是他小时候用过的。宝宝用小手轻轻抚摸，极是爱惜，七七道："那你要好好保存着它，把字练好来答谢爹爹。"见文斓坐在一旁，便朝静渊使了一个眼色，意思是让他也给文斓一份，别让小孩子心里不舒服。

静渊微笑着朝桌上一指，上面还放着一个砚台，上好的端砚，刻着双龙抱珠，自然是给文斓的，七七方放下心来，坐在一张椅子上。

宝宝在她身上蹭来蹭去，七七知道女儿一定又有什么值得骄傲的事情要说，笑道："怎么了小捣蛋，要献什么宝呀？"

宝宝朝静渊和文斓笑着看了一眼，对母亲道："妈妈，刚才爹爹让我和小弟弟挑砚台，我是大姐姐，我先挑，但是小弟弟将来要当男子汉，所以我就挑了个小砚台，把大的留给小弟弟。"

七七在她脸上轻轻一吻，"好乖宝，你做得对。不过你要好好保存你的这一个，这个呀，是你爹爹小时候用过的呢。"

静渊笑道："就是旧了，不好看，不过小女孩用着还是轻巧顺手。"

文澜低头吃着猪儿粑，一小口一小口地吃着，七七见他眉目间总有股伤心劲儿，便对宝宝道："小弟弟字写得比你好，以后你要多跟他学习，知不知道？"

宝宝点头，"嗯！"

七七对文澜柔声道："文澜，猪儿粑是糯米做的，吃到肚子里会发胀，不要多吃，免得晚上不舒服。"

文澜很听话，立刻把手中没有吃完的猪儿粑放到盘子里，说："谢谢大妈提醒。"

静渊喜爱儿子讲礼貌，也搂住他亲了一口，他跟文澜虽然亲热，但很少有如此热情之举，文澜脸红红的，总算展颜一笑。

黄管家过来叫吃饭，静渊便和七七先起身去饭厅，两个孩子留下收拾书桌，自有丫鬟过来领去。饭后，静渊便要带着七七母女去晗园，林夫人正喝着茶，把茶碗重重往几上一放，虽不说什么，意思却很明显。

七七养伤回来后，静渊在玉澜堂只住过数日，他也知道再不留下可能实在说不过去，便只好对七七低声道："要不，今天我就在这里睡，我送你们回去再过来。"

七七看着他，那般软语相求，她又为何要让他难做？

"让孙师傅送我们就可以了，你不用两头跑，省点儿精力，明天还要忙你的正事。"

这时巧儿过来，手里拿着宝宝的书包和那个用花布包好的小砚台，宝宝见到那个小花布包裹，眼睛笑得眯起来，"砚台，我的砚台！"

接过小包裹捧在怀里，小脸上忽然出现讶异的神色，提着晃了晃，再小心翼翼地将包裹放到一个方凳上，轻轻解开，一看之下愣了半晌。

巧儿惊慌失措，"东家，大奶奶，这……这不是我弄坏的！"

静渊走上前去，脸色也不由得为之一变。只见那个砚台似被人摔到地上，裂成了两半。

宝宝极是伤心，捧着碎片哭泣不止，林夫人皱眉道："别哭了，再给你买一个新的就是了。"

静渊蹲下来，抱着女儿，"好孩子，不要难过，爹爹给你买个新的，比这个好。"

宝宝哭道："不一样的，不一样的！"

七七紧紧盯着巧儿，"这个砚台是谁收拾的？"

巧儿道："我拿的时候就是收拾好了的，和小小姐的书包一起放在桌子上，我并没有打开过。"

"你没有打开过，为什么会碎了呢？"

"大奶奶，我也不知道啊。"巧儿急得满脸通红。

文斓和锦蓉坐在一旁不吭声，锦蓉倒是幸灾乐祸的表情，文斓见七七看过来，立刻站起来，快步走到宝宝身边，说："小姐姐，别难过，我把我的砚台送给你！别哭了！"

"我不要！我不要！我要我的小砚台，那是爹爹给我的！"宝宝越发哭得大声，扑到父亲怀里。

静渊被她哭得心里酸楚，知道女儿极为珍惜父女之情，可砚台已经碎了，自己小时候用过的也就只有这一个留了下来，上哪里再去给她找呢？只好轻轻拍着宝宝的背脊，不住安慰。

七七走过来，轻声道："乖宝，不要哭了，你再哭妈妈就难过了，妈妈身体就不舒服了。"

宝宝两只小手胡乱地在脸上抹擦着眼泪，把砚台的碎片放到小花布里，包起来，用小手提着，七七说："已经碎了，不要了。"

宝宝摇头不说话，紧紧攥着包裹。

七七只觉得心里有一块重物狠狠轧过，锥心刺痛，看着静渊，语气清澈犀利，"下人做事情不仔细，你久不在家，看来还是疏于管教。这事情不管是谁做的，总不能就这么过了。弄坏一件东西是小，养成一些人的坏毛病是大，今天弄坏的是砚台，明天说不定就是别的了。巧儿这次算倒霉，谁说偏偏让她去拿这个所谓的已经坏了的玩意儿？不能不罚。"忽然淡淡一笑，"当然，我现在没有管家，自然没有发言权。母亲是最会持家的，又有锦蓉这么一个好帮手，自然知道怎么处理。就当我多说了几句。"

静渊道："你放心，林家是最讲规矩的。"

林夫人一笑，"至衡，你说得这么客气，倒把自己当作外人了。"

七七向林夫人行了个礼，"母亲保重身体，至衡告辞了。"牵着宝宝的手："乖宝，跟妈妈回家去。"

静渊道："我送你出去。"

七七看着他，目光里闪过一丝复杂的神情，让他颇为捉摸不透，很快，那眼中的波澜变得平静，她扭过头，"不用了。"

去香雪堂跟掌柜打了声招呼，这才牵着宝宝慢慢往平桥走去，"小蛮腰"已经先把车开到码头等着。宝宝一声不吭，紧紧皱着眉头，七七从她手中接过包裹，柔声道："明天放了学，妈妈接你去买糖人儿，好不好？"

“不好！”宝宝噘起小嘴。

七七蹲下来，认认真真地看着女儿，见她依旧泫然欲泣，心中爱怜万分，张开双臂，“乖宝本来长胖了，妈妈都快抱不动了的，来，我抱你一直走到平桥那边。”

宝宝扑到母亲怀里，差点儿把她扑了一个趔趄，七七笑着把女儿抱了起来，让她把下巴放在自己的肩头。夜色中的盐店街冷冷清清，两边房屋的挑梁伸向天空，便如船桨没入水里，有的伙计还坐在外头抽着土烟。估计是到一个整点了，郑老六敲着铜锣，在街上来回走着，见到七七，便向她行礼。

七七笑着对他点点头。

宝宝听着母亲轻盈的脚步声，心中渐渐安宁。

七七轻声问：“乖宝，砚台是你自己收拾的吗？”

“我自己包好的，巧儿姐姐拿了布进来，我的是花布，小弟弟的是蓝色的布。我们两个各包各的。妈妈，我包的时候还好好的呢，可是它怎么碎了呢？”说着又哭了起来。

七七拍着她的背柔声道：“没关系，妈妈找人给你把它黏起来，你拿着玩玩可以，可用来写字估计是不行了。”

宝宝抽抽噎噎地答应了一声。

七七把她的小脸转过来看着，微笑道：“怎么还哭呢？眼睛都肿成小金鱼眼了。”

差不多快走到通往平桥的台阶上，码头上还有盐船在上货卸货，七七很少在夜里看过平桥，乌沉沉的路延伸到河的对面，桥对面除了隐藏在树木下的公路泛着隐隐的白光，竟是一片黑暗。

河风吹过来，带来河水的腥气和搬运工身上的汗味。码头上的盐船倒是点着灯，货棚里不时传来人声，在这个时候，有些工人也才刚刚吃饭。

打更声，朦胧的人声，河水流淌声，风声……也许是寒夜沉寂，听到耳里，怎么都有一缕凄怆，可她却刻意回避明亮的码头，把目光投入暗色充溢的河水。

伤痕，哪有那么容易愈合，一张纸叠成两半，那折痕也要过好久才能消散。可她不再像小时候那样怕黑了，因为比起黑暗来说，这世间多的是更可怕的东西。

“小蛮腰”上前来，“大奶奶，上车吧。”

七七看着前方，“你开到桥那头去等着，我和宝宝走一走。”

“小蛮腰”去车里拿了七七的披肩，重又走过来，“天凉，大奶奶身体不好，别冻着了。”

七七一笑，"我不冷，多谢你。"接过披肩，把它紧紧裹在女儿的身上，宝宝见母亲似乎呼气都很困难，便说："妈妈，我自己走。"

七七把她放下，宝宝裹着母亲的披肩，好像突然间变成了大人，挺起小胸膛，脸上慢慢露出微笑。

走在平桥上，听着脚下缓缓流动的水声，七七忽然顿住脚步，脚下的桥面用石灰做过标记，漆黑的石板上，似依旧存着血迹，仿佛就是那日秉忠与秦飞遭遇伏击的地方。七七知道这不过是她的臆想，可依旧连呼吸都会牵动心底的伤痛。

清河上隔几里就是一个码头，这时，不知哪个码头上传来船工的吆喝声。

宝宝拉着她的手摇了摇，"妈妈，你好久没有唱歌给我听了。"

"妈妈唱歌不好听的，老跑调。"

"我不，我就要听！"

一阵风吹来，天空中的浓云散开，露出一弯下弦月，清辉投下，照在宝宝雪白的小小脸庞之上，刚才她哭得久了，那双可爱的大眼睛变得红红肿肿。七七叹了口气，极力把呼吸调匀，清了清嗓子，唱了起来：

> 城门城门有多高，打开门帘看娃娃。
> 红红脸，糯米牙，花夹袄，万字花。
> 天知道，地知道，哥哥多么爱娃娃。
> 热水又怕烫了她，冷水又怕凉着她。
> 嘴含又怕咬了她，烧香又怕折了她。
> 不烧香又怕菩萨不保佑她……
> 小娃娃，小娃娃，快快收下红绒花，插在你的辫子上。

清音婉转，悠扬动听，宝宝总算高兴起来，拍起小手打着拍子，娇娇地跟着母亲唱了起来。

"小娃娃，小娃娃，快快收下红绒花！"

她唱着唱着就展开笑颜，忽然叫道："妈妈，我也要红绒花！"

七七抿嘴笑道："好，好，要什么我都给你。"

母女俩说说笑笑，走走唱唱，渐行渐远。

终于装好了五艘船的盐，冯师爷忙着张罗工人和伙计们吃饭，秦飞本来也在旁边盯着，累了一天，待开饭的时候却又不见人影。

冯师爷叫来一个伙计问："老板在哪儿？"

那伙计道："说是去河边透透气，在棚子里待了一天了，光点货和开单子就站了一下午。"

冯师爷忙道："去把他叫回来，饭送来了，别让他饿着。"

那伙计忙走去河岸边找了一找，秦飞坐在一块大石头上，风吹起他的衣角，飘飘扬扬，他的目光却似看向平桥，从桥上，正传来一阵娇柔的歌声。

"热水又怕烫了她，冷水又怕凉着她……"

在河风中，歌声缥缥缈缈，听不真切，可音韵甜美，干净清澈，浮华落尽，唯有这一缕清音缭绕。

秦飞仰望着桥上，脸色苍白，双眼似有泪光，那伙计顺着他的目光看去，月色朦胧，夜色深沉，却什么也看不清楚。

"飞少爷……"

秦飞回过头，眼光灼然。

那伙计笑道："饭送来了，您累了一天了，赶紧用过饭回家休息吧。"

秦飞不语，却突然发足狂奔，直往斜坡上跑去，转了一个弯，跑到了平桥上。

"飞少爷！飞少爷！"他依稀听到身后惊讶的呼喊，他不管，他要追上她，她就在这里，他要追上她！他要到她的身边去！

那首歌，那首他唱给她的歌。

他们的童年，在那荒凉的站台上，狭小透风的岗亭里，她说："阿飞，唱歌给我听！"

他就给她唱了这一首，在川南，每个少年郎都会给自己喜爱的小幺妹唱这首歌。

"天知道，地知道，哥哥多么爱娃娃。

热水又怕烫了她，冷水又怕凉着她。"

秦飞听到了宝宝娇嫩的童音，是的，七七是唱给她的女儿听的，也许这首歌在她的心中，也仅仅只是一首寻常的儿歌。

这么多年，他眼睁睁地看着她的不幸、她的伤痛，而不知从什么时候开始，自己也成了她不幸的根源，或者，从一开始就是。

他忘不了将她推开的一刻她绝望的泪眼。那么多人伤害她、欺骗她，而他，竟然也狠心地对她说出那些话。他忘不了在雷霆的私宅外，看到她被凌虐之后的样子。他忘不了每次自己刻意不去盐店街，躲避她，却在与她偶然邂逅的时候，紧张得连血液都似要凝结。

她怕他，她也在躲着他。也许她想象不到，那天在路上遇到，她快步转身走开的背影，让他痛不欲生。

其实这首歌的最后一句，她并没有唱出来。

"小娃娃，小娃娃，快快收下红绒花，插在你的辫子上。

小娃娃，快长大，哥哥把你娶回家！"

秦飞看着七七和宝宝朦胧的背影，在前方，咫尺之遥，可他却突然止住脚步，慢慢蹲了下去。

那一天就是在这里，就在这座桥上，父亲被打死，鲜血流了一地。

后来知道这件事并不是林静渊所做，可这并没有让他轻松多少。是雷霁。雷霁要得到她，设了这个局嫁祸给林静渊。

秦飞知道，他的心有多痛，她也会有多痛。所以，她才要和他彻底了断，正如他，无力再向前迈上一步。

七七！

子规夜半犹啼血，不信东风唤不回。

他在心里呼唤她，糅合着血和泪，可他也知道，即便他能唤回东风，却再也唤不回她。

七七似乎听到有人在后面喊她，她回过了头，夜雾已经上来了，月光中，只有雾气蒸腾，水声荡漾。

回到晗园，小桐快步迎上，兴奋地道："大奶奶，有远客来找你啦！"

"远客？"

宝宝也觉得奇怪，把目光投向客厅，忽然一声欢呼，奔到里头坐着的一个人身旁。

"干爹！宝宝想死你了！"宝宝扑进来人的怀中。

那人把她抱起，胡楂扎得宝宝笑着直往后面躲，那人笑道："干爹也想你！"他身旁还站着一个男子，脸上一道刀疤，也带着慈祥的微笑。

正是赵四爷和老夏。

看到他们，真如看到久别的亲人。

"四哥！夏大哥！"七七喉咙一哽。

"没想到这么快就又见着我们，吓了一跳吧。"赵四爷还是一贯的慈祥。

七七尚未说话，宝宝忽然挣扎着下来，牵着赵四爷的手，把他往外拉，"走，走，干爹跟我去看看花花！"

赵四爷愕然，"花花？"

七七抿嘴笑道："就是那只松鼠！"

赵四爷哈哈大笑。

老夏笑道："宝宝，你长胖了，更漂亮了！你的松鼠也长胖了吧？"

宝宝很认真地说："花花没有长胖，它又聪明又乖，以前走丢了，还知道跑来找我呢！"

"哦？"

七七对宝宝道："去洗手，跟小桐姐姐端点儿水果和点心过来。"

宝宝答应了，连忙跟着小桐一起去厨房，又听到她的欢呼。七七往那边看去，赵四爷笑道："小武也来了，带了一些山里的特产和腊肉，正在厨房收拾呢。"

七七喜悦无限，亲自给赵四爷和老夏斟上了热茶，忽然秀眉微蹙，"四哥，你们这一次离开璧山到清河来，不怕被人知道？"

赵四爷但笑不语，老夏却是苦笑了一声，"已经有人找到璧山来了。"

七七一惊，脱口而出，"是我丈夫的人吗？"

赵四爷道："说是跟林先生有关系，但当时我看着就觉得不像，一帮鸡零狗碎的鼠辈，他们到山里原想捣乱，却被我和老夏给吓跑了，哈哈哈。"他说着就笑。

七七心里却是乌云密布，这些人能找到那么偏僻的山里去，哪可能只是像赵四爷说的那样仅仅是捣乱？愧疚不已，黯然道："对不起，都是因为我。"

赵四爷摆手，"没事，没事！我和老夏也算是什么阵势都经过了的。如今外头也不像以前那样全是我们的仇家，而且……"他微微一笑，"说来话长，今天就不说这么多了。不过，我们在璧山是待不下去了，干脆搬到清河来。"

七七又惊又喜，又是担心，"万一又有仇家找你们的麻烦怎么办？"

老夏笑道："小幺妹你不知道，四哥与清河是有渊源的。"

七七只是知赵四爷在清河有一个故人，但她不愿意窥探别人的私事，因此从来不曾深问。这一下疑云满腹，脑子里转着念头，忽然心念一动，试探着道："四哥，别怪我说话唐突，你……跟龙王会是不是有关系？"

赵四爷一笑，"你真是聪明，龙王会的纪五就是我带出来的。"

七七恍然大悟，松了口气，却忽然脸色一变。

老夏道："当时为了打听来捣乱的那些人的来路，所以才跟纪五联系上，他说那帮人估计是盐务局长欧阳松派来的，又说了欧阳家和你夫家的关系，四哥和我担心你的处境，但想着好歹你娘家有人，我们也不便出来添乱，但四哥总是不放心，说是一定要来一趟，不过……终归是晚了一步。"

七七明白，他们自然知晓雷霁与她的事情。

赵四爷目光里颇是关切，"现在可养好了？"

七七轻轻点点头。

赵四爷道："我们现在住在高桐镇的龙王会那边，离这里也不过十数里地，以后有什么需要我们帮忙的，尽管开口。"

七七红了脸，"你们远道而来，应该是我多照应你们才对。"

赵四爷呵呵一笑，"相互照应，相互照应。"

宝宝和小武他们回到客厅，宝宝手里端着一盘切好的香橙，小武见到七七，赧颜笑道："阿姐！"

"小武！"七七高兴地走上前。

"我不想在璧山待一辈子，就跟着赵四爷他们出来，我是来投奔你的。"小武笑道。

"妈妈，让武哥哥留在我们家好不好？"宝宝央求。

七七沉吟道："小武聪明能干，可不能委屈他。"

"不，我不委屈！阿姐不要顾虑什么。让我给宝宝当个跑腿的也行，平时也好照应她的安全。"

七七想了想，说："要不这样，我现在有一个盐铺，正好缺人，小武去那儿学点儿东西，以后也能自己做生意呀。"

小武大喜，连声称谢。

赵四爷看着七七，目光颇是欣赏。

次日，小武带着包袱来到香雪堂。

七七早已经到了一会儿，穿着一身深灰色薄袄子，右手无名指上带着一枚亮闪闪的戒指，黄澄澄闪着光芒，正拿着一个绷子绣着花，见他进来，微笑着把手上活计放下。

小武向她行了个礼，笑道："阿姐，您这么早……"

七七笑道："我婆婆住在这儿，早上我来得一般都很早的。"

因要经常去盐店街，故恢复了每日给林夫人请安的规矩，免得失了礼数。这天早上去玉澜堂，她先去给林夫人请了安，林夫人态度冷漠，她已经习以为常，也不放在心上。从佛堂出来，正好见静渊从锦蓉屋子里出来，锦蓉跟在后头，替他拿着外衣，七七赶紧把身子转过去，她转身很快，锦蓉却已经看到，提高了嗓子对静渊道："来，我先给你穿上。在被窝里捂着出一身汗，别一吹风就着凉。"

这话响响亮亮地传到七七耳朵里，她加快脚步就往天井里走，静渊追上来，拉住她，"七七！"

她回过头看他，目光直凉到了他心底，静渊有一肚子话要对她说，见到这样的眼光，却不由得退却。

锦蓉已经笑吟吟跟着上来，手肘上搭着静渊的外衫，七七一双眼睛变得更加深沉漆黑，伸出手去，不顾锦蓉眼中陡露怨气，径自把静渊的衣服拿到手中，抖了一抖，给静渊披上，"锦蓉说得对，天气变了，别着凉了，把外衣穿上吧。"温柔一笑。

静渊脸色一动，看着眼前柔和的一张脸庞，心中莫名地失落。

文斓从另一间屋子里追出来，缠着静渊带他去盐场，可惜静渊这天得守着检验新出的盐锅，怕孩子受不了铁厂的热气，就让他待在家里，文斓哭丧着脸，萎靡不振地跟着一个丫头去洗漱。

七七忽然道："对了，巧儿是怎么罚的？"

静渊道："打发去庄子里了，那边现在等着收青菜。"

青菜是用来立冬时拿来做腌菜的，巧儿这一出去就是两个月，七七听了，也就没再说什么。

"请过安了？"静渊问。

"请过了。"七七道，看向锦蓉，锦蓉被她看得扭过了脸，朝林夫人的佛堂走去。待她请安出来，静渊和七七已经离开了玉澜堂。

七七问小武是否已经收拾好了行装。

"已经带过来了，包裹里就只有一些衣服，搁在大门口的条凳上。"

正好香雪堂的古掌柜进来，向七七行礼道："东家奶奶，您在韭菜嘴的那两间屋子收拾好了，上次请的几个绣娘已经去了。"

"辛苦您老了，还张罗这些杂事。我一会儿就过去看看。"

古掌柜看到小武，有些诧异。

七七笑道："这是新来的小武，我的朋友，你带着他在盐号里走动走动，给他派点活儿做。"

古掌柜笑着答应了。

七七道："正好我现在闲着，你把我们香雪堂的人员安排给小武略说一遍，我也再记一记。"

古掌柜问小武道："小兄弟以前在盐号里干过没有？"

"没有，不过我在山里的时候也曾帮着家里卖盐。从县城的盐铺子里进货，对盐的品类、价钱，还是知道一点儿。"

古掌柜笑道："那就好，学起来也快。我们香雪堂以前本来是运丰号下面的盐铺，后来奶奶嫁到盐店街，便从运丰号分离出来，并不算大，只有一口盐井、十数个盐灶。不过人事安排还是跟别家差不多，井灶那边另说，单说堂内的人员安排，有账房管事，出纳，在白沙、青冈林、高桐、岩滩几个分号另设管事，名目大致如此：乡庄管事、杂务管事、家塾管事、香灯管事、厨房管事、清洁管事、修造管事、买办管事、碾房管事、牧畜草料管事、食储管事。再下面有炊事、白水客、学徒、杂役、更夫、马夫……"

他说得很细，实际上小武刚来，实在没有必要一个个说出，这大部分还是为了照顾七七。七七不是第一遍听，但每听一遍，都极为认真地默记。

小武瞠目结舌，真没想到，看香雪堂也就一个大厅，四间账房，外加一个有着两三间屋子的后院，比起刚才一路来看到的盐店街其他盐号，显得朴素得多。可没想到，就是这么小小的一个盐号，竟然有这么多的人来做事。古掌柜还在滔滔不绝地说着，见小武愣愣发呆，便微微一笑，道："慢慢地就记下来了，以后管事们你都会——认识，至于下面的人……"他转头看着七七，"东家奶奶，您说小武先做什么好呢？"

七七道："我看还是先跟着你，你平时走到哪里都带着他，让他给你打下手，尽早熟络起来。"

"是。"

小武大喜，向古掌柜深深鞠了一躬，又向七七鞠了一躬，"谢谢奶奶！谢谢掌柜！以后小武有什么做得不当的，尽管打骂教训！"

七七抿嘴一笑。

古掌柜带着小武去盐灶里，七七留在香雪堂，和两个会计一同清点这个月的税单。屋子里不是特别透气，有股潮湿的霉味，她走到窗前把窗户推开，却看到文斓，身边也没有一个大人跟着，一个人在街上走过来走过去，孤零零的样子，走到了香雪堂门口，并没有注意到七七正在账房的窗户那儿看他，扶着敞开的大门，探出半个身子，偷偷朝里头张望。

"文斓！"七七叫他。

文斓吓了一跳，睁大眼睛四处寻了一遍，这才发现七七正从右上角的窗户那儿看着他，他白白的小脸红得透了，低头道："大妈！"

七七招手，"进来吧！"说着自己走到大厅去，文斓走了进来，紧张地用手拽着衣襟。

文斓因未到学龄，整日在家，七七听宝宝说过，文斓并没有什么朋友，眉头微皱，孤孤单单，宛然便是一个小静渊，把这孩子叫到身旁来，也不知道该对他说些什么，叹了口气，走到里屋，拿了几块绿豆酥给他。

文斓捧着绿豆酥，小心翼翼地坐在一张椅子上，七七拿过一块绿豆酥，给他剥了上面的锡箔纸，问："怎么了文斓，在街上晃悠什么，跟着你的丫头呢？"

"我偷偷跑出来的。"文斓说，"不过估计一会儿就有人来找我了吧。"

"你妈妈呢？她怎么不陪着你？"

"妈妈去看戏了。"

七七把绿豆酥递给他，"吃了这个就回去，我给你倒点儿水。"站起来去拿茶壶。

文斓把点心吃了，见一张桌子上摆着绣花的玩意儿，跳下椅子，好奇地走过去看，想起刚才进来的时候看到的那个梅花绣屏，便忍不住问："大妈，外头那个梅花就是上一次我去晗园时你绣的吗？"

"是呀。"七七微笑道，把一杯清茶递给他，"小心烫着嘴。"

文斓咕咚咕咚就把一杯茶喝光了，脸被热气一蒸，显得粉白粉白，七七掏出手绢，给他擦了擦嘴角的点心末，笑道："好喝吗？我再给你倒一杯。"

文斓笑着点头，门牙已经长好了，笑容极是可爱。

七七重又给他倒了一杯茶，又从抽屉里拿出茶叶筒，"喜欢喝的话把这个拿回家。"

文斓接在手里，大眼睛看着七七，那目光里竟似有一丝依恋，"小姐姐不在吗？"

"小姐姐在学堂里呢，下午才回来。"

"她昨天很难过吧？"

七七想了想，看着他的小脸，"你觉得呢？"

文斓低下了头。

七七柔声问："你喜欢小姐姐吗？"

文斓轻声道："我要回家去了，奶奶要知道我跑出来会生气的。"捧着茶叶筒，低着头就往外走。

七七追上去，轻轻拉住他，凝视着他的眼睛，"文斓，小姐姐以前一直住在乡下，吃了很多苦，她从来没有想过跟你争什么，也一直希望对你好，你是她的弟弟，也是她的好朋友。"

文斓眼中闪过一丝泪意，咬着嘴唇沉默。

"小少爷！小少爷！"

外头传来一个丫头的呼喊声，文斓轻声说："她们来找我了，我回去了。"

发足奔到外头，七七走到门前，见那丫头拉着他大声道："小祖宗，你怎么一眨眼就不见了，老是这样子偷着跑，小心夫人把你给锁起来！"

"别，别告诉奶奶！"男孩极力央求。

"你要再不听话我就告诉夫人！"

"我听话，我听话，别告诉奶奶！"

七七心中渐渐泛起一丝苦味，谁都是从单纯如水晶的年龄过来，可生活中的一切却更像一副刑具，天生就是用来折磨这样纯洁的灵魂。文斓被丫头拉着往前走，不时回过头，七七与那双泪汪汪的大眼睛对视，只觉心酸。

金枝给她的那本光绪年间的账簿，被压在她从晗园搬来的织物中。这几日她一直翻看，仔细回想着杜老板的遗言，对照着账簿上一行行的文字，几乎一点儿头绪也没有，除了民国三十二年二月二十一日那一天的账，记录着杜家盐号购进钢丝的数目，以及钢丝的来源——雍福号。而在雍福号旁边，另有一个小楷批注二字：美孚。

那么，这钢丝莫非也同林家的一样，是进口自美国吗？可为什么出事的偏偏是林家呢？雍福号，这家买办怎么从来没有听过？

她握着泛黄的纸页，思前想后，疑云满腹，出了香雪堂，在盐店街的青石板路上缓缓行走着。

阳光渐渐穿透浓云薄雾，洒在这红尘路上。空气里湿湿的带着暖意，还有股淡淡的硝粉味，估计是哪家店铺的伙计刚刚用火石点了土烟。行人交谈，骡车来往，这气氛竟颇像小时候在立春那一天，父亲抱着自己走在市集上的感觉，就是这种湿暖、带着硝粉味的阳光的气息。

可这明明才是秋末，连冬天都还没有来呢。

郑老六又在打更了，伙计们戏弄他，"老六！你打更没人听了，如今铺子里都有了钟，以后没有你吃饭的份儿了！"

盐店街的更夫打更，是从前清就遗留下来的规矩，每家盐号轮流给更夫工钱，管他食宿。郑老六一听，倒是丝毫没有不高兴，反而更加有力地敲响了他的铜锣。

七七走上平桥旁的斜坡，盐店街的最高处，当年放孔明灯就是在那里。

心里的痛楚早就在刻意地淡忘，这段时间，几乎满脑子想的都是账簿、税单、工人的工钱，可是疑惑与悲哀的感觉却不时在侵扰她，每分烦恼，似乎都只有来处，却没有去处。沿着台阶一路上去，站在高崖边，她俯瞰着清河与盐店街。

　　天地之大，事变之多，看着眼中的红尘万丈，仿佛看见一本巨大的账簿，上面记录着人间一切事物与过去未来的因果，没有一处遗漏，所有细微的却每每被人叹为不可知的因缘，所有的善恶、爱恨，一一都可以查究，也一定可以查究。

　　远远传来的铜锣声，像佛寺中的铜铃，让心魂安宁，七七的脸上渐渐露出了微笑。

民国二十六年，日军屡在中国华北、华东挑衅，国民政府为了大力增产川盐，保障后方盐路，盐务局长郭剑霜向国家银行贷款了一千三百万元投入了清河盐业，并从国外购买了采卤制盐的先进设备。清河本因产盐滞销，物价飞涨，场商和运商资金周转失灵，这一次官民联手齐心，使盐场重新恢复了一些生机。

清河边的隆昌灶，是从前清保留至今的一个老盐灶。这个盐灶的盐工，曾做的是全清河最苦的工，却拿的是最少的工钱，而盐灶的主人，就是以吝啬闻名的段孚之。

民国二十四年，段孚之被欧阳松打压之后，就一直在走下坡路，民国二十五年，段家的几口老盐灶，被东场盐商林静渊的夫人以高价收购，而这个隆昌灶，在民国二十六年也终于被收购。

此时，从远处田埂走来一个年轻小伙子，盐工们都笑着跟他打招呼，"小武管事，都快吃夜饭了，什么风把你吹到这黑棚子里来了？"

小武微微一笑，正好香雪堂的一个经理从盐灶那边走出来，小武便问："东家奶奶在里头吗？"

那经理身上的灰布褂子已经变成了黑色，连脸都是黑的，苦笑了一声，"在里头呢，谁都不好意思去拉她，正好你来了，不过我看她兴头正好着，你劝也不管用。今儿算是倒霉，被这姑奶奶给揪了过来，唉！你看我这身衣服，过年的时候刚做的，废了！"他一伸手抹了下脸，把脸弄成花猫一般，"咦，小武，这两天你不是都在绣庄里吗？怎么又跑到灶里来了？"

"临时有些事要向大奶奶禀报，搭了送货的车过来。"

"那你进去吧！里面那头上裹着衣服的人就是她。"

隆昌灶没有瓦斯火，烧盐用的是有烟煤，烧盐匠们在盐灶里不论春夏秋冬都是光着膀子，只穿一条短裤，浑身上下全是煤灰，脸上乌黑，盐灶里漆黑一片，偶尔有几只麻雀从灶房飞出来，身上麻色的羽毛也全被染成黑色。

热气与水汽带着浓烈的酸味儿，混合着煤灰一下子扑过来，小武差点儿背过气去，因新换了大盐锅，还有一些技术工人在用石灰、麻筋和谷物混成糊糊贴在锅圈上，免得漏水。他寻觅了一遍，果真看见靠窗户的一个木板台阶上站着一人，身形纤细，头上用衣服裹得严实，只露出一双黑黝黝的眼睛，一会儿看着灶里，一会儿却探出头到窗外换气，估计是呼吸困难，不是七七是谁呢？

小武又是好笑又是担心，捂住鼻子大声叫："阿姐！"

七七给他打了个手势，让他靠近，小武走到她身边，她指了指盐灶，大声道："新买的锅，我得看着不出错才行。"

小武顺着她的目光看向盐锅那边，主锅在前，温锅在后，先烘热炉膛和锅灶，再从站立式的高桶底部处抽去垫底的木塞，将楠竹劈开半边，用竹筒将黑卤水传送到各个盐锅里，烧盐匠再铲煤到炉膛，熊熊炭火燃起，将两锅盐卤烧得滚了，用铲子捞开杂质，将卤水提清化净，盐卤结晶烧干后，再用尚有余热的卤水依次用木瓢往前舀到锅里，不断翻搅，放入卤水，持续烧煤，不停地掏炉清渣，卤水在锅里面不停地结晶，盐就不断结厚。

七七从上午便开始断断续续进来看，下午正式烧盐了，她就一刻也没有离开。待见一切顺利，盐锅没有出问题，便给小武打了一个手势，示意出去。出去之前，工头一声吆喝，盐工们大声喊了一句："水火相容、咸泉上涌！东家慢走！"

七七向他们行了一礼，方才出了盐灶。三下两下把身上头上裹的衣服除下，露出齐肩的卷发和雪白的额头，衣服都被汗水湿透了，虽已到初春，但寒意未退，她立刻打了一个喷嚏，那经理早给她收拾好了东西，捧着她的一件羊毛大衣过来，七七却不接，只摆了摆手，用毛巾擦着脸上脖子上的汗。她虽裹得严密，但是衣服领子、袖口大部分地方，还是被煤灰弄脏，脖子已经黑了，脸上虽然不算太脏，眼圈儿却是黑的，衬着白腻如脂的皮肤，像极了动物园里的狸猫。

小武叹道："您这是何苦！"

七七笑了笑："盐锅是新买的，又是自家人的厂里做的，自然要多上一点儿心。你什么时候回来的？"

"今天上午。"小武便跟她简略说了下进货的事情，"我在成都的时候，听说现在上海那边风声很紧，好像快要跟日本人打起来了，省里传出消息，说郭局长又从中央申请了一笔钱，打算在胡家坝修一个发电厂，想招盐商合资。"

七七沉吟道："如今只有大的盐灶是自己发电，这么一来，小盐灶也就省了好多心，真是件大好事。他既然缺钱，我们便给他送点钱去，助一把力。"

小武笑道："奶奶，这可不光是对别人做好事，也是对咱自个儿做好事！"

正说着，一辆汽车开到两人面前，从里头下来一人，俊眉斜挑，满面怒容。

七七急忙用手捂住了脸，经理和小武向静渊行了一礼，静渊走上前去，把七七的手掰了下来，见她披头散发、一身脏灰，手腕上腻腻的全是汗，顿时铁青了脸，"藏什么藏，你也知道怕？我看你如今连姓什么都不晓得了。"

"我姓孟。"

"若是上了族谱，这个姓氏前面还得加个林字！"

七七满脸堆笑，"林东家教训得是，小的知错了，走，回家去！"说着要去挽他的手，静渊轻轻甩开，"你照照镜子去！瞧瞧现在成什么样子了！我看你是忘了自己的身份。"

他在外面一向对她客气有礼，极是尊重，如今沉着一张脸，语气犀利，把七七说得满脸通红，经理和小武在一旁听着，不敢发一言。

清河礼教甚严，男尊女卑，所谓"妇人无外事"，清河上流社会的女眷里，七七是唯一一个堂而皇之出来做生意的，惹了不少闲言碎语不说，还在盐店街开了绣坊，打破了盐店街百来年的传统。静渊作为盐店街的大东家，心里早就憋着一股气，原以为她不过是闲着没事玩一玩，没想到她竟然坚持了一年多，而且兴致越来越好，生意做得也越来越上手，连绣坊的生意都做到了成都去。

她每日去玉澜堂给母亲请安，没有一次不被厉声训斥，最后索性装聋作哑，一句话也不回应，可一出得屋去，就好像身轻如燕，整个人眉开眼笑的。

静渊素来清楚，这个人吃软不吃硬，强迫她只有让她反抗得更厉害，而在他的内心深处，其实也是希望她能够做一点儿她自己喜欢的事情，至少可以让她没有时间去记起那些痛苦的回忆，至少，能每天都笑一笑。

是的，他希望她能忘记痛苦，忘记烦恼，忘记过去，但是他绝不希望也绝不允许她忘记他和她的这个家，忘记她还是他的妻子。

七七轻声道："别生气了，下次我不来了。"

静渊把她拽进了车，见"小蛮腰"正从后视镜瞟着他们，斥道："看什么？明儿就把你辞了！"

"小蛮腰"发动汽车，紧张道："要不得，东家，要不得！"

七七擦了擦手，小心地把大衣叠起放进脚边的一个布袋子里，想起一事，把那袋子抖开，露出里面一件衣服，对丈夫道："你看，我什么都不耽误的，这是给文斓做的衣服呢，明儿把领子缝上就完工了。"

静渊转头看向车窗外，夕阳已经落山了，天边是一片暗红的彩霞，天与地相连的地方已经变成了灰黑色。

七七道："今天是不放心那些盐锅究竟合不合用，所以才来看的，毕竟是从你的厂里买来的，万一有什么事情，我自己也好先知道，免得别人到外头去说三道四。"

静渊哼了一声，"说三道四？你天天往这些粗人堆儿里扎，外头早就在说三道四的了。"

"由他们说去，清河的商人都是务实的人，若真是做实事的，谁去管这些闲言碎语？"七七打了个哈欠，"静渊，我是又累又饿啊！你别生气了好不好？"她说着就要往他身上靠，静渊生生忍住抱她的欲望，反而往旁边又坐了坐，七七见他毫不动容，又因为自己身上确实太脏，倒没有真靠过去，笑了笑，慢慢坐了回去。

车子里一片静默。

天色越来越暗，他终低声说："啸松楼来了一个广东厨子，会发鲍鱼，我把他请到晗园做了点儿广东菜，有你爱吃的鲍鱼粥。"

却没有听见回应，转头看去，她已经仰头睡着了，嘴微微张开，像个孩子。

轻轻撩开她的头发，她眼睛一圈全是煤灰，他掏出手帕给她小心地擦了擦，心里一酸，柔情涌动，将她揽近身，靠在自己的肩上。

她却轻轻一动，吓了他一跳，只听耳边轻声笑语："鲍鱼粥好吃，那还有没有铜盘鸡？"

原来她刚才似睡非睡，竟把他的话听了进去。

待要把她推开，她却咯咯笑了起来，使劲拽着他的手臂不放，静渊叹了口气，也就由她，嘴角却忍不住露出笑容。

七七吃广东菜是跟着郭剑霜的夫人学的，郭家的厨子是顺德人，煲得一手极美味的鲍鱼粥。有一次七七吃不够，打包带回一份，静渊由此记下。

这段时间他一直很忙，闲下来第一个念头就是去找她，有心从啸松楼请来这个广东厨师，满满地做了一桌广东菜，谁知道等到快要开饭她都没有回去，绣坊不在，香雪堂不在，四处井灶也都找了，却没想到她竟然钻进了这个黑卤盐灶，跟一群赤身裸体的盐工挤在一起，也难怪他生气。

誊材小学组织去内江春游，宝宝晚上没有回来，少了女儿在一旁玩闹，静渊又不声不响，气氛多少有些冷清。七七胃口倒好，连喝了三碗粥，把一份铜盘鸡吃得没剩多少，那厨子又会做甜食，用最好的吕宋芒榨了汁，和着糯米做了一碟甜点，她忍不住又吃了不少。静渊在一旁看着，脸色越来越不好看，把筷子一扔，径自上楼去了。

黄嬢柔声道："奶奶，小心吃多了闹肚子。"

七七放下勺子，用餐巾擦了擦嘴，人却不起身。

黄嬢笑道："东家也挺辛苦的，几日都没有回家休息了。"

小桐在一旁附和道："中午就回来了的，等了一个下午，后来实在忍不住才去找你的。"

七七站了起来，"看来我在这儿是坐不下去了。"小桐笑着过来给她捶捶肩，"好歹玉澜堂那边的没有得势，东家脾气再不好，那心思可是一直挂在您这边，别跟他计较，好不好？"

七七对黄嬢道："文澜的衣服在门厅的布袋子里，您老帮我把领子缝上去，接口那儿留着，我来收尾就行了。"

黄嬢答应了。七七转身对着小桐，"去给我泡点儿红茶。"

小桐忙去泡茶，端了过来，七七接过，慢慢上了楼去。

匀出一只手拉开壁灯，静渊坐在一张沙发上，灯一亮，他把眼睛一捂，过了一会儿才慢慢挪开手。

七七把茶给他端去，柔声道："消消气。"

他接过，却只是把茶往旁边茶几一放，用力将她拉到身边，眯起了眼睛，凝神而视。

回家后她就洗了澡，头发还有一点儿湿润，有些松散地搭在肩上，衬得那张脸更是瘦削，额头上有一道小小的疤痕，在秀发间若隐若现。

他轻轻抚摸着她的脸，低下头就吻了上去。

也不过分开数日，却似离别经年，心中满是对她的思念和渴望，只想拼命地渗透到她的身体里，直到血肉交融。她只穿着一件柔软的便袍，几下就被他剥除，像褪下新笋的嫩壳，他一手揽住了她纤细的腰身，另一只手却习惯性地放在她的脖颈之后。

他想起以往这样温存的时刻，她满头青丝如瀑布一般流泻在自己的指间，可如今……

她发现他目光里的犹疑与伤痛，便搂住了他的脖子，将樱唇压在他的嘴唇上，明眸半合，脸色柔媚。他爱极这娇柔的模样，爱得连命都可以给她。

夜风带来粉桃花的香味，床头柜上一大束蓝幽幽的鸭跖草也正吐露芬芳，她睡着了，睫毛微微颤动，额前的秀发被汗浸湿，双颊透出了红晕，光滑的肩膀露在外面。他的手轻轻一动，想替她拢好被子，她却习惯性地往他身上再靠了靠，静渊忍不住笑，她整个人贴了上来缠绕在他的身上，温腻腻的一片肌肤，生生是要重新勾起一把火。他把她圈在自己温暖的怀里，也许她正在做着梦，也许那梦中有她心里抹除不掉的恐惧，当他的手掌一放到她肌肤上，她的身躯微微颤抖了一下。

痊愈需要时间，尽管她如此决绝地要去忘记过去。

记得有一天夜里，她从梦魇中惊醒，他将她紧紧搂在怀里，她浑身都是冷汗，嘴唇都在痉挛，她颤声说："那天晚上我拿簪子扎进了他的脖子……我以为我能忘，可我忘不了，我不敢再摸发簪，静渊，我忘不了了。"

她眼中充满了绝望，"我该怎么办？"

伤好了之后，这是她第一次在他面前表现得如此无助。

他无法想象那一天晚上的惨烈，她一直在努力地去忘，不让自己有一分时间的空闲，可唯独那些梦魇，时时刻刻都在侵扰。

他并不知道该怎么安慰她，只是紧紧地抱着她，对她说："如果忘不了，就多去记一记现在的事情，多想想我们的家，想想孩子，想想我爱你。"

他发自肺腑地说这句话，心想，也许她会相信他。

后来，发生了一件事。

去年的春节，按规矩，应由家族里的主妇带着下人筹备，由于林夫人一直不满七七在盐店街做生意，为了要多少讨好一下婆婆，再加上锦蓉怀孕，七七把玉澜堂所有过年的杂事都包了下来。

也就是从那个时候开始，玉澜堂接二连三地出事。

泡菜缸子被人在深夜砸碎，风干的腊肉上浇了热水变质腐坏，在七七经常行走的东厢走廊，不知被谁泼了脏水粪便……下人们都受过静渊的严训，应该不会做出这样的事情，那么是谁呢？

静渊立刻就要去找锦蓉质问，七七却只是拉着他，"我们若再掺和进去，只会越来越麻烦，快过年了，年过完就什么事也没有了。"

大年三十那一天，按旧礼，儿子媳妇要向母亲磕头拜年，妾氏要向正室行礼。因为锦蓉身子不便，林夫人便做主让锦蓉免了这个礼，锦蓉甚是难为情，赔笑道："磕头虽然免了，但还是得给姐姐表示一份心意才行。"

林夫人笑道："你姐姐这几日忙活得辛苦，你要给她什么样的心意？"

"老早就想好了。"锦蓉拿出一个首饰盒，恭恭敬敬地呈到七七面前，打开来，里面清一色的发簪，珐琅的、点翠的、纯银的、黄金的、包金的、碧玉的，粗的细的、大的小的，一共十二根。

她拿起一根银色的发簪，笑道："姐姐，这些都是古董，好不容易从首饰店里寻来的，我看这一根很配你，听店里的老板说，这是一个当兵的卖过来的，听说它以前的主人是一个落难的闺秀呢。啧啧，你瞧，多么精致，和姐姐多么般配！来，我来给姐姐簪上。"

说着她伸出了手，把发簪径自插向七七的发髻。

静渊永远也忘不了七七当时的表情，一向柔婉的她，眼中竟然也会射出这样阴冷的杀气。

文澜和宝宝都发出了一声惊呼，七七狠狠地攥住了锦蓉的手，如此用力，锦蓉的手一麻，那根发簪叮当一声掉在了地上，她一张脸痛得抽搐起来，身子斜着，似乎马上要倒在地上。

七七只是冷冷地凝视着锦蓉，不论林夫人如何大声训斥，她只是不放手。

"七七，她肚子里有孩子！"静渊见锦蓉脸色惨白，终忍不住开口，锦蓉听到，索性大声呼痛。

七七飞快地看了静渊一眼，眼中的怒火转瞬即逝，很快就变成了暗沉的死水。他伸出手搭在她的手上，目光里是一丝恳求。

她把锦蓉放开，锦蓉软软地搭在静渊的肩上，娇声低泣。

宝宝从来没有见过母亲这样孤独，她不知道该怎么安慰母亲，只是默默走到她的身旁，用小手握住了她的手。

静渊知道他又伤了她，尽管他不想，再也不想，可还是伤了。

那天晚上，还是照着规矩守岁，七七和宝宝坐在大厅跟几个丫鬟一起剪窗花，还出去陪文澜放了一会儿鞭炮，原本希望大闹一场的锦蓉甚是失望，恹恹地回到房间，可就是在这个时候，意外发生了。

轰隆的鞭炮声盖住了锦蓉的呼声，直到被送消夜的一个丫鬟发现。

锦蓉滑倒在地上，孩子也就是在那一天夜里没有的。

锦蓉又气又愧，歇斯底里地哭喊，却是无法挽回。林夫人气得浑身发颤，指着七七怒骂道："你使了什么恶毒的妖法，害死我媳妇肚子里的孩子？"

七七脸色苍白地站在一旁，眼里是倔强的不肯落下的泪水。静渊伸出手，握住了她的手，紧紧握住，她的泪水终于还是悄然滚落。

他很想让她多靠一会儿，可是他不能。他知道这个时候，应该到锦蓉的身边去。轻轻拍了拍七七的肩膀，松开了她的手，他坐到锦蓉的身旁。

"静渊！"锦蓉扑到他的怀里，攥住他的衣袖，放声大哭，"是我不小心，我们的孩子没了！"

"我们还有文澜。"他柔声安慰。

林夫人在一旁擦着眼泪，加了一句，"你们都还年轻，以后还可以再生。"

他不知道她们是什么时候离开的，他想回晗园，是文澜拉住了他，"爹爹，妈妈那么难过，你就多陪陪她吧……"

等他终于能回去的时候，她已经把长发剪下。那一头他深爱的秀发，他总爱缠绕在自己手臂上的秀发，就这么没有了。他知道自己为什么会那么心痛，不仅仅是因为又失去了一个孩子，他心痛，是因为他发现自己或许已经没有能力，再让她相信他值得她依靠。

在这样夜阑人静的时候，她并不会知道，他拥抱着她，眼神中有多少遗憾与悲伤。手指温柔地拂过她黛色的眉，她睡得那么熟。

"七七。"静渊轻声道，"回来，回来吧……"

一宿好眠，醒来的时候周身酸痛得如同骨头都要散了，日光已经透过了窗帘，七七悚然一惊，"糟糕，睡过头了。"

却听低醇的声音响起，"我给香雪堂打了电话过去，你那边的事情让老古给你先料理着，不用急。"

他坐在沙发上，面颊光洁，已经洗漱过，手里正翻看着一本什么东西，侧脸俊逸宛如雕琢而成，衬着淡淡阳光，泛着温润的光芒。

她看着他，微微有些失神。

"郭剑霜今天中午请商会的人吃饭，你难道不跟着我去？"

"去吃他的饭，这饭钱可少给不了。"七七穿上衣服。

静渊眉毛一挑，"林太太不错呀，如今也变得如此灵通。"

七七一笑，"那都是林东家的功劳。"探过头去，他手里拿的是她隆昌灶的工人账簿，不知道他什么时候翻出来的。

静渊自顾自翻着，"真不明白你怎么对段孚之的东西感兴趣，明明知道他把我当作死对头，恨不得捅我心窝子。"

七七慢吞吞地下了床，"只是生意上有些冲突，怎么就说得上是死对头？再说了，他不照样把盐灶卖了给我。"

"那是他看在杜老板的面子上，要不就是忌惮你父亲。"

"也许吧……不过，谁敢真正得罪林东家？"

静渊合上账簿，"就这些老灶破井，也亏得你花那么多钱买了来。除了隆昌灶稍微还能再撑几年，其他的别说挣钱，不给你找一堆麻烦就不错了。"

"我不全是为了挣钱。"七七坐到静渊身边，脸色十分平静。

"那你是为了什么？"静渊看着她，她的睡衣领口较低，依稀见到丰盈雪白的胸脯，便伸手把她拉近身，七七见他神色，笑着要躲开，他却不放，七七叹了口气，笑道："林东家，你看了我的账簿，觉得怎么样？"

她的脸凉凉地贴在他脸上，静渊半闭着眼睛，"嗯，很细。"

七七嗔道："我跟你说正经的呢。"

"我是说你的账做得很细！想到哪儿去了。"

七七双颊晕红，自己也觉得挺不好意思，拿起那账簿，翻看了一下，叹道："你不知道，连古掌柜都觉得我太悭吝了。"

静渊淡淡地道："别跟他计较，这种老人思维上过不来，不懂得你的心思。"

"你懂？"

静渊摸了摸她的下巴，"我自然是世间最懂你的人。按理说，清河井灶长工的伙食，最少是每人每个月一斗八升米，按数量折价包与管事们承办，如果长工们没有吃完，剩下的，也就全进了经手管事的腰包。你每个人减少了三升米，虽然听起来似乎比别的盐灶少了些，但实际上长工们根本饿不了肚子，管事也揩不到油水。如今时局紧张，银钱来之不易，你这么做，一点儿错也没有。"

"隆昌灶虽然被我买下来，盐工们的工钱也比段伯伯经手的时候涨了些，可就是因为少了这三升米，盐工们士气不振，背地里没少说些抱怨的话。"

"段孚之那么抠门的人，也都舍得给盐工吃点儿肉、打打牙祭，偏生你不光少了人家的米，还削掉每周那顿肉餐，那些工人都是卖苦力的人，东家奶奶，你可真够狠的。不过你这样狠，倒是很对我的胃口，是个生意人的样子。"静渊头一低，重重地吻了她一下。

七七挣扎着道："你说得不对，以前虽然段伯伯划了一部分钱让工人们吃肉，可我看过他进货的单子，那些肉都是最差的剔骨肉、瘟猪肉，什么打牙祭？

那些管事把钱握在手里，自己逢打牙祭那一天，把亲朋好友带着下馆子，盐灶里早就怨声载道。我并不是让工人不吃肉，也不在乎每个月多花那一份钱，只是想不如年终多发三个月的润薪，让职员和工人自己出钱加餐，算来算去，这不是两全其美的方法？"

静渊道："你想得倒是挺好，也确实没有什么错。不过盐场的管事们都是老油条，因为没有揩到油，自然会心生不满在工人里头挑拨离间。你还是太过心软，要换成我，接手以后，把以前的管事全给他撵出去，不光要撵出去，还得要他们在别的盐灶干不成，看他们敢不敢捣乱。"

七七微微一笑，"我做得清清白白，他们要挑拨，也由得他们去。"

静渊道："这是你一厢情愿。生意场上，一点儿皮毛大小的事情，若被传了出去，立时就变成谣言，最后受影响的可不光是所谓的士气。"

七七沉吟半晌，默然无语。

静渊让她靠在他肩上，"别干了。你若要做生意，把你的绣庄管好就行了，清河的盐场是男人们混的地方，你一个女人家会比任何人都辛苦。"

七七给他抚着衣服上的褶皱。

"每次我这么说，你就不吭声。"他低头看了她一眼。

"我觉得我这样很好，至少可以弄明白一些事情。"

"弄明白有什么用？最后还不是灰心失望……"他的语气中有一丝怅然，想起十九岁步入盐场，以弱冠之龄，周旋于那些老奸巨猾的商人之中，尔虞我诈，冷酷拼杀，见识了多少丑陋龌龊。一晃这么多年过去了，当初的痛心、恐惧、无助，早就一同凋谢在如烟往事中，此时回想起来，只剩下苦涩。

"如今时局越来越乱，越来越糟糕，郭剑霜不光要集资修电厂，还开始在紫云山修筑防御工事，可见跟日本人的仗迟早是要打起来。现在国家又内乱不停，七七，我也不知能支持你到什么时候。"

"我知道自己的能力，能走几步算几步，我不会再任性。"

静渊柔声道："你若乖乖回家里来，我真希望你能……"他没有说下去。他知道自锦蓉流产之后，七七已经有意无意地停止了吃药，他想说自己希望她再给他生一个孩子，可不知道为什么，话却说不出口。

她仰起脸来看他，秋水般的眼波里带着一丝他看不懂的神色，似审视，似怀疑，又似哀伤。

他们掐着时间去郭府，到得不早不晚。郭剑霜请的人很多，不仅仅是盐商，清河商会的重要人物全到了。郭剑霜对善存极是尊重，特让其坐到首席，善存坚辞不受，后郭府下人提前捧上饭后戏单，有三出戏：《一捧雪》《梅龙镇》和《白蛇传》，剑霜又忙让善存选戏，善存这才微笑着点了一出《白蛇传》，但首席的位子还是依旧留给了剑霜。

七七虽开始做生意，但不喜应酬，更不爱抛头露面，因此，只和静渊去跟善存见了礼，说了几句话，便跟郭夫人等女眷坐到一起去了。

郭夫人挽着七七的手，眼睛往四处一扫，低声道："你家那老二没有来？"她指的是锦蓉。

七七淡淡一笑，"欧阳松前两天放出来了，她不方便过来。"

郭夫人哦了一声，"要不是你父亲和林东家全力作保，这欧阳松估计会死在内江的监狱里。林东家帮他也就罢了，只是孟会长怎么也站在他这一边。"

七七道："男人们的事情，谁知道。"

把目光移开，却正好看到秦飞在西首的座席上，恰恰正往她这个方向看过来，她很快就转开了头去。

郭夫人忽想起一事，"盐务局要集资办一个发电厂，你若是有闲钱，不如投一点过来，不会让你们白花钱，据说是有好处的。另外，今年清河是肯定要增卤建灶，政府弄了一笔钱，若是决定响应增建的盐号，还可以申请一笔低息贷款，这件事情倒是定了的，你今天回家，林东家也肯定会跟你说起这事。"

七七早就盼着这句话，抿嘴一笑，"谢谢郭夫人。"抓了一把瓜子低头剥着，心里暗暗盘算。

午饭后，男客们与郭剑霜到会议室里谈正事，女眷们则凑了好几桌牌局，戏虽然点了，看的人却不多，七七坐一旁听了一会儿，《白蛇传》演完，上来一出《惊变》，唐明皇和杨贵妃在御花园赏月，两个人腻腻歪歪，倒是挺甜蜜的一对夫妻。郭剑霜平日里本不太喜欢看川戏，爱听昆曲，这一出压轴，是从成都请来的戏班子来演，可惜捧场的人却不多，原本一些坐在戏台下的看客，听戏文咿咿呀呀，柔媚婉转，全没川戏的利落响亮，也都陆续散去。

七七独个儿在台下看着，见那唐明皇不住劝杨贵妃多喝，直到把老婆灌醉，还在一旁笑嘻嘻乐道："一会价软咍咍柳軃花欹，软咍咍軃柳花欹，困腾腾鸳娇燕懒……"听到这里，眼皮子就不住打起架来，支撑不住，靠在椅子上竟睡了过去，可是睡眠却极浅，不一会儿就听到隆隆的鼓声响起，宰相急匆匆禀报，"安禄山起兵造反，杀过潼关，就要逼近长安了！"又一阵急促鼓声，如焦雷炸响在耳边，又听到一阵脚步声，突然间惊醒，却见是郭家一个相熟的丫鬟过来给她盖了一张薄毯，七七一颗心兀自乱跳，"劳驾去帮我看看会议室那边，可说完话了没有？"

那丫鬟去了，一会儿回来，"还关着门呢，估计还得有一会儿。要不林太太到我们夫人的化妆室里休息一会儿，那里有软榻子，总比在这露天坝睡着好，别着凉了。"

七七站了起来，"不用了，我去园子里走一走，透透气。"

途中经过会客室，正好有两个仆役端着空果盘出来，门开一缝，看到善存以手支额，似乎甚是疲惫，静渊挺直了背脊坐着，面容一如既往般清冷，粗略扫了一眼，里面坐的全是场商，却没有见到运商。

耳边响起一阵阵打麻将的声音，另几间厢房里也坐满了人，她越走越远，穿过一个小小的桉树林，走进了花园。

四处幽静，清风习习，阳光照在缀满繁花的桃树上，像朵朵粉色的轻云，软垫子似的茵茵草地上，有小麻雀跳来跳去，轻轻啄着已经开始结果的酢浆草。

小草的果实结得满了，轻轻一碰就会炸开，把种子撒到地里。她小时候特别喜欢用手指拨弄草地上的酢浆草果子，忍不住蹲下来，伸出一根手指，轻轻抚向那些清凉湿润的叶子，只听得沙沙的声音，有一些细小的种子喷溅在她的手里，她便小心翼翼地在泥土上擦着，让种子浸到软软的土里。

隐约听到身后似有脚步声，回过头去，不由得一怔，秦飞就站在几步开外，见她回头，似乎想避开，却已经来不及。

七七慢慢站起身来，不知道自己究竟该走还是不走，愣了一会儿，只希望他赶紧离开，可半天不见他有动静，于是咬咬牙，勉强笑道："秦老板，今天天气真是不错。"

他从怀里掏出一张手帕，递给她，"擦擦手，你手上有泥。"

她没有接，从襟下解了自己的手帕擦了手。

一年多了，他们没有再单独见过面，基本上没有说过话。空气中胶着了回忆与痛苦，她心里竟生起一股强烈的恐惧，也不知道是在怕什么。微风吹开她额间的头发，露出那淡淡的伤痕，风如此和婉，可她只觉得自己一颗心被它撕开，露出最不愿让人看到的伤口。

秦飞看着她的额头，颤声道："我不知道那天我会那么用力，你的额头……"

"不是你！"七七打断他，"不是你弄的。"那个伤口是雷霁用枪托重击后留下的，回忆起那天晚上，她只觉得生不如死，真的，生不如死！可她只想活着，抹掉一切回忆活下去。

"七七……"他迈上一步，语气中满是痛楚。

"不要过来……"她直视着他，看了一眼厢房的方向，"我先过去，你等一会儿再走，免得别人看到说闲话。"

他挡在她面前，"对不起，我知道如今说什么也没有用，我只希望你……不要再躲着我了。"

"你从来没有做错过什么……反而是我……"七七苦涩一笑，嘴角痛楚地一个抽搐，"我害死了你爹，我也害了你。"终于还是哽咽。

"不，我一直就知道这件事不能怪你。"他的声音轻轻颤抖，"如果我爹还活着，他绝不会原谅我那一天那般对你。我竟然……我竟然让你连我爹最后一面也没有见到，我明知那天你和我们一样伤心难过，我却对你说出那些话。我一直在想，假如那天没有推开你，没有骂你，你也许会和大哥他们一样留在我家里，雷霁那天晚上也许就不会……"

七七猛然打断他，"不会有任何改变。你无论做什么说什么，都不会让事情有任何改变。该发生的一定会发生。不要再说那天的事……我不要听！"

"我一直都在错，从小到大，我一直在做错事。"秦飞凝视着她的眼睛，那双映衬着他面容的、那双他爱恋至极的澄澈双瞳，"我对你没有做过一件正确的事情，甚至是我爹死的那一天。这一年多我翻来覆去地想，为什么要偏偏对你说出那番话，固然是因为我伤心我爹的死，还因为我嫉妒林静渊，把对他的恨、对自己的无能，全发泄到了你的身上。我明明知道我得不到你……"

"别说了！"

秦飞伸出手，想抚摸她苍白的脸颊，可终究还是颓然地把手放下，"这么多年，从你还是小娃娃的时候到现在，我对你的心从来没有变过。我爹临死前后悔当时没有跟老爷提亲，他到死都在后悔。七七你知不知道，除了你，我谁也不要。"

"阿飞……"心中的钝痛一阵阵涌上来，她不知如何接话。

"我知道我没什么资格要你离开林静渊，我只求你，不要再躲避我，别再把我当作一个陌生人。"

她怔怔地看着他，以前的她是个傻孩子，不明白恩情对人对己都是一种负担，如今她知晓自己回报不了，就不能再有所希冀。

"阿飞，我没有把你当作陌生人。杜伯伯的产业里也有我的一部分股份，我们总是在一起做生意的，哪能真成了陌生人。我……以后不刻意回避你就是。"她看着他，"谢谢你今天对我说的话，尽管……尽管我永远不会原谅我自己害死了秦伯伯。"

"不是你害死他的！"秦飞提高了音量。

七七苦涩一笑，"这个坎不是那么容易过的，你再好好想一想吧……不要轻易说原谅。"

她走向厢房，担心被人看到，加快了脚步。

回去的路上，七七问静渊郭剑霜究竟透露了些什么，静渊笑道："有几件大好事。政府鼓励清河增卤建灶，知道仅凭盐商根本无力筹措资金，郭剑霜先后报请了财政部批准，由财政部担保从四行贷款，用来做增产的资金，利息非常低，不过盐号申请这贷款并不是特别容易，要保证必须产出一定的数额，否则时限一到，产量没有达到规定的标准，贷款的利息就会调整到现时国家的利息额度上来。如果要申请贷款，盐号需提前到盐务局去签合同，并且之前要经得过他们的审核。"

七七微笑道："我爹和你自然是没有问题的，小的盐号可就要费点事了。不过我看会有不少人动心思，趁这个机会扩张一下产业。政府既然要鼓励增产，也一定不会太过苛刻。"

"还有一件好事，大小盐号都一样会得益。"

"是什么？"

"只要是在盐场做工的，不论是佃农还是长工，都不会被拉壮丁，可以免去军役。"静渊笑道，"另外，一旦打起仗来，盐场的一些原料采购肯定会有困难，盐务局设了一个原料燃料统制委员会，帮盐商办理采卤、制盐所需的钢丝绳、镔铁筒等原材，还有锅炉、机车的统购统销。现在已经开始派人分赴省内外收购旧钢绳、旧煤油桶运回清河来改制，你爹和我的铁厂，都接下了单子，我们如今既不愁原料的来源，也还能趁机再赚一笔，你说这是不是大好事？"

七七听他说到钢丝绳的时候，心里已经咯噔跳了一下。

静渊见她不作声，伸出手指在她脸颊上轻轻弹了弹，"在琢磨什么？"

七七皱着眉头道："我最近才刚刚开始自己学做账，烦透了，好多事都不懂。"忽然秀眉一扬，"对了，把天海井的过期账借给我看看吧，知道你避讳，我也不看现今的，只看以前的旧的老的，多学学。好不好？"

静渊不愿意拒绝她，"如果要看，直接去找戚大年就可以了。"

回到晗园，宝宝刚刚被老许接回来，从衣兜里拿出一颗鹅卵石，微笑着递给静渊，"爹爹，这是我捡来送给你的！"

这鹅卵石通体白皙晶莹，干干净净，倒是挺漂亮。

静渊摸摸她的脑袋，"为什么捡这个送给我？"

"就是觉得好看，我给妈妈摘了一束野花，给爹爹捡了这个石头。"

宝宝只觉得自己再怎么也算是出了一趟家门，必须要给父母带点儿礼物回来。七七从客厅窗户看过去，果见窗台边放着一束黄色的野花，总是女儿的心意，心中极是温馨。

七七去换衣服，静渊跟进来，将鹅卵石随手往身边柜子上一放，把外套脱下挂上。

七七看了他一眼，"我知道你这几天没有见到文澜，如果想他就把他接过来住吧。"

静渊摇头，"母亲不放。"

"你到底是一家之主，是文澜的父亲，这个主总是做得的。"

静渊过了一会儿才道："让他陪着他妈妈也好。"

锦蓉小产之后，他再没有在玉澜堂留过宿，心里总觉得还是亏欠，因此，才费了大力把欧阳松从内江保了出来。他平日住在晗园，虽然想儿子，但也只是偶尔把文澜带到盐场，或者去玉澜堂陪着他们吃吃饭。

七七忍不住道："锦蓉爱到处玩儿，文澜独个儿在家里也很可怜，你现在就让他过来，好歹有我们，还有宝宝陪着他玩儿。"

"我不是说了，是母亲不放人。"静渊终于不耐。

"你是他父亲，可以做这个主。"

静渊坐到沙发上看着她，皱起眉头。

七七把衣服挂上，似乎也不想跟他多说，便要出去。

静渊道："我如今是做什么说什么，你都看不顺眼了。"

她脚步顿住，忍不住回头，"我倒觉得是我让你看不顺眼。我刚才明明是为你好，也是为文澜好。"

"你不用操心他的事。"

"你什么意思？"

静渊尽量心平气和地说："玉澜堂那边是非多，锦蓉去年流产的事情，到现在都还有些风言风语，你何必给自己惹麻烦。"

七七默然半晌，似乎想说什么，却没有说。转过身去，慢慢走出了屋子。

他只觉得一阵心烦意乱，忍不住把面前的茶几一踹，那茶几是红木的，极是沉重，闷闷地发出声响。

"你这是何苦？"七七的声音在门口响起。

静渊回过头，见她手里拿着给文斓做的衣服站在门边，缓缓走过来，把衣服叠好放在他身边，"既然不高兴，也别在这里给我们摆脸色，若真是想儿子，你就回那边便是，把这件衣服给他带过去。"

她这种心平气和的样子让他看着实在有气，终不由得冷下了脸，"真是一片好心被你当成驴肝肺，真让人没有想头。"

七七瞧着他，"你说得不错，见你这样，我也觉得没有什么想头。"

静渊脸上闪过怒气，却似乎想起了什么，极力忍耐。

七七心里忽地一酸，沉默了一会儿，轻声道："锦蓉流产的事情，我做过什么，没有做过什么，自己心里很清楚，我不在乎什么风言风语。我让文斓过来，也是在替你心疼他，并没有别的意思。如果我们真是一家人，有些话就本不应该顾忌，想到了就说出来。"

静渊的目光极是无奈，"我处处为你在意留心，总是怕会有人找机会伤你，你如此不理解，又让我怎么想？"

"没人能伤我，我就是不要你处处为我留心在意。"

"你……"静渊嘴角一沉，宝宝跑了进来，绕到沙发那边拉着他的手，"爹爹，走，我写字给你看！"

静渊的手臂圈着她，"爹爹今天有些累了。"

宝宝把小脸凑近，"那我给爹爹揉肩膀！"说着跪在沙发上，用小拳头在他肩上轻轻捶着，静渊捉着她一只柔软的小手，把她抱在怀里，心里慢慢变得平静。

七七看着这父女俩，心中一软，走过去坐到他们身边，伸出手将两人都搂着，静渊悄无声息地叹了口气。

　　隆昌灶换了新盐锅之后产量上升，又减少了一部分不必要的开支，银钱上开源节流，终于有了新进账，古掌柜拿着账本，笑得嘴都合不拢。

　　七七微笑道："古掌柜，之前你总说我小气，如今可知道这小气的好处了？"

　　古掌柜笑着说："东家奶奶不是小气，是周到细致，我们这些木头脑袋不灵光。"见她手里捧着几大本册子，奇道："这纸张这么黄旧，是隆昌灶以前的老账吗？"

　　七七摇摇头，"是天海井以前的老账。"

　　古掌柜哦了一声，账簿是盐号最重要的文件资料，更是最机密的东西，各个盐号都由大掌柜亲自保管，有的是东家自己保管，自然忌讳外人窥看。七七虽然是静渊的妻子，香雪堂与天海井毕竟也是两家不同的盐号，规矩还是要讲的，因此古掌柜也就不敢多问。

　　七七轻轻一笑，"我自个儿得多学一点儿，免得以后事情越多越细，自己搞不清楚。有什么不明白的，还得多跟您请教呢。"

　　古掌柜忙躬身道："不敢不敢。"忽想起一事，"东家奶奶，隆昌灶的水车车架可能要修一修了，有一个樟头因为年代太久远，已经快烂掉了，梯子也朽了。"

　　隆昌灶设于前清末年，那还是段孚之年轻的时候，当年他在公路靠清河的边上为这个盐灶修了两座高高的水车架，这两座水车并肩立在清河边上，是清河盐场独具的奇观。

车架长约两米，四根立柱上天，用短木料对穿、横穿、双穿樟头，下方宽大，向上逐渐缩小，在顶部高四到五米处，修有楼板平台，使其不漏雨水。水车的车槽、龙骨、扇叶、水车架和大小轮子，依据到清河盐船靠岸的尺寸、大小、长短而不同。盐船从清河驶到水车处停下，两个工匠便从木柱钉的大木销子上爬上高车，平坐在车架上，双脚一前一后地踏使水车轮翻转，槽口的卤水顺竹筒流进小方桶，再从小方桶流到站桶，站桶的卤水又抽进盐锅，这才开始烧盐。

水车若停止运转，盐灶就没有了盐卤，势必要停工。七七听古掌柜这么一说，皱起眉头道："段伯伯这件事做得不地道，之前也没有告诉过我们。"

"他这几年无心经营，也不一定会知道。而且水车是两架，一架修葺的时候，并不耽误另一架运作，因此也不会太过影响生意。不过我们需要请一些老工匠来做，所用的木材需要经用的好木料，钱可能要花费多一些。"

七七道："盐灶所用一切事物都要以百年为计，钱是绝不能省的，更不能疏忽大意。你尽管去请好师傅，每日以酒肉款待，一定要招待好。"

古掌柜连连点头。

小武一直在一旁听着，忍不住问："木材需要多好的？若是现时从云南买的话，运过来需要费很长时间呢。"

古掌柜道："不错，需要上等的楠木，那个……那个……"他突然有些吞吞吐吐。

"有什么为难的地方吗？"

古掌柜嗫嚅道："宝川号倒是有好木材，不过据说是先前给别的盐号进的货，所以……"

七七凝神静思片刻，笑了一下，道："若是张口求秦老板把木材卖给我们，倒也不是什么太难的事情，只是运商一向注重信誉，我从他手中把他给别人进的货抢了，让人说出去，对宝川号名誉定会有伤。"对小武道："你现在去找一下四哥，看看他能不能想想办法。"又对古掌柜道："马上去请师傅，我们什么都不耽误，哪怕木材没有到，先供着他们吃喝也无妨。我这两天到其他的运商那儿走走，再问问看他们还有没有一些存货。"

正商议着，忽听门外脚步声响，一个伙计急匆匆跑了进来，神色极是慌张。

古掌柜问道："出什么事了？"

那伙计擦了擦额头上的汗，喘了口气，道："东家奶奶，古掌柜，隆昌灶的水车梯子坏了，一个工人没踩稳从上面摔了下来。"

七七大惊，忙问："人怎么样？"

"是个老工人，腿断了，说话倒还利索，应该没有摔到脑袋。"

七七脸色都变了，"送医院了吗？"

"没有，请了个跌打大夫。"

七七又气又急，"怎么不送医院！这是个老人，若是有个三长两短，我们怎么跟他家里人交代？"

盐工都是下贱的下力人，即便真的死在盐场，也不过是多往家里送几块钱去，那伙计见东家奶奶如此紧张，倒有些诧异，便看向古掌柜，古掌柜斥道："还在这儿杵着干什么？没听见东家奶奶的话吗？"

那伙计慌忙答应，转身就往回跑，七七顺手拿了提包，跟着快步出去，小武已经抢先一步跑到前面，"我去平桥找孙师傅要车。"

路过宝川号，七七正好看到一辆大货车满载着粗壮的楠木停在门口，冯师爷正在点货，秦飞和一个盐商正从里头出来，见到她，微微颔首，"林太太。"

她回了一礼，"秦老板，龚老板。"

她见过他身旁那姓龚的盐商，那人在岩滩有一口深井、数口盐灶，做的是小本生意，这么一来，自己更不能从人家手里抢东西，一面走，一面回头看那满车的木材，心中不免还是觉得可惜。恍惚间撞在迎面走来的一个行人身上，一个趔趄，差一点儿就摔倒，右脚扭了一下，痛得整条腿都麻木了，一走就扯着筋骨发疼，她也顾不上痛，抬起脚踝转了转。

秦飞剑眉微蹙，快步走了过来，轻声问道："你没事吧？"

七七笑了笑，"没事！"

"出什么事了，这么急匆匆的。"

"有个工人受了伤，我要去看看。"她迈开步子，脚刚刚一动，就牵动扭伤的脚筋，那只脚以前就曾经崴过，她痛得眉头一皱。

"我开车送你去，你在这儿等等，别动了。"秦飞道。

七七急忙摆手，"不用，真的不用！"

秦飞并不强求，不再上前，"那慢点儿走，小心些。"

七七嗯了一声，装作若无其事地走下斜坡，额头已经疼出细密的冷汗，还好车子就在前面，小武见她脸色苍白，忙几步并作一步跑到她身旁，七七扶着他的手臂，一瘸一拐地上了车。

赶到隆昌灶那边，受伤的老盐工已经被抬进了盐工值夜时休息的一间砖房里，跌打大夫给他正好了骨，上好了药，在腿上打了支架。

这间屋子是个敞厅，后面砌了一面高墙，没有窗户，前不避风雨，后不流通空气，光线极差，伙计们见七七进来，方点亮了几盏油灯，微弱的灯光，映得七七点漆般的秀目熠熠闪光，其中却透出一丝怒气。

那老盐工急忙要直起身子来，虽然疼得龇牙咧嘴的样子，却挣扎着道："东家奶奶……我……我不小心……"

七七赶快扶住，"老师傅不要起来，快躺好。"

环顾四周，见众人木然而立，浑如无事，隆昌灶的管事和经理也都站在一旁，脸色怠懒怨怒，大都在心里埋怨这老工人无端给盐灶添了麻烦，那老盐工六十多岁，骨瘦如柴，一双布满血丝的老眼左看右看，甚有惧意。

七七转头对管事道："把那架水车停了，这两天别让人上去了。"

那管事正是以前段孚之的人，因为七七扣了盐灶工人每月的米，折了他们的回扣，加上盐灶易主，本就焦躁不安，心里憋着一肚子怨气，听她这么说，眉毛一挑，"奶奶，那梯子只是稍微有些松滑，我已经让人钉了钉，还是可以再顶几天。您刚刚接手，现在把水车停了，肯定会影响这两天烧盐，刚进了这么多盐锅，没必要摆在一旁生锈。"

七七俏脸一沉，"难道要等到真出人命才停？"

管事笑道："我们隆昌灶可是上了六十年的老灶，这么多年，顶多出点儿伤胳膊断腿的事故，若是说出人命，只怕奶奶夫家天海井出得多一些。"

这话大是犯忌，七七秀眉一蹙，尚未说话，小武已经厉声道："曹管事，我家奶奶若不是念在你的老东家面上，今日只怕你早在乡下庄子里种田了吧，你只是个管事，说话可要分得轻重。"

曹管事瞥了一眼小武，"我在盐场做事的时候，你还没生出来呢，也不过狗仗人势，真不知自己几斤几两。"

"你……"小武怒气上涌。

七七皱眉道："小武，先把老师傅送到医院去，在这里要什么嘴皮子？"

那老盐工一听要去医院，怕无力负担药费，更怕管事借机盘剥，之后找他要怠工钱，急道："不用不用，奶奶，我没有事，这把骨头还没有散，没有事的！"

七七自然知道他在担心什么，"老师傅不要有顾虑，药钱自然是我们出，误了工时，也是因为我们的井架有问题连累了你，不会找你贴补，尽管放心，井灶若有人找你的麻烦，我自然会把他撵出去，不光撵出去，还让他在整个清河盐场都找不到饭吃。"

语气温婉，却说得周遭一众人心里发寒，她虽然年轻，但且不说她是香雪井实际上的东家、段家近十口井灶的主人，单凭她是孟善存的女儿、林静渊的妻子，惹了她，便是惹了清河最难缠的两个人，那曹管事也只是仗着自己在隆昌灶是资格最老的人，借机说几句泄愤的话，倒不敢真跟她顶起来，抿紧了嘴，一句话也不说了。

小武和两个伙计帮着把老盐工抬上了汽车，那盐工千恩万谢，若不是双腿不便，只怕就要磕下头去。七七跟着走出来，见盐灶里有些值班的工人站在棚外看热闹，一脸煤黑，光着上身，有些人的腿瘦得便如两根柴棒一般，她心中只说不出是什么滋味，自己一接手就扣下每个人三斤米，虽然明知少了这些米粮对于工人们并无实质性的影响，可在外人看来，真的就是生生盘剥，而自己竟然盘剥这样苦的下力人，只要一想起这一点，浑身汗毛都要立起。如今水车又出问题，盐灶随时都可能停工，指不定又有什么乱子。她不愁吃不愁喝，停工两天，根本不算什么，即便整个盐灶都垮了，也照样还是能锦衣玉食地过日子，可对这些可怜的工人来讲，活路，活路，做工就是活路，少一天的收入，家里就多一天难熬的日子。她想来想去，心中悲怅酸辛，莫可名状。

"不行，不能停工。"她喃喃道，此时此刻，只能加紧把井架先修好，必须要尽快买到木材。

盐场里找钱犹如针挑土，用钱好比水推沙，一毫一厘都浪费不起，她略一思忖，不再徒自感慨，搭了一辆送货的汽车，去往白沙镇运商的店铺，一间间地询问是否有楠木存货，总算在"鲤鱼"徐厚生的店铺里问到，徐家的库房中还存有一些，那师爷只在运盐号里办事，对于徐家盐号的货物，却是不太清楚，只说木材应该是顶好的，有多少也不知道。七七总算看到了一线希望，便问那师爷："徐老板现在何处？"

"在重滩。"

"重滩？"七七心里一咯噔，暗叫不好，"徐厚生虽然和我爹关系好，可跟静渊却是对头。静渊在重滩占了不少西场运商的生意，东场西场交恶不是一天两天的了，徐厚生难免不移恨于我。"又转念一想，"我收了段孚之的盐灶，这一次又是隆昌灶出了事，念在和段孚之的交情，徐厚生是讲情理的人，应该不会难为我。"

想到这里，心里稍微有了些底，打起精神，便打算叫一辆人力车去重滩码头。那师爷见七七容色憔悴，脚好像受了伤，便问："林太太家的车呢？"

"车子现在正用着呢。我过来是搭的别人的车。"

那师爷笑道："林太太谦逊合度，真像孟老板的为人。"

七七脸红了一红，"不好意思给人添麻烦，多走几步路又算得什么。"

那师爷点点头，"苦当为盐，我们清河的盐商，大多也是能吃苦有耐性的人。林太太虽是女子，但也如此坚韧，我们这些须眉看了，也是不得不佩服。林太太稍等会儿。"去后院问了问店铺里的司机，正好有一个要运货去重滩，便让他把七七一并带去。

七七谢了，忍住脚痛，爬上那辆高高的货车。

温润的春风轻拂面庞，蜜蜂在花间忙碌，连空气的色彩都似乎是鲜艳的。她心中却一直在琢磨刚才师爷说的话——"苦当为盐"这四个字，乍一听多么耳熟，原来那一年静渊和她在远眺鸭儿凼的时候，也曾经说起过。

他是家族遗命，被迫辍学担起盐号的生意，踏进这片苦海，而她的目的本来很简单，只是想为自己和女儿今后寻一个安生之本，这一年多过来，她渐渐了解盐场里的苦难纠葛、人与人的鬼蜮钩心，即便如此，却渐渐有了踏实的感觉，那是因为明白了人生有许多事难以把握，但自己的未来却是可以把握的。

秦飞的宝川号在运盐号中以公路上的运输和下游的水路为主，因此，位于清河上游的重滩堰闸在前几年终还是被静渊包下，堰闸修好后，静渊亦掌握了三十多艘从天海井到重要的关口灯观镇的盐运漕船，如此一来，至少分掉了西场运商一半的利益。静渊并没有到此为止，为了供应给东场井灶所需的粮食，还设了两处米厂，对外替人打米，对内买囤粮食，将势力渐渐延伸到了西场范围，若不是善存出面，让郭剑霜将那部分地皮划为官用，之后再从官方以租用形式重新划给西场，从而制止了天海井的扩张，否则静渊第一个吞掉的，就是徐厚生在黄鱼坡的盐灶。

徐厚生如今虽依旧掌握着下游四十多艘的盐船，但在上游的码头却被静渊排挤得只剩下不到十艘船。

念及此，七七走进他的货棚，惴惴不安。

徐虽然和静渊交恶，但七七是善存的女儿，在外头他还以侄女相称，见她上前恭恭敬敬地行礼，他亦慈和一笑，问她家人可好，孩子可听话不，学业如何，说了好些客套话。

七七一一答了。

徐厚生让伙计给她端了根凳子来坐着，送上茶来，见她并不喝，只端端正正地坐着，便笑道："你父亲有什么事，叫个掌柜来说一下就行了，你身子单薄，何必辛苦自己跑来跑去。"

七七笑道："父亲没有什么事，是侄女有事想求徐伯伯。"

"你伯伯进的洋货少，胭脂水粉之类的更是从来不进的，只怕帮不了侄女。"

"听说伯伯盐号里剩下一些云南的楠木，想求伯伯匀一些给我。"

徐厚生眉头一挑，"你要楠木来做什么？"

"隆昌灶的水车坏了，要赶着修葺，若是现从云南订木头，怕会耽误时间，咱们清河现在正赶上盐务局要求增产，木料都被人买光了，问了一条街，只听说徐伯伯这里还剩下一些。"

徐厚生哦了一声，"老段这个不成器的老东西，前年和我被欧阳松扣押后（七七听到这里，心里一紧），整日萎靡不振，坐吃山空，你用高价买了他的几口老盐灶，我和老段是多年兄弟，还没多谢你呢。"

七七忙道："徐伯伯千万别这么说，这是段伯伯体恤后辈，又念及过世的杜伯伯对我的信任，方将他的盐灶转手于我。至衡本是小盐号名义上的东家，真正打理生意的还是我那几个掌柜，平日每有生疏不懂的地方，总是不忘我父亲和诸位叔伯的教诲。"

徐厚生淡淡一笑，"要说做生意，年轻人里头，你丈夫是第一厉害的人，有他在，你能有什么难题？"

七七垂首道："拙夫不避锋芒，年轻气盛，平日多有得罪冒犯之处，他自己也是深有悔意。"

徐厚生端起茶慢慢地抿了一口，"我今天早上还见过他，那漂亮的脑袋可是一直高高昂着，眼睛直瞅到天上去了，我们这些老朽，他早看不到眼里去了。"

七七笑道："伯伯别跟他一般见识。"

"你要多少木材？"

"大概十来根，只有一架水车出了问题。"

徐厚生道："我也不是特别清楚还剩多少，你先回去，我找瞿掌柜看了单子后告诉你。"

七七眼睛一亮，"伯伯愿意帮我，真的是太好了。"

"也别太宽心，也不一定真的还有，木材是我盐号里用的，运盐号的掌柜并不是太清楚。"

七七忙道："没有关系，有总比没有好，哪怕只有一两根，也好歹能让井架尽早开始修葺。"补上一句，"还是徐伯伯念旧情，这隆昌灶原本是段伯伯的，若是停工，您应该比我更难过。"

徐厚生一笑。

七七站起，也顾不得脚痛，走上前，从手包里拿出自己的印章，微笑道："要不先草拟一个契约？不管还剩多少，先把这些木头订下？"

徐厚生目光极是复杂，"侄女啊，我原本以为你到盐场来掺和生意，不过就是打发时间而已，如今看来，倒是想错了。"

七七手里攥着印章，掌心渗出了汗，"侄女如今新接手隆昌灶，水车出事，有盐工也因此受了伤，那边乱成一团，我什么事也做不了，只能靦着脸出来求长辈们好歹帮忙提携一下。知现在货很紧，索性先把东西订下，免得有个什么意外。"

徐厚生点头道："好，明天来签吧，如今有没有还不确定，你先回去吧。"

他一说这话，七七已经知道他即便有木材，却未必愿意给她，当面跟他争，惹恼了他反而不好办。他既然客客气气的，那自己就跟他磨，想到这里，便道："那侄女先告退了。再次多谢伯伯。"

"慢走。"

徐厚生甫一回到白沙镇，就接到七七的电话，婉约柔和的声音在那一头响起，"徐伯伯，您跟瞿掌柜可看好单子了？方便告诉侄女还有多少木材吗？"

徐厚生脑门有些发涨，"还得等一会儿。"

那边也不勉强，说了两句便挂了电话。

晚饭时分，刚回到家，那香雪堂的古掌柜竟然亲自找上门来，说东家奶奶托他前来相问木材的情况。

徐厚生脸上很有些挂不住，随便应付两句把古掌柜打发走了。

七七和他磨了一天，到第二天，徐厚生终于托瞿掌柜来告诉她："木材倒是有的，只是是修建宗祠剩下的，不便转手他人。"

实际上就是拒绝了。

七七软磨硬泡了一番，终究还是没有结果，心中不免失落，正犯着愁，宝川号的冯师爷找到香雪堂来，说听闻隆昌灶需要木材，宝川号正好有一些，可以卖给林太太。

七七一时没有反应过来，略回神，脸微微红了一红。

冯师爷说："我们做运商的，本来就很活泛，生意场上哪有解不开的结？能挣钱就好，只要林太太出得好价钱，我们也乐得跟香雪堂做这一笔生意。"

七七一笑，"这么多年都没有走动了，如今我们遇到困难，宝川号第一个前来施以援手，虽然生意做不成，这份心真是难能可贵，至衡感激不尽。"

听她的意思，倒像是不需要那些木材，冯师爷不由得愣了一下，"在下不明白……莫非……"

"多谢冯师爷和秦老板挂心,我已经找到木材了。"

冯师爷脱口就说:"我们问了一圈儿,没听说林太太已经弄到货了呀?飞少爷是怕你们停工,毕竟那盐灶是你们新近接手的,这要一停工,传了出去,只怕……"

七七道:"若是真有什么麻烦,我自然会让我丈夫去料理。"她说到后面,声音低了些,冯师爷却明白了她的意思,自也不好再坚持,行了个礼,告辞离去。

正好黄嬢和小桐提着食盒进来,一个伙计从后院库房抬了一张小方桌进里屋,下人们把饭菜从食盒里取出,一一摆放在方桌上,黄嬢见收拾得差不多了,出来对七七道:"奶奶,吃饭吧。这饭菜可是今天东家亲自叮嘱师傅做的。"

七七平日给林夫人请完安以后,基本上不会主动去玉澜堂,但毕竟要守旧礼,只要林夫人叫下人来通报一声,她再怎么也得抽出些时间去一趟,多半是被训斥一番。后来为了怕麻烦,索性中午午饭后就去韭菜嘴大街的绣房里,和绣娘们待在一起,午休片刻,再到盐灶巡视一番,又在下午黄昏前赶回盐店街,等着静渊做完公事,向他母亲汇报一下,两个人再一起回晗园。

午饭本来该在玉澜堂吃,吃过几个月,大大小小的是非不断,静渊便让黄嬢和小桐每日上午去玉澜堂厨房,让厨子单做,给她送去香雪堂,省去不少麻烦。

七七累了一上午,竟是一点儿胃口也没有,看着满桌的菜肴,食不下咽,拿起筷子,懒懒地夹了点儿菜。

黄嬢随口问:"大奶奶,一会儿吃完饭可是照例去韭菜嘴?"

"不去了,一会儿你们陪着我去买点补品药材,咱们去看看那个受伤的老师傅。"

听到大堂里有人声响起,伙计们叫了声:"林东家。"七七放下筷子,果见静渊走了进来。

"怎么样,合不合胃口?"静渊走过来坐在七七身边,黄嬢忙又去拿了副碗筷,小桐早递上热手巾。七七对她们道:"你们也去吃饭吧。"等静渊擦了手,亲自给他盛了一碗饭。

静渊笑道:"我看你昨天晚上都没有休息好,今天肯定也打不起精神,好歹能多吃点儿东西最好,今天特意叮嘱厨房一定要把菜做得可口。"

七七给他夹了一筷烘肘,微笑道:"这个虽然好吃,但是油腻些,你吃一块就行了,我可不想让我丈夫有大肚腩。"她语气轻松,只是不想让他烦心,静渊也就顺着她的意思开玩笑,"大肚腩肉实,你枕着睡觉也好。"

七七红了脸，低下头喝了口汤。

静渊如今算是真正与锦蓉分居，但毕竟爱极了文斓，虽然跟七七说过要跟锦蓉离婚，但始终狠不下这个心，七七只是在旁静观，对此从来不发一言。这一年多，他对她算得上百依百顺，但她心里总多存一份心，不想再亏欠他什么，免得以后横生许多牵绊。其实他很少陪她吃午饭，有时候亦是她借故去绣坊，想让他多一点陪儿子的时间，也是怕两个孩子间日后相处会嫌隙日深，毕竟孩子都是无辜的。想到这里，心中微微泛起了苦味，如果今生自己不曾托生孟家，不曾遇见他，是不是就不会落入眼下这般的窘境？即便生在一个普通农人的家庭，贫贱夫妻相互扶持，也好过这尴尬的日子。

静渊见她强颜欢笑，伸手握住她的一只手，柔声道："我已经让我这边的运商赶紧去进货了，现在开了河，走水路比公路要快，你再等两天，如果真停了工，损失多少钱我给你补上，又不是什么大不了的事情，你脚受了伤，老这么跑来跑去也不是办法，我看着心疼。"

她眼中泛起湿湿的雾气，静渊拣了她和他都爱吃的几样菜，给两个人都夹了点，自己埋头大吃，倒是胃口很好的样子。

日光透过格子窗棂，细细的光束上飘扬着尘屑的光芒，静渊低着头，有几根白发映着日光，也在轻轻闪着光芒。

七七伸手摸到他的发上，轻声道："你也不要太累了，你看你，又多了几根白头发。"

"我这是血热，天生的，我爹当年也是这样。"

七七道："我让人去买点儿好的芝麻，每日给你做点儿芝麻糊和芝麻酥，你天天都吃，头发就不会白了。"

静渊笑道："那我岂不是会变成麻子？"

吃完了饭，他放下筷子，站起来，七七也跟着站起，和他虽然亲密，但还是和多年前一样，习惯性地服侍，给他递上毛巾，又为他泡了茶。他喝了口茶，见她那小碗饭几乎一动没动，就只把一碗汤喝完了，脸色微微有些黯然，也没有说什么。

只问："那徐厚生只说木材是宗祠的，没有说别的？"

"没有。"

"那你打算怎么办？"

"我先去看看那受伤的工人，晚些再亲自去找徐伯伯，再求一求他。"七七道，见静渊立时皱起了眉，一双俊目微微一眯，这样的眼神她再熟悉不过，虽然这几年他的戾气大减，但还是连忙补上一句，"我不会太过自轻，放心，不会丢你的人的，你也先不用做什么。"

静渊笑了笑，"看来我在你眼中，真是个睚眦必报的狠辣人物。论理，做生意有这份狠辣，倒是有些好处，可放在我们夫妻之间，妻子总这么看丈夫，细想还真不是滋味。"沉吟片刻，说道："清河三牲里头，徐厚生被人叫作鲤鱼，论心机是一等一的人才。以前我爹曾经跟他合股，也是我们林家失势的时候，偏巧有块地皮是他的，我们的盐井又在他的地上，为了抵掉地租，只好分出一部分股来给他。可世间哪有光有股份，一分钱不给的事情？即便是用来抵租的，盐井的收入，也远远超过了那块地的价钱，偏偏就是徐厚生，占了我们当年上游一口井的股份，赚了钱就要，折了本就不管。后来好在被我爹又花钱把地买了回来，他是几头都挣到了钱。我这几年跟他作对，若说是为了两家私怨，也不是没有道理，他现在记恨我正常，如今他为难你，多半也是因我的缘故。也罢，你再去找找他也好，但愿他念在你爹的面上，或是顾着杜老板、段老板的情面，或许真能帮一帮你。"整了整衣襟，"我走了，若有什么需要我做的，随时叫人来说一声。"

七七送他到门口，静渊忽然回头，眼中涌起笑意，"你不要秦飞的木材，我很高兴。"

七七嘴角轻轻一撇，"你消息真是灵。没来由总是吃些莫名的干醋，说些废话。"

静渊哈哈一笑，转身出门而去。

风过留痕，将碧色的衣袖吹拂得微微摆动，七七倚着车窗，默然看着飞快流动的街景，黄嬷坐在她身旁，只觉得她心思深藏，难以揣摩，试探着道："大奶奶，不如让亲家老爷出面跟徐老爷说一下？"

七七没有接话，慢慢坐正了身子，把头懒懒地靠在座椅背上，道："就为了几根木头这样的小事，让我爹屈尊去求人，我这女儿当得可真是够差劲的了。再说他一开始并不是特别愿意我接手盐号，我何必又去讨一顿责备。"

黄嬷笑道："亲家老爷自然不会求人，打一声招呼，我不信那徐厚生不给他面子。"见七七不吭声，又道："本来，大奶奶好好做个绣坊生意就行了，盐号的事情，要么交给亲家老爷那边，要么干脆就给了姑爷，何苦自己这么累，现在又受委屈。晾着自己人不找，这是图什么。"

七七听着心烦，见"小蛮腰"从汽车的后视镜正时不时看着她们，颇为关切的样子，她心里忽然一动，把头转向了窗外，见街边有药店，从包里拿了十块钱，递给黄嬷，道："黄嬷，你去那边买点儿跌打药，一会儿我们送去老师傅家里，再顺带捎一点儿水果。"

黄嬷接过了钱，"小蛮腰"将车停在路边，黄嬷下车去，迈着小脚走进药店。

七七又瞟了一眼前方，果见"小蛮腰"又在看，她唇边一丝笑意无声无息地扩散开来，轻声道："孙师傅，真没有想到，原来你也是我爹的人。"

"小蛮腰"僵直了背，沉默了许久，终于转过头，并没有承认，亦不否认，只是看着七七，等着她的下文。

七七苦笑了一下，"你平时对我照顾有加，我一直很感激，只是我没有想到你会……我失去过一个孩子，知道没有了孩子的女人心里会有多么痛楚，锦蓉再有多少不是，你们却不该在孩子身上下手。"

"小蛮腰"不由得动容，可那神色仅仅是表明他在吃惊，他给人的印象一向木讷呆笨，是一个最平庸的车夫，此时却恍如变了一个人似的。

七七淡淡地道："我爹和我是一样地倔，觉得自己做得对的，就非得要让别人也认为做得对。你们做这件事，无非也是为我好，为了我在林家的地位考虑。我不知道以静渊的精明，他会不会慢慢察觉，你们以为做得天衣无缝，可再怎么总会有些疏漏。去年春节我在玉澜堂管家务，静渊那么严厉的人，下人怎会敢跟我挑事捣乱，锦蓉即便有心，往走廊泼粪便这样的事情，这种新式女学生，是不太会做得出来的。再说黄管家既然也是我爹的人，他自然会处处留心，替我多加防备，又怎么可能会允许有人来给我找麻烦？这么一想，所有看似捣乱的事情，自然是我家自己人故意要做的。我当时只是怀疑，根本也没有想到你的头上，如今黄嬷可能老糊涂了，在你面前跟我说话，竟然完全都不避讳，我这才突然想起，锦蓉流产那一天，其实你也在玉澜堂里，之前那些捣乱事发生的时候，你也在玉澜堂。"

"小蛮腰"的眉头蹙了起来。

七七叹道："我只是想不到，你们怎么让锦蓉就摔倒了呢？"

"小蛮腰"眸光幽深，终轻声道："猪油……我们在地上她经常走动的地方抹了小块的猪油。"

七七半晌无语，涩然道："我自认从不亏欠静渊什么，唯独这一件事，你们总算在我心里压了一块挪不开的石头。"

"小蛮腰"露出片刻的怅惘，柔声道："大奶奶，老爷总还是希望你能好，你如今这么辛苦，我们看着都不好受。两家人的恩怨，哪有你一个人就能弄清楚的道理，你不愿意去问老爷，自然知道老爷第一不会跟你说，第二，这件事情老爷也原本不想让你知道。大奶奶何苦！"

认识他快八年了，他八年来一直是说话口吃，有时候甚至词不达意，如今不但语言流利，且连音调都变得沉稳圆滑，怎样的人，怎样的城府，才能隐藏得这么深。而父亲竟然有这样的人为其暗中做事，长期隐在对头的身边，那么父亲有多么老谋深算，多么深不可测。七七心中惊骇，只觉得人心鬼蜮，实在是太过可怖。

她平静了下心神，道："孙师傅，我知道你是个心地良善的人，别的不想多说了，以后玉澜堂那边的家事，请你们还是少管为好，我自己知道该怎么办。如今我只想让我女儿过安稳的日子，有爹疼有娘爱，没别的奢望了。"

"大奶奶，我知道你的苦衷。"

"那我先谢谢你了。"

老盐工有一个老妻，患有多年的眼疾，七七见他家的土房屋顶有多处漏洞，估计若是遇到雨天，外头大雨，里面就是小雨，便有心要给他找人把房顶修一修。将钱和补品放到老盐工手里，温言安抚。

老盐工千恩万谢，"多谢大奶奶，我十三岁进盐场，从放牛娃开始做起，干了这么多年，也只换过三个东家，您是最好的一个。"

七七笑道："除了段老板，还有哪一个是你曾经的东家，如今可还在世？"

"王老板，早就不在了。"

"哪个王老板？"

老盐工道："清河知道他的人也不多了，是以前一个小运盐铺子雍福号的老板，叫王昌普。"

七七心中一凛，第一个反应，就是飞快地往门外看了一眼，"小蛮腰"站在车子旁，黄孃站在门口，这老盐工声音微弱，他们应当没有听到。

她略松了口气。

雍福号……雍福号，她一颗心怦怦乱跳，像一个在夜里跑了很久很久的人，一路经过一盏盏仅有着微弱灯光的路灯，终于转过一个弯，看到前方天际云层展开了光芒，曙色将露。

不敢多问，亦不再久留。上了车，闭上了眼睛，告诫自己，"慢慢来，一件事一件事地来，先冷静一下，急不得！"

还是照原来的计划，去找徐厚生要木材。

徐厚生说修建宗祠，这倒是不假，七七先去了竹子湾的"永恩堂"，这大宗祠修了快两年了，是四重堂的大房子，梁、柱果真多以楠木、杉、柏等上乘木材为主，柱头磨漆锃亮，石刻是相当精细的，所有的山水人物、花草虫鱼、飞禽走兽皆是栩栩如生。里头大屋还有工人在做着木活儿，依稀看到庭院内广植花木。

正看着，却见徐厚生和他的那个瞿掌柜从旁边一条小道走了过来，见她和一个老仆妇站在门外，亦是有些讶异，把脚步停下。

七七给徐厚生行礼，赞道："徐伯伯的宗祠修得好气派。"

徐厚生冷冷道："林太太，我就跟你明说了吧，你若要木头，我有的是，不过你来要是不行的，让你的林东家来找我一趟，说不定还真有的商量。"

七七指了指不远处的石凳子对黄孃道："你去那边坐着歇息一会儿，我跟徐伯伯再说两句话。"黄孃听言走开。

徐厚生见她娇怯怯的模样，心里微微起了一丝怜意，"回家去吧，盐场的事情都是男人的事，既然已经有了一个绣坊，就好好绣你的花去，天天跑来跑去的，你也累，别人看着也没什么好话说。"

阳光照在七七的脸颊上，显得娇嫩艳丽，她往树木的绿荫里略走了两步，"您看在过世的杜伯伯面上也不愿意帮我吗？"

徐厚生不语。

"这是段伯伯之前的盐灶，您也不是不知道。"

"那你也应该清楚，老段是因为谁才走到今天的地步。"

七七道："欧阳松抓人，静渊并没有参与。我以高价买下段伯伯的这口盐灶，或多或少也算是对段伯伯做了一些补偿，徐伯伯应该明白。"

"侄女，你想替你丈夫缓和东西场的关系，就凭你这点儿微薄的力量，没有用的。"徐厚生不再多说，向一旁的瞿掌柜打了手势，两个人径直走进宗祠大院。

七七声音提高，对徐厚生的背影道："是我爹让您不帮我的吧？"

徐厚生的脚步微微一顿，但是没有回头，亦没有回答。

黄昏前，小武总算带来一个好消息，赵四爷从龙王会的大庙库房找到了两根楠木，虽然不算顶好的，但用来先修梯子还是够用了。

七七忙赶到隆昌灶，古掌柜已经请好了工匠，那个曹管事见他们过来，躲到了一边去，也不上前打个照面。七七心中有气，对古掌柜道："这帮人现在越来越不懂规矩。"

古掌柜长叹一声，"大奶奶，慢慢来吧，得一个一个地去收拾。"

不一会儿，赵四爷那边的人将两根楠木运了来，四个木工立刻开始准备修井架的木梯，七七终于略放了放心，叫小武去买两坛好酒送给赵四爷，又和黄孃回到绣坊，挑了几幅从成都进的最好的双面绣送给赵夫人，处理好这些事回到晗园，已经过了晚饭的点。

静渊等着七七，她一进屋，他马上就吩咐下人上饭。

七七道："你不用等我的，我这两天胃口本身就不好，现在也吃不了什么。"

"我也没有饿着，刚才陪宝宝吃了点儿。"静渊走过来凝视了她一会儿，微笑道，"你心情好些了，我看出来了。"

七七笑道："四哥给我送了两根楠木急用。"

静渊哦了一声，"看来徐厚生那边仍然没有什么结果。"

七七犹豫了下，还是说了："他说让你去跟他谈。"

"那我就去找他。"静渊神色极是淡然，似早有预料，眉宇间很有丝傲慢。

七七极轻地叹了口气。

宝宝做完了功课，听到母亲的声音在楼下响起，忙从楼上卧室跑了下来。

七七见到女儿，心情就好了大半，宝宝跑到静渊身旁坐下，拿过父亲的筷子给母亲夹菜，"妈妈要多吃，长胖点儿，爹爹就不心疼了。"

七七瞅了一眼静渊，见他目光里柔情涌动，便微笑着对女儿道："那你也给爹爹夹点儿菜。"

宝宝笑道："当然！爹爹瘦了，妈妈也会心疼的。"

静渊一笑，拉了根凳子放在他和七七的中间，道："给我乖乖坐着。"

宝宝笑眯眯地坐到父母亲中间，两只小手分别搭到父母的肩膀上。七七见她手上有墨痕，问："在练字吗？"

宝宝笑着点点头，"文君老师送了我一支新毛笔。"

"她为什么送给你呢？"

"我给同学们讲了故事。"

"讲了什么故事？"静渊揉了揉她的小脸。

宝宝扶着小胸膛，声情并茂地开始讲："亿万年以前，没有天地日月，世界是一个很大很大的洞！有一天，北斗七星这七个兄弟姐妹就说：'我们一起来造天地日月吧！'于是，五个哥哥造天，两个妹妹造地，哥哥们都很懒，一边吹牛一边干活，干一阵玩一阵，可是妹妹们却很用功，不停地工作着。时间到，天地终于都造好了，可是由于妹妹们不停地干活，地被造宽了，而哥哥们却把天给造窄了，天盖不住地了，这可这么办呀！"

她讲到这里，蹙起了小眉头，做出冥思苦想的模样。

七七轻轻踢了踢静渊的脚，静渊忙道："后来怎样？"

宝宝小手一拍，"哥哥们把大地给抓拢来，天终于盖住了地，可是原本平坦的大地上出现了高山和深谷。而且，光有天地，却没有日月呀！世界就像一块黑暗冰冷的大石头！于是，他们又商量了，轮流当太阳和月亮，妹妹们说，晚上多可怕，我们出去会害怕的。所以，妹妹们决定当太阳，白天出去。哥哥们当月亮，晚上出去。可是哥哥们总是贪玩，有时候玩过头就忘了出来当值，所以，我们经常在晚上看不到月亮。不过妹妹们很勤劳，人们在白天总会看到太阳的光芒！"

七七心情大好，胃口也好了许多，静渊见七七碗里的饭终于吃完了，心中高兴，把女儿揽到身边，"乖宝要是再让妈妈喝一碗汤，爹爹也奖励你一个东西。"

"是什么？"

"你想要什么？"

宝宝嘻嘻一笑，先给母亲盛了碗汤，"妈妈，你喝汤吗？"

七七知道她想要礼物，配合地端起了碗，把汤慢慢喝完了。

宝宝笑道："爹爹奖励我吧！"

静渊哈哈笑道："你要什么我都给你。"

宝宝笑道："我要爹爹带着我和妈妈坐火车，去很远很远的地方玩一次。我从来没有坐过火车。瑞生和他的爹爹妈妈就经常坐火车玩。"

七七笑道："你想坐火车还不容易，等爹爹妈妈忙完这阵子就带你去玩儿。"

她是脱口而出，刚才的气氛几乎让她忘了静渊还有另一个妻子和孩子，仿佛他们就是幸福的一家三口。

宝宝急切地等待着父亲的回应，见静渊笑着点头，欢呼一声，扑过去抱住了他的脖子。

七七看向静渊，他脸上依旧带着灿烂的笑容，轻轻拍着女儿的背脊，他伸出一只手按在她的手背上，柔声道："我们三个应该出去玩一次。"

风轻拂，星光如雨，又似萤火，当云一飘过，就聚拢又散去。从远山传来嘤咛花语，莺啼呢喃，星辉银泽，绚烂于天地之间，好像能驱散心中的阴霾，让人生的美好在此刻燃烧。

窗帘微动，屋内暖灯低照，静渊伸手拂了拂七七的一绺秀发，"想什么呢？"

"什么也没有想，你信不信？"

"你不想想我们带着宝宝去哪里玩儿？"

她靠在他肩上，"去哪里并不重要，她只是想跟我们在一起。"

他拿起她的手，放在自己的胸膛上，"那就五月，趁现在还不算太乱，我们把最近这些小麻烦处理掉，就去一趟庐山，好不好？"

她半合着眼睛，表情颇是向往，却摇了摇头，"太远了，要不就去一趟峨眉山。"

静渊捏了捏她精巧的下巴，笑道："原来你早就拿了主意。"

七七有些不好意思，脸红了红，他心中一荡，真是爱极了那娇羞的模样，她眼中却掠过一丝忧色，幽幽地叹息了一声，"现在大小麻烦不断，真希望时间过得快一点儿，哪一天睡觉醒来，发现所有的烦恼都没有了。"

"不要操心了，有我在。"静渊柔声道。

她缓缓抬起脸来，凝视着他深邃明亮的眼睛，一直看，一直看，可就在他脸色稍动忍不住要说话的时刻，她却重新把脸庞贴在他的胸前。

　　静渊次日上午就去找徐厚生，途经韭菜嘴大街，却看到玉澜堂的车停在一个绸缎铺外头，锦蓉正在里头挑衣料，文澜坐在一个小凳子上，小脑袋仰起靠着门，还在打着瞌睡。

　　他心中一抽，让司机停了车，走了过去。

　　锦蓉拿着一段粉紫色衣料在身上比来比去，从穿衣镜看到静渊冷着脸走过来，便把衣料往一旁一放，转过身。

　　文澜像是十分地困倦，父亲走到身旁他都还没醒，模样甚是可怜，静渊目光灼灼，对锦蓉轻声道："你要出门做什么事情我不管，既然带着儿子，就得有个当娘的样子，文澜这么靠着门睡觉，着凉了怎么办？外头的人看到又会怎么想？"

　　"你都管不了那么多，我操心干吗？"锦蓉冷笑。

　　"你……"静渊嘴角一沉，见绸缎铺伙计知趣地避开，便道，"若是觉得继续待在我林家不开心，可以回你娘家去，还有更自由的出路，不必总跟我耗着。文澜你没有心思照顾，我来照顾，你可以什么都不管。"

　　锦蓉气极，手攥住衣料一角轻轻颤抖，哑着嗓子，语气里带着强烈的执拗，"别想把我就此甩开，我告诉你，我不是你随便能打发的人。"

　　文澜在睡梦中听到父亲的声音，忙睁开了眼睛，果见父亲站在身旁，似和母亲在争吵，他揉揉眼睛站了起来，快步走到静渊的身边，拉起他的手，"爹爹。"

静渊低下头，脸上已经换成极和缓的表情，"早饭吃了吗，怎么会这么困，昨天晚上没有睡好？"

文斓看了眼母亲，小声道："爹爹，妈妈说要带我出来吃水晶包子，你跟我们一起去吧？"

他眼睛里全是乞求，如今经常用这样的眼神看着他，以往那快乐、开朗的模样已经慢慢变少了，静渊何尝不知这全是自己的过错。牵着儿子的手，对锦蓉道："走吧，我们去吃点儿东西。"

"好哦好哦！"文斓欢呼，锦蓉一股苦涩哽在喉咙上，心里无端端一酸，也不再强拗，点了点头。

静渊是吃过早饭出来的，给母子俩点了粥和几样点心，自己坐在一旁陪着，要了一杯茶喝。

文斓趁锦蓉去洗手，悄悄对静渊说："爹爹，昨天晚上妈妈都哭了，奶奶叫我去劝她，我劝了很久很久，妈妈还是在哭，后来才好了些，所以我说我要陪妈妈来买东西。爹爹，你不要怪妈妈，她那么难过，还说要带我来吃包子。"

看着他肿肿的眼睛，静渊心中一酸，"我没怪她。"

文斓很高兴，咬了一大口包子，开开心心地嚼着，静渊试探着问："文斓，你怪不怪我？"

文斓黑白分明的眼睛暗淡了一下，不再说话。

静渊怔了许久，叹了口气，他只有这么一颗心，不能全部放在儿子身上，已经是不变的事实。这样的冲突与不能两全，对他来说尚且需要慢慢消化接受，更何况文斓这样聪慧细致的孩子。

过了一会儿，锦蓉回来，见文斓的粥喝光了，便给他又舀了一碗，自己也喝了几口粥，竟是食不下咽，见静渊只盯着儿子看，一眼不往自己这边来，莫名地烦躁，把碗一放。

文斓听到响声，忙抬起头，问："妈妈，你怎么不吃了？"

静渊亦微微转过头来，正好迎着店外的日光，那下颌如雕琢般精致，双眼清亮，修眉斜飞入鬓，锦蓉看在眼中，心里毫无着落，也算是多年的夫妻了，这个男人直到现在，看着她的眼光，竟然依旧如看着一个陌生人。

没劲极了，她何尝又不清楚？但极度的嫉恨盖过了一切失落，她不恨他，她恨那个将他从她身边夺走的女人。

锦蓉看着儿子，柔声道："文斓，你爹爹还要去办事呢，我们就别拖住他了，先让爹爹办事去，我们等他晚上回家，好不好？"

静渊许久未曾回玉澜堂过夜了，文澜一听，便急切地朝他看过去。

静渊无法拒绝儿子那近乎哀恳的目光，站起身来，"那我先走了，你们也不要老在外面晃荡……晚上，我回来陪你们吃晚饭。"

他没说留还是不留，锦蓉已经不在乎，她有文澜就够了，略抬了抬下巴，露出极贤惠的笑容，"嗯，你去吧。"

清晨，各大街巷涌满了商人，有本地盐商，亦有陕西、山西的客商，在盐店街谈完生意，均会到白沙镇住店吃饭。清河自来物产甚丰，蔬菜品种繁多，一些商人除了在这里进盐，也会连带购进大量的蔬菜和特产。

戚大年早早就在白沙镇的路口等着，脚下放了自己在市集上买的一串用麻绳捆好的小南瓜，见静渊的车开过来，提着南瓜颤颤巍巍跑上前去。

静渊微笑着打量了他一番，"戚掌柜，你也老了，看你，走路都不利落了。"

戚大年把南瓜交给司机放好，开了车门坐到静渊身边，笑道："前两天下雨，这膝盖老是疼。不过老戚年纪虽然大了，头脑却还是清楚的，东家放心，我还能再给林家干个几十年。"

静渊但笑不语。

戚大年道："我在镇口守着，不见徐老板的车出入，应当还在他的总号里。"

静渊面色一动，戚大年在林家做了数十年了，虽不像秦秉忠那么精明老辣，但本分老实，心思细密。静渊晚了将近一个时辰，若是随便一个人，定会脱口就问因何事耽搁，但戚大年一句话也不多说，只谈及主人关心的要点。孟善存已经没有了秦秉忠，可他林静渊，还有这么一个人在身边襄助，真是万幸。

开进白沙镇没多远，后面就跟来几辆空空的卡车，车厢盖上布满尘灰，有的上面坐着几个穿着军服打着卡其色绑腿的士兵，都是疲累至极的模样。空气霎时间就出现一股动荡的气氛，静渊回头瞧了一眼，心想："看来这几日紫云山上的工事修得越发频了，若是再过两个月才带着七七和宝宝出去玩，说不定战事已经开始，现在可真得抓紧这太平的时间。"

到了徐厚生的总号，瞿掌柜从里面迎了出来，双手合拢抱拳，笑道："林东家好，戚掌柜好。林东家可是来找我们徐老板？"

"正是，林某有事相求。"

"哎呀呀，这可真是难得，林东家因事登门，怕是八年前的事情了吧，记得那个时候还是林东家亲自上门来送喜帖呢。"

瞿掌柜在徐家虽然地位甚高，也不过是个下人，静渊不与他多话，由他领着自己和戚大年，走进徐厚生用以会客的厢房。

"两位且请稍坐。"瞿掌柜吩咐下人捧了茶送上，重又回到外头大厅。

一盏茶的时间过去了，除了下人进来加水添茶，连这瞿掌柜也不见进来。戚大年起身道："我去看看。"

静渊摆摆手，淡然道："没用的。"

戚大年自然也知晓徐厚生是故意轻慢，他一向稳重，见静渊并没有生气，便又坐了下来。

静渊透过窗棂，直看到后院的货棚，就像是陈列品一般，规规整整堆着三人合臂般粗细的楠木，想到七七忧心忡忡的样子，心道："无论如何也要给她搞到这些木头。"

又过了一盏茶工夫，下人进来，又送上一碟桃片酥，静渊拿起一块吃了，对戚大年道："你别跟我在这儿耗着了，自个儿的生意还要打理呢。"

戚大年道："也不是非要他这一家的，让东家奶奶稍停四五天，我们自己的木材也就运到了。"

"四五天，哪有这么多时间浪费。"

"东家着什么急呢，又不是补不上这损失。"

"我要趁早带着七七和宝宝出去玩一趟，这件事可不能被耽误。"

戚大年宽然一笑，不再多说，"那东家慢坐，我回六福堂恭候。"

静渊点点头。

戚大年走到大厅柜房，见瞿掌柜在那儿若无其事地跟一个伙计聊着天，神色慵懒，见他走出来，也只轻轻一点头，"回去了？"

戚大年拱手笑道："瞿掌柜先忙。"

快步出去，直走到离徐家运盐号距离数十步的地方，方轻轻回头，叹了口气，心道："东家一向面子薄，估计这冷板凳坐不了多久。"

快到晌午，瞿掌柜终于进来，见静渊端然而坐，正闭目养神，旁边一碟桃片酥被吃了大半。

静渊睁开眼睛，突然站了起来，瞿掌柜以为他要告辞，却听他笑道："水喝多了，借贵府茅厕一用。"

下人带静渊去上厕所，等静渊解手回来，瞿掌柜故意掏出怀表，叹道："哟，都快吃晌午饭了，林东家要不先回去吧，刚才没好意思说，我家老板昨天约了同兴盛的吕老板，两个老人家去天池山钓鱼了，我原本想他应该早上就回来的，看来估计得到下午了。"

"不妨事，我等着他。"

瞿掌柜搓了搓手，"不过……铺里下人伙计们也都该吃饭了，只怕一会儿照顾不周，多有得罪。"

"没有关系，你们该做什么就做，别耽误。"

瞿掌柜连声道歉，见静渊重新回到椅子上坐好，一身青色缎服，矜贵中显出从容温雅，修眉斜飞，气度慑人。

在盐场也曾多次碰到过他，几次生意交锋，连一向圆滑的徐老板也曾被他气得捶胸顿足过，这盐店街的大东家年轻气盛，商场上手段狠辣，能把生意做到几乎断了前辈后路的地步，如今这平易近人的样子，倒颇让人诧异。

下人们在天井里摆了一张大桌，坐在条凳上吃饭，有伙计给瞿掌柜盛了饭菜，端到厅堂里，瞿掌柜接过，心念一动，低声道："给厢房里那林东家也弄一份送过去。"

那伙计笑道："这可是我们下人的饭，人家是东家老板，这怕不太合适吧。"

瞿掌柜道："我倒要看看有多不合适。"

那伙计只得回到天井里，好歹找了两个品相还算好、没有什么缺口的陶碗，盛了一碗白饭，一碗肉末豆腐，也不用托盘，一手一个碗，就这么拿着走进厢房，对静渊道："林东家，我们掌柜怕您饿着，您若是不嫌弃，就跟我们一起吃点儿饭吧。"

静渊缓缓站起，那伙计竟忍不住往后退了一步，拇指紧紧抠住碗边，指甲都已经没入了那肉末豆腐的汤汁里，孰料他走上前来，伸手接过了饭菜，淡淡一笑，"那就多谢了。"回身把两碗饭菜往茶几上一放，拿起筷子，埋头就吃。

吃了几口，抬头见那伙计张嘴愣在一旁，笑道："小兄弟，有没有菜汤？去帮我再盛点儿来。"

那伙计回过神，忙答应了，跑去盛了一碗热汤，静渊的饭吃得差不多了，把汤倒在饭碗里，一边喝汤，一边把剩下的两口饭吃完，这时徐厚生从外头回来，手里拿着竹兜子和鱼竿，一直走到天井里，瞿掌柜跟在身后，端着一木桶的鱼，水一漾一漾的，也看不清是什么鱼，只闻到一股土腥味儿。

静渊站起来，徐厚生侧过头见到茶几上的粗碗，眉头一皱，回头看着瞿掌柜，"这是怎么回事？"

瞿掌柜嗫嚅道："想着该吃晌午饭了……所以……所以……"

徐厚生心想："人家毕竟是我盐铺的房东、盐场的重要人物，我固然忌恨他，但我们这种清河的老辈子，怎么能有意如此轻辱小辈。且不说他年轻，传出去我倒是没脸没皮了，就是在清河盐场里，也不成个像样的规矩。"

想了想，把手里的东西随手一放，朝静渊走了过去，静渊微微一躬身，"侄儿见过徐伯伯。"

徐厚生手一抬，微笑道："我和你吕伯伯去钓鱼了，在山上住了一宿，刚刚才回来，也不知道你在等我。侄子能否再等我片刻，你伯父我还没有吃饭呢。"

说着对站在外头脸色尴尬的瞿掌柜道："给我整点儿饭菜来。"

瞿掌柜挠头道："那我去啸松楼订饭，您等一等。"

徐厚生不耐烦道："等什么等，早上我只喝了碗苞谷粥，现在饿得脚都是耙的。把那桌子给我收拾干净，去厨房给我弄点儿就行了。"

伙计们连忙收拾碗筷，抹干净桌子，徐厚生向静渊招手，"外头太阳好，陪我去天井里坐会儿。"

静渊跟着他在天井里那张桌子旁坐下，不一会儿，瞿掌柜亲自用托盘端着饭菜过来，碗倒是换了好碗，菜却还是先前那几样，徐厚生端起饭就吃，清河盐商向来会处世，徐厚生还给静渊的这一分尊重，让静渊心生感激，不敢怠慢，站起身来，倒了一杯热茶，恭恭敬敬地放在他的面前，道："徐伯伯慢慢吃，喝点儿茶。"

徐厚生这才把碗筷放下，接过茶喝了一口，见他修眉星目，面如冠玉，不知为何，有一霎时的恍惚。

静渊见他凝视自己，神色复杂，心中微微讶异，徐厚生叹了口气，轻声道："你和你父亲长得真的很像，若说这隐忍的功夫，也和他颇为神似。"

静渊一笑。

徐厚生又看了他一眼，"你是来给至衡要木材的吧？"

"侄儿愿意出高价。"

"这不是钱的问题。"

"既然和钱没有关系，那么侄儿该做什么，还请徐伯伯示下。"

徐厚生微微抬起头，阳光透过天井里一棵女贞树的树叶，斑驳地洒在他的白发上，"想来至衡已经跟你说了，我这些木材是做什么剩下的。"

"嗯，是徐伯伯修建宗祠所剩。"

"修建宗祠的东西，是不能随便外用的，除了我们自己家用以外，剩下的，连着木屑，也得一并烧掉，或者留下来给子孙后代。我现在若是要给至衡救急，就为你们省那四五天的工夫，得罪我的祖先，你觉得这么做合不合情理？"

静渊等着下文。

徐厚生道:"你虽然年轻,但我一向把你当作平辈人来尊重。宗祠用的木料,是我敬献祖先的,我不在乎你尊不尊重我,但我绝对不会允许有人不尊重我的先辈。如果要我给你,除非……除非你按着外姓孙辈之仪,向我徐家祖先牌位敬献贡品,三跪九叩,向我祖先请去这些木材,仪式过后,我自然吩咐人把它们给至衡送去。"

静渊薄唇紧抿,嘴角微微扬起,像是极怒后的冷笑。

七七等了好久,远远地见古掌柜坐在一辆板车上过来,眼睛一亮,快步跑上前,问道:"有什么消息了吗?"

古掌柜爬下板车,笑道:"回大奶奶,东家从徐老板那里打了一个电话来,只说让奶奶放心,今天晚饭前应该就会有结果。"

七七又惊又喜,"真的?他是怎么劝服徐伯伯的?"

"东家没有多说什么,我亦没有问。不过好歹我们的问题解决了,东家奶奶可以放心了。"

小桐听到,笑着拍了拍胸口,"阿弥陀佛,今天总算可以安心吃顿饭了。"

七七依旧不确定,"他的语气是肯定吗?木头今晚一定能运来吗?"

古掌柜笑道:"东家是什么人啊,盐场上从来不打虚言的,他既然这么说,那自然就是确定了!"

七七总算展颜一笑,转头对小桐道:"走吧,我也饿了,先回晗园吃饭去,顺道让厨房去买点儿新鲜菜,晚上给东家做点儿好吃的。"

古掌柜踌躇了一下,道:"东家还让我转告大奶奶,说晚上他就不回来了,还有些事情要料理。"

"没关系,他是去盐场还是铁厂?我把饭给他送去。"

古掌柜眼光看着地上,"东家说回玉澜堂。"

小桐心里咯噔一下,连忙看着七七,七七面上倒是没有什么,对小桐笑道:"那我们今天自己吃吧。"

回到晗园,几天的积郁总算散了大半,午饭后立时就犯困,畅畅快快地睡了一个午觉。醒来后日影移窗,躺在床上竟是浑身发软,几日来早已身心疲倦,只是一直在强撑罢了。

她想打一个电话去六福堂问问戚大年,静渊究竟回来了没有,和徐厚生是怎么谈的,晚上为什么不回晗园,是玉澜堂出了什么事?文澜病了,夫人病了,还是锦蓉又出了什么岔子?一时又觉得自己不该关心,因为只要一关心这些事,烦恼就接二连三地扑过来。

出了一会儿神，缓缓起身，可刚一站在地上，就觉得头重脚轻，眼睛里直冒金花，急忙坐了下来，心跳突然加快，胸中一阵阵抽搐恶心，酸水涌上，强忍了片刻，拼起力气冲到盥洗室，哇地一下就吐了出来，直把中午吃的所有东西全吐了个干净，还在不断打着干呕，等一切终于停歇，已经浑身冷汗，软软地蹲伏在地上。

原本以为这几日没有胃口，可能仅仅只是因为太累，如今思前想后，计算了下日子，终于猛然反应过来。

以为好歹会有一丝的喜悦，可是没有，连一丝喜悦也没有。

记得小时候在外祖母家里，跟着亲戚们一起去八堡看钱塘江大潮，平静的岸边，刹那间就卷起万丈波涛，风雷滚滚，密密的雨珠带着猛烈的风扑打过来，像要吞噬一切，可也就是一会儿的工夫，浪涛像长了脚，被江风一路追逐着，跑到很远很远的地方去了。她那时候还小，就已经惊讶于许多人不能控制的大力与大命运，更何况如今。

楼下花园里种的那片鸭跖草已经盛开，与金色的阳光辉映着，蓝色的光芒晶莹清澈。嫁给静渊的第十个春天，命运又给了她一个孩子。

十年就这么过去了，像眨了一下眼，怎么就这么快。

喜悦也好，恐惧也好，这总归是她的骨肉，总归是真正属于她的又一个生命。她轻轻抬手，悄然擦干了一泓清泪。

小桐上楼来，见七七斜靠在窗边发呆，窄肩纤腰，孤孤单单。

七七回过头道："我们先去绣坊，看郭夫人订的那个座屏绣得怎么样了，这是要送给省长夫人的，马虎不得。然后再去灶里看看，差不多时间，等木材运过去，就赶紧回家。记得让老许去接宝宝，今天应该是学校大扫除，估计会晚一些下学。"

"老许知道的，我刚才也已经跟他说了。"小桐小嘴一撇，"这个郭夫人老是占我们的便宜，五尺的大座屏，还是大奶奶您亲自绣的主花，两个绣娘连日连夜赶工，她就给那么一点儿钱，真是欺负人。"

七七道："要不是郭局长在我们香雪堂的绣屏上题了那几个字，清河盐场那么多爷们儿，哪一个会把我这女子放在眼里？看事情不能看表面，世间最不值钱的就是钱，人情是钱买不到的。"

随手拿起一条披肩披着，又从桌上拿了包，准备下楼，见小桐神色黯然，便站住问她："愁眉苦脸做什么？"

小桐咬咬嘴唇，"看着大奶奶这么辛苦，心里不好受。"

七七淡淡一笑，"现在辛苦些总比将来辛苦好。走吧。"

"小蛮腰"开了车，先带着她们去韭菜嘴大街的绣坊看了一眼，而盐灶那边，古掌柜并未有新的消息传过来，估计木材尚未运到。七七也不犹豫，直接拨了个电话去六福堂，戚大年很聪明，回了一句，"东家一直在徐府，除此外哪里也没有去，也没回玉澜堂。"

知道静渊一直在为自己张罗木材的事，七七心中略略平定，其实静渊今日即便不回晗园，就在玉澜堂待着，说不定自己还轻松些。她不知道如何告诉他她重又怀孕的事，也无法揣测他知道后的反应，玉澜堂那边一老一少两个女人，可不会让她省心。

快天黑了木材仍没有运到隆昌灶，七七把"小蛮腰"叫来，"你先带着小桐回去，我在这儿等着。"

小桐忙道："大奶奶，我陪着你吧。"

"宝宝现在早回家了，你回去先照顾她吃饭，我再等一等，看情况要是还不运来，我也回来的。"

小武给七七搬了一张藤椅，古掌柜不知道从哪个抽屉翻出来几颗大红枣，用井水洗了，端过来给她，七七吃了两颗，心想天色已晚，自己跟这群男人独处在一起，总还是不太好，看情形估计木材是运不来了，或许静渊也已经从徐家离开，她便让古掌柜再去打一个电话问问，若没有消息，自己也就不再久留。

公路上传来隆隆车声，车灯自远而近射了过来，小武兴奋地叫道："来了！"

七七的心怦然而跳，从藤椅上站起。

那辆货车正是往这里开来的，货厢上装着二十来根高大粗壮的楠木，开到水车旁的坝子上停下，伙计们有的点燃火把，有的提着煤气灯上前，车上下来两人，一个看样子是司机，一个却是静渊。

静渊四处看了看，见七七正站在水车下面的一张藤椅旁，明眸闪烁，胸口微微起伏。

他快步走到她身前。

"不是说要去玉澜堂吗？"七七语声中带着微不可察的颤抖。

静渊背向坝子上的灯光，她看不太清楚他脸上的表情，只知道他似乎在笑，明亮的眼睛凝视着自己，他低醇的声音响了起来，"我答应过你，一定会给你弄来这些木头，不亲自运过来怎么会放心？"

七七低声说："谢谢你。"要绕过他到坝子上去，静渊却伸手一把将她拉住，迅速回头看了看，见人们都在忙着卸货，没人注意到这边，便把她往怀里一圈，她闻到他身上一股浓烈的香烛味儿，微醺中带着一丝淡淡的辛辣，怔忡问道："你身上是什么味道？徐伯伯让你做了些什么？"

"我以前得罪了他那么多次，总得好好说些软话赔罪，磨了一天，清河的老人还是讲人情的，他一心软，也就答应了。"

七七自然知道绝没有那么简单，脸上全是怀疑。

静渊却不让她再问，柔声道："今天碰到文斓和他妈妈，所以我晚上从徐府出来后去了趟玉澜堂，但想着要盯着运货，在那边也没吃什么东西，你饿了吗，我路过艾蒿镇买了豆腐脑，应该还热着，一起吃吧。"

牵着她的手要拉她去货车那里。七七轻轻挣脱，静渊面上闪过一丝愕然，朦胧的灯火中，她朱颜酡红，朝一旁看了一下，低声说："这么多人。"

静渊便把她放开，走过去从车里拿了一个大包裹下来，那包裹用厚实的绸布包着，里面应当是一个大食盒，哪里像是随便在路上买的吃食？

七七喉咙中似哽着一物，也不知是欣喜还是酸楚。

水车旁边只有一个简易的工棚，静渊抬起头，见到六米高处两个水车之上的架子间搭着的平板楼，眼睛一亮，问她："你们的梯子修好了没？"

"今天下午就修好了，工人们吃饭去了。"七七不知道他要做什么，狐疑地看着他。

他猛地转头看她，嘴角露出一丝狡黠的笑，"跟我来！"

一手拎着包裹，一手将她拽住，快步走到水车的木梯下面。

"你这是要干什么？"

"胆子大吗？"他甚少有这么恶作剧般的表情。

七七淡淡一笑，"我上去好几次了。"

静渊倒是意外，悄悄在她脸颊上拧了一把，"走，到上面吃去！谁也打搅不了我们。"扶着梯子的扶手，小心翼翼地朝上面的平板楼爬去，七七拿他没有办法，只得跟在后面。

这木板房是前清的时候就造好的，段孚之花大价钱请的最好的工匠，因此，尽管有一侧水车的木架都已经风化腐烂，但这板房却依旧牢牢固定在架子上，宽大的屋檐遮风挡雨，只有少数的角落才有渗漏。

这两日工匠整茸水车木梯，修到上面，有的工匠休息就在这楼里，新铺了干净的稻草，还放着两三根短小的木条凳。

坝子上灯火辉映，热闹非凡，小武似乎朝水车走了过来，抬头看着上面，见七七站在木梯上，他讶异地顿住脚步，七七朝他挥挥手，示意让他放心。

爬到后面，她略有些胸闷，紧紧抓住木梯的扶手，深深呼吸了片刻。站在高处远眺，清河如一条深色丝带没入远山，依稀见到东边的盐店街灯火阑珊，重檐如墨。

静渊把包裹放在地板上，退回几步，伸手扶住七七的肩膀，生怕她不小心滑下，夜色中见她好像泪光盈盈，心事重重，手一用力，把她猛地拽了上来。

他稳稳坐在地上，七七被他一拉，直扑到他怀中，他笑道："坐好了！"

点燃板房里一盏煤油灯，拿起包裹，放在一根条凳上，见她愣着，便带着命令的口气道："把它打开，我们得赶紧吃，要不凉了。"

七七轻轻摇头，"我不饿。"

"我可是饿坏了，快打开。"

她便伸手解那包裹，他却只是跟她开玩笑而已，见她伸手，自己飞快地把她挡住，把包裹给解开了，露出描金涂漆的食盒。揭开盖子，一格是热腾腾的豆腐脑，另有一格装着调料，再就是两格清淡的素菜，从旁边筷盒取出一把小勺两双筷子，递一双给七七，自己用勺子舀了调料拌在豆腐脑里。七七低头看着他，双眸澄澈，隐有波澜，他如此温柔宠溺，竟让她觉得茫然。

他舀出一勺，送到她嘴边，"尝一尝。"

她还是摇头。他并不挪开，坚持道："就尝这一口。"

她心中莫名苦涩，几乎欲掉下泪来，迅速低头把那勺豆腐脑吃了，咸淡适中，放着清香的小葱、生辣椒，入口即化。

她脱口道："这不是艾蒿镇的豆腐脑，这是你天海井做的。"

静渊的眼睛闪闪发亮，"你的舌头还是这么灵，我们有多少年没吃过了。"

来之前，静渊打了电话回晗园，知道七七早早就去灶上等着，晚饭也没有吃，他心里担心，便叫天海井盐灶里的大师傅做了这豆腐脑和小菜，包好了亲自带来。

十年前他们新婚，他带着她去天海井的盐灶和工人们一起吃早饭，那是她唯一一次去天海井，之后就再没有去过，也没有再吃过那记忆里最美味香甜的豆腐脑。

那时的她，还像一个天真的孩子，而那一天，是一向冷漠自持的他，少有的开怀的一天。之后的事情不能多想，可回忆里毕竟还残存着那么多甜蜜，见他用勺子在食盒里慢慢搅拌着，七七咬咬牙，一把抢过了勺子。

"你慢些吃！"他一面笑，一面夹了几筷青菜吃了，不时侧头看她。

她吃得很快，见还剩有一些生辣椒，便全拌到里面，把盛着豆腐脑的小方格取了出来，仰头大口大口地喝，到最后的那一口，顿了顿，因为发现丈夫正看着自己，一瞬不瞬，他轻声说："七七，我只要你相信我。"

她被辣椒呛到，咳嗽起来。

静渊上前给她轻轻拍背，七七咳得满脸通红，把他往旁边一推，喘息道："我下去了，我要去喝水。"

站了起来，朝梯子走去，正要扶着下去，见静渊低头坐着，手兀自僵直在半空，缓缓放下。

他没有看她，眼睛看着地上铺的稻草，"我做什么都没有用，做什么都再不能让你开心。"

他抬起头，她脸色雪白，衣襟在夜风中微微摆动。

他嘴角扯开一丝无望的笑，"为什么我们隔得这么远，为什么我看不到你的心？即便你强颜欢笑应付我，我也知道我进一步，你退一步，若是我离你越近，你就会躲得越远。只因为我曾伤了你，我就再也无法得到你的原谅了吗……你的心在哪里？我要怎么做，你才能把这颗心还给我，我该怎么做！"

她终于开口道："我又怀了你的孩子。"

四周的一切似乎悄然隐没，只剩下她和他，以及那令人心碎的往事，苦如胆汁。她看不到什么希望，带着一丝恐惧与戒备，默默地看着他，像个倔强无助的孩子。

这两年来她变了好多，表面上甚至比以前更加开朗，可他知道她一直藏匿着心事与伤痛，对周围的人和事一直在防备和掩饰，也许人生中的磨难过多地加诸在她的身上，她只是不断地用劳作在麻痹自己而已，可力量毕竟还是弱的，如果多年前的那一幕再次重演，她该怎么办？她的孩子该怎么办？

静渊将七七紧紧拥入怀中，像搂着一个孩子，搂得那么紧，那么温暖。

"别怕。"他的嘴唇抚弄着她的秀发，掠过她的耳畔，轻柔的呼吸像和风扫过冰凌，他喃喃着说，"不要怕……七七，我们一起好好养大他，这是老天爷还给我们的孩子，这是老天爷还给我们的……"

他的声音也带有轻微的颤抖，也许他和她一样紧张，夜空中的沉云被风吹散，一弯明月的清辉映入他的眼中，曾经失去的一切，像投影一样在他的脑海中掠过，他终于可以重新拥有。怀中的她如此消瘦，让他心痛，他握住她的手，轻轻挪动，放在她的小腹上，两个人的指尖在那柔软的地方轻轻摩挲，感受那微小的、正在慢慢孕育着的生命，悲欣交集。

"你放心，我知道我该怎么做。"他轻声道。

他会怎么做，他要做什么？她无力去想，轻轻咬唇，在他的怀中闭上了眼睛。

板楼下涌动着稀疏的火光，坝子上的热闹渐渐平息，他把目光转向那漆黑的夜色，风动，云涌，俊秀的双眸闪过一丝冷魅的光，精芒夺目。

七七渐渐收拢了自己的心神，伸手揉了揉湿润的眼睛，小声说道："我们下去吧，上来这么久，伙计们还等着我们呢。"

整修水车是盐井的大事，所有的材料在使用之前，还要请道士作法唱经，一大堆程序要走。静渊也不敢马虎，站了起来，准备收拾地上狼藉的食盒，七七轻轻摆手，探出头，朝下面喊了一声，"小武！"

小武循声过来，走到楼梯下，七七吩咐，"我们刚吃完饭，一会儿上来收拾下。"

小武答应了，七七回过头，见静渊嘴角似笑非笑，不禁脸上一红。

他眼中的笑溢了出来，"掩耳盗铃，越这么说，别人越会想到别的地方。"

她连耳朵都烧红了，不再回应他，扶着楼梯，一步步下去，直踏到平地上方转过头来，静渊也正慢慢下来，她把手伸向他，轻声说："小心。"

他用力握着她的手，四目交会，两颗心在这一瞬是相通的，七七唇角绽开嫣然微笑，"小女子初来盐场，好多规矩都不懂，林东家可要好好指点。"

静渊见小武和古掌柜他们已经准备好了一坛高粱酒，井灶供神的条案被抬了出来，上面放着一匹红布，道："如今你才是东家，你去给井神敬酒，我来给你打下手。"

两人走到堆好的木材旁，一个伙计端来一盆清水，七七洗了手，在香烛的香烟上过了过，端起一碗高粱酒，恭恭敬敬洒在大地之上。

她回过头看他，问询的眼光如此温柔，"林东家，我这么做没错？"

"你做得没错，东家奶奶。"静渊微笑。

古掌柜递过点燃的三炷香，交到七七手上，小武捧来垫子，七七跪下，默默向井神祷告。

祈祷井神，保佑国泰民安，百姓安居乐业。

祈祷井神，保佑风调雨顺，佃农勤耕有丰。

祈祷井神，保佑盐泉上涌，井灶烟火不熄。

她如此恭敬，香烟袅袅中，绰约的容姿盛开在静夜之中。周围的伙计们一时寂然无声，只觉得此时此刻，此情此景，发出一丝杂乱的声音，都是亵渎。

远山的轮廓隐在清夜里，有鹃声轻啼，婉转清扬，像歌唱着彩霞满天，黎明破晓，春花盛开，枝头新绿。唯听风过处，始知春已及。

静渊眼眶湿润，看着妻子柔和的背影，只觉得一生中最幸福的时光奇迹般到来，在这明媚温柔的春天。

祷毕，七七缓缓起身，静渊已经从古掌柜手中接过那匹红布，牵开一角递到她手中。

他目光中是鼓励、温存，一瞬让她想起他和她成亲的时候。他和她一同上前，将红布绕在一捆单独放置在木堆前的楠木上，紧紧缠绕着，打结的时候，她怕自己力气太小，结打得不紧实，便将红布绾了绾，使劲一系，抬头对静渊道："你再打一遍。"

静渊接过，用力将布条一拧，却是打了一个死结，额头都冒了汗，他轻声说道："七七，我们就这样系在一起，再也不要分开。"

天将破晓，踩着晨露，静渊早早从晗园回到盐店街。

大堂里，戚大年正端着一碗热粥喝着，见他精神饱满地走进来，把粥碗一放，"东家今儿怎么来这么早？"

静渊直接走进账房，戚大年跟着进去，静渊在书桌旁坐下，"把我在重滩的总账目拿过来。"

戚大年一头雾水，忙取出账目放到静渊身前，静渊只粗略看了看，沉吟片刻，问道："郭剑霜说要新增炭花灶两百口，你觉得我们该投下多少口为好？"

戚大年想了想，说："从公告上看，建设费由政府贷款，但还会配发盐锅这些器材，除本身灶里生产应得的炭花份额，另有铁厂盐锅的一部分盈利，按这么算，孟家估计会投至少五十口，我们自然不能输给他们。"

静渊点头，"我们也五十口，另外，不论七七她要还是不要，我送她十口灶，让她做好这笔生意。"

戚大年不说话，在心里算着将要投出的开支，静渊抬眼瞥了他一眼，"这笔账你还算来干吗？亏了是自家的，赚了也是自家的，我给她多一点儿保障，也是让自己多一份放心。"

戚大年嗯了一声，眼睛却看向静渊手中那本重滩运盐号的账目，满腹狐疑，不知道静渊究竟看它来做什么。

静渊拿笔蘸了墨，"我们清河的官盐，十成中有七成的数量，是由重滩进入沱江运至泸州，再入长江转运至湘、鄂、黔等省口岸，我花了那么大心力，联合欧阳松把重滩的口岸给夺了，惹得清河几乎所有的运商都把我看作对头，虽说造就了不少仇家，可这几年，这口岸却没少给我挣钱。你看光下面这雁滩分口，两年内就给我挣了四十万。"

戚大年心里莫名有些惶恐，强笑道："那是因为雁滩在重滩和沱江交汇的关狭之地，威远那边囤煤的商人要尽快将煤炭运到清河，必须经过这里，绕也绕不开，以前蜀通、运湘两家盐号都想夺了它，还是因为雁滩是重滩下面最难修整的一个险滩，都舍不得花钱，这才没有动。东家能守住这里，吃了多少苦，花了多少钱，还死了几个工人，如今挣的这些钱，也只是刚刚赚回本而已。"

静渊抬头一笑，"那你说，这雁滩以后还能挣钱不？"

"自然……自然能挣钱，战事若起，煤炭必为紧俏之物，就靠这个，一年的利好也不会少。"

"既然它已经为我们赚回本，也是时候放给别人了。"

戚大年大惊。

静渊却不看他，拿笔在账目上轻轻一画，"欧阳家当年出了一半的力，如今我连本带利还给他们，再也不欠他们分毫。"

将笔一掷，站了起来，神情轻松，似扔掉了一个大包袱。

戚大年脑子里飞快地转过各种念头，每一个都是如何尽可能给天海井减少麻烦和损失，这个小东家是他从小看着长大的，哪怕他一个字不说，他亦早已猜到他的用意是什么。

静渊斜睨戚大年一眼，"琢磨什么？"

"雁滩这笔生意虽大，就怕有人胃口大，吃不饱，一再张口，反而惹麻烦。"

静渊冷冷开口："我既然能将他从内江的牢里保出来，也能让他乖乖地再回去，如果他是个聪明人，就好好守着我给他的这口饭，够吃一辈子。"

"可毕竟……二奶奶是他妹妹，又是小少爷的母亲……"

"正因为是文斓的母亲！"静渊的脸上如盖上了一层严霜，"正因为顾念她生了文斓，顾念她和我做了这么多年夫妻，我才会一而再再而三对欧阳家容忍退让。即便七七因为她哥哥给雷霆通风报信，差一点儿就死在那个畜生手里，我还是忍着，甚至为此伤害了七七。我不能再这样下去了，该还给欧阳家的，一点点已经还清了，我没有余力再来应付锦蓉。"

戚大年轻声道："老夫人必不会同意的。"

静渊额头上青筋一跳，"不同意又能怎样，我自问从未做过一件不孝的事情，三十多年了，从我生下来，她便一直要为我做主，安排我的一切。唯独这件事情，我要由我自己来决定。"

戚大年长叹了一声，"希望东家一切如愿。"

小时候父亲常不在身边，他与戚大年相处的时间反而更多，戚大年常抱着他去盐场，那时他总会用清脆稚嫩的童音叫他戚伯伯。后来留学东洋，又遭遇父丧，年纪轻轻成了盐店街的东家，为了要在商场中不受人欺负，免不了藏起本真的心性，让性子变得冷硬刚强。世易时移，一路走来，他孤孤零零，唯有这老忠仆不离不弃，此时见戚大年微微颔首，白发如雪，静渊心头一热，说道："谢谢你，戚伯伯。"

听到这么一句旧时的称谓，戚大年差点儿落下泪来。

静渊清了清嗓子，"这两件事，你尽快去办，我现在就去玉澜堂。"

"是，东家。"戚大年恭敬应道。

林夫人在佛堂，正给净瓶里添着清水，静渊径直走到母亲面前，双膝一曲，默然跪下，重重磕下三个响头。

林夫人微微一惊，旋即脑中豁然，将供佛的净瓶随意放到香案上，可手却微微一颤，水洒了出来，

她回转身，"怎么，好儿子是来跟老母亲示威了吗？"

静渊跪在地上，眼睛看着地板，"儿子决心已定，只求母亲谅解，不求母亲成全。"

"我倒想听听，你究竟下了什么决心？"

"昨夜儿子已经亲笔写下休书，见过母亲后，便会直接交与锦蓉，再登报公示。"

林夫人坐下，目光如刀，静渊一直低头，他的睫毛甚长，却掩不住眼中坚毅决绝的光芒，头顶黑发间杂几根银丝，宛如针芒。

林夫人心口微微一窒，语气却如冰雪之寒。

"早知今日，当初为何你又答应我纳了她。"

"彼时至衡不知所终，为宗族延续，不得已听命于母亲，如今至衡已经回来，我无法再三心二意，也无理由长时冷落锦蓉，故决意了断，以免各自耽误。"

"混账！"林夫人手臂一扫，将旁边茶几上一个青花茶碗摔落在地，碎屑扬起，静渊白皙的脸颊被划出浅浅一道血痕，他浑若不觉，反而轻轻扬起了脸，秋水般的目光里没有一丝畏惧。

林夫人咬牙切齿道："孟家害死了你爷爷、你父亲！如今你为了这个孟家

的小妖精，竟然不惜忤逆你母亲，不惜背叛你的家族！"

静渊一字一句说道："儿子自问对得住林家祖辈父辈，儿子从未行过不孝之事。孟林两家联姻，本非儿子自愿，和至衡成亲之前，本可以有所回旋，是母亲坚持这门婚事，要我借此缓冲孟家抢夺天海井之势，更借机拿回当年被孟家抢走的盐井。自始至终，这场婚姻就是一个圈套，儿子知晓，母亲知晓，孟家岳丈知晓，可唯独至衡无辜深陷其中，深受其害。她对我情深义重，儿子却让其吃尽人间炼狱之苦，人非草木，孰能无情，儿子早已对至衡情根深种，所幸如今能悬崖勒马，再不违背良心。"

"我只问你，你说她无辜，难道锦蓉就不无辜？她跟你八年夫妻，为你诞下那么可爱聪慧的一个儿子，说甩手就甩手！你跟我们仇家的女儿讲情讲义，却对你儿子的母亲如此无情，这样算什么？不管你在我面前如何以孝义自称，你就摸着你这颗所谓的良心，问问你自己，你有何面目面对文斓，有何面目做一个称职的父亲！"

静渊面色坚毅，薄唇扬起倔强的弧度，"我对锦蓉从一开始就没有丝毫感情，和她结婚后，她清楚，母亲也清楚，我对她百依百顺，正是看在文斓名下。和锦蓉离婚后，我自会将其生活安顿周全，让她余生无忧，即便她另嫁他人，也不愁一家生活用度。至于文斓，他是我林家长子，我和至衡自然会好好将他抚养成人，若是他争气，林家的家业，我将来也会交托于他。"

曙色透进，洒落斑驳的碎影，佛堂里如此安静，将走廊中下人们的脚步声无限放大，一步步，敲击在心中，像心跳的节奏。黑色的砖面冰凉刺骨，静渊直直地跪着，不似恳求，更像是一种僵持，林夫人的目光似暖还寒，这是他熟悉的目光，傲然冷酷，毫不屈服。

"静官儿，你很少跟我这么犟过，你还记得你小时候不想学写字，老要掰断我给你买的毛笔，可最后不也是乖乖听了话。如今你看着你写的一手好字，还会怪我当年强迫你写字吗？"

静渊咬唇不语，默默看着母亲。

母亲老了，和所有人一样，岁月不会在她的脸上做任何的停留。他记得母亲年轻时有多么美丽坚强，可她还是老了。

是的，她强迫他练字，强迫他不喜欢任何的小动物和花花草草，强迫他抽烟、打牌、赌钱，练习所有商人必须见惯不惊的一切肮脏的事情，只因为她知道他必然会屈从于她，只因为为了他的出生，她曾扼死了自己诞下的另一个病弱的生命——他的姐姐，一个在母亲看来没有丝毫用处的生命。

母亲把这笔账算在了他的头上，要他来还。母亲要自己争气，他一直在努力，哪怕违心地做了许多不愿意做的事情。可是该到此为止了，他和七七需要安宁。

林夫人伸出粗糙的手，理了理鬓边花白的发丝，"儿子，我口渴了，你先给我去端杯热茶来，顺道把锦蓉也叫来，我们三个好好把这件事情谈一谈。"

静渊凝视着林夫人，揣摩她话中的含义，林夫人淡淡地道："难道你不想早点儿解决这件事吗？难道如今连母亲想喝一口你倒的水，也办不到了吗？"

"是，我马上去！"

刚刚迈出佛堂一步，他突然背脊发寒，生起强烈的不祥预感，转过身来，果然，林夫人已经从地上拾起了茶碗的碎片，带着一丝得意的笑容，将碎片轻轻移到脖子旁，"小静官儿……"

她的声音慈祥柔和，就像他小时候，她坐在他的小床边哄他睡觉的语调。

"我以为你一向是乖的，如今却是想错了，你太不乖了，现在你选一选，是要你母亲的命呢，还是要那姓孟的小妖精？"

静渊奔上几步，却又不敢从母亲手里夺过碎片，只得跪在地上，颤声央求，"母亲……把东西放下，莫伤到自己！"匍匐几步，上前紧紧抓住她的衣襟。

林夫人冷笑，"你这样假惺惺的算什么？"

"母亲的生养哺育，是天下第一大恩，只求母亲让儿子报恩，莫要让儿子成不孝罪人！"他眼中充满乞求，林夫人心里微微一软，就似时光倒流，看到儿子天真柔弱的小时候，那时他一有机会就跟在自己身边，小手一刻不停地牵着她的手，是那么温存顺服。

可随即，看到他漆黑的眼珠微微一转，已料知其心中念头，顿时心如死灰，"你以为我不知道你现在在想什么？你在想如今把我劝下来，反正我年岁已老，时日无多，你能跟我耗，等我寿终正寝那一天，你自然依旧会如愿。小静官儿，你是我生的，你肚子里有几条蛔虫，为娘比你更清楚！我没有想到，费我一生精力，竟养了你这么个坏心烂肠的不孝子！"

静渊被她说中心事，磕下头去，"母亲，有什么事情都好商量，儿子不孝，任母亲责骂惩罚，只求母亲万万珍重生命！"

佛堂的门开着，下人们听到了动静，巧儿忍不住走到门口往里张望了一眼，只见当中供着的大势至菩萨威严凶狠，林夫人坐在其下，亦是目露凶光，槁木般的手握着一片茶碗的碎片，在烛光中闪着锋利的光芒。

巧儿低声惊叫，回转身就要去叫锦蓉，却被黄管家伸手拦住，"你现在去把二奶奶叫了来，岂不是更要闹到天上去。"

巧儿也没了主张，"这……这怎么办？夫人她……她要抹了脖子……"

黄管家淡淡一笑，"没看见东家在里头，做儿子的若是劝慰不了，做下人的又能管什么用？"朝四周渐渐聚拢的下人做了个手势，示意散去，对巧儿道："把二奶奶和小少爷看好了，一有动静马上来叫我，我去应付。"

"知……知道了。"巧儿一着急，变得口吃起来。

佛堂里，静渊一颗心怦怦乱跳，紧张地看着母亲的脖子，那碎片甚为锋利，林夫人并没有用力，却已经在干枯的脖子上划出了一道白色的老皮，再怎么也是亲生母亲，何以将她逼到这样的境地，他终于落泪了，"母亲究竟要儿子怎么做？"

林夫人冷冷地看着他，"自从那年至衡出走，除了让你娶了锦蓉，我再没有逼过你，你仔细想想，我说得对还是不对？"

"母亲说得对。"

"你这两年和至衡形影不离，几乎一次也没有回玉澜堂过夜，让侧室形同虚设，我未发一言责备你，是也不是？"

"是。"

"你说你对得起锦蓉，假如我告诉你，她那年流产，是你身边那个小妖精一手造成的，你还觉得你对得起她吗？"

静渊不语。

林夫人嘴角扯开一丝冷笑，"怎么，心虚了？戳到你的软肋了？你这么精明能干，怎么可能想不到那天晚上的意外分明就是孟家人安排的？那老狐狸在我们玉澜堂布下多少暗线，几十年我们睁一只眼闭一只眼，只是装作不知，亏你还百般维护至衡，真不愧是老狐狸的好女婿啊！可你忘了吗？你姓林，你不姓孟！"

静渊道："我当年害七七失去一个孩子，如今这样，也算一报还一报。我……我不怪她。"

"你不怪她？你怎么不想想，她是不是还在怪你？你没有看到她的眼神吗？你这么聪明的人，看不出这眼神里究竟还有多少情意在里头吗？她曲意逢迎，只是为了她的女儿，只是为了她毕竟嫁给了你，要让余生过个相对安稳的日子。她不再是以前那个一门心思扑在你身上的傻丫头了，你知不知道，我的傻儿子？"

"我不在乎，我只要跟她在一起。"

林夫人不耐烦地闭了闭眼睛，懒懒地道："把你的休书给我看看。"

静渊犹豫了一下，从怀中取出写好的休书，递上前去。

林夫人接过，也不看，随手扔在旁边的茶几上，"我不会撕掉它，即便撕掉也没有用，你可以再写一份。告诉你，你要休掉锦蓉，我绝不会同意。你要怎么去心疼那个小妖精我不管，即便一天都不回玉澜堂看你死不活的老娘也无所谓，我也不是说我有多么喜欢锦蓉，为了她要跟你拼命，也不过是个二房，蠢得跟母猪一样，成事不足败事有余。你休了她没关系，我自然有办法再让你娶个三房四房，我就是看不惯这孟家的女人掌握了我的儿子，看不惯老狐狸和这小妖精得意的样子。静官儿，你如果想一了百了，今天就别拦着我，让我抹了脖子去见你那憋屈死的老爹，你再与小妖精过舒心畅快的好日子。假如你今天有心拦着我，那你就不要后悔，我活一天就要跟你较一天劲，我就要看看，我们母子俩，究竟谁拗得过谁！"

静渊无奈一笑，"母亲，我是您的儿子，为何要这样逼我？我过得不幸，难道你就会高兴了吗？"

林夫人缓缓把手放下，静渊忙扑过去把她的手按住，碎片划伤了他的手掌，鲜血浸了出来，林夫人一见，心中酸楚，终落下泪来。

然而她倔强地别过头，冷漠的声音，就好似不是从这憔悴衰老的躯壳里发出来的一般，"孟家不能得势，有锦蓉在，文澜就不会被孟家人控制，除了离婚，你爱怎么做就怎么做。我只能退到这一步，你好好想一想吧。"

隆昌灶的水车正式开始了修葺，清早做完复工的法事，七七便和小武、古掌柜等人一同回到香雪堂，下人们忙着把祭神供果分发给各人，小桐洗好了一个大苹果，晾干了水，喜滋滋地拿来给七七。

七七见她喜容满脸，微笑道："怎么了？看上了哪个伙计，想寻婆家了吗？"

小桐红晕满颊，"大奶奶，人家为你高兴，你却拿别人打趣。"

七七接过苹果，笑道："给东家留了吗？"

"早留了，大奶奶放心吧。"

七七这才微笑着咬了一口，小桐打量着她，见她眉间一扫往日的阴霾，低声道："大奶奶，千盼万盼，您的好日子终于盼来了。"

七七心里涌起一阵苦涩，轻轻摇了摇头，"未必，有些事情没有想象的那么容易。"

小桐道："昨天您都睡了，东家一个人在走廊里走来走去，我听见老许问他，他只说睡不着，说总算下了决心，要好好经营一个家。大奶奶，东家有心对您好，这世间就没什么难事了。"

七七小口小口嚼着苹果，点了点头，目光不自禁往门外看去，带着一丝期许，心跳动起来，竟如同自己还是少女时候，患得患失，乍惊乍喜。

近在咫尺，反而不好意思去六福堂找戚大年相问，只安心等待，想着静渊清早出门的时候在自己唇角轻轻地一吻，那眼中闪动的光彩，竟让她恍惚看到未来的美好。

以往这个时候总会有下人去附近的市镇买菜，她在窗前看了许久，心里开始不安，玉澜堂竟然一个人都没有出来。

怎么回事？莫非出了什么事？

她想起自己从璧山回清河，锦蓉一得知消息，就上吊自杀。念及此，背脊出了一身冷汗，"要是再闹出人命，别说事情难以收拾，我和他今后又如何相处？"

小桐似乎也觉得有些不对劲，跑出门去，站在街边眺望玉澜堂的方向，忽然眼睛一亮，转头笑道："大奶奶，瞧，那是谁？"

七七探出头，果见静渊正迈出玉澜堂的大门，走过栗子树，正朝香雪堂走来。

她这两年早已学着内敛，不轻易外露感情，此时心中激动，忍不住跑了出去，朝静渊快步走去。

两个人的步履都很快，几步就到对方面前。七七仰头，乌黑的眼睛闪闪发光，眼中的渴问让他心碎，也不顾大街上行人如众，他伸手将她揽入怀中，声音一颤，"对不起。"

七七手中本捏着要给他的一个苹果，听到他这句话，也不知道是因为心中震动，还是因为失望伤心，手一松，那苹果滚落在地，在青石板路上越滚越远。

静渊以为她会开口问他一句什么，哪怕随便说句话，可她没有，他要拉她，她却将手轻轻一甩，微微躬下身子，像要寻找什么。

一个伙计正拖着一架板车走过，差一点儿就撞到，七七稍微侧了侧，只顾低头寻找。

"你在找什么？"静渊见她险些被车撞到，吓得背脊都冒出了冷汗，她却又往前走了两步，终于在路面一个凹下去的地方找到了那个滚落的苹果。

"不就是个苹果，掉了就掉了，还捡它做什么？"静渊着急道，见她浑不当一回事，突然心里有气，"你差点儿被撞到，撞伤了怎么办？要是伤了我们的孩子怎么办？"忍不住提了嗓门，把她用力往自己身边一拽，"你听到没有？"

她纤细的手臂如此僵硬，却猛然把他一推，叫道："你不要朝我吼！"圆圆的眼睛闪出怒火，她说话一向温柔，从来没有如此疾言厉色过，"你除了朝我吼，你还有什么用？你走开！"

这么大声，好几个盐号的人都听到了，人们纷纷朝他们看去，静渊脸上一阵红一阵白，目不斜视，不发一言。

七七眼眶一红，转身快步往香雪堂走去。静渊紧跟在后，过了一会儿脚步加快赶到她前面，怕她被撞着，时不时帮她拦着走来的行人和运货的架子车。

两个人走进香雪堂，小桐迎上来，见东家夫妇都板着脸，像是吵了架一样，她吓了一跳，忙收敛起笑容，见七七手里的苹果斑痕累累，便伸出手道："大奶奶，把苹果给我拿去洗洗，我把它的皮削了，应该还可以吃。"

静渊听言忍不住抬眼，小桐道："灶上做了法事，大奶奶特意给东家留了这个供果，您且等等，我去看看厨房里还有没有好的，要有的话就给您拿来，这个就给我吃吧。"

"不。"静渊心里一酸，看向七七，她正低头走了里屋账房，"我吃这个，你去把它洗干净。"

小桐拿着苹果去洗，不一会儿送到里屋，见静渊默默挨着七七坐着，她识趣地把果盘一放，悄然退下。

"我知道你在生我的气。"静渊柔声道，侧过头看了一眼七七，她的手捏着衣襟，乌溜溜的眼睛看着窗户。

"你说得对，我是没有用，只要一遇到人寻死觅活，我就一点儿办法也没有，更何况是我的母亲。七七，我真没用。"

七七低下头，"若是我也寻死觅活一番，不知道我们还是不是如此境地。"

静渊脸色苍白，过了半晌，淡漠地笑了一下，"说也奇怪，我还真不怕你寻死觅活。七七，你活着，我便拼了命也会好好跟你过；若是你死了，我跟着你去便罢了，母亲、家业、孩子，我通通都可以不要，有什么好怕的。"

泪珠在她的眼眶里转来转去，她抬起脸看着他，"什么都可以不要，但你一定不能不管孩子，假如有一天我真的死……"

他猛然将她拥入怀中，颤声道："你敢，你敢说下面的话！你不信就试一试。你若是真死了，我自然会跟着你，让我们的孩子成为无爹无娘的孤儿，我们两个死了也不安生。"

她的泪水湿透了他胸前的衣服，"我不信你，静渊，我不知道该怎么信你，我为什么要嫁了你，为什么要这么苦？！为什么我不能跟别人一样有个正常的家，为什么要跟另一个女人分享你，为什么我的孩子要跟另一个孩子分享一个父亲，我受不了，我再也受不了了！"

忍耐了很久，终于到了一个极限，她从未放声痛哭过，这一下再也约束不住自己。

小桐和古掌柜等人虽然不明所以，但知道这个女东家虽然一向和颜悦色，不论多艰苦，总保持着十足的耐心与坚韧，可她心中定有着难以言说的痛苦，哭泣声穿过木门，传到外堂，古掌柜长叹了一声，小桐心中凄然，揉了几下眼睛。

"你恨我吧，我也恨我自己。"他吻着她被泪水沾湿的脸颊，"我从没有这么恨过我自己。我明明做不到，却向你许诺，你应该恨我，七七，恨我吧。"

他给她理了理头发，她无意间看到他手掌上的伤，像是被利器划过，新鲜的伤口，显得狰狞可怖。她擦了擦眼泪，把他的手掌拉下来放在自己手中，伸出一根手指，小心地抹过他伤口的边缘，想说话，却又不知该说什么，只是一颗心像在水里下沉，窒息难当。

"有没有不舒服？我们的孩子还好吧？"他柔声问。

"现在才这么大一点儿，怎么会有感觉？"她狠狠地瞪了他一眼，站了起来，见果盘里洗干净的那个苹果，走过去拿起，"这个是供果，不能扔的，你爱吃不吃。"

静渊笑道："我吃，我吃的！"

从她手中抢过，也不待削皮，就着那早已坑坑洼洼的果肉，大大地咬了一口。

他穿着湖水色衫袍，是他去年生日她为他缝制的衣服。

清河年轻的商人，现在都时兴穿洋装，唯独他，只要是她给他做的衣服，即便破了，打上了补丁，他亦是收拾起来，规规整整叠好了。

这件衣服她做了好几天，那时她刚刚学会苏绣，在袖口做的"打点绣"，光袖子就绣了三天。

他心疼她辛苦，又爱极了这件衣服，只有在极重要的时候他才穿出来。也许为了提醒他自己今早与玉澜堂的摊牌十分关键，他穿上了它。

他是带着她的心一起去的。

膝上、衣襟上还残存着灰尘，七七吸了吸鼻子，给他拍打衣裳上的尘埃。静渊一向爱干净，因此她拍得尤为仔细，一面拂拭，一面检查有没有地方破损。

静渊嚼着苹果，喉咙里却突然如哽着坚硬的东西，吞咽困难，眼中盈满了泪水。

七七站直了身子，装作没有看到他的表情，叫小桐拿来药膏，待静渊吃完了苹果，她方道："把手伸过来，我给你擦点儿药。"

他把手掌伸过去，她小心地把药膏涂在伤口上，轻声道："这件事情总需要早点儿了结，我也不想再耗了。你母亲若是反对，我们先缓一缓，一起想想办法。"抬起头看着他，"如果你真的有心向着我，那么无论怎样，只要你信我，站在我这边，我心里就好歹能安慰些。我要你答应我一件事。"

"什么事？"

莫说一件，一万件他也愿意为她做。

"从今后除非我陪着你，我不许你再单独回玉澜堂。我不会让你有违孝道不尽父职，既然母亲不让你和锦蓉离婚，那么我，只能不让你再跟锦蓉单独接触。我们都可以熬，都可以等，看谁熬得过谁。"

静渊的瞳孔微微一缩。她这么要求，只是因为自己已经没有太多资本值得她去信任，而他又能为她做什么呢？

几乎没有经过太多的思忖，他点了点头，"我答应你，从此有你在的地方才是我的家。"

七七无声沉默，脸上露出一丝复杂的表情，似喜似悲，似茫然似无奈，转过头，轻轻朝他依偎了过来，伸出手环在了他的腰间。

他低头看着她额头上那道浅浅的伤痕，心里一酸，把她箍紧了，心知再说什么誓言或许都是多余。

"静渊……"她埋在他的怀里，轻声说，"我有十年没有照相了，什么时候带着我跟宝宝去照张相吧。"

十年前他让怀德给她照了一张相，那或许就是这十年中唯一照过的一次，那张相片上是她十六岁的容颜。

那个时候的她，梳着一根乌沉沉的大辫子，紧张的时候会低垂着脸儿，小手紧紧攥着衣襟不放，娇羞的时候动不动就脸红，一红红到耳根；倔强的时候高昂着小脸，紧皱眉头，调皮的时候会不顾危险跑到盐场看疯牛。

他想起那头撞向她的小黄牛，想起自己那时候因为她受伤，在惊恐、焦虑、心疼中第一次察觉对她动了情，这情感如此之深，深到自己都想象不到的地步。可是那个时候并不懂得珍惜。他和她，从未像寻常的恋人一样合过影，连一张画像也不曾有过。

他说："明天礼拜日，我们一起去照相馆，你，我，还有宝宝。"

他想到了文斓，心里还是忍不住微微一刺，仿佛是为了加强语气，也仿佛是为了劝诫自己，重又补上一句，"我们去照一张全家福。"

她仰起头，乌黑的眼珠光华流转，有一丝无奈，凝视了他片刻，点了点头。

第二天，天还蒙蒙亮，七七就醒了，正要下床，却见卧室的门被悄悄推开一道小缝隙，一个小脑袋从外头探了进来。

知道要去照相，宝宝亦是非常兴奋，早早就醒了，蹑手蹑脚地跑到父母的卧室外头，悄悄把门打开，见母亲也正起床，忍不住咪地一笑。

七七忙伸出手指放在嘴边，示意她不要吵闹，走到门口，见宝宝只穿着薄薄的小睡袍，光着小脚，皱眉道："你这调皮孩子，着凉了怎么办？"

"妈妈给我编辫子！"宝宝小声笑道。

"好，今天妈妈会把你打扮成最漂亮的小姑娘！"七七微笑着摸摸女儿的脸蛋，"先去你屋子里，把袜子穿上，妈妈给你挑衣服。"

宝宝忍不住要拍手，忽然意识到父亲还在睡觉，做了个鬼脸，笑着把手放下。

挑来挑去，选了一件米黄色的小洋装，宝宝把衣服一换上，真像一只小黄鹂一样活泼可爱，七七给她把头发打散了，认认真真编了辫子，又给她在领口别了一个小小的蝴蝶结。

宝宝很高兴，一连声道："妈妈，你也要穿得漂漂亮亮的呀！你穿什么？要不要宝宝给你选？

"那相片会保存多长时间？

"妈妈，能不能把我们照的相包起来，不让它变黄呢？"

七七被女儿这么追着问，心中无端端泛起一丝凄楚，微笑着说："宝宝给我选一件你最喜欢的。"

宝宝马上就要去，七七拉住她，"你爹爹还没醒呢！"

"我悄悄地，我悄悄地就不会吵着爹爹！"宝宝一心只想给母亲挑一件最漂亮的衣服，在她小小的心灵中，和父母去照相馆照全家福是最重要的一件事。她像一条小泥鳅一样，挣脱母亲的手，一溜烟地就跑到了走廊上，七七连忙跟着，宝宝早就跑到父母的卧室外，正要推门，门却轻轻从里面被拉开，只听宝宝清脆如银铃的一声欢笑，被静渊一把抱了起来。

七七走过来，静渊笑着问她："起这么早，原来是为了要打扮？"

七七粉颊微红，"总得好好收拾一下。"

宝宝把父亲拉到衣柜旁，"爹爹来，你说，妈妈穿哪一件最好看？"

七七也看着他。

两双大眼睛看着他，他毫无招架之力，想也没想，手伸向一件淡绿色的丝缎对襟薄袄，衣服的袖口绣着疏落落的几朵白梅，当年她第一次去盐店街，也是穿着这么一件绣着白梅花的绿衣裳。

宝宝轻轻跳了跳，拍手道："就这件，就这件！"

七七眼里闪动着光芒，嘴角轻弯。

他还记得当年的她。

她也记得当年的他，那时他穿着白色的衫子，脸庞的轮廓完美得无懈可击，一言一笑都会让她失神。

那时候的她估计怎么也想不到他今日会对她如此温存，而她，又会付出多少代价，还好心中都珍存着对方最美的样子。那么现在，也把最好的时光留下，忘记痛苦，忘记过去，只留下现在这幸福，即便不知未来如何，也要珍藏在记忆之中。

照相馆的师傅是上海人，拍过大明星，省里的高官也都曾是他的客人。

过了这么多年，七七在照相的时候依旧还是会很紧张，紧紧抱着女儿，宝宝倒是很轻松，不忘宽慰母亲，还笑给母亲看，照相师傅笑着说："小姑娘把头转过来，哇哦，侬笑得真的好美啊！"

宝宝乖乖地转过头去，七七更紧张了，上半身都变得僵硬，静渊揽着她的腰，在她耳边柔声道："别怕，我的大美人儿不笑的时候也是漂亮的。"

热热的呼气吹拂着她的脖子，她终忍不住莞尔，镁光灯砰地一闪，这一瞬被捕捉了下来。

相片中，她抱着女儿，和他并肩坐着，微微靠在他的肩头，嘴角扬起一丝矜持的笑，是个多么美的妻子，多么温柔的母亲，而他，是个多么幸福的丈夫，多么慈祥的父亲。

要是时光能永远停住，该有多好。

起雾了，屋里的陈设都泛了潮，下人们抹桌子晒坐垫，七七亦到账房将重要的账目拿出来检查一遍，看是否受潮。

这是天海井那几本光绪年的老账，早来来回回看了好几遍了，古掌柜进来通报一日的行程安排，见她又拿着看，忍不住笑了，"东家奶奶，还是看看新的吧。"

说着递给她一小本册子，是戚大年从六福堂送来的十口盐灶的名单及工人安排。

静渊响应盐务局的号召，投了五十口炭花灶，又另投了十口送与七七，这件事早知会过她，她接过册子，只随手一放，对古掌柜笑道："你说的新账，自然不光是这十口还没赚钱的盐灶吧？"

古掌柜乐呵呵地道："托东家奶奶的福，香雪堂从一开始只有一口盐井、

100

数口盐灶，到如今增产扩灶，连着这两年新近购置的十五口，东家送的这十口，差不多在清河算是中等规模的盐号了。香雪井的盐一向是贡盐，牌子是好得没的说，如今有了新的盐灶，东家扶持，加上政府又肯花钱帮携，以后定能风生水起。"

七七道："若只有香雪井一口盐井，当嫁妆让我吃到老倒是无妨，如今我们也好歹有了一二百长工，总不能不顾他们的生计。盐井依旧只有一口，至于盐灶多少，赚不赚钱，还是得靠盐卤的多少。我琢磨了一下，有这二十多口新盐灶确实好，可一旦盐卤不够，就成了一个极大的负担。你这几日多去帮我走动走动，看看黄老板的金溶井、怡生井、煜涌井，余老板的龙涌井、江源井，能不能跟我们分摊一下，我帮他们烧盐，他们给我盐卤，怎么均利只管商量。"

古掌柜比个大拇指，"东家奶奶心里的算计，真是笔笔清楚，句句到位，不输于盐场的老东家们。"

七七脸红了，"你又来打趣我。"

古掌柜呵呵一笑，"我是发自内心钦佩。"忽想起一事，问道："东家奶奶什么时候出发？可定好日子了？"

"后天就走，林东家那边也有事情要料理，他的事可比我的多多了。"

"那是，东家的铁厂接了盐务局的大生意，听说这二百口炭花灶的盐锅几乎全都由东家的铁厂来定制呢，我们挣的是小钱，东家挣的可是大钱。"

他说得挺高兴，七七听着却脸色微微一变，古掌柜奇道："怎么了，大奶奶，我说得不对？"

七七摇摇头，"你先出去吧，我再休息会儿，喝杯茶就去一趟绣坊那边。"

"是。"

屋子里潮湿，青花茶具上浸出了小小的水珠，她轻轻摩挲着茶碗边缘，心里想："清河的瓦斯火日渐衰颓，盐灶和铁厂要保证生产，必然需要大量的煤炭，清河的煤都在我大哥手里，也就是在我爹手里，静渊唯一可控的运煤通道雁滩又给了欧阳家，他铁厂用煤自然好说，我这二十几口盐灶的煤，若到紧缺之时，要么是去求我娘家帮忙，要么求夫家，如今这两家都靠不住，再加上这欧阳家在里头，若是捣乱，我可怎么办呀？"

父亲虽然一直反对自己涉足盐场，可也没有太过为难她，长兄对自己是很顾惜，静渊如今也千依百顺，他们都不会是她的问题，可这欧阳家……七七想来想去，秀眉微微蹙起，"一定要想个办法，总得让这家人不要捣乱才好。"

半盏茶时间过去了，把账本收拾好，打算去韭菜嘴的绣坊，小桐过来问："可要孙师傅把车开到门口来？"

七七披上披肩，"不用，我走着去码头。"

雾沉沉的天气，阳光似乎很难穿透空气，雾水扑在面上，倒是凉凉的，很舒服。正巧碰到徐厚生跟着瞿掌柜在那儿看货，七七忙走上前去，向徐厚生行礼。

"徐伯伯，多谢你襄助隆昌灶。"

徐厚生点点头，"开工了没？法事做了吗？"

"已经一切妥当了。"

徐厚生轻叹了口气，"也难为了林东家，他小时候被戚大年抱着来盐场，我们这些老辈子都不敢跟这孩子开玩笑呢，一逗他就会气鼓鼓的不理人，逢年过节，给他个红包，也就轻轻鞠一鞠躬算是还礼了。他父亲八面玲珑的一个人，生个儿子这么硬气！不过那天他可不一样，在我家宗祠以孙辈之礼行三跪九叩，以他这么高傲的性子，还真是难得，回去没有跟你闹别扭？"

怪不得那日他身上有那么大的香火味，他爱面子，脸皮薄，把自尊看得比什么都重，如今为了替她要这十几根木头，竟然到别姓宗祠磕头叩拜，七七不免震动，勉强笑了笑，"既然是徐伯伯家的规矩，小辈的有求于您，自然得按照您的规矩来。"

徐厚生点头道："小辈懂规矩，老辈自然更得懂规矩。以后有什么事情需要我帮你的，尽管来找。"

七七面露喜色，"侄女感激不尽！"

徐厚生一笑，不知道又想起了什么，脸上有了一丝惆怅，顿了顿，说道："你一个妇人家，如今在盐场里做生意，难免会受一些委屈，这一次我也不瞒你，孟老板确实跟我打过招呼，让我不用把木头给你，我猜想他可能是想让你知难而退，也是体恤你之故。我是当父亲的人，能明白他的苦心，希望你也别跟你爹太过计较，要理解他。"

七七早知道父亲在其中阻拦，并不惊讶，"侄女理会，徐伯伯放心。"

走了几步，徐厚生叫住她："侄女，我看静渊不似以往那般狂戾，老段和我之前的事情，他虽然负点儿责任，但我相信他是被迫为之。我们都是商人，明白有时候利益所致，人不能自主。其实他也为清河做了不少好事，当年官仓的那把火，虽然都不能放到台面上明说，我们这些老老少少，都受了他的恩惠。如今战事说来就来，清河盐场需要他和阿飞这样的年轻人挺住，你就好好帮帮他。人和人之间没有解不开的恩怨，我和老段不会再跟他刻意为难。"

七七心中暖流涌动，深深一礼，"侄女替静渊多谢了。"

"生在乱世，大家各自保重，做好本分就行了。"

车子在清河岸边缓缓行驶，七七取出静渊送给她的一块镶嵌着珍珠的小怀表，轻轻打开，里面嵌着他们的合影，相片很小，但静渊的笑容却是灿烂的，她抚摸着相片，脑海里勾勒出他的过去，想象他并不太完美的童年，他什么时候真正快乐过？在乱世里，谁又能真正获得内心的平静和愉悦呢？

窗外雾蒙蒙的，依稀能见行人如织，车水马龙，紫云山修防御工事的士兵和壮丁们散坐在茶铺外头，神情呆滞，眼睛直愣愣地看着道路，而清河，混沌一片，仿佛未知的将来。

行至韭菜嘴，绣坊外头却停着静渊常坐的那辆车，他果然在里屋坐着，因绣坊里多是女子，为避嫌，他便叫来一个打杂的年轻后生跟他说话。

"怎么这么早就过来了？盐场的事情处理完了？"七七嘴角忍不住露出笑来。

静渊道："我的效率向来是高的。"

七七心存感激，屏退下人，给他重换了一杯热茶，柔声道："林东家是大老板，自然和我们这些小商小贩不一样，林东家辛苦了，为妻给你斟茶了。"

静渊笑着接过茶喝了一口，七七见他眉间隐有忧色，柔声问道："怎么了，有什么烦心事？"心念一动，"你去了盐务局？"看了一眼外面，见几个绣娘都在埋头做工，便把门轻轻带上。

静渊伸出手放在她手上，微笑道："真是个鬼灵精，我眼珠子一转，你就猜到十之八九。"凝视着她，爱怜横溢，"真希望我们的安稳日子过得越久越好，不等后天了，明天就带着宝宝去峨眉山吧，郭剑霜告诉我，日本人现在在北方不断滋事，趁内陆还太平着，我要赶紧还你和女儿一个心愿。"

他说得极是诚恳，七七坐在他的身边，看着他略显憔悴的脸容，有一刹那，她差一点儿想说："要不然把文澜也一起带着。"

可终于还是忍了下去。

静渊察觉她脸色有异，轻声问："你还有事没弄完？"

"不是。"七七微笑道，"那我们明天就出发，宝宝要知道了肯定会高兴得睡不着觉。"拉他起来，"你回去吧，我这边还得再盯一会儿。"

"我再坐一会儿，你这里的茶好喝。"静渊坐着不起，反而伸手到她腰上一揽，"高不高兴？"他在她耳边轻声问。

七七点点头，终还是低声补了一句，"要不晚上我陪你去一趟玉澜堂？

静渊似有所动，想了想，却摇摇头，"不用了，到时候你帮他买点儿东西就可以了。等我们回来，接他去晗园住一阵子。你一会儿做什么？要不跟我同去收拾东西。"

"今天郭夫人会来看她订的座屏，我等她走了，还得去找一下四哥，他送了我两根楠木救了我的急，我要亲自去道谢。"

静渊皱起眉，"让小武或者老古去不就行了，你如今是有着身子的人，别跑来跑去的。"

七七在他脸上轻轻吻了吻，左颊梨涡浅现，"林东家又在喝干醋了，怎么得了啊。"

他关切地问："胸口还闷不闷？昨天晚上你翻来覆去睡不着，是不是哪里不舒服？"

"只是有些渴，起来喝了水就睡了。怀宝宝的时候我害喜得厉害，又极能吃，吃了又吐。这个孩子还好，至少现在没怎么折腾我。"

静渊默然半晌，轻声道："不知道为什么，我总觉得你肚子里的这个孩子，就是我们曾经失去的那一个，七七，你不知道我有多高兴，高兴的是如今我总算能好好照顾你和这个孩子，让他平安生下来，让他好好长大。可是我心里却一直很难受，假如时间能回到以前，我……"

她把他轻轻一推，"好了，再这么腻腻歪歪的，今天什么事都做不了了。"

静渊也忍不住笑，站了起来，走之前把小桐和"小蛮腰"叫来叮嘱："小孙开车要稳当些，小桐要一路扶着，把大奶奶给我看好了。"

七七抿嘴笑道："哎哟，我又不是老太太，现在哪里就用得着人扶？"

小桐笑道："东家放心，大奶奶走到哪里我都看得紧紧的。"

静渊正色道："有什么闪失，你们就等着拿命来抵吧。"

"小蛮腰"听到这句话，也忍不住笑了起来。

等郭夫人来看过座屏，就已经过了晌午，绣坊里煮了粥，备了点儿细菜，七七略吃了几口，说来奇怪，怀第一胎的时候拼了命想吃东西却没的吃，如今要什么有什么，反而胃口不好，打算收拾下就去高桐镇找赵四爷，偏生神思困倦，便倚在里屋一个软榻上睡了一会儿，蒙眬间听见外头有个熟悉的声音响起，睁开眼，见三妹笑盈盈地走了进来，走到她面前，微屈膝道："给七小姐问安了。"

七七坐起身，微笑道："还以为你回江津了呢，怎么想着到我这儿来？"

一侧身，那块镶着照片的怀表从衣襟里落了出来，三妹忙用手接着，赞道："好精致的小东西！"把里面的照片仔细端详了一番，"七姐，你们一家人早就该这样了。"

七七幽幽地道："他能迁就我一时，谁知道这一时究竟有多长时间。"

三妹不解，"这话怎么说？"

七七苦涩地道："我让他违心做他不愿意做的事，有意让他冷落他的儿子，他心里不愿意，却也答应了。"

"那是因为姑爷真心爱七姐，他跟那个欧阳小姐并没有感情，小少爷虽然无辜，但被那欧阳小姐和亲家夫人利用来牵制姑爷，冷落下也好。"

七七眼眶一红，"我知道他心里是不情愿的，迟早会因为这件事厌烦我。我也没有办法，如今只想留住这些好日子，留得越久越好，不光是为我自己，也为了宝宝还有我肚子里的孩子。真的没有别的办法。"

说着落下泪来，三妹眼圈儿也红了，握着七七的手，取出手绢儿给她擦眼泪。

七七自觉不好意思，转开话题，"怎不见你儿子？"

"在外头玩儿呢，姑爷也在外头。"

七七奇怪，"他回晗园了呀，怎么还在外头，你诓我。"

三妹指指外面窗户，"你自己去瞧瞧。"

把窗户打开，果见静渊站在外面，却抱着三妹的儿子在那儿逗弄着，秦飞亦站在一旁，见七七看过来，便朝她一笑。

她被笑迷糊了，更觉得静渊素来跟秦家人不睦，他们这样站在外头，实在太过诡异。

更诡异的是，静渊抱着三妹的儿子，口里喃喃有声："乖儿子，我的乖儿子。"

七七看出一身冷汗，"他怎么回事？刚才还好好的。"

三妹嘴角一撇，"姑爷失心疯了。"

七七只觉得不对劲，胸口发闷，脑子里昏昏沉沉，直欲往一旁倒去，秦飞却不知道什么时候走了进来，见她脸色不好，忙上前扶着她，顺手将她拥到怀里，热切地道："七七，别怕，有我在。"

她只觉得尴尬，要将他推开，秦飞却不放，"我知道你喜欢我，你瞒不了我，也骗不了自个儿，如今他不要你了，我要你，一辈子都要你。"

七七脑子里乱成一团，奋力挣扎，他却消失不见。窗外突然出现一片火海，静渊依旧抱着孩子，可那个孩子却变成了文澜，静渊的眼神凶狠冰冷，狠狠瞪着她，"七七，我好后悔，你这个祸水！"

他转身，背影孤独而坚决，就似要永远将她抛下，再也不回头。

"静渊……"七七叫他，惶急无措，奔出门去，静渊抱着文澜越走越快。

她追在后面叫："静渊，回来！"他只作不闻。待发足疾追，可锦蓉却不知道怎么蹿了出来，脸上全是鄙夷的笑，伸手把她猛地一推。

她下意识护住自己的肚子，肩膀却撞在一面墙上，然而并没有感觉疼痛。房子被火烧得轰然作响，一根梁柱倒下，她只觉得烈火扑面而来，晃得她什么也看不见，脸上身上全是火焰灼烧的热度，耳边却突然响起宝宝的叫声，她在凄厉地呼喊着妈妈。

她无心再去管静渊，只想找到女儿，眼见大火越来越大，变成了一面火墙，女儿的身影却怎么也看不到，她只觉自己最宝贵的东西正眼睁睁地消失，人生再也没有什么希望，绝望压倒了一切。

她突然惊醒。

原来一切都只是梦，醒来后依旧在抽泣，软榻上的小枕头湿了一大半。

窗外是人声喧喧，春意盎然，而所有隐藏的不安与动荡，就以这样一个梦魔侵入了她的灵魂，梦里的压抑与惊惶让她许久都还兀自心悸，起身的时候腿都是软的。轻轻调匀呼吸，即便将要面临的未来充满着危机，可她不怕，她想："我一定会守护好属于我的东西。"

❧

　　火车驶过成都平原，绿野如屏，田埂间开着金色的油菜花，远山的峰峦被白云截断，壮阔的岷江孕育着丰润的土地。一路走走停停，他们从清河一直玩到成都，再从成都转火车前往峨眉。

　　宝宝如愿坐上了火车，兴奋极了，拉着静渊问这问那，又问："爹爹什么时候带着我去坐大轮船？"

　　七七和小桐忙着给他们父女俩削水果，忍不住笑她，"真是个贪心的小丫头。"

　　静渊用手指点了点女儿粉嘟嘟的额头，"等你再长大一点儿，爹爹一定带你去坐大轮船，看大海。"

　　宝宝十分向往，抱住父亲的胳膊，"爹爹千万不要忘了。"

　　七七把削好的苹果递给宝宝，给她使了个眼色，宝宝会意，马上递给静渊，甜甜地道："爹爹先吃。"

　　静渊心中温馨，低下头咬了一口，细嚼慢咽，微笑道："我们俩一起吃。"

　　宝宝觉得一生中最幸福的时刻便是这样，乖乖咬了一口苹果，看着车窗外飞快掠过的美景，金色的海洋一般的油菜花田，从高山上川流而下的飞瀑，黑瓦白墙的农家小院，在水塘里打着盹儿的大耕牛，她小心捏着苹果的两头，一根小手指轻轻翘起，悄声感叹了一句，"要是小弟弟跟着我们一起来就好了。"

　　这段时间宝宝和文斓接触得并不多，偶尔文斓到晗园来，姐弟俩一起逗兔子、玩松鼠，或者听七七讲故事，倒是很开心。文斓沉静了许多，宝宝心里其实很明白，这是因为自己从他手中夺走了父亲一半的爱，可是她也没有办法，她和文斓一样需要父亲，依恋父亲，她也感激小弟弟，因为或许没有他，自己永远见不到这个如此疼爱自己的父亲。

她心中想到什么便说什么，七七将头微微低下，抓了一把花生剥着，静渊倒是神色平静，轻轻搂着宝宝的小肩膀，抚弄着她的小辫子。

七七缓缓抬头，将剥好的花生米全倒入他手中，嫣然道：“你慢慢吃，不够我再剥。”

他却轻轻钩住她一根柔腻的手指，“歇一会儿，别累着了。”

这样的温情，仿佛能将她一生的幸福都浓缩在其中，她几乎要沉溺，心中却始终不安。

有悠扬的歌声从临近的三等车厢传来。

嘹亮的彝族音调，高昂亮丽，听不懂歌词，一群年轻的声音在用欢笑附和着，“小蛮腰”晃荡了一圈儿回来，一只手拿着一小袋子煮好的茶叶蛋，另一只手执着一小把彩色的芭蕉扇。他把茶叶蛋放在静渊和七七面前的桌子上，小扇子送给了宝宝。

小扇子用彩纸制成，鲜艳夺目，极是可爱，宝宝用白嫩的小手搓着扇柄，舞成一团彩色的光晕。

“小蛮腰”笑道：“是那边车厢里那些学生给的。”

“他们那儿好热闹。”静渊侧头细听。

“有一对学生要结婚呢，正好有要过路的彝人，学生们便求着他唱歌，这彝人倒是不谦虚，还说自己是族中有名的歌手呢。”

七七大感兴趣，和静渊微笑着对视一眼，“去看看？”

他起身，携着她和宝宝的手，兴冲冲走到那列车厢，车子轻微晃动一下，灯亮了，窗外一片黑暗，原来列车钻进了一个隧道，铁轨的声音显得特别响亮，仿佛蒙在一个大坛子里，处处都是回声，出了隧道，列车已经开始进入山区，走得很慢。车厢里的学生有七八个，簇拥在一起，满面青春，给他们让了两个座位出来，静渊把宝宝放在自己的膝上坐着，七七微笑着扫了学生们一眼，看到那对眉目甜蜜的恋人。

他们紧握着彼此的手，眼波如水，闪耀着动人的光芒，女孩子粉色的嘴唇微微颤动，头轻靠在恋人肩上，短发飘拂，沉浸在自己幸福的期许之中。这对恋人手指上各自系着一枚彩色的草编戒指，和那小芭蕉扇同样的风格，那女孩子见她看过来，展颜抬手，眼光朝彝人歌手一瞥，“是这位彝族大哥送给我们的五彩戒。"

静渊听到，亦往他们手上看了看，对七七道："一会儿我们也找这个彝人要，看他还有没有。"

"嘘。"七七小声道，"听他唱歌吧，多好听。"

没有一个人听得懂这歌谣，宝宝只觉得旋律悠扬，拍着小手打着拍子，那彝人见到如此光鲜亮丽的一家人，也极是高兴，尤其喜爱娇艳可爱的宝宝，一面唱，一面不住地朝她微笑。

一曲毕，四座热烈鼓掌，七七见那彝人光着脚，脚上全是伤痕，甚为可怜，便起身回到车厢，找来列车员。列车员平时兼卖货物，七七估摸着那彝人脚的大小，给他买了一双布鞋两双袜子。

那彝人万没料到这个衣饰富贵的太太，竟然会如此好心送给自己新鞋新袜，捧着纸包发了会儿愣，讷讷地道谢，静渊微笑道："别客气，你的歌唱得这么好听，就当是我们的谢礼。"

有学生问那彝人叫什么名字，他说叫阿山，家里还有一个年幼的妹妹，叫阿月。他眼珠黝黑，眉毛英挺，倒是个很俊俏的男子，七七便笑道："你妹妹一定很美。"

阿山笑着点头，从自己腰上的挎包里取出纸做的小扇子和一堆草编的染色戒指，"这是我妹妹做的，阿月让我在路上挣点儿茶水钱。"又取出一把小扇子送给了宝宝，那些学生亦喜欢宝宝活泼可爱，正把她拉过去逗着玩，宝宝对一切都很新奇，自豪地说自己也是学生，已经快上三年级了。

阿山另取出一对五彩戒指，双手捧着递给静渊，"这戒指上加了我们彝族人的咒语，会保佑先生和太太幸福平安一生。"

静渊接过，拿起一个要给七七戴上，孰料火车又一个轻轻晃动，这戒指刚刚圈在七七右手的无名指上，微微一扯，竟然扯断了三股细线。

他们心中都掠过不祥的预感，虽然并没有断，可实际上已经不能戴了，七七将戒指脱了下来，"没关系，我再把它重新编起来。"

阿山眼中似乎颇有复杂的神色。

静渊心中微颤，问道："你说这戒指上有咒语，现在它成了这样，是不是预示着什么？"

阿山想了想，轻轻点了点头，又摇了摇头。

静渊还待再问，七七忙拉着他的衣袖，"别问了，越问心里越别扭。"

阿山忽然说："太太，您不用再重新编这戒指了，它已经断了，断掉的东西不能再接起来的。"

静渊太阳穴青筋一跳，七七紧紧按住他的手。

阿山凝视着七七，"太太，不要担心，戒指断了，只是说因缘中有一个结被解开，也不一定会是坏事。"

七七轻轻一笑，"你唱歌好听，说话却像哲人。"

阿山并不太明白什么叫哲人，只说："我从四岁就开始唱歌，族中长老教给我这些歌谣，有的是用在嫁娶，有的却是给天堂路上行走的亡灵听的，但也有些歌谣，加入了我们祈福的咒语。太太，你这么善良，会有神鬼护佑的，别害怕，我现在就唱一首给你祈福。"

阿山清了清嗓子，唱了起来。说是祈福，音调却如此悲凉，且这一次，歌词是汉话，一词一句，清冽如泉水，透过了众人的耳鼓。

"竹林生竹笋，慈母养子孙。天上彩霞飞，江水在鸣琴。山河孕育了两朵花，阿哥是金花，阿妹是银花。天上云有千万重，阿哥阿妹在相恋，海誓山盟成了亲。穿过白云九层，穿过黑云九层。金花银花飞进了阿妹的肚子，母亲的五脏是绿叶，六腑是花瓣，绿叶花瓣护着花心，阿哥阿妹掐着手指算日子。一天天，一夜夜，美丽的花朵要开放，金花银花满地开。严寒过后春来到……春天过去又秋来，姑娘像妈妈一样美，儿子像父亲一般高。树长根，草发芽，蚂蚱死在草坡上，蚂蚁死在路中间。人一生不能像江河一样长，阿哥阿妹的爱却比天高。瓜熟蒂落花开谢，草木入冬又一春。"

他凄婉地唱着，唱到最后，歌词陡转，重新变成他们听不懂的语言，嗡嗡有声，闭上双眼，竟是在念咒。

念毕，空气中回荡着铁轨的声音和他的咒语。

众人都觉得似有一股神秘的值得敬畏的力量在身边，不由得都静默了。

宝宝悄悄走过来，不知道为什么，她小小的心中竟也陡然生起一丝哀愁，紧紧依偎着母亲。

阿山伸出手，"太太，把那断了的戒指给我吧。"

七七很平静地交还给他。

车窗半开着，那戒指划过一道五彩的光影，被阿山投掷在这陌生的旅途。

他重新拿了一枚戒指，又朝静渊一笑，"先生，这只是我们这些山里人的小玩意儿，拿着玩玩可以，若有好的寓意在上头，也就取个吉祥的意思，没有咒语会永远灵验，不好的咒语是这样，好的咒语亦是如此。祝您和太太白头到老，情意长存，金花银花开满山，子孙绵绵。"

将戒指放到静渊的手中,静渊不敢再轻易碰这戒指,只将它收在掌心里,紧紧攥着。

彝人好酒,他们给阿山买了一斤烧酒,又请学生们吃了顿饭,阿山笑容满面,拿起酒瓶子一饮而尽,列车在一个小站停下,他穿上新鞋子,背着他的背篓,下车去了。

到了峨眉山,七七和小桐在山下一家旅社里安顿了下来,静渊带着宝宝和"小蛮腰"一起爬上了金顶,在山上住了一宿,看了佛光,方慢慢迂回下山。途中经过猴群密集的地方,宝宝的小包被一只小猴子抢到了树上,静渊和"小蛮腰"要去给宝宝夺包,差一点儿被猴群围攻,主仆二人拾了些山上的树枝木棒,"小蛮腰"甚至还舞出十八般招式,无奈还是没有用,幸亏附近寺庙的僧人听到吵嚷声,执着木杖赶过来给他们解了围。

待和七七、小桐会合,山下的两人吓了一大跳。静渊的衣服被撕破了,头发乱得像鸡窝,"小蛮腰"是唯一挂彩的一个,胖胖的脸上被刮出了三道深深的伤痕。宝宝却很高兴,光着小脚趴在父亲背上,给父亲理着一头乱发,静渊提着她的一双小鞋,里面全是粪,扔也不是,不扔也不是。

静渊眉间眼角都是笑意,把小鞋子往七七身前一凑,"你看怎么办?"

一股臭气扑面而来,七七忍不住打了一个干呕,避到一旁蹲下身子便吐。静渊这才觉得玩笑开得过了,脸色都变了,把鞋子往地上一甩,将宝宝从自己背上放下来,几步并作一步奔到七七身边,给她轻轻拍着背,额头上冒出细汗,焦急地问:"没事吧?对不起,我不是故意的,我逗你玩儿呢!没事吧,啊?"

七七早上并没吃什么东西,闻着他身上一阵阵浓烈的尿臊味传来,忍不住接连吐了好几口酸水,过了半晌,摆摆手喘了口气,扶着他的手臂站了起来,只是他身上的味道实在太重,她忍不住皱眉将他推开,见他鸡窝般的乱发,却实在觉得好笑,"去这一趟不是参禅拜佛吗?身上是什么味儿,怎么搞成了这样?"

静渊道:"猴子把宝宝的包给抢了,我和小孙把那群小畜生教训了一顿。"

"小蛮腰"在一旁补充,"大奶奶,别看东家平时文文静静的,打起架来身手好生了得!简直是那个……那个呼呼的……风。"

小桐在一旁猜测,"是虎虎生风?"

"虎虎生风!把山里最厉害的猴王都给打得跳到树上不敢下来。"他磕磕绊绊地把他们跟猴子打架的情节给编了一遍,静渊挺直了腰板,面露得意之色。

宝宝在一旁歪着小脑袋听了一会儿，忽道："妈妈，你知不知道，爹爹被一只大猴子抱着亲嘴嘴，太好玩了。啵，啵啵啵！"她嘟着小嘴做出亲吻的样子，学着猴儿的神态，惟妙惟肖，滑稽至极。

小桐正在给"小蛮腰"脸上抹药，药瓶子差一点儿从手上掉下来，"小蛮腰"极力忍住才算没笑出声来，牵动脸上伤口，疼得嘴里咝的一声。

七七聚精会神地观察了一下静渊，果然见他的嘴角红了一小块。她眼睛瞪得不能再大，指着他的嘴角，"你……跟猴子……亲嘴？"

静渊白净的脸唰地一下子红到耳根，"那猴子只是搂着我的脖子拿头撞我，被我几下给甩得老远。"想了想，补充了一句，"是公猴子，不是母猴子。"

七七啐了一口，"什么公猴子母猴子，越说越难听。"

"小蛮腰"做证，"大奶奶，这是真的，东家把那猴子给甩开了的。"其实这话不尽实，猴子确实被静渊甩开，可并不是几下，怕是费了几十下的功夫。峨眉山的猴子几乎都成了猴精，比人在山里混迹的时间还要长，早成了几个类似地头蛇一般的社团组织，平日成群结队向游客讨吃的，若是碰到不给的，就群起而攻之。万物皆有灵，连山里的喜鹊都会不时从树上飞下跟游客捣乱，更何况这群猴子？见到漂亮姑娘和小伙子，遇到势单力薄的游人，它们时常无事生非前去骚扰。搂着静渊的猴子其实并不是公猴子，是一只正在发情期的母猴，见静渊唇红齿白，便起了调戏之意，蹦到他身上熊抱一番。静渊越是挣扎，它越觉得有趣，嘎嘎怪叫，很是高兴，真在他嘴上咂摸了几下，静渊又惊又怒，胡捏痛捶，那母猴子吃痛，这才算放开了他。"小蛮腰"偏巧那时也赶过去帮静渊的忙，母猴子气急败坏，泄愤似的在"小蛮腰"脸上呼扇了两掌，也活该"小蛮腰"倒霉，脸上被抓得差点儿破相，要不是山里的僧人前来相助，指不定惹出什么更大的乱子来。

静渊试图再解释一番，可宝宝却在脑海里将父亲和那猴子周旋的样子又回想了一下，越想越是乐不可支，忍不住手舞足蹈地开始表演起来，什么抓头、拍背、捏屁股，嘴里学着猴子嘎嘎叫着，静渊窘得把女儿一把抱起，埋着脑袋就进了里屋。

宝宝叫道："爹爹把头偏偏，爹爹你好臭！"

"胡说，我哪里臭！不要扭来扭去！"

"身上臭，嘴嘴也臭！爹爹嘴上有猴儿味道！"

"……"

"爹爹你干什么？"

“……”

“爹爹，地上好冰，我的脚凉了，抱我起来。”

“我找水漱口！把你的小脏手拿开！都是为了你！”

七七和小桐你看我，我看你，愣了愣，同时爆发出一阵大笑。笑了一会儿，七七定定神，对小桐道：“把宝宝那双鞋给扔了，难为他一路背着她回来，手里还捏着这鞋，真是臭死了，你赶紧再吩咐柴房多烧点儿水，让他们好好洗一洗。”

小桐低声笑道：“那双鞋是您一针一线亲手做的，东家是在帮您心疼呢。”

里头静渊正四处翻着水杯，越慌乱越找不着，宝宝跟在他屁股后面走来走去，手不时伸出要拉他的手。

七七摇头叹气，捏着鼻子走进去，把父女俩都撵了出来，“一大一小两个脏猴子，赶紧出去！熏坏了屋子晚上就去别的地方睡！”

话虽这么说，还是从抽屉里翻出自己的杯子，端到外面水井接了水，静渊抱着宝宝坐在小院外头一张长凳上，垂头丧气，七七把水杯递给他，他赶紧接过，往嘴里急灌了一口水，来回漱了起来。

七七知道他要面子，不愿意再开他玩笑，见宝宝睁着一双大眼睛笑嘻嘻地左瞧右瞧，便皱眉轻斥，“你这个小捣蛋，是你挑的事儿是不是？你的鞋子怎么回事？怎么那么脏？”

宝宝平日极爱干净，只是偶尔调皮起来会不管不顾，听母亲责备，忙解释道：“我是为了要帮爹爹，才踩到了脏　　，鞋子陷进去拔不出来了，后来和尚叔叔们跑来救我们，爹爹方把我抱了起来。”

小桐打了盆热水，招呼道：“小小姐，到这儿来洗脚。”

宝宝生怕母亲再责怪自己，连忙跑了过去。

静渊见那双脏鞋被扔到了垃圾筐中，脸一沉，“我从那堆马粪里翻了半天才把鞋子弄出来，你倒好，把它甩手一扔了事。”

七七道：“那你洗吗？要洗我就去捡。”

静渊嘴皮一动，讷讷地不再说什么。

七七看了他片刻，轻声叹了口气，“东西是小事，人才是要紧的，若是受了伤怎么办？这么大的人了，从来不让人省心。”

“你最好，你最让人省心。”他猛地反驳一句。

七七倒不知道怎么回应他这句话，转身就要走，静渊将她一把拉到自己身边坐下，她以为他又要说什么不着四六的话，孰料他却紧紧握住她的手，把乱发蓬蓬的头靠近她，柔声道：“七七，我好高兴，从来没有地高兴，谢谢你。”

声音虽小，语句虽短，却似饱含了千言万语。

七七眼眶一热，抬起头，亦是含情脉脉地看向他，却见静渊一双黑黝黝的眼睛闪动柔情，表情极是诚恳严肃，可那头乱发、满身猴臊味又实在太过煞风景，她忍了又忍，忍了又忍，还是没能忍住，扑哧一下笑了出来。

他板起了脸，她用力捏了下他的手，"赶紧去洗干净，你瞧你，满手粪，都干成壳了。我……我……我也很高兴。"

这话一前一后搭起来极没有逻辑，可两个人心中却是默契相通，涌动着暖意和温情。

宝宝洗了脚，小桐正给她穿袜子，她忍不住叫："爹爹！"

静渊回头，宝宝做了一个抱抱的姿势，小嘴一嘟，啵啵两下，眨了眨眼睛。

七七瞪了宝宝一眼，宝宝吐了吐舌头，从小桐手里接过干净鞋子，眼睛却还是骨碌碌往他们瞟去，只见父亲把母亲圈在怀里，架着往屋子里去了，真像一只大猴子。

十天不知不觉过去。

这其中，静渊偶尔会去一趟县城，给清河打一个电话问问生意，或是和文斓说会儿话，而七七，精力渐渐不济，往往是陪着丈夫女儿玩一会儿，就昏昏欲睡。

也许是常年积攒下来的疲惫终于发作，她每天有一大半的时间都用在睡觉上面，这一日又是睡到了日上三竿。

小院独处在山下的小小村落，院外有一棵大榕树，高达数丈，绿荫如盖，树后的山崖，藤萝披拂，崖下有一个天然小湖，日光照得澄波叠翠，水天一色。

暖风吹开她的衣襟，像一双温暖的手充满爱意地拥抱她，女儿银铃般的声音从远处传来，越来越近，接着柴门吱呀一声响，静渊牵着宝宝的手从外面回来，宝宝的裤腿挽到了膝上，小脸像红红的苹果，静渊提着一个竹兜子，走得近了，竹兜子里头传来呱呱的蛙鸣声。

他朝她微笑，却很快轻轻皱了皱眉头，"去把衣服穿好，小心被风吹着。"

"你买了蛙？"她倚在窗台嫣然微笑。

"是青蛙！大青蛙！"宝宝帮父亲回答。小桐正在厨房里和"小蛮腰"准备午饭，从静渊手里接过竹兜，打开盖子往里一看，喜道："太好了，今天中午做红烧蛙给大奶奶补一补！"

"我还要玩一会儿！"宝宝追着小桐。

七七忙大声叮嘱："别让宝宝碰到那东西，手会长瘊子！"

"放心吧。"小桐的声音从厨房传来，只听她对宝宝道，"小小姐，只许看，不许碰！"

"我不管我不管！我要听它们唱歌！"宝宝扭着身子撒娇。

静渊洗了手进来，七七缓缓转过身面对着他，柔和的阳光在她身上笼上了一层淡淡的光晕，发际、额间、肌肤，柔柔地闪着光芒，脸庞上略带几分极轻柔的慵懒，眸光潋滟，艳丽难言。

她被他看得脸上微微一红，情不自禁地揪了揪衣襟，像极了她少女的时候，静渊不由得有些恍惚，仿佛时光倒流，他们刚刚新婚。

缓步上前，轻轻揽着她的腰，"懒虫，你这一觉就是睡到中午，我跟宝宝可是又去转了半匹山。"

七七不好意思地笑了笑，"最近老是渴睡，肚子里这个宝贝估计是个瞌睡虫转世。"

静渊笑道："明明自己是个瞌睡虫，却冤枉孩子。"

她在他肩上咻咻地笑了笑，被阳光一烤，又有些犯困了，眼皮一眨一眨地就要合上，静渊推了推她，"别睡了，一会儿吃了东西坐一坐再睡，你这样别把身子给睡虚了。"

七七只好打起精神，把外衣穿上，和他携手坐在窗边的长凳上晒着太阳。

静渊见她萎靡不振，忽然有些担心，面露忧色，"我带你去看大夫吧，这样下去我心里悬得慌。"

她倒是安慰他，"别怕，当年怀着宝宝的时候，大着肚子可以赶几里的山路，没事的，这身子没你想的那么脆弱。"

他的手僵了僵。

七七问："你们在哪里买的蛙？"

他却许久没有回答，将她的脸轻轻扳起，让她看着他，他的眼中闪着幽微的火花，"这是你第一次跟我说起那些年的事……你，还有宝宝，你们在那山里独自儿过了七年，你从来没有跟我说过你们是怎么熬过来的。"

"一天一天，一年一年，等着太阳上山下山，就那么过去了……也没有熬。"她轻轻垂下头，其实，物质上匮乏些并不苦，苦的是心里的伤口不愈合。

"不过。"她轻轻笑了笑，"我其实有一次是想回来找你的，毕竟那时候自己年纪太小，总有吃不了苦的时候。"

静渊看向她，"我知道我说什么都没有用，七七，我绝不会让你再离开我。"

她安静地贴在他的胸膛，轻声说："我知道因为我让你冷落了文澜，静渊，我别无所求，我和你都欠了宝宝，我要你和我一起补偿她那几年受的苦，我要你好好对我的孩子。"

"放心吧。"静渊说，用力亲了亲她的脸颊，"相信我。"

他把她牵起来，一起走到厨房。

蛙很是鲜美，大家见七七爱吃，都只去夹别的菜，把蛙留给了她，只静渊偶尔夹两截蛙腿，剔下肉放到宝宝碗里。

吃得快差不多了，七七忽道："以前我在璧山偶尔想弄两只给宝宝吃，在这种时节，都是四哥往山顶有雪的地方找。你是上哪儿弄来的这两只？"

静渊道："一家从汉口来的游客，在清音阁那边的山里找乡人买了这个，我看这蛙好，便跟他们要，这家人倒是很和气，他们又打算去清河，知道我是清河人，和我略聊了会儿天，便送了两只给我。对了，我们回去的时候跟着那家人一起走吧，从荣县那边回去，不用再绕到成都了。我们雇个车走公路。"

"他们什么时候出发呢？"

"后天。"

宝宝黯然道："我不想回去。"

这句话几乎道尽了所有人的心声，七七往宝宝小脸上轻轻一拧，"你不管你的兔儿了？不管你的花花了？"

宝宝叹了口气，不说话了。

回去那一天，和汉口来的那一家人约在县城车站，"小蛮腰"一早去车行租好了一辆车，午饭后，两家人在车站会合。

那家人先到，正坐在车站外的一个茶铺子里喝着茶，静渊对七七道："你们不必下来了，我去打个招呼即可。"

七七道："既然要同行，我们又是清河本地人，若他们没有车，你就帮着雇一辆。"

静渊笑道："人家车马粮草俱足，不用我们担心的。说跟我们一起走，是想托我们带带路，一路也做个伴，不会寂寞。"下了车去，那家的男主人见他过去，站了起来，拱手一礼。

七七轻轻摇下车窗，往那边略看了看，三个人，其中一个看装束应是司机或者保镖一类，剩下的应是主人，一男一女，估计是夫妻。女的三十五六岁，杏脸桃腮，着一身浅紫色衣服，极是华贵。那男的约莫四十岁，衣着倒极是朴素，粗粗一眼看去，只觉整个人说不出地利落清朗，好精明的生意人模样。

那男人一边跟静渊寒暄，他妻子在一旁微笑附和，静渊估计是介绍到自己的家人，随手往七七坐的这辆车一指，那夫妻俩均往这边看过来，正好与七七的目光相接，他们亦微笑着朝她点头打招呼。

七七有些不好意思，微微颔首，算是回礼了。

众人各自上车，一前一后结伴而行，往清河驶去。

七七问静渊："这家人是做什么的？"

"姐弟俩，姓杨，说是从汉口来的，籍贯却是江西。这杨先生只说自己打算去清河做生意，看这行装也不像啊。瞧他说话有些保留，我也就没有多说什么。"

七七惊讶道："姐弟？我还以为是夫妻呢，况且这女子看起来比这杨先生年轻许多啊，真没想到竟然还是居长的！"

宝宝坐在父母中间愁眉苦脸，七七把她搂得紧了紧，"别不高兴了，爹爹妈妈过段时间再带你出来玩儿，你不是还要坐大轮船吗？"

静渊柔声道："只要宝宝听话，爹爹一定再带你出来玩儿。"

宝宝看看母亲，又看看父亲，"我不是贪玩，我只是想永远这样，爹爹、妈妈还有我，以后再加上小弟弟，再加上妈妈肚子里的小弟弟，我们天天都在一起，永远都这样开心。"

静渊摸摸女儿的小脸，"宝宝先耐心等等，先等妈妈身体养好，等她把肚子里的小弟弟生出来，爹爹就带着你们再去玩儿，带你坐大轮船，把文澜也叫上，我们永远都在一起，就只有我们。"

宝宝见父亲说得郑重，终于放了心，在静渊脸上重重亲吻了一下，又在七七脸上亲了一下，把小脑袋放在她的肩上，叹了一口长气，"这样就好。那妈妈快把小弟弟生出来吧。"

七七扑哧一笑，"这哪儿能急的，说生就生，妈妈没这个本事。"

宝宝咯咯笑了笑，见父亲正看着母亲，脸上洋溢着温情与幸福，她心中温馨，笑道："妈妈你好好生，最好以后再给我生一个小妹妹，这样我就是家里的老大！谁都要听我的。以后爹爹若是惹你不高兴，我就带着弟弟妹妹去给你撑腰，爹爹就不敢欺负你了。"

小桐附和道："对，大奶奶最好这一次呀生一对龙凤胎，下一次再生一对龙凤胎，这样最省事，生两次就能有四个孩子。"

静渊听得忍俊不禁，"总归我林家会成为清河盐帮的第一大帮，七七，你任重道远，当个帮主。"

七七红晕双颊，似笑似嗔地瞅了他一眼，把头转过去看着窗外，好半晌没有声音。

宝宝探过头去瞧了瞧，回头在父亲耳边悄声说："妈妈把眼睛闭起来了。"

静渊轻轻摇了摇七七，"哪里不舒服？"

她倒并不是特别疲倦，只是浑身没什么劲儿，轻声道："我就眯一小会儿。"

"回清河一定找一个好大夫给你看一看，我现在心都悬在天上了，你可千万不能有什么事。"

七七挤出一丝笑，想说他小题大做，可心口如有一块大石压着，重似千钧，越来越难受，静渊见她皱着眉，嘴唇发乌，脸色都渐渐变了，惊道："七七，你怎么了？"

"有点儿闷，我想下车透透气。"七七吃力地说道。

"小蛮腰"忙停了车，七七扶着静渊的手臂，紧紧抓住他，就好像要从他身上抓取一点力量，刚一跨下车来，只觉得天旋地转，耳边却有什么渐渐响起，越来越响，原来是她的心跳声，眼前是金色的油菜花、翠绿的山、碧蓝的天，可她心中却只是茫然，只觉得这一瞬比一生都要漫长，太难受了，这种感觉太难受。以为深深呼吸会管用，于是大口大口地吸气，恍惚间似乎见到后面跟着的那家人也把车停了下来，那女子下了车来，问："林太太不舒服吗？"

静渊咕哝了一句什么回答，七七听不清，眼前一黑，斜斜地就往一边倒去。

她听到静渊在喊她，可没有力气回答，当听到宝宝哭了，心中着急了一下，可最终连这一分力气也被抽光，缓缓松开静渊的手臂，精致的袍袖被她纤细的手抓出一道褶痕，许久都不能平复。

静渊双腿发软，几乎要跪在地上，阳光洒在身上，却如同万道金针，齐齐扎向他的心，他的语言一定是混乱不清的，甚至没有心思去安慰害怕至极正在呜咽着的女儿，他的眼睛一动不动地盯着她，只想："若她今天有个三长两短，若她今天死在这路上，我林静渊就随她一同去。"

"七七。"他不停地叫着她，直到一只男人的手在他肩上轻轻拍了拍，"林先生，让我姐姐给尊夫人看一看，她是大夫。"

正是那姓杨的商人。

静渊迅速将七七抱起，小心放到车后座平躺，回身向那商人深深一揖，那商人的姐姐站在一旁，手里拿着一个小小的包袱，静渊亦向她一礼，"有劳杨女士！"让出位置。

那杨女士弯身探进车内，将七七一只手拉近自己，伸出手指搭在她脉搏上。

宝宝抽抽噎噎地哭着，静渊这才反应过来，将她轻轻抱起，宝宝紧紧搂着他的脖子边哭边问："爹爹，妈妈生什么病了？她以前不是这样的，她怎么突然睡过去了？"

他心中一片茫然，给女儿擦着眼泪，"宝宝别哭，妈妈没有事，她一定没有事。"

那姓杨的商人微微侧头，见静渊一双眼中冒出近似疯狂的光芒，不由得有点儿惊讶，便透过开着的车窗朝里看了一眼，女子的形貌隐隐约约，依稀看得出其容色秀美。

不一会儿，他姐姐从车里出来，他便主动问："怎么样，林太太没有什么吧？"

静渊心中惧意甚浓，竟不敢张口相问。

杨女士很轻地叹了一口气，"让林太太再休息一会儿，林先生，你不用太过忧心。"见宝宝一双哭肿了的大眼睛看着自己，和蔼一笑，伸手拉过她一只小手，"小姑娘怎么哭成这样？"

宝宝眼泪又落了下来，"我妈妈……我妈妈是不是生病了？"

"你妈妈没有事，一会儿你妈妈醒了见到你这样，心里该难受了。"

宝宝大喜，连连点头，"我不哭了，我不哭了！谢谢医生阿姨救了我妈妈。"

静渊将她放下来，"宝宝，去你小桐姐姐那里，爹爹跟这位阿姨说说话。"

待女儿走远，他向杨女士道了谢，担心地问："我内人真的没有事？"

杨女士朝他弟弟看了一眼，那商人会意，往远处行了几步回避。

杨女士道："林先生，你们出来玩儿之前没有先让尊夫人去看看大夫？她有孕尚不足三月，本来就很危险，如果我没有猜错，她以前也曾经落过胎，你们这样出来，对现在她肚子里的孩子，可没有什么好处啊。"

静渊黯然道："是我的过错……我想着过段时间怕会有战事，以后难得有太平悠闲的机会，所以赶紧带着她和女儿出来。其实出来之前请过大夫来问诊，当时并没有查出她身体有什么异样。就这两天，她越来越渴睡，一睡就睡半天，偶尔会发闷头晕。我尽量没有让她太过劳累，可……可她今天这样突然晕倒，我也不知道是为什么。"

杨女士眉毛一蹙，"她渴睡，应该不是只有这两天。"

静渊镇定心神努力回想，忽然背脊一寒，"她前段时间也有过，有时候一觉睡很多个时辰，我以为她是因为平日走动太多，累了才这样，没料到会有问题，我……"

杨女士沉吟片刻，道："林太太的身体也许本来就不算好，从脉相看，她心血不足，脾肺又极是虚寒，久病失养，劳心耗血，如今可真不是怀孕的好时机呢。而且……"她想了想，似乎还想说什么，却止住不说，只道："如今旅途上仓促，我只能看到这些，等去了清河，在医院里我再好好给她看看。有些问题，光是用中医的法子去看，也不一定看得很准。"

静渊目中闪过一丝疑惑，"杨女士是在清河哪一家医院？"

"我以前在武汉的医院工作，这一次央朋友在你们清河的市立医院谋了个差，免得到了异乡没了生计。"

静渊知道她这么说只是谦虚，心神略定。

杨女士见他脸色苍白，知他担心妻子至极，看来这对年轻夫妻的感情倒还真是很深。一行人在路边候了一会儿，杨女士自去车里，在七七额间、锁骨、掌心、手腕，徐徐按摩了一会儿，又过了一会儿，七七终于悠悠醒转，见到眼前这张陌生的脸庞，只怔忡了片刻，立刻道谢："多谢杨姐姐相助。"

杨女士微微讶异，随即想起她丈夫定是跟她说了自己姓什么，只是她刚从晕厥中醒转，在这么快之间就能迅速收拢起自己的意识，倒真是个伶俐剔透的人物，见她眼光清澈真诚，语声甜美婉转，很是喜欢，便接过话微笑道："醒过来就好。"

静渊见七七无恙，想叫她一声，嗓子却哑了。七七见他脸色惨白，知道自己让他挂心，朝他嫣然一笑，静渊眼眶一热，把头转开。宝宝远远看到母亲下车，像小狗一样飞跑过来，扑到七七怀里，"妈妈你吓死我了！不要再晕了！"

七七见女儿眼睛红肿，心疼万分，在她小脸上轻轻一吻，"妈妈没事，为了宝宝，妈妈一定会好好的，妈妈绝对不会允许自己有事的。"

那商人在一旁听到这句话，神色微微一动，见她脸色憔悴，却强打精神安慰女儿，小女孩估计是心中兀自惊惧，使劲搂着母亲，乌黑的小辫子轻轻颤动，极是可爱，他看着看着，脸上不禁露出笑容。

两家人这才算正式认识，前行到一个茶铺休息，静渊坦然将自己和七七的身份说给对方听了，那杨女士听言，轻轻笑了笑。那商人亦是一笑，道："我们陌路相逢，以后却要长期相处，可见这世间最最奇妙的就是缘分二字。"

静渊笑道："难道杨先生也是做的跟盐有关的生意？"突然心中一动，脸上微微变色，"您姓杨，又来自汉口，莫非是……莫非是凤兴制盐的杨老板？"

那商人道："在下正是杨霈林，今后可要林东家多多帮忙了。"

静渊站了起来，拱手一礼，"杨先生言重了，算起来您是静渊的前辈。"杨霈林亦站起还礼。

七七闻言亦不免震动。

眼前这个中年男子相貌清雅，丹凤眼，眼角微微挑起，眸中湛然有光，见她看过来，本来还带着一丝微笑，不知为何，那笑容轻轻凝结，眉毛一皱，似想到什么极不高兴之事，又似乎是怕失礼，轻轻坐下，低头喝了口茶。七七微觉奇怪，倒也不以为意，主动给众人杯里都加了点茶。

汉口杨霈林，她听过这个名字，而凤兴制盐，对全中国做盐的人来说，亦是如雷贯耳。它是华中最大的一家制盐厂，父亲的运丰号就曾给凤兴供盐，保持长期的生意往来，孟家有一些产盐的先进技术，就是从这凤兴盐业里得来的。

凤兴拥有全中国最好的制盐技师和制盐方法。这位杨霈林杨老板，自己亦是在国外学化工出身，发明了一种晒盐的方法，能在最大程度上节约燃料的用量，这个方法，被父亲用二十万大洋买来推广。

正思忖着，听静渊问："杨女士说要举家搬到清河，那不知杨先生的生意，是不是也要移到内陆来？"

杨霈林点了点头，苦笑了一下。

静渊叹道："看来这场仗真是避不开了。"

"等着看吧，不光是清河，整个四川都会热闹起来，如今国内许多大厂都会陆陆续续迁到这里。我是因为长年与清河做生意，又与盐业相关，受剑霜相邀，加上您岳父孟老先生极力争取，才终于决定要将凤兴迁来清河。如今公文早就下了，连新的厂址都已经委托孟先生选好。这次和家姐来清河，就是先来熟悉一下。"

静渊道："清河虽小，但盐矿千百年来都源源不绝，杨先生既然是做制盐的生意，在这里不会差的。至于居家过日子，除了冬天冷一些，其他时令都温和宜人，杨先生和家人住一段时间，慢慢就会习惯。"

两个男人开始聊生意上的话题，七七便起身要走，静渊拉着她，"又要上哪里去？"

七七粉颊微红，轻轻挣脱，"你们聊生意，我们两个女人家去另一处玩儿。"

静渊笑道："你如今不做生意？"

"林太太做什么生意？"杨女士大感好奇。

七七有些羞赧，"不算做生意，家里陪嫁送了一口盐井，平日去打点一下，自己好玩儿，又开了一个绣坊，姐姐若是感兴趣倒是可以常去看一看。"

杨女士道："你身子这么虚，还要做这么多事，难怪熬不住。"

静渊立时接口，"你回去后好好给我在家里待着，先把香雪堂撂下一阵子，什么事都不要做。"

七七微笑道："事情可以不用做，但也不至于撂下。回去再安排就可以了。"拉着杨女士的手，"那里有水果，姐姐跟我一起去买一点儿。"

两人走到水果摊，买了些新鲜的枇杷，相互道了闺名，杨女士是一个单名，叫杨漱。七七问是哪一个漱，杨漱笑道："说俗一点儿是漱口的漱，要故弄风雅一番，就是漱玉泉的漱。"

七七笑道："我没有读过多少书，却还知道漱玉泉是济南七十二名泉，李易安门前有此一泉。这个字灵秀脱俗，配得上姐姐的风致。"

杨漱爱怜地看着她，"你年纪轻轻，和丈夫又如此恩爱，怎么会落下这么多年的病根子？"把适才跟静渊讲的病情又与她说了一遍，七七听了，缓缓垂首。

杨漱问："你以前生过什么大病没有？"

七七轻声道："怀第一个孩子那年十六岁，又经过一次小产。"指了指一旁跟着小桐的宝宝，"生她的时候是在山里的雪地上。前年我又遇到了一个歹人，受了些皮肉之苦。我没有生过什么大病，只是老天似乎特别眷顾，让我这十年磨难多了些。"

杨漱完全没有想到这么个娇滴滴的小姐，竟经历了这么多摧折。可那毕竟是人家的私事，不好再太多探问下去，沉吟一会儿道："我虽然还不太确定，但有些话不得不提醒你一下。如今你怀着孩子，气血心血明显亏损，即便你这段时间顺利养过去，孩子到了七八月，也保不准会出现一些波动，若是早产，把孩子顺利生下来，这便是最好的结果。怕的是时候不足，孩子挺不过去，连累你也会有生命危险。"

七七道："我无论如何也要把孩子生下来。"

这话说得极是坚决，杨漱看着她澄澈晶莹的眼睛，却想起了一个故人，叹了口气，"我的弟妹十年前也是像你这样，身子不好，却非要生孩子。可惜……可惜最后谁也没能救得了。"

七七心里一跳，不自禁朝杨霈林看过去，依稀记得他适才眼光里的哀伤。

原来如此。

不及多想，紧紧拉着杨漱的手，"姐姐一定要帮我想想办法，无论要我做什么，我都要生下这个孩子，我……既要孩子，也要我自己的命。"

"林太太，假如要你在自己的性命和孩子之间选一样，你会怎么选？"

七七道："如今我没的选。我不知道杨姐姐有没有孩子，做母亲的，可以为孩子死，但也要为孩子拼命活着。我养了我女儿七年，如今最大的体会就是如果有一天我死了，我女儿没有亲娘照顾，一生必然会苦楚无依，即便我丈夫疼爱她，但……但他也有很多控制不了的事情，这世间对我孩子全心全意疼爱的只有我一个。不管用什么办法，我一定要好好活着，至于肚子里的孩子，也是这样，既然我要生他，就一定要养他，绝不能让他成一个没娘养的可怜孩子。"

杨漱轻轻一声叹息，"我没有孩子……但我看着出生看着长大的孩子却也不少，我明白你们这些做母亲的人，有了孩子，世间一切就全都没有孩子重要。不过林太太，你刚才这话说得很一厢情愿，你要活着，又要孩子，可你现在的身体状况，不一定能满足你自己的意愿。你的心脏很脆弱，即便是顺产，心脏是否能承受生产时的痛苦，也不是你能决定的，更不是任何人能帮你决定的。当然，在还有一线希望的时候，是应该想办法坚持。"

七七漆黑的眼睛里泛着一丝泪，轻轻点了点头。

杨漱拍拍她的手背，"不要灰心，等去了清河，我一安顿下来你就过来，我再好好给你看看。"微笑着补了一句，"看你这么柔弱的样子，没想到竟然还是个女东家，妹妹，你很厉害，我很佩服你啊。"

离开十余日，却仿如走了一年，一回来就是事，不光是清河，整个四川的经济局面都在发生着剧烈的变化。

国民政府成立资源委员会，负责战略物资和军工厂的内迁。在巴蜀之地，有了越来越多直接服务战争的工厂。省政府主席刘荣湘还在汉口养病，嘱托建设厅长何北原、工业专家胡先哲在武汉向愿意迁往四川的工矿企业详细介绍四川资源和设厂环境，并与商界要人在运输、厂地、劳力、原料、税捐等问题上进行秘密的商讨。看到有些厂矿在武汉购地曾遭到地主高抬地价，刘荣湘特别电告四川省政府秘书长，让他务必协助迁川工厂购地，并予以减免赋税，不能发生武汉那样的情况。这个决策吸引了众多大商人将自己的产业迁入四川，杨霈林就是其中的一个。

战争的阴云笼罩在中国大地，而在四川内陆，却有了一股奇怪的经济繁荣风潮，这让清河的商人们有的紧张，有的不安，更多的是兴奋。

回到清河的当晚，静渊就去了一趟六福堂，和戚大年找冯保几番问询，立时就知道清河郊区一个叫平安寨的地方，被孟善存搞到了手，将其北面一大块地租给了杨霈林做工厂。

冯保不敢多留，略说了几句便悄悄从后门走了，戚大年见静渊似乎脸色不豫，风尘仆仆，极是疲倦，忙去给他端来一杯热茶，问道："这杨霈林毕竟是外来人，虽然和孟家交好，但和我们无仇无怨，也不一定会跟我们作对，东家不必太过担心。"

静渊摇了摇头，道："你忘了，卓师傅生前曾经打算让我们天海井也尝试做一些和盐有关的副业，铁厂我们办得不错，但是他还建议我们也试着办一个化工厂，如今这姓杨的来了，人家就有现成的，我们想要冒头，几乎没有什么机会了。"

戚大年笑道："若是今后兵荒马乱，我们只需好好守住本业就好了，东家您还年轻，拓展疆域总还是有时机的。"

"你说得不错。若是以后大家能平安相处最好，要挣钱也不一定非得跟别人拼个你死我活，一起挣说不定挣得多，出的力还更少。"

戚大年甚是欣慰，"东家能这么想，真是再好不过。"

静渊微微一笑，"这个道理我早就明白，只是自己的性子一直很别扭，在商场树敌甚多，几乎没有一个朋友。这几年慢慢变了，也是因为有七七在我身边，我要跟她过安稳日子，自己也得好好稳下来才行。"

他将杯中的茶一口喝尽，站了起来，"你早点儿休息，我回晗园了。"

“东家不回玉澜堂看看老夫人和小少爷？”

静渊犹豫了一下，道：“七七不舒服，我不放心。”

戚大年猛然想起一事，“东家……有件事我忘了跟您说。”

静渊觉察他语调有异，停住脚步，回头问：“怎么了？”

戚大年有些尴尬，“那个……那个雁滩……”

天海井在雁滩的运盐分号，前段时间将股份送与了欧阳家，静渊目中阴晴不定，皱眉道：“欧阳松又给我惹什么事了？”

“他倒没有惹事，是麻烦自己找上门去的，前日他被经济检查队长老齐叫了去，说是有人举报他借运盐之机私自囤煤和钢板，如今清河正在打击不法奸商，他这么一被举报，到现在还没放出来。雁滩那边的人过来跟我说了这件事，瞧他的样子，好像一时半会儿放不出来。东家，我看是有人跟欧阳家过不去，他们结的仇太多，这事儿您知道就罢了，我觉得……我觉得咱们还是没必要再蹚这浑水，您可别想着又去帮他。”

静渊轻声道：“他自己不安分要作死，跟我一点儿关系也没有，我也一点儿不关心。但他与林家目前好歹是亲戚，我怎知别人是不是想借打击欧阳松来打击我。”

戚大年道：“所以我暗自查了查，可这件事最奇怪的就在这里，竟然一点儿头绪都查不出来，欧阳松所有的仇家里，其实最大的是杜家，然而杜家几房少爷把产业赌的赌，卖的卖，若不是咱们大奶奶替杜老板把西华宫的产业苦苦守住，您和飞少爷多方帮衬，杜家人早就把家财败光了，如今一落千丈毫无斗志，只图苟活，根本没有图谋报复的能力。其他的一些和欧阳家有过节的人，也犯不上非得把这么一个人往绝路上推。”

静渊思忖道：“今年政府一直在抓投机囤私，清河凡是长脑子的人，都不会顶风犯事，如今欧阳松巴不得偃息待振，绝无在这关口给自己找麻烦的道理，不知他是得罪了哪一路神仙，莫非是我岳父一手安排的？但这没有理由啊。”

戚大年道：“当初是亲家老爷跟东家一起把欧阳松保出来，冒着那么大的风险，那般难的事情都做了，再要送欧阳松进监狱，实在没有道理。”

静渊冷笑，“若不是当年他为了当商会会长，用怀德的开泰井行贿欧阳松的舅父，落了个话柄，也不至于非得费那么大劲儿把欧阳松救出来。”

戚大年道：“从雁滩那边走的账来看，囤的煤和钢材像是在几天内突然间冒出来的，账目上没有一点儿记载，但是库房里却实实在在有。我估摸着可能是趁每天运货的时候，时不时往库房里加一点儿，但是问盐号的伙计，却都说点数的时候是恰好的数目,不见有多,来托他们运货的人亦是一问三不知。这种事情,倒不像盐场的人做出来的。东家,至少目前暂时看不出有什么对天海井不利的地方,老齐也没有丝毫要找我们麻烦的意思,我试探着问了好几遍,他也只是说:'明白天海井林东家做人利落清白,这件事只是欧阳松一个人的问题。'"

静渊莫名地不安,"越是这么不清不楚,就越是不对劲儿,这几日我们谨慎些,先慢慢观察,我就不信没有蛛丝马迹露出来。"

杨霈林来到清河的第三日,郭剑霜在府邸设宴接风。

临近中午,静渊和七七方带着宝宝坐车前去,快到郭府,看到玉澜堂的一辆车停在外头。

宝宝笑着拉拉父亲的手,"爹爹,是小弟弟来了吗?"

七七道:"戚掌柜倒是早到,也不让文澜出来走动走动。"

静渊道:"大人还没到,孩子先在外头晃荡,毕竟不成规矩。我说晚些叫他,你非要我一早打电话。"说着朝那边打了个手势,玉澜堂的司机老陈正倚在车前,见东家招呼,慌忙去给后座的人开门。

静渊转头对七七道:"文澜不爱热闹,幸好有宝宝在,姐弟俩一起玩玩解闷,到时候你带着他们去园子里逛逛,若是嫌照顾孩子烦,你就坐一会儿,带他们回晗园去。"

七七嘴角却泛起一丝复杂的笑意,"我看是用不着了。"

静渊顺着她的眼光看去,只见文澜先下了车,衣着整齐,跟着他下来的却不是戚大年,是他的母亲——欧阳锦蓉。

锦蓉牵着文澜的手,一步一步缓缓走来,见静渊脸色不好看,她反而一笑,那是她惯有的姿态,针锋相对,毫不屈服。

静渊见文澜一双乌沉沉的大眼睛正看着自己,极力忍耐才算没有发作,锦蓉脸上一直带着微笑,并不理会,低头对文澜轻声道:"快跟大妈请安。"

文澜先向父亲鞠了一躬,"爹爹。"又恭敬地叫了七七一声,"大妈。"

宝宝也向锦蓉问了好,微笑着去拉文澜的手,文澜立刻对姐姐露出亲热的笑容。

锦蓉笑道:"瞧瞧,我们一家人这么热热闹闹的多好。"见七七神色淡淡的,便道:"姐姐的手真巧,你看,文澜这身衣服穿着多好看!"

文澜身上的衣服正是七七做的,锦蓉特意让儿子穿来,是有意讨好的意思,静渊心中的不快稍微减退了一些。七七打量着锦蓉：脂光粉艳，精心打扮了一番，却掩不住眼角的憔悴和蜡黄的肤色，好好一个新式女大学生，那么要强的一个女人，如今变成这个样子，又何尝不可怜。一丝莫名的伤感悄然涌上，但很快就被压制了下去，她挽着静渊的胳膊，将他轻轻一拉，"时候不早了，我们进去吧。"转眸间看到锦蓉嘴角一扯，七七心中有了一丝复杂的快意。

静渊的脚步顿了顿，觉察到他的凝视，七七没有抬头，以他的精明，自然知道自己这番举动究竟为的是什么。这种违背本性的世故，如今毫无掩饰地表露了出来，毕竟让她有些羞愧。他并没有看锦蓉一眼，甚至刻意忽略了文斓质问责怪的眼神，可他这样做，并没有让七七心中增加多少快乐，这样难堪的关系，究竟什么时候是个尽头。锦蓉似乎也下了决心，无论静渊如何冷淡排斥，她只是死死跟随，片刻也不离开。

杨霈林和杨漱正和郭剑霜夫妇说着话，见静渊一家人过来，看起来和气融融，气场却甚是怪异，杨漱面露惊讶之色，把问询的眼神投向郭夫人。

郭夫人悄声道："别觉得奇怪，我一开始看着也觉得别扭，不过旧式人家有两个老婆很正常，跟在后头那位，是那林东家的二夫人，小公子是这个二夫人生的。"说着迅速露出笑容，和郭剑霜走下台阶，上前相迎。

紫薇花开了，花瓣被阳光照得有如透明，投下五彩斑斓的影子。静渊挽着七七走在斑驳的花影下，脸被花树一挡，看不清神色，锦蓉近立在他们身旁，七七走到哪里，她的目光就跟到哪里。

杨漱喃喃道："怪不得……怪不得就为了生个孩子，林太太恨不得拼了命。"

她是低声自语，杨霈林听到，古潭般幽深的双眼，是沉沉的颜色。

七七在那紫薇树下直起了纤细的腰身，藕荷色的衣裙被风吹得轻扬，郭夫人说话的时候她带着笑，笑容里有一丝无法掩饰的哀伤，有被挫折打磨过后的圆滑，有柔弱亦有倔强……杨霈林微微有些恍惚。

她的容貌，其实和亡妻一点儿也不像，独那眉目间一丝韧性，让他隐隐怅惘。

他丝毫不想去了解眼前这个女人，但她和孩子相处时的表情，春风一般和煦的笑容，让他的心有一丝痛楚。或许只是翻起了沉涸的旧痛，但这个陌生的年轻的女人，让他的心有了片刻的柔软，微微的悸动。

宝宝在园中见到了小坤和郭剑霜的儿子瑞生，另一些熟悉的小朋友，便拉着文斓的手跑过去找他们玩耍。七七选了张椅子坐下，锦蓉挨着她也坐了下来，杨漱见锦蓉这么一坐，甚觉别扭，本来想过去，也只得收住了脚步，好些与林家相熟的女眷，亦和她是同样的心理。于是七七和锦蓉那张桌子，便一直就只坐着她们两人。

七七早就看到了杨漱，朝她笑了笑，算是招呼了，侧头见锦蓉一双眼睛紧紧盯着自己，那目光真像一把刀。

"你不是喜欢打牌吗？"七七道，"那边宋太太苏太太都是你的好朋友，不去跟她们玩一会儿？"

锦蓉笑道："我陪着你。"

"这是何苦。"七七端起茶杯，小小地抿了一口红茶，极是淡然。

"你盯着他，我就盯着你。"锦蓉的话像是从齿缝里透出来。

七七看着热热闹闹的人，却似看着一片虚空，"锦蓉，这样多没劲、多累。"

"你像一条母狗护食一样守着他，就不觉得没劲，不觉得累吗？"锦蓉依旧笑着。

七七似笑非笑，"你受过高等教育，说话果然有趣，真是与众不同。"将一粒瓜子轻轻放在嘴边，贝齿轻嗑，咔嚓一声脆响。

锦蓉红着脸端起茶杯，衣袖轻轻颤抖，她怎会不知道自己有多么屈辱难堪，可心中的怨恨与嫉妒像火一样燃烧着，她完全不能自主，要是语言能变成刀多好，真想一刀捅向她的心窝去。

她恨恨地道："我跟静渊过日子的时间比你长，林家的长子是我生的，我一心一意只爱静渊一人。你呢，别以为我不知道你跟宝川号的老板勾勾搭搭，别以为别人不清楚你跟雷霁的丑事。不要以为先我嫁给静渊，就有资格独占他一人，你懂什么叫辩证法吗？懂什么叫生活的逻辑吗？他现在跟你好，也不过只是心存一丝迷恋，日久天长，他终会真正醒过来，你这样不干不净三心二意的女人，根本就配不上他。"

七七听她说完，轻声道："锦蓉，其实你一直并没有把我当作一个朋友，或许我也从来没把你当过朋友。我们俩不该认识。我一想起以前跟你做朋友那些日子，真是后悔。"

锦蓉有些愕然，她想听到的并不是这些话。

"你想要的其实和我想要的是一样的，我知道。"七七说，"有个家，有个疼爱自己的丈夫，有可爱的孩子。说起来很简单，是不是？可惜我们这个家和许多人的家不同，又和许多人的家一样。别人一夫二妻再寻常不过，可在你的眼中容不下我，而在我的眼里，也容不下你。"

锦蓉被这番话撩起心事，诸多滋味涌上心头，低头道："我没有办法……我真的不希望你回来。我和静渊本好好过着日子，你扰乱了我们，你既然走了

128

就不该回来，我的生活不该是这样的。"

"记得我和静渊成亲的时候，你还送过我礼物呢。"七七淡淡一笑，"如今你却在这里指责我扰乱你跟我丈夫的生活，你说得对，你的生活不该是现在这样。"柔和的面容瞬息间变得冰冷淡漠，"我的生活也不该是这样。锦蓉，早些放手吧，要不你会什么也没有。"

锦蓉猛地抬头，"你这是在威胁我？"

"我就是威胁你了，你敢怎样？"

锦蓉一怔，她的思维经过高等教育熏陶，一向要先进行一番逻辑的处理才能顺势推出回答，但这需要时间，在她寻思答案的时候，七七却道："你说人们为什么会害怕？怕死，怕苦？是怕想要的东西得不到，怕得到的东西被抢走？可我却不怕，我要的我会得到，得到了我也能守得住，你呢？"

锦蓉略微有些混乱，"我不怕你威胁。"

"我只是在给你一个建议，听不听在你自己，毕竟……我曾当你是朋友。"

她语调轻柔，更像是劝慰，可锦蓉听在耳中，却字字钻心。

"你是新式的大学生，我只读过私塾，认的字没有你多，读的书也没有你多，你刚才说什么逻辑辩证，我听都听不懂。前两年我才刚刚学会怎么算账，到现在，会算的账却不多，不过我替我自己算过一笔，假如身边没有男人可以依靠，我还有我的孩子、我的盐号、我的绣坊，有我用自己的双手挣来的一切。你也不妨给自己算一算，且不说静渊是否将心放了你身上，即便你有了他，有你儿子，除开这两个人，你还拥有什么，而且……还能拥有多久？我们都想有一个家，假如这个家并不完整，我们靠什么活下去，我是想明白了，可你，你想明白了吗？"

锦蓉喉咙一窒，咬唇不语。

"我没见过世面，没什么见识，说的话你也不必放在心上。"七七站起来，雪白的手扬起，理了理头发。锦蓉看得清楚，她这双手算是养回来了，肌肤的纹理变得细腻如昔，她手上的戒指，静渊也戴着一个，从峨眉回来后他们一起回玉澜堂给林夫人请安，锦蓉就已经发现了，看起来这么廉价的一对戒指，戴在他们的手上，光芒却似乎盖过了她手上昂贵的珠宝。

七七指了指静渊所在的方位，"你不用盯着我，也不要再跟着我，我不是去找静渊，我去跟我现在的朋友们说说话。静渊在那里呢，你自可以去找他。"

"你……"锦蓉紧紧攥着桌布，指尖变得苍白。

七七走向杨漱和郭夫人她们。文澜本和宝宝、小坤他们一块儿玩，跑到锦蓉的身边，见母亲沉默不语，他主动坐到了她的腿上。

"妈妈……"他看到母亲眼中的泪水，"你怎么哭了？"

锦蓉忍着强烈的泪意，只是没有爆发出来，身躯轻轻颤抖，紧紧抓住儿子的小手。

"文斓，我实在是太难受了。"

"别难受……妈妈不要难受。"文斓用小小的双臂拥抱着母亲。

"我好恨……你不会懂的，我好恨。"锦蓉怔怔地看着前方，她没有人可以倾诉，儿子还这么小，她只有这么一个孩子，只有这么一个天真的孩子可以倾诉。

"文斓你要记住，记住今天妈妈跟你说的话。"

"嗯，我会记住。"他做好了倾听的准备，虽然不保证自己是否能听懂。

"你舅舅被人给害了，现在还关在监狱里，看到你爹爹怎么对我了吗？他连看都不看我一眼，他不要我了，他的心根本没在我们娘儿俩身上。所以我才恨，我恨那个女人。"

看着母亲近似绝望的眼神，文斓抬起脸，"妈妈你这个样子不好看，妈妈别这样。"

锦蓉轻轻苦笑，果然连自己的儿子也不站在她一边。

可紧接着，却听到儿子用清脆稚嫩的嗓音接着说："妈妈不要恨。我会让大妈把爹爹还给我们的。"

锦蓉凄然道："傻孩子，你要去求那个女人？没有用的。"

文斓摇头，"我不会求她，妈妈你相信我，爹爹会回来的，一定会回来的。"说着，漆黑的大眼睛冷冷地扫了一眼七七的方向。

午饭开得晚，众人并不奇怪，孟家老爷年事已高，能来赴宴已经不容易了，他那边一出发，自有孟家人提前打来电话告知郭府，这边便开始张罗上菜，等善存一行人到来，主菜刚刚端上大桌。

至聪和至诚等都先带着妻儿来到郭府，见父亲到了，整衣恭迎，七七亦和静渊缓步迎上。

善存是和秦飞一起来的，见到静渊和七七，温然询问他们的峨眉之行，略说了两句，又笑着向诸位客人抱拳行了一礼，郭剑霜与杨霈林热情引路，善存自然是坐首座，因运丰号这段时间要有货物要托宝川号运送，善存笑着对秦飞道："你坐我旁边来，我们边吃边聊。"秦飞笑着点头，坐到善存身旁。

一巡酒过，郭剑霜带着杨霈林与商人们见礼喝酒。

静渊轻声对七七道："秦老板还在为那天你不要他的木材生气？"

七七看了他一眼，"你如今说话总是不挑时候、地方。"

静渊一笑，见锦蓉在身边默然而坐，毕竟不忍，将一碟装着蜜饯的小冷盘轻轻推到她身前，"饿了就先吃点儿这个。"

锦蓉急切地抬眼看他，他叹了口气，却发现一道锋利的眼光看向自己，竟然是秦飞。

秦飞一眼也没有看七七，唯独在自己跟锦蓉说话的时候看向了自己，静渊冷冷地回视——这个男人，到现在还没有死心。

七七心中涩然。

秦飞的那一眼，她也看到了。

离开清河去峨眉之前，他们曾经见过一面，那天他将杜老板西华宫的地租盈利，按契约上的分成交付于她。

她一接过账簿和汇票，转头就把古掌柜叫进来，"算一算看有没有错。"

秦飞将声音压得极低，"你竟然不信我？"

七七一顿，刚才的举动言行是无心而发，自开始做生意，她便一向认真严谨，凡是账目钱财过手，总不愿出一丝纰漏。在这一刻，她确实忘了身前的人是谁，立时道："不用了，古掌柜，不用再算了。"

终归说晚了，秦飞的脸色很不好看，他从她手中把本子夺了过去，"林太太，你看着，我来算，我们来一笔笔算清楚。"

一个小小的袋子啪的一声掉在桌上。

七七这才看到，原来他另一只手上还拿着东西。

布袋子里滚出几个圆圆的物体，是新鲜的龙眼。

这还是暮春，清河人要过了中秋才能吃到成熟的龙眼，即便是南方，在现在这个时令吃这样的水果也很金贵。她自然知道这是秦飞带来给她的。

她将那几颗龙眼漫不经心地拂到一旁，拉开抽屉拿出算盘，仰脸看着他，"来吧，重新算算账。"

他眉心微蹙，将账簿轻轻扔到桌上，却道："为什么不要我帮你，为什么不要我给你那些木材？"

七七道："我在清河盐场做生意，别人看来就像是在闹着玩儿，可我心里清楚，不管做得好做得坏，总得守一个规矩。我的事情我自己会处理。不是不想找你帮忙，只是唯独这一件，于情于理我不能让你违了与别人的协议。阿飞，我自己会想办法。这世界上难事多了，莫非你件件都要来帮我？"

"你明明知道我的心，何必说这样的话？"

"我不会回报你。"她很干脆。

"我从来没想过你的回报。"

她回转脸看了他一眼，"难道你真没想过？"

秦飞的手按在算盘上，"我要怎么做？告诉我，我怎么做才好？"

她皱紧了眉，似乎他让她很是烦心，"我一直想问你，胭脂姐姐现在在哪里，她过得怎么样？她说过如果我开了绣坊就会来帮我的。阿飞，她在哪里？"

她要他记住，因为她，他辜负了不该辜负的人，胭脂是一个，秉忠也是一个。

她要他明白，不能再这么跟她牵绊下去了，所以再次提醒他，"秦伯伯的墓碑做了吗？字刻好了吗？要是我没有记错，按照咱们清河的习俗，到今年秋天祭日，就该立碑了吧？"

终于成功地看到他宽阔的肩膀轻轻一颤。

他退回了几步之遥，"你想让我继续恨你，因为你还恨着我，你恨我推开了你，你到现在还没有原谅我。"

七七点点头，"就算是吧。"

"我不相信。"

"那就随你。"

秦飞拂袖走到门口，蓦地回转身来，"你不用提醒我，我知道你要我恨你，我拼命想恨你，可我恨不起来。我也想变得聪明，也许总有一天会忘了你，会如你的愿。还有，我刚才生气，不是为别的……只是因为我不愿意看到你变得和那些人一样世故和多疑。"

七七看着翻开的账簿，低声道："阿飞，钱和账都没有问题，我算好了。"

他走的时候，砰的一声带响了房门。

她拿起一颗滚落的龙眼，轻轻剥了，吃掉。也许因为太过贵重，龙眼并不多，她数了数，也就十一颗。她一颗不剩地吃掉了，并未尝出有多么香甜，反而哽咽着喉咙。那一天很奇怪，她的眼中并没有眼泪。

如同现在，他就坐在她的对面，她明明看到他还是在关心着她，即便并没有看她一眼。她心中滞涩难言，可眼里还是没有眼泪。

这顿饭吃的时间也很长，一听开始谈起了生意，有些女眷便离席告退，锦蓉是第一个走的，郭剑霜正好说起合营煤矿的事情，七七看着锦蓉的背影，心想："你哥哥现在正是因为囤煤被抓，你也不留下来听听。"

郭剑霜道："如今井灶用煤须先申请，免得有人借机囤煤获利，现在这样关键的时刻，违法谋私，就是卖国的行为，必须要严惩。"

他似乎有所指，多半说的就是欧阳松，无非是让静渊听了不要去插手。静渊自然知晓，神色甚是平静。

而七七留心的，是另外两件事。

一件是川军扩编，二哥孟至慧刚刚升了中校。

这两年至慧基本上没有回过一次清河，善存在席间说起二儿子过两天会带着妻子和孩子一起回趟家。

七七想，二哥是来辞行的吗？莫非他将要上战场？

六个哥哥中，至慧虽然身在戎旅，却是看起来最瘦弱、最矮小的一个，话不多，极能吃苦，也最依赖父亲。小时候，父亲买回来很稀有的巧克力，自己和哥哥们像小鸭子啄食一样，一拥而上哄抢，大哥和二哥是唯一不抢的，当然，那是因为每次都是由他们两个人负责分发，他们必然也会将自己的那一份留出来。至聪的巧克力留给七七，而二哥的则悄悄给父亲放到书桌上。

这巧克力自然是逃不过七七的手掌心的，每次她都会偷偷溜进书房把巧克力吃掉，有一次终于被至慧抓到，他狠狠地打了一下她的小屁股，她则在至慧的手上咬了一口。

兄妹俩打了这一架，被父母知道，至慧被责骂了一顿，理由是做哥哥的不应该去欺负年幼的妹妹，至慧从来没有辩驳过，也没有告诉父母这件事原本是妹妹的错。七七不再去偷吃巧克力了，但每次看到至慧，总会对他做鬼脸，恶狠狠地瞪他。有一次实在惹得他生气，他把她一把抓到身前，在她额头上重重弹了一记栗暴，她张口就咬，至慧警告，"七七你再这么凶，以后嫁不出去，连阿飞都不要你。"

她觉察到连阿飞都不要她的严重性，吓得不敢再动作，见到至慧就远远躲开。

后来她被父亲和母亲带到扬州去，临走的那一天，哥哥们都去火车站相送，一向不多话的至慧蹲在车站的地上，竟然呜呜地哭了起来。

老妈子安慰他，"二少爷，七小姐还会回来的，你哭什么呀？"

至慧大哭，"我舍不得小妹妹！"

他站起来，走到七七身边，紧紧抱着她，"七七，回来哥哥给你留巧克力。"

七七的下巴放在他的肩头，哇的一声哭了出来。

童年的往事，是那么遥远甜美。可如今，二哥要上战场了，原来战争离自己如此之近，听着众人向父亲祝贺二公子升迁之喜，她却殊无一丝一毫的喜悦。

"该死的战争。"她心想。

还有一件事，运丰号的技师在西场一个叫青杠林的地方发现了一处盐矿，这在井火日衰、盐卤短缺的时候，无疑是一个爆炸性的好消息。

众人都赞孟老板双喜临门，纷纷举杯祝贺。静渊亦微笑着上前敬酒，善存很高兴，笑道："女婿，我看这块地的瓦斯火源极盛，盐卤就更不必说了，你一向单打独斗惯了的，这一次有没有意愿跟你岳父一起做一笔生意？"

静渊心中一动。

清河盐商有许多投资与合作的方式，善存刚才提到的所谓一起合股凿井，用盐场的行话来讲，叫"井盘井"，也就是由发现盐矿的盐商牵头，在矿源开井，吸引其他盐商的资金继续凿井。

对大盐商来说，盐井是世间最重要的东西，有了一个盐卤充沛的盐井，就如同有了财富的源泉。从"井盘井"这一种方式延伸开来，还有"灶盘灶""盐盘盐"。而所有的模式，都是从先有盐井开始的。有些小的灶上没有盐井，依赖着大的盐商，毕生希望就是拥有一口属于自己的盐井。

静渊握着酒杯的手青筋微浮，当年自己的祖父林世荣，就是用"井盘井"这样的方式，将孟家一路提携上了清河盐场的高峰。

这么多年了，两家人表面上一直相安无事，但谁都知道这平静表面下的暗涌。他们不是没有合作过，合作过很多很多次，有单纯的生意，也有复杂的密谋。但是一同开凿盐井，除了前清年间那一次，这是头一遭。世易时移，当年的林家是清河巨贾，而如今，善存已经稳坐清河盐商第一把交椅，要来提携天海井了。

静渊缓缓道："如今清河盐场的形势大好，我能跟着岳父沾点光，自然是求之不得，开凿新井是一件大事，我自得先好好计划一番，免得让您失望。"见七七正听着，明眸沉静，也似在思忖善存的真意，便又笑着补上一句，"我也会跟七七好好商量的。"

七七秀眉轻扬，淡淡一笑。

善存笑道："你做事一向精明细致，我最欣赏你的也就是这一点。也好，我们再从长计议。"

静渊和善存说话的时候，七七托着腮凝神倾听，颜灿眸亮，脸上带着笑容，那表情根本不像是在听着什么枯燥的生意经，就好像是在看戏一般。杨漱正和郭夫人小声聊着天，无意间见到七七的神情，甚觉有意思。

毕竟这次宴席是为欢迎杨需林而举办，善存很快就转开了话题。

静渊回座，从桌下轻轻握住了七七的手，她的指尖有些冰凉，静渊侧头看了她一眼，七七长长的睫毛轻轻颤动，目光幽深如水，嘴角还带着淡淡的微笑。

"你说我做还是不做？"他轻声问。

她笑笑，亦是声音极低，"你不是要跟我好好商量吗，我自然得花时间想一想，就这么饭桌上跟你说了，还有什么好商量的。"夹了一块点心放到静渊的盘子里，柔声笑道："吃点儿东西吧，刚才都没见你动筷子。"

静渊嗯了一声。

郭剑霜笑道："孟老板，你在平安寨置了那么一大块地，我看你是大有雄心啊，清河商界能有你这么一个高瞻远瞩的人物，也是我们的福气。"

"哪里话，郭局长是在取笑老朽呢。"

"那块地不光租给了我身边的杨先生，还租给了余老板、段老板、徐老板。平安寨处在丘陵峡谷之地，又背山面水，确实是避乱的好地方，你这是在为我们清河做好事，给各个盐号匀出了一个避风港。来，孟老板，我先敬你一杯，谢谢你！"郭剑霜说着诚挚地站起，举杯相敬。

　　善存亦站起还礼，将酒一干而尽，脸上微微露出红晕。郭剑霜忙叫人上了热茶，亲自扶着善存坐下，又道："平安寨地方虽好，但交通暂时有些不便，如若要转移物资去那里，还是需要一条好路才行，盐务局一定会鼎力相助，这件事不光是清河商会的事，也是我们盐务局的头等大事。"

　　善存点头，"秦老板的宝川号，这一次包下了平安寨修路的工事。"

　　郭剑霜喜道："真是太好了！说实在的，若是太平日子，盐店街原没有什么问题，只是假如战乱一起，就很难说了。平安寨是个安全的地方，现在有人修路，真是再好不过。"

　　这么说，孟善存的平安寨，有可能会成为第二个盐店街了？

　　丈夫的手轻轻颤抖，七七了然于心，把手放在他的腿上，轻轻拍了拍。

　　他看着她，嘴角微斜，眼里有一丝极轻微的屈辱，可她的目光却是那么安然宁静，似能荡涤烦恼一般，他紧紧抓住了她的手，她朝他露出温暖的笑容。

　　善存问起杨霈林的府邸可收拾好了，杨霈林笑道："好些东西都是现成的，也不用收拾什么。"

　　众人便问他选的何处的宅子。

　　杨漱接口道："在武家坡。"

　　"武家坡，莫不是以前武秀才的宅子？后来给雷霁雷军长当官邸的？"

　　杨漱微笑点头，"正是。"

　　这房子在雷霁离任后便一直空置着，军队撤走，由盐务局管着，后来雷霁回到清河，也是在另一处地方买的私宅。郭剑霜为人清廉，觉得这房子用作官邸太过奢华，故在前年售与一个姓苏的皮货商，巧的是今年这皮货商搬到了成都，房子又闲置下来，正好转卖给了杨霈林。

　　杨霈林来清河只有少数人知道，近日与善存也只是在平安寨租地上有过联系，他在武家坡购宅的事，善存并不是特别清楚。郭剑霜对于雷霁生前与林孟两家之间的事情略略知晓，因而赶紧将话题岔开。

　　见众人神情复杂，杨霈林微觉奇怪。

　　静渊对七七道："我带你去晒晒太阳？"

　　七七点了点头，转头看向大厅外，那里阳光灿烂，孩子们早就吃完了饭，正闹嚷嚷地追逐着朝花园跑去，她道："你留下来再听听吧，难得大家聚一聚。我去看看宝宝她们，你一个男人家，就别跟小孩子扎堆儿了。"

他知道她喜欢小孩，和孩子们在一起，心情说不定得快些，便也没有坚持，只细细叮嘱一番。七七极慢起身，离席而去，在这顿宴席上，除了静渊，她没有跟别人说过一句话，只是在安静倾听，善存看了一眼女儿憔悴的背影，眼中掠过一缕黯然。

撤了酒席，男人们都转移到会客室，女人们又开始打起了麻将。杨霈林和众人客套了几句，借口不胜酒力，要出去透透气，善存忙叫至诚、至聪陪着杨霈林打一圈牌，他笑着摇手，"多谢孟老板，霈林一向不玩儿的。"

善存笑道："清河人贪图安逸，杨老板慢慢就知道了。你们这些大城市的生意人一向日子过得紧张，适当放松一下也是好的。"

"我一来清河就觉得放松了，今天天气好，去遛一圈就回来，打好精神，一会儿让两位孟公子教我打麻将。"

至诚指了指坐在窗边喝茶的静渊，"说起打麻将，我妹夫是个高手，当年靠打牌就赢了百来口盐灶呢。"

至聪皱眉道："三弟，说话注意点儿。"

静渊听到并没有什么反应，见杨霈林看过来，朝他微笑着点了点头。

杨霈林温然一笑，向诸人拢了拢拳，出了会客室。

绕过回廊，来到被浓密的树木掩映的郭家花园，阳光煦暖，几个小孩子坐在草地上斗草，其中一个穿着绿衣服的小女孩，正是宝宝，雪白的脸蛋被阳光照得粉嘟嘟的，和郭剑霜的儿子瑞生一手拽着一根官司草，两头使劲一扯，瑞生的草被拽掉了打好的结，另一个小男孩坐在宝宝身边看着，拍手大声叫道："又赢了，宝宝你真厉害！"

宝宝的眼睛笑得眯起来，却举起一根手指做了个噤声的手势，那小男孩忙捂住了嘴，点点头。

杨霈林在一旁看得有趣，顺着宝宝的目光，见一棵榕树下米黄色的长椅上坐着一个女子，头斜斜地靠在椅背上，正在打盹儿，阳光照得乌黑的头发闪闪发亮，不是七七是谁？

微风轻拂，一片落叶掉在脸上，七七蹙着眉醒过来，余光蓦地瞥见身前不远处立着一个人影，长身玉立，一双眼睛湛然有神，正好朝她看了过来，眼底带着一丝深意，微微一惊，忙坐直了身子。

杨霈林颔首为礼，七七以为他打个招呼自会走开，却万没料到他竟径直走来，淡青色衣襟随风摇曳，脸庞在阳光下忽明忽暗，却有股浑然天成的不凡气度。

她只好站起来，礼貌地道："杨先生。"

"林太太。"

在宝宝的心目中，杨氏姐弟绝对是一等一的大好人，送了她和父亲两只大青蛙，又在路上救了她的妈妈，忙放下手中的小草，上前甜甜叫道："杨叔叔！"

七七不知道该跟他聊些什么，想了想，便也又道了声谢，"杨先生，谢谢你那天送的青蛙。"

杨霈林迟疑了一下，"其实……那不是青蛙，我姐姐本来养着做实验的，那种蛙很珍贵，学名叫琴蛙。"

"青蛙？"七七茫然地重复了一下。

"琴蛙，俞伯牙抚琴的琴。"杨霈林嘴角若有笑意。

"嗯……"七七貌似明了地点点头，嗫嚅着笑了笑，那天吃进她肚子里的，看起来分明就是一般的青蛙呀，还有，琴蛙是什么东西？

"杨叔叔，什么是琴蛙呀？"宝宝眨着大眼睛。

杨霈林坐到了茵茵草地上，盘起了腿，拽了一根官司草，学着宝宝的样子把草的一头打了一个结，"宝宝，跟叔叔比一比。"

小坤在一旁看着摇头，"宝宝的那根草是大将军，谁也打不过。"

宝宝笑脸盈盈，"叔叔，你要是输了怎么办？"

"输了的话，我就给你们讲故事。"

孩子们兴奋地围拢来，瑞生拽了一根草，迅速打了个结，"我先来！"

七七也走近些，微笑而立。

宝宝帮杨霈林把官司草的一头穿进瑞生的那根草的结里，小手用力地在杨霈林手上一握，"叔叔加油！"

"一，二，三！"孩子们在一旁喊着。

瑞生和杨霈林同时一拉，噗的一声轻响，瑞生的那根草断了，宝宝拍手笑道："叔叔赢了！"

杨霈林温然一笑，"谁还要来？"

小坤向前一步，"我来！"

可他也输了。孩子们最后都把希望寄托在宝宝的那根草上，把充满鼓励的目光投向她。

宝宝觉得很有压力，又肩负着责任，挺起了小肩膀，郑重地道："我来吧。"

杨霈林笑问："宝宝，你若输了该怎么办？"

宝宝偏着头想了想，"我……唱歌给杨叔叔听？"

"我看这主意不错。"杨霈林笑道，抬头看了一眼七七，见她盈盈然看着女儿，眼神里有一丝期待。

宝宝准备把自己的草穿进杨霈林的草里，他忽然把手一挡，"我来吧。"

很娴熟地把两根草穿好了，拽着自己的那一头，把另一头给了宝宝。

孩子们都紧张起来，纷纷给宝宝加油，宝宝小脸都涨红了，看了一眼母亲，见她也似乎有些紧张，于是她只好紧紧拽着自己那一头，一点儿都不放松，小坤在一旁叫："一，二，三，开始！"

宝宝闭着眼睛用力一扯，噗的一声，她听到官司草断裂的声音，紧张得不敢睁开眼睛，过了一会儿，却听到小坤的欢呼，"赢了，宝宝赢了！"

杨霈林做出很苦恼的样子，摊开了双手，"好吧，我认输。"

宝宝大喜，绽开灿烂的笑颜，眼睛笑得弯弯的，"杨叔叔快讲故事吧。"雪白的小脸轻轻抬起，一双大眼睛流光溢滟。

"快讲快讲！"孩子们叫嚷起来。

杨霈林清了清嗓子，讲道："在唐朝的时候，诗仙李白曾经在峨眉山的清音阁住过数月。他经常在一个叫白水池的水潭边吟诗作赋，峨眉山的广俊禅师会带着一把古琴来找他，为他弹琴助兴，琴声悠扬，让人忘记世界上一切的烦恼。有一天，一个美丽的姑娘来到白水池，恳求广俊禅师教她弹琴，广俊禅师见这个姑娘极是诚恳，便要她每日清晨日出之前来学琴。姑娘很高兴，每天早上不到天亮就在白水池边等着广俊禅师，一天一天过去，这个姑娘的琴艺越来越高，整个山里都飘扬着他们动人的琴声。后来广俊禅师去世了，那姑娘却依旧天天早上来白水池边抚琴纪念她的老师。几十年过去，几百年过去，一千多年过去，美丽的琴声每天早上都会定时缭绕在山间，虽然人们已经看不到姑娘的身影。后来人们才知道，原来这个姑娘化作了一只仙琴水蛙，从此就生活在白水池边，每到早上日出之前，就会弹起琴来。"

他讲完，沉默了片刻，似乎沉浸在一种静谧的、诗意的氛围中。

小坤长长地哦了一声，"原来那姑娘变成了一只母青蛙啊。"

这句话把这浪漫的气氛变得极为尴尬，杨霈林愣了一愣，宝宝回头看着母亲，"妈妈，你把那个姑娘吃到肚子里去了？我也吃了的，爹爹给了我一只青蛙腿。"

七七瞪大了眼睛，无言以对。

这似乎并不是杨霈林讲这个故事想要达到的效果，他咳嗽了一声，笑道："我果真不会讲故事。"

七七忙道："没有，杨先生，这个故事很美！"又问："您说这种琴蛙很珍贵，这是为什么呢？"

"我姐姐在国外修过生物学，前些年她的一个生物学家同学，在峨眉山发现了这种蛙类，后来在国外的杂志上发表了一篇很著名的论文。据他说，这种琴蛙全世界只有峨眉山才有，多半都是形状很小的，除非运气好，才能逮到像那天我们看到的那么大的。我和我姐姐在山里住了一个多星期，又托好几个山民帮忙，才逮到了四只。"

大的琴蛙极其稀有，那一天，杨霈林他们其实是把最大的两只送给了静渊。

七七一颗心跳了三跳，"您刚才说杨姐姐要养着这种琴蛙做实验，是怎么做实验？"

"嗯……要养一段时间，观察它们生活和捕食的习惯，若琴蛙死了，再用针刺住它们的四肢，用刀片切下部分皮肤做标本，或者整个就拿来做标本。"他很坦然地说出来，再自然不过。

孩子们一齐呀了一声。

七七却松了口气，左右这琴蛙还是个死，怎么死都一样，自己吃了它们，也不算太可惜吧？

杨霈林见她眼神变换，忽忧忽喜，竟别有一番动人心处，他微微有些恍惚，定了定神，见孩子们还正睁着天真无邪的大眼睛看着自己，便从草地上扯了一根官司草，放到宝宝的手里，干涩地道："你们继续玩儿吧。"

宝宝虽然觉得杨霈林的故事其实甚为无趣，但还是很有礼貌地安慰道："杨叔叔，你的故事很好听，哦，原来被妈妈吃掉的是一只神仙蛙啊，怪不得叫得那么好听哟。"

她自己也觉得言不由衷，嘿嘿笑了笑，赶紧拿着官司草跟小坤他们跑到一旁继续玩去了。

七七暗觉好笑，只好没话找话说："杨先生的化工厂办得全国有名，如今能迁到清河来，可真让我们这些人开了眼界了。我以前只是听说过化工厂可以加工盐卤，但是怎么加工，怎么个化工，倒是一点儿都不清楚。"

杨霈林长松了一口气，立刻答道："主要就是用马达吸进卤水和清水，通过化学实验和配方，让它溶解结晶，差异分离。"

七七完全不懂他在说什么，但依然装出一副茅塞顿开灵光乍现般的神情，"哦！"

杨霈林又道："然后分离出氯化钾和氯化钠。"

"原来如此！"

"林太太知道氯化钾是用来做什么的？"杨霈林眼中露出一丝兴奋的光亮。

七七脸红到耳根，过了半晌，讪讪地笑笑，"我不知道。"见杨霈林的脸色又僵了僵，忙问："杨先生，氯化钾是用来做什么的？"

杨霈林收敛了本就不太深的笑容，"不说也罢。"

他似乎有些生气了，七七觉得自己实在是太过无知，便红着脸把头转向宝宝那边，若无其事地拂了拂头发，河风将她的藕色衣襟吹得飘动，她又忙按住了衣角，正忙乱间，却听杨霈林说："林太太，适才听孟老板说到什么撑庄、望江，又是什么菜盐、肉盐的，我胡乱应着声，也不敢问是什么意思，你可知道？"

七七顿时有了精神，"那是清河盐场的行话，用时令来区分盐的种类，二三月份的盐为菜盐，五六月的是酱盐，十月冬月为肉盐，盐价一般也就是随着这种季节的变化而涨落，行情不同，就用不同的方式运盐，所谓'撑庄''望江'，都是运盐的行话。'撑庄'，就是别人向盐商买了盐，却不愿意运出去，而运商接买运出；或者有人的盐已运到了半路，却不愿直运到目的地，运商就根据他们的情况议价买盐，待价而沽。'望江'，是盐运到半途，而岸价陡涨，未等到岸就提前预售出去。还有一种叫'起堆'，就是……"她突然收住，见杨霈林眼睛定定地看着地上的如茵绿草，似乎神游物外，她的脸又红了红，"很枯燥无趣，是不是？"

杨霈林抬起脸来看她，眼神温和，"林太太，你很了不起，懂得这么多。"

七七蒙他称赞，心中一喜，不由得笑靥如花，"我也就只知道一些皮毛而已。"

杨霈林站了起来，拍了拍身后衣服，道："我得回去了，还要跟孟家三少爷学打麻将呢。"

七七莞尔一笑，"杨先生慢走！"

他向前几步，忽然回头，"你约了我姐姐看病了吗？"

"现在吃着杨姐姐开的方子，后天会去一趟她的诊所。"

他紧接着又问："你现在还困不困？"

七七一怔，不知他因何一问。

他眉目间还是那疏疏落落的神情，也不见得有多么热情，只是那话说出来，却让她心中有了一丝温暖，他说："若是很累，就让自己放松一下，说说笑笑总比睡觉好，白天越睡越伤神。"

转身慢慢沿着小石子路往回走去，忽然踉跄了一下，原来是踩到了一块带着青苔的石头，他笔直地站直了身子，似乎要保持自己翩然的气度，脚步却加快了，转了一个弯，走进了通往厢房的回廊。

"还真是个挺和善的人呢。"七七看着他的背影想。

不过事实证明她也许想错了。

杨氏姐弟在清河安顿下不久，人们就纷纷传言，这姐弟俩委实不好相处。

清河的市立医院病床本来只有十八张，后来由剑霜从盐务局拨了专款增加到了四十张，盐务局还每年拨款给市立医院建立专门的医疗补助基金，凡医院需要添置医疗器材与药器、消防使用的新型器具，均投款加以扶持，一切款项都在随征的公益基金和建设费里头来开支。

按理说，这种市政公益行为，盐务局做得很有诚心，也很有成效，可惜新任市立医院的院长、留德博士杨漱女士甫一上任，便将刚刚购置的一套医疗器械视为了废品，并强烈要求重新购买，并且按照巴蜀大市的规模，提出再增加四十张病床。

剑霜有些震惊，便亲自去找杨漱询问，先问这批新买的医疗器械究竟出了什么问题，何以要弃之不用？

杨漱道："没有按照规格做，手术刀尺寸不准，针筒玻璃的质量不过关……"说到最后，连她自己都摇头，"郭局长，你们在哪里买的这些东西，竟然连体重秤都不准。"

郭剑霜沉着脸不说话，把采购科的人严斥了一顿，又接着向杨漱解释，"杨院长，那个，那个……经费有限，增加病床能不能缓一缓？而且，加了这么多，也没有地方放啊，哪有足够的病房呢？"

杨漱把听诊器往桌上一放，"哦？这样啊，集资加紧再修一栋楼不就得了？郭局长，马上就可能打仗了，你得做好心理准备啊，别到时候连你自家人看病，都找不到地方呢。"

这件事尚未有个结果，杨霈林那边又出了点岔子。

偏偏还是跟郭剑霜有关系。

剑霜一向清廉，积蓄并不多，之前武家坡那皮货商走得早，他要先帮杨霈林把房子盘下来，自己贴了钱先给了那人，因此那房子转来转去，名义上还是剑霜的，因着跟自己的关系，他只收了杨霈林一部分定金，连契约都未曾签过。为了让杨氏姐弟住得舒适，还又另垫付了一部分钱，先帮他们装修了一下。

可不知道为什么，杨霈林一个电话打来，说不要那房子了，另找着了一处。

郭剑霜急出了一身汗。

西秦茶社是清河最好的茶馆，坐落在龙王庙附近，临近杜宅。

郭剑霜算是大半个外地人，杨霈林则完完全全是个外地人，对于清河人的所谓悠闲，接受起来很有一些难度。剑霜好歹能耐得住性子坐在茶馆听听他并不怎么喜欢的川戏，看茶馆小厮将一个茶壶耍出百十来种花招，因而当杨霈林约着在西秦茶社见面时，他早早地就去了。

他是真着急，近十万大洋，大半辈子的积蓄，错就错在当时没有跟杨霈林立一个协议，哪怕寥寥数句也行，房子在自己手上，虽说也算个不动产，可一旦打起仗来，再稳实的产业也靠不住，撂在手上开换不了钱也甩不了给别人，还得白白养着。

越这么想，心里越是发慌，不住掏出怀表看时间，他是清河的大人物，茶社的老板不敢怠慢，赶紧着人上了最好的茶点，咸酸、鲜果、蜜饯样样俱全，又连连给小厮使眼色，那小厮极是机灵清秀，提着长细嘴茶壶蹭蹭蹭上，满脸笑容，"郭老爷！新茶出了，给您老沏上？"

郭剑霜心不在焉地点点头。

"郭老爷是要清流如带还是双龙戏水？"小厮笑问。

这都是上茶时的招式，清流如带，是将茶壶高举过头顶，身躯斜侧，将滚茶飞快注入茶碗，如一泻清流；双龙戏水，难度稍微大一些，斟茶时要翩然舞动，将一条水流挽出曲线，看起来就好像变成了两条水柱双双注入茶碗，最难的是要位置不偏不倚绝不能将水溅到外面，更要保持水的温度，落入茶碗时刚刚好，端起就能入口。

郭剑霜只轻轻敲了敲桌子，"直接倒吧。"

这两招本是这小厮的拿手好戏，见郭剑霜完全没有兴趣，颇有些受打击，但还是连忙笑着给他直接斟上了茶。

郭剑霜喝了一口，挥挥手让他去了。

正烦躁间，听到丁零零的自行车铃声，一个素衣男子从西侧旧书铺旁的路边行过来，风吹得头发轻轻扬起，阳光下眉眼清爽，正是杨霈林。

他骑的那辆自行车，也不知道是从哪里物色来的旧货，连漆都掉了，轮子松松垮垮，好像颠簸几下就会滚出来似的，但他似乎骑得甚有乐趣，从狭小的街巷一路跑过来，拐一个弯，再拐一个弯，避开人群车辆，极是自在。

到了茶社门口，杨霈林从车上轻快跃下，随意把车往门前的一个大青花花盆边一靠，有小厮慌忙从茶馆里头跑出来，叫道："哎哎，你的洋马儿不能搁在这里，我们的花盆贵着呢，别碰坏了。"

洋马儿是四川人对自行车的称谓,杨霈林愣了愣,见小厮指着自行车,他方会意,也不以为忤,便又把车往旁边再挪了挪,这一次,是靠着一个青石墩子。

那小厮顺带又要说两句,杨霈林皱皱眉,从衣服里掏了几个铜板放到小厮手里,"帮我看好车。"

也不待他回答,径自便走了进去,见郭剑霜坐在靠窗位置,正往自己看来,他笑着招招手。

杨霈林走到剑霜桌前,轻轻一礼,潇然坐下,"郭兄等久了吧,适才去了趟运丰号孟老板那儿,耽搁了一会儿,还请见谅。"

郭剑霜手指了指窗外,正好看得到那辆自行车,嘴角微斜,"那便是华中商界巨擘的座驾?"

"时间金贵,这清河的路窄,汽车走得估计还没有它快呢。"

茶社老板一直密切留意着郭剑霜这一桌,生怕照顾不周,见了新客,忙又给那沏茶的小厮使眼色,小厮拎着茶壶又噌噌噌走过来了,笑语招呼,极欲露一手。

郭剑霜想讨杨霈林一个高兴,忙主动笑道:"这家的茶活儿是川南一绝。"

小厮脸上恨不得开出一朵花来,神采飞扬重问了一遍杨霈林:"老板您是要清流如带还是双龙戏水?"

换作新来的客人,不知道这是什么意思,多半会好奇地顺着嘴问下去,何为清流如带、双龙戏水?那小厮便会滔滔不绝讲一番,再活灵活现表演一下。

杨霈林只随意将空空的茶碗一掀盖,手一指,"直接倒吧。"又正色问:"有没有煎饺、锅贴,或者馄饨?"

那小厮一脸笑容僵在嘴角,"有……有锅贴,新,新做的,没有煎饺。老板若要吃抄手,我去让厨房做。"

杨霈林问郭剑霜:"你要不要一碗,让他多做一份?"慢慢伸了个懒腰,笑道:"我一上午可跑了不少地方,肚子饿坏了!"

那小厮失落地拎着茶壶退下。过一会儿,另一个小厮捧着一盘热腾腾的锅贴上来。

杨霈林拿起筷子,一连吃了三个锅贴。

郭剑霜看着他,极力抑制内心的焦虑,"认识你这么多年,还是老样子,好好的一个生意人,日子过得这么枯燥单调,连个爱好也没有。我已经算是个顶没有情趣的人了,但好歹还能听听戏,在清河也能跟人玩到一处。这边的盐商惯会享受的,你要跟他们相处,也得学学人家怎么玩,要不以后生意难做,

144

连话都谈不拢。"

"人一旦有了嗜好，便不得不为其所累。"杨霈林淡淡地道，呷了口茶。

郭剑霜脱口道："世上总有累人之物，你十年不娶，不也是为情所累。"

杨氏姐弟出自江西南昌名门大族，父亲是知名的实业家，杨霈林还有一兄长，携妻儿一直旅居国外，而杨霈林自己和其姐杨漱亦都是留德的学生，一个学化学，一个学的医。回国后他子承父业，生意做得比其父还要出色，郭剑霜任两淮盐运使的时候便与杨霈林结识，两人相交甚厚。

杨漱是个奇特的女子，谈了不少恋爱，也有许多追求者，可抱定了独身一辈子的志向，到现在尚未结婚。

而杨霈林成婚却极早，十八岁就与家族指定的一个名门女子结了亲，夫妻感情深厚。

十年前，杨霈林的爱妻难产而死，他自此很长一段时间一蹶不振，甚至自暴自弃，郭剑霜是亲眼所见，亦曾极力劝慰，并在其生意上多有襄助。杨霈林性格沉稳冷静，是个一根筋扭到底的人，喜怒不形于色，哀伤到深处，反而显得淡然。也许是为了逃避丧妻之痛，将工厂和商号全部迁入湖北。

说完这句话，郭剑霜自觉失言，低头喝了口茶。

杨霈林修眉微蹙，目如静水，"杨家也不缺我一人延续宗嗣，徒找个女人娶了，既耽误人家青春，我也提不起兴趣应付。"

郭剑霜轻声叹了口气，"你们姐弟俩，真是特立独行。"

小厮端上两碗馄饨，杨霈林搓搓手，"太好了，闻着就觉得香。"

说是馄饨，其实是四川特有的红油抄手，杨霈林久居湖北，爱吃蒸菜、湖鱼，却不爱辣椒，几口馄饨下肚，辣得额头上全是汗水，掏出手帕子擦汗，另一只手却握成了拳头。

郭剑霜似笑非笑地看着他，"辣到了吧？"

杨霈林连喝了几口茶，很严肃地说："辣得连杀人的心都有了。"

郭剑霜哈哈大笑，杨霈林瞧他一眼，"哟，你今天心情不错啊。"

郭剑霜脸一垮，"我今天心情其实特别不好。"

待小厮上来加了茶，杨霈林喝了两口，掏出怀表看了看，"你没有公干？不去局里上班？"

郭剑霜痛心疾首，"如今我做什么都没有心情了。"

"就为了这么些钱，让你这个好官清官说出这么些话来。"

郭剑霜急了，"这么些钱？这是你哥哥我一辈子攒下的积蓄！我就不明白了，这房子哪里不讨你喜欢了，那么好的地段位置，现成的好庭院，哦，就因为雷霁住过？你要知道，他是从这房子里搬走了好几年以后才死的。这么瞎讲究干什么，你可是留过洋的人！"

"我就是不喜欢。"

郭剑霜鼻子里吐出一口气，道："那你得把钱给我，住不住在你，这房子是你要买，我才给你先盘下来的。你可不能冤了我。"

"自然不能冤了你。"杨霈林微微一笑，从衣兜里取出一个信封来，缓缓放到桌上，轻轻推到郭剑霜身边。

郭剑霜脸色顿时好了许多，把信封打开，里面果真是一张汇票，他一面打开一面笑道："说真的，你这个人性子一向古怪，清河地少人多，那些盐商早就把好位置全给占了，那房子真没的挑，偏生你又不喜欢。"

说着随意看了一眼汇票，紧接着脸色一变，"这什么意思？"

"你的钱啊。"杨霈林眼皮都没抬，又夹了一个锅贴吃。

"开什么玩笑，这才三万？我花的钱可不止这些！"郭剑霜失笑。

"你不是帮我拾掇了一下这房子吗？这是人工钱，我算了算也差不多是这个价，我还多添了些。"

郭剑霜一口气憋在心里，一时不知该说什么。

却听杨霈林懒懒问道："那皮货商去哪里了？"

"什么皮货商？"

"你不是从那个什么皮货商那里买的吗？"

"不知道！"郭剑霜没好气地应了声，"你问他做什么？"

"把他地址弄到，我叫人找他谈谈，房子还给他，把钱要回来呗。"杨霈林说得极是稀松平常，"我一面叫人去找他，一面再在这儿找人张罗下看能不能转手卖出去。总归会让你把投出去的钱拿到手，放心吧。"

"你！"郭剑霜指着他，瞪起眼睛，"杨扒皮啊杨扒皮，你真没白有这个外号啊，十万，也就十万，对你来说也不过是九牛一毛而已，你何止悭吝如斯啊杨扒皮！"

他音调甚高，有茶客往他们那儿看去，郭剑霜毕竟顾及自己面子，说到后面，只好强自把声音压低。

杨霈林温然一笑，"一分一厘都很重要，我可不喜欢浪费钱在我不需要的东西上。"

郭剑霜闷头揉手，把指节弄得咔咔作响。

杨霈林安慰道："别急，这顿茶钱我来出，你还吃不吃点心？我再多要几份？给你点最贵的。"

郭剑霜脸涨得通红，噌地站了起来，几次欲张口，终还是把话给憋了回去，站了一会儿，却重又坐了下来，敲桌子叫来小厮，"把最贵的点心再上几份，我带走。"

杨霈林一笑。

郭剑霜瞪着他，"你要不赶紧把这事情给我了结了，你就天天请我喝茶吃点心，这叫苍蝇也是肉，怎么也不能亏了我自个儿。反正你现在是要安家在这里了，三年五载我看你是走不了。"

杨霈林呵呵直笑，"是的，走不了了。"

转头看着茶社的雕花窗户，又幽幽叹了口气，"不过也说不定，人这辈子变数太多。"

郭剑霜哼了一声，"这世道什么都变，你却是怎么都不会变的。"

杨霈林待要反驳，却觉得无甚好说，便耸了耸肩。

房子的事情，最终倒是有些出乎郭剑霜的意料。原本以为找第三人卖了会比从皮货商那儿要钱容易些，孰料如今清河的商人们都忙着准备战时囤货，无心置购房产，找了好些个貌似有意向的下家，都不了了之。

一周后，杨霈林不知道想了什么方法，找到那皮货商后，竟生生地把房子退了，将钱要了回来。

十万的汇票送到郭剑霜府上，郭剑霜手捧着汇票，几乎要喜极而泣。

杨氏工厂的物资陆陆续续从武汉迁来，按理，清河市政府和盐务局都要给一定的补贴，让郭剑霜意外的是，补贴的这部分费用，杨霈林提议全数交给他姐姐接手的医院。

郭剑霜闻之，大喜之下，和市长曹心原亲自登门拜谢，杨霈林很是惊讶的样子，"这有何好谢的？我是在做生意啊。"他竟有些愕然，"看病吃药都要花钱，你们政府投钱做公益支持那是天经地义的，我是商人，钱也不是说白给了医院，这医院有股份的不是？"他加强了语气，又问："这医院有董事会的吧？我投这钱，可以算股份的不是？"

曹心原意味深长地看了一眼郭剑霜，郭剑霜脸皮红了又白，白了又红，干笑了一下。

以往段孚之在清河是出了名的抠门，如今杨霈林来了，段公鸡立时就落了下风。这个人性格不冷不热，无妻无子，当了十年的鳏夫，身边亦没有什么红颜知己，这在三妻四妾、爱好酒色的清河盐商眼里，简直怪不可言。

　　七七如约去医院找杨漱做身体检查，不免有些紧张，杨漱问静渊为何不陪着来，七七道："我怕他担心，所以硬没有要他来。"

　　杨漱淡淡一笑，心想："唉，你是怕他不要你生这个孩子。"

　　见她脸色苍白，笑道："你若不放松，指不定查出来问题还更严重。"

　　七七勉强道："我也想，可是越这么想越紧张。"

　　杨漱轻轻叹了口气，"至衡，有句话我不知道该不该说。"

　　"您千万别跟我见外，只管说。"

　　杨漱想了想，道："还是先做检查吧，到时候合在一起说。别的倒没什么，唯独担心你的心脏，不过好在我费力争取了一套好的仪器，不是之前郭局长他们买的破铜烂铁。"

　　七七忍俊不禁。解开上衣，躺上一张窄窄的小床，眼见那些冰凉的胶条管子直往自己赤裸的胸脯贴来，羞得满脸通红，眼睛一会儿睁开，一会儿又紧张地闭上，手紧紧攥着床沿。

　　杨漱柔声道："你要紧张就找点儿话说吧。"

　　七七脑子里一片混乱，只好随口问："姐姐是在哪里念的书？"

　　杨漱便说了一串洋文，不像英文，七七完全听不懂，只知道可能是国外的什么学校，羡慕道："一直想像你们这样念点儿书，我只读过几年私塾，说出来挺不好意思。"

"学以致用，有些人读一辈子书，对国家毫无用处，读来何用。每天踏实过日子，做好本分就可以了。要学东西，不光是在学校里。你一个弱女子在男人的商场上打拼，便强过好多空口说白话的读书人。"

杨漱一面说着话，一面看着心电图机上的显示，慢慢地，秀眉轻轻蹙起，轻轻一叹，把七七从床上扶起，待她穿好衣服，杨漱坐直了身子，思忖该如何开口。

七七亦是沉默，杨漱抬起眼看着她，"害怕？"

七七老老实实地点了点头。

杨漱的手指摩挲着桌上压着的一块玻璃板，七七看过去，板下有一张合照，照片中的杨漱穿着一件浅色连衣裙，鬈发垂肩，手里拿着一顶缀着花朵的帽子，轻轻靠在裙边。一个眉目如画的年轻女子挽着她的手，状甚亲热，杨霈林站在她们身边，扶着一辆自行车，眉眼含笑，浑身上下似乎都溢满了幸福。照片已经泛黄，上面的人，看起来也比现在年轻得多。

杨漱轻声道："跟我站一块儿的就是我亡去的弟妹，走了十年了。她死的时候我还在国外，千里迢迢赶回来，连她最后一面也没有见着，肚子里是一个男孩，母子双亡，那时我弟弟几乎疯了。"

七七心有戚戚焉，亦起了一丝异样之感，自己若也这么难产死了，静渊固然亦会伤心欲绝，不过续弦是不必续了，玉澜堂早有了一个现成的。

杨漱见她嘴角露出一丝苦笑，道："至衡，正如我所担心的，你的心脏有一些问题，虽然问题不大，但由于你怀着孕，便变得很危险了。也许你也已经发现怀孕以后越来越精力不济，有时候会有窒息的感觉，需要不断深呼吸才觉得好一些，这还算是正常情况，过几个月，也许就不是这么简单了。"

七七似懂非懂，只问："我的孩子会不会有问题？我怎么样才能好好把他生下来？杨姐姐，你可是说过会帮我的！"

见她一脸执拗，杨漱正色道："我要问清楚一件事，你仔细想好了再回答我。"

"您问！"

"你如此执着地要生下这个孩子，有没有一丝杂念在里头？是单纯地要孩子，还是想借这个孩子得到更多的东西？"

这一番话锋利尖锐，七七的嘴角一抽，"我怎么回答，难道您的回应会有什么不一样吗？"

"如果是前者，我们另说。如果你回答的是后者，我的意见，是不要把孩子生下来，现在就做掉。"

150

杨漱看着她的眼睛，"冒着生命的危险去争夺所谓的利益，不值得。我知道你丈夫另有妾室为他生了儿子，你如果只是……"

　　七七打断她，"不是，我不是为了这样。若是我要让我的孩子成为一个工具，也不必吃这么多年的苦……杨姐姐，我不知道是不是这世上还有另一种当母亲的方式。"七七极苦涩地笑了笑，"也许有吧，但是我……绝不会在对孩子的感情上掺杂别的东西。"

　　"看来你无论如何都要生了。"

　　七七点头。

　　"你还这么年轻，如今虽然时机不好，以后也不是没有机会，何必执拗如斯。"

　　"我受不了失去孩子的滋味，我就是受不了。您就当我没出息吧。"七七轻声说，眼中泛起一层湿湿的雾。

　　杨漱盯着她看了一会儿，长叹一声，却又摇摇头，"问题就是在你的心上，怎么说呢……你这颗心，说直白一点儿，还不够强大。"

　　"不够强大？"七七跟着说了一句，要怎么样才算强大？这么多年，这么多磨难，她一件件承受下来，可这颗心还是不够强大？

　　杨漱道："我不确定你的心脏病是什么时候有的，从中医的角度来讲，是因为多年缺乏调养，过于艰苦，劳心缺血，而从西医来看，原因就太多了。我不能向你保证什么，至衡，如今还不到三个月，这段时间你一定要好好休息，密切观察，按着我的方子吃药调养，我只希望出现最好的情况。一个月后，你的状态要是继续转差，那我无能为力，只能建议你放弃孩子，你也必须放弃孩子。不过假如你的情况有所好转，那么你还要做好另一个心理准备。"

　　"是什么？"

　　"按常理来讲，轻微的心脏病也不是不能生孩子，只是孕妇的情况瞬息万变，越到后头，心脏的负担就会越来越重，有些人能承受，有些人却会突然心力衰竭，这样母亲和孩子都会有生命危险……所以到你生产的那一天，我建议还是不要采用惯常的方式来生。"

　　七七额头冒汗，脑子里一片迷糊，茫然道："生孩子……还有什么别的方法吗？"

　　"有啊。"杨漱云淡风轻地道，一双充满神采的眼睛慢慢往她的肚子看去，直看得她背脊发凉，片刻，倒似是安慰一般，用纤细的手指轻轻往她肚子上比画了一下，"从你肚子里直接把孩子拿出来啊。"

　　"……"

湖边的画舫因能晒到好阳光，七七便常去那里午睡休息，静渊从盐场赶回来看她，自不免问她看病的情况，她没有多说，只说杨漱要她好好调养休息。

"还要不要找别的大夫看看？一个人说的怕不准吧。"

七七瞅了他一眼，"这清河还有哪个是留洋回来的博士大夫？"

"教会医院有英国的大夫……"静渊突然止住，不知道为什么，脑子里竟闪过当年锦蓉怀文斓的时候，他请来的英国医生和看护，心里微微觉得有些异样，便笑笑，"你说得是，而且这杨大夫是个女的，我还放心些。"

七七脸上一红，"你又来胡说八道。"

他嘿嘿一笑，给她把搭在腿上的薄毯往上挪了挪，见她身边小桌上放着的账本，有两本正是那日自己让戚大年从六福堂拿来给她的天海井的老账，皱了皱眉头，把那堆账本合着一块儿抱起来放到一边，"这些东西先没收了，等你生了孩子再看。"

七七好歹从他手里又抽出两本来，"我总得做些事情，要老闲着，心里反而发慌。"

"慌什么，以前我怎么没发现你是这么个急性子。"

"我什么也不想耽误，多懂一点儿账目上的事，即便没太大用处，好歹也断不能让人诓了我去。"

"谁敢诓你，林太太？"静渊修眉微挑，"你倒说说。"

七七一笑，将他的手握住放在胸前，这温柔的模样让他心头一热，坐过去将她揽着。

依偎良久，她轻声问："你今天忙些什么呢？"

"你隆昌灶那个曹管事，我中午跟他谈了谈，总之，以后他应该不会给你找麻烦了。"

"真只是谈一谈这么简单？"七七仰起头来问。

静渊的嘴角斜了斜，"送了他一个小庄子。"

七七神色微微震动，"你送他庄子？"

他抚摸她的脸庞，"要治他这样的人我原有很多办法，但唯独这个方法，才不至于辜负你的一片心。别说一个小庄子，就是一口盐井，要送与他，只要有必要，我都不会眨一下眼睛。"

七七的手被他握在掌中，掌心变得发热，她凝视着他，他亦深深看向她，"杜老板，段孚之，徐厚生……你这两年费力帮我拉拢与西场的关系，你对我的这

152

片心，是这世上最珍贵的东西。"

抬起她雪白的下颌，她一双明眸如浸湿的黑水晶，似愁似喜，他在其中看到了一丝他不明了的怅惘，七七有些窘迫，微微低下头，胸腹中有些寒痒，忍不住咳了两下。

他放开她，起身倒了一杯热水，她接过喝了，抚了抚胸口，微笑道："一变天就会犯咳嗽，我看今天晚上可能会下雨呢。"

将杯子放到桌上，静渊按住她的手，眉间似笑非笑，"你怎么没有反应？"

"嗯……"

他把脸凑到她眼前，"刚才情深意长跟你说了一番话，你没有反应？"

"哪番话？"

他的嘴唇差一点点就碰到她的嘴角，低醇的声音宛如从胸腔中共鸣而出，"我说，我知道你帮杜家料理生意，收购段孚之的盐灶，有很大一部分是为了让西场欠我们东场的人情，帮我还了之前与他们不睦的旧债。我说，你之所以把隆昌灶那些该死的管事都留着，也只是为了给我们东场谋一个仁义宽厚的好声名。我说，你一片真心对我，这片心，是天底下最……"

她无奈地笑，"你哪里说了这么多。"

他在她唇上辗转许久，"好吧，算我多说了些……我只想要让你安安心心把孩子生下来，从此以后再没有什么烦心事。一直以来我为你做的事情都不多，可七七，我希望你看到我在尽力，一点点地在努力。"

暮春的晗园，鸭跖草盛开了一片蓝幽幽的花海。

她心中有一条裂缝，原本被时光愈合，却又被他这番话隐隐地撑开，那颗心总像一条鱼，头尾俱想要挣脱水面，跳脱着，却总是挣扎不起。

她伸出手环在他的腰间，把脸庞贴在他胸前，抱怨般咕哝了一句，"曹管事也忒贪心了些，我虽为顾着段伯伯的情面把他留着，他肆意捣乱，我也必不姑息的。你倒好，贴了个庄子进去。"

静渊将她搂得紧紧的，"你胃口怎么样，总不见你吃东西，早上我叮嘱黄嬷给你做的天麻炖鸡，你也只吃了一点点，这样可不行。"

她摩挲着他的手，"已经好了许多了，杨姐姐给我开的药方子还是管用的，只是有诸多忌口，辣的不能吃，咸的也不能吃。等我把孩子生下来，一定好好吃一顿火锅，最辣的那一种，我要在里面放好多好多的山魔芋，又烫又辣，我还要把豆花放进去煮，嗯，想起来好生畅快。"

静渊吻了吻她的额头，"你爱吃的东西和别人就是不一样，好，等你把孩子生下来，我陪着你一起吃火锅烫魔芋，天天吃，直到吃腻了为止。"

画舫里有休息室，他陪她睡了一会儿午觉，起身时，她侧卧着看他穿衣服，手扶着腮问："锦蓉她哥哥的事情如今怎么样了，人放出来了吗？"

"事情摆平了，不过这一次欧阳松做得确实有些过了，真凭实据在那里摆着，盐务局会派人盯着他好一段时间，他也不会再胡乱做事了。"

七七点头道："他们家很有些家底，到现在还能拿得出钱来。"

静渊不声不响系着扣子，转头看她，她已经重新平躺着，把眼睛闭上。

床榻的一角矮了矮，她睁开眼睛，见他坐在旁边，便道："怎么还不走？"

静渊沉吟道："那天你爹多说和天海井合开盐井的事情，我一直在想是不是应该答应下来。"

七七伸手给他展了展褶皱的衣角，"清河能出瓦斯火的盐井已经不多了，那块地很好，这两日我也想了想，除开别的不说，只从挣钱上来讲，你并不会亏。"

"也是，纯从生意上讲，确实是一个好买卖。你既然赞成，我便应了。"

回到六福堂，戚大年坐在大堂里愁眉苦脸地看着手里摊着的几页纸，听见静渊的脚步声，站起来，"东家……你看这……"

静渊接过他手里的纸页看了看，俊眉微蹙，"急什么，还有一年的时间嘛，一年后究竟是什么情形谁能预料得到。现在被搅乱了心神，一点儿好处也没有。"

这几页纸，是盐店街上几家盐号的租约，一年后，他们都不打算与静渊续租盐店街的房子了。

戚大年喃喃道："孟老板的平安寨，大有第二个盐店街的势头啊。"

"若是只图个大东家的虚名，也未免太把我自己低看了。我是开盐号的，并不是个放租的，即便整个盐店街就只剩下我的六福堂，清河盐场，天海井占的分量有多少，人人也都看在眼里，谁又敢小觑我们？"静渊冷冷地道。

"东家，盐店街不光是个虚名，它可是老太爷为林家赢来的尊荣。"戚大年语声中有丝沉痛的焦急。

静渊缓缓坐到椅子上，抬头看了看高悬的匾额，"盐池天海"，每个字都重似万钧。

他看了好久，道："我自然知道。可是……真若是打起仗来，盐店街从地势上来讲，自然是输了一筹。人们要拣安全的地方走，也无可厚非。即便是我们自己，也得想想后路在哪里。"

"东家是指……"

"我在琢磨岳父为什么会想着跟我一起开井，如今看来，他或许也是想因

154

为平安寨的事补偿我。其实并没有必要。打起仗来，平安寨是块避乱的宝地，但太平的日子一到，哪里都比不上我们盐店街。戚掌柜……"静渊看着戚大年，目光沉沉，"你说是太平的日子多呢，还是动乱的日子多？"

"这可说不准。"戚大年想了想，"有时候交替着来，指不定哪个年月多一些。我自然是希望太平的日子多一些。"

静渊道："那你再算一算，我岳父在这世间的日子多呢，还是我的日子多？"

"东家……"

"算明白了这笔账，还有什么好急的？以前但凡他有什么动静，我第一个想的就是如何与他作对，可其实我就顺一顺他的意，又能怎样呢？"静渊眼神幽幽，"我只希望这一年太太平平过去，他要怎么对付我，我都用不着跟他计较。若真想要跟我一起挣钱，我便跟他一起好好做生意。至于所谓的平安寨……只怕真到打仗那一天，连我们六福堂也得跟着搬过去。"

将手中的租约折了起来，轻轻掷到身旁的桌上。

光束从雕花木窗透进来，穿过佛堂阴暗的尘灰，照在大势至菩萨威严的宝相之上，阴影与光线交错、寂灭、皈依，神秘的梵唱，织成了一团诡异的网，一只黑色的蜘蛛，悄无声息地悬在屋梁，冷睨着跪在蒲团上正低声诵经的老妇人。

吱呀一声，佛堂的门被人轻轻推开一线，锦蓉悄声走了进来，恭恭敬敬地跪在林夫人身后，声音里带着一丝哭腔，"多谢母亲，救了……救了我哥哥。"

林夫人睁开眼睛，一双利眼隐透锋芒。

佛前供着的三炷香燃尽了，林夫人从紫檀香盒中拣了三炷新香换上，锦蓉低眉垂首，眼圈儿红红的，说不出地温柔顺从。

林夫人苍老的声音里不露喜怒，"你是我的媳妇，我不帮你谁帮你。你哥哥当年也曾威风过，如今虎落平阳，我在旁也很是看不惯。"

"如今媳妇只有母亲一人可以倚傍了，要不是您劝静渊帮我……我……"锦蓉吸了吸鼻子。

"现在你哥被放了出来，你劝劝他，让他莫要再因小失大，被人钻空子。"

"这一次确确实实是被人陷害。"锦蓉不忿，"从内江放出来后，他一直都很小心，毕竟还有一个舅父在省里，便为舅父家多想想，也万不敢再捅一个娄子的。"

林夫人淡淡地道："你们家结的仇人太多，日后总会慢慢吃些苦头，这一点你哥哥比你明白许多，这次就当吃了个亏，以后多注意。"

"是。"锦蓉掏出手绢擦擦眼睛。

一股浓烈的香水味扑鼻而来，林夫人扫了锦蓉一眼，她穿着一身米色时髦洋装，手指甲染成了橙色，指上的金刚钻戒指闪闪发光。

林夫人叹了口气，"你自己也得争争气啊，光在我面前装可怜有什么用。这一次你也看到了，静官儿的心一丝一毫没在你身上，你哥出这么档子事儿，他只作不闻不见，要不是我在旁催他，要不是他还念着你哥是文斓的舅舅，我看这一次真不会管的呢。"

锦蓉心如刀绞，眼泪倏地涌上。

林夫人轻轻摇头，"你天天这么花枝招展地打扮，也不想想静官儿是不是会放在眼里，跟他这么多年，连他喜欢什么样子的女人也搞不清楚，打扮成这样，只会让他躲得更远。这些话，原没有必要让我这个做婆婆的人说与你听，若真存了心要抓住他，自己就得多用脑子想想。"

"假如至衡没有回来，他和我原本是好好的。"锦蓉抑制住心中的悲愤，沙哑着嗓子道，"以前这样的衣服，也都是他给我买的。我以为他会喜欢……可……"她终忍不住哭了出来，"若不是有文斓在，我估计一个月内连他一面也见不着。"

她泣不成声，拿手绢揉了揉眼睛，妆花了一脸。

林夫人笑了，"你也知道还有一个文斓在，便总还能有机会跟他相处，着急什么？他和至衡在晗园整日腻歪，总会有厌倦的时候，你若不好好做一些准备，即便他就在你跟前儿，你又能怎样呢？"

"厌倦……"锦蓉苦涩一笑，"他怎么可能会厌倦她。"

林夫人看着眼前这张妆容狼藉的脸，"锦蓉，听母亲的话，从今天开始，变一个样子吧。"

锦蓉茫然地看着她。

林夫人的眼光如一把剃刀般锋利，从她的脸一直扫到脚，"你要打扮可以，关键是要真正讨他喜欢。不要太急，所谓东施效颦适得其反。晗园那小妖精平生最大的本事就是装可怜，但如今我看她是有些得意忘形了，瞧那猖狂的劲儿，真是让人恶心。锦蓉，你得从里到外都真正柔顺起来，我就不信静官儿的心不会有一丝向着你。"轻声笑了笑，"至于那小妖精……让一个人自己把自己给打败了，你说，这是不是很有趣？"

锦蓉眼中渐渐有了光亮。

林夫人微笑着看她，"以后一点点按着我说的做，你慢慢就越来越明白了。

走，去看看我的宝贝孙子在做什么。"

锦蓉笑道："在练字呢，他爹爹给他新买了一些字帖和文具。"

"你看，静官儿爱他这个儿子，还真是没的说的。我们文澜可不像你，别看他年纪小，整日费尽了心思让他爹爹喜欢。"

她们走去书房，文澜正认认真真地写着字，把背脊挺得溜直，林夫人失笑道："我这宝贝孙子，真跟他爹爹小时候一模一样！"

文澜听到奶奶的声音，忙把笔放下，从座位上跳下来，快步走到林夫人和母亲身边，恭敬道："文澜给奶奶请安！"

"好孩子，字练得怎么样了？"

"刚写了三页。"文澜乖乖地把习字本捧了来给祖母看，林夫人一页一页翻着，甚是嘉许，"好好努力，这字我看以后比你爹爹还写得好呢。"

文澜很高兴，拉着林夫人的手走到书桌前，指着一个小小的紫檀多宝格，上面有些袖珍的玉石文具、几支湖笔，还有一些珐琅的玩具表、三角板、彩色玻璃弹珠。

"奶奶你看，这是爹爹给我新买的呢。"

"那是因为我们文澜乖，文澜争气。"

文澜昂着小脑袋，极是自豪，取出一个小印章，在自己写的字帖上按上红红的印子。

"妈妈，好不好看？"文澜把印章举起来笑着问母亲，"这是爹爹给我刻的。"

锦蓉心中酸楚，微笑道："好看极了。"

"文澜。"林夫人的手指轻轻抚弄着多宝格里的一颗弹珠，轻声道，"想不想让爹爹回玉澜堂来住一段时间？"

"想！"文澜不假思索地道，忽然脸色暗淡了一下，摇摇头，"爹爹不会来的。"

林夫人皱眉道："小妖精日日夜夜霸着静官儿，几乎他走到哪儿她就管到哪儿。我看这其中必有古怪。"

锦蓉道："巧儿去打听过，暗园那边的人口风很紧，什么也问不出来。"

文澜道："大妈要生小弟弟了。"

他声音甚低，却如一道惊雷劈在林夫人和锦蓉耳边。

林夫人喃喃道："果然如此，我早怎么没想到。若不是这样，静官儿也不会被她拿得这么稳。"

锦蓉本来慢慢平复的心里掀起了惊涛骇浪，看着儿子，颤声问："你听谁说的？是你大妈说的吗？"

文澜看了看祖母，又看了看母亲，怯怯地道："是小姐姐说的。小姐姐说大妈又要生小弟弟了，小姐姐叮嘱我要保密的，我答应了小姐姐的。我……"

"母亲……你看现在怎么办！"锦蓉求救似的看向林夫人。

林夫人手指轻轻一颤，啪嗒一声，那颗弹珠从桌上滚到了地上，文澜蹲下身子去捡，弹珠滚得很快，他几次都没有捞着，可总算还是把它捡了起来。弹珠没碎，但里面被摔出了一道道裂纹，他看着这颗碎了心的弹珠，小小的掌心浸出了汗水。

"文澜。"林夫人叫他。

小男孩抬起头，大眼睛纯真无邪，闪闪发亮。

"你放心，我们不会跟你爹爹说起这件事的，小姐姐给你说的秘密，你保管得很好。"林夫人慈爱地道，"你要继续好好保住这个秘密哦。"

文澜深深地点了点头，问了一句："奶奶，我想去晗园跟爹爹住一段时间，可以吗？"

林夫人嘴角浮起一丝笑意，"好啊，那自然很好。你去那里也有你的小姐姐做伴，我和你妈妈最近很有的忙了，怕是没有心思照顾你呢。"

文澜脸上绽放出纯洁的笑容，重新坐回椅子上，拿起笔，蘸了墨继续练起字来。

刚写了几个字，耳听得祖母跟母亲低声细语："这两日让你哥哥来见我一下，我跟他商量些事。"

笔轻轻一颤，一滴墨滴到纸上，文澜不慌不忙，就着那一团墨描摹了一下，让它变成一个圆点，好规整的一个圆。

青杠林，运丰号新圈好的盐矿工地，正在做着开凿盐井之前的准备。

吆喝声响彻云霄，阳光照在赤裸黝黑的肩膀上，汗珠滚滚而下，粗粗的楠竹被大卡车一车又一车运来，工人的草鞋不经意踩到做完法事后来不及收拾的酒碗，酒水洒出，浸到紫色的土壤里。

善存走到被踩翻的酒碗面前，将碗拾起，端端正正地放到遮阳棚下的一张桌子上。

穆掌柜忙掏出干净的手帕，恭敬地递给他，"老爷，这些工人不懂规矩，别生气，我一会儿好好教训他们。"

善存擦了手，微笑道："他们忙着干活儿，哪能想到那么多。中午的午饭一定要做得好，现在正是最辛苦的时候，别让大家吃不好。工棚的墙和屋顶一定要做得密实，别看这两天天晴，快到梅雨了，过阵子会天天下雨。”

"放心吧老爷。"

"药汤要随时准备好，一个工人若是生了病，紧接着好些人都会生病，可不能马虎，别耽误了工期。"

"已经备好了，姑爷那边也送了好些药过来，还叫他的一些年轻长工过来帮忙，等我们这边的差不多该休息，他的人会跟着顶上。不会耽误一天工夫。"

善存拄着拐杖慢慢坐下，看着工地上忙碌的人群，他的脸上带着慈祥的微笑，眼底却掠过一丝伤感。

穆掌柜给他端来一杯热茶，"老爷，七小姐打了电话去总号那边，说不定现在已经去了，要不您回去看看？"

"让她先等等吧，就这几步路，她一会儿准得过来。"

穆掌柜点点头，转过身，忽然扑哧一声笑了出来，指着通往工地的小斜坡，"老爷，你看那不是杨老板？"

果见杨霈林正骑着一辆自行车溜溜地下坡来，不小心在一块石料上蹦了蹦，差一点倒了，他身子一斜把车子扶好，估计吓得够呛，伸手擦了擦额上的汗。

善存笑了，"这人有意思。"

杨霈林推着车慢慢走近，将车随手一放，朝善存微笑一揖，"孟老板好！"

"杨老板好啊，工厂的事料理得如何了？到这工地上来找我，是有什么需要老朽帮忙的吗？"

穆掌柜搬了一张藤椅过来，杨霈林谢了，整衣坐下，笑道："多谢孟老板费心，不敢再劳烦您老人家了。厂里的机器和设备已经托了秦兄弟帮忙运送，只需十天左右就落定了。如今桌椅、家具、工人的宿舍安置得差不多，这两天已经开始招工了。"

善存笑道："清河地少人多，好多人愁着没饭吃，如今日子都不好过，你要招工，可真是雪中送炭。"

杨霈林环顾四周，笑道："孟老板的勤勉，如今亲眼见到方知名不虚传。这还没开始正式凿井，您就先到这个工地扎营了。"

"凿井是大事，不光我，清河所有的盐号老板都是一样的。等正式开凿了反而用不着这么紧张，做准备的时候，才是最关键的时候。这两天我女婿一直跟着我，今天是他的盐号有事情要处理，要不他也在的。"

杨霈林点点头，"我听说这个盐矿很可能会凿出千米深井，因而过来看看。"

善存笑道："千米深井在清河并不少见，不稀奇的。"

穆掌柜揭开茶水桶，舀了一杯茶递给杨霈林，"杨老板，喝点茶解解渴。"

茶杯是极普通的玻璃杯，茶水味道却好，煮了那么一大铁桶，就在一旁放着，那铁桶旁边另有小桌，放着精美的托盘，上面一精致茶壶，白色纱布遮住了茶壶的盖子，另有一个青花蓝底茶杯，亦是用纱布遮了大部分。

善存身前的那个茶杯和杨霈林手中的一样，是极普通的玻璃杯，玻璃都泛黄了，里面的茶水估计也是从那铁桶里舀出来的，杨霈林一仰头把自己那一杯茶大口地喝了，抹抹嘴，"真畅快！"

善存呵呵一笑，指了指托盘上的精致茶具，"那是我女婿的，他们年轻人爱讲究，不喝那铁桶里的茶。我是因为在工地上，汗出得多，茶粗一些凉一些，喝着反而舒服。"

善存连提了几次静渊，杨霈林心念一动，道："据说清河第一口千米的深井，是林东家的祖父开凿的？"

善存怅然点头，"嗯，林老太爷当年花了二十多年的时间，几乎倾家荡产凿了那一口盐井，当年所有的人都很激动，看到黑色卤水喷涌出来，有些老工人忙蘸来尝了尝，咸度极高，是最好的盐卤。只是……林家并未因此而兴达，反而被其所累。不过这都是过眼云烟了。"

他忽然展颜一笑，从身侧拿起拐杖，"杨老板既然对凿井感兴趣，来，我带你到周围看看。"

"太好了。"

清河的盐井，一般既产盐卤，也出产瓦斯火。而在西方的说法里，瓦斯火，就是天然气。盐卤与天然气伴生，这样就为当地的盐业生产提供了优质的燃料，因此，拥有丰富瓦斯火的盐井，就拥有了最方便的燃料，也拥有了一大笔经济财富。

杨霈林发现了一个插着许多管道的巨大木盆，里面空空的，什么也没有，大是好奇。

善存微笑，"你知道这是什么吗？"

他左瞧右瞧，愕然摇头。

"这叫炕盆，等盐井凿好了，这个家伙可有很大的用处呢。"

杨霈林摸了摸炕盆上的大铁管子。

善存道："这些管子是用来连接盐井的瓦斯火灶口的，灶口在盐井凿出以后，会日夜燃烧，因为位置比炕盆高了许多，瓦斯火一烧起来，会自动汇聚到这里，由这些管子输送到各个盐灶里去，而不会渗漏到外面。不论距离多远，只要管子通到的盐灶烧盐，就有了火力，且不至于因为盐卤不断抽出发生爆炸。这种方法是一个叫颜运杉的老匠人发明的。"

杨霈林琢磨半晌，"瓦斯火很容易因为混合空气而爆炸，它含有的毒气会在悄无声息之中将人毒死。按理说，开凿盐井是十分危险的事情，清河凿井却甚少听闻有事故发生，清河工匠的才智技艺真是匪夷所思，令人敬佩。"

善存悠悠道："是啊，我当初还一文不名之时，听天海井的林老太爷跟我讲起这些凿井的技艺，也是和你一样的反应。只觉得自己能有幸做一个清河的盐商，将是人生中最大的幸事。如今这几十年过来，连我自己也开凿了数口千米深井，但这惊佩之心、敬仰之意，丝毫没有减退过。"

"那颜运杉师傅可有后人？如今也都在盐场吗？"

"有一个后人在我女婿的东场，也是个了不起的匠人，一年前过世了。"

善存沉沉的目光看向杨霈林，忽然一笑，"听说杨老板曾在国外学过工科，既然对凿井有兴趣，何不投个股进来。"

杨霈林笑道："杨某有个习惯，不熟悉的事情绝不会轻易插手。我把我的本分工作做好，等孟老板的盐井凿好之后，我来做第一批顾客便好了。"

善存呵呵笑道："我明白了，你不是对我凿这一口井感兴趣，是对这里面的盐卤动了心思。我们两家这么多年生意往来，这里面的盐卤绝对有你的一份。"

杨霈林笑道："那我先谢谢孟老板。"

"老爷！"穆掌柜踩着砖块石料匆匆过来。

"什么事？"

"七小姐来了。"

"谁来了？"善存没听清楚。

"您料得没错，七小姐真找来了。"穆掌柜小心避开一根横放的楠竹。

杨霈林循声看去，斜坡上停着一辆黑色轿车，七七穿着一身浅翠色衫子，由一个俏丽的丫鬟扶着，正沿着斜坡缓缓走下来，清风吹动衣襟，如碧水中的芙蕖。

善存嘴角露出一丝笑，声音里却没有笑意，"宝贝女儿还是第一次主动来找我呢。"若有所思地对杨霈林道："你觉得我这个女儿做生意是好事还是坏事？"

杨霈林倒是一怔，想了想，道："世事无绝对，假如林太太能因此受益，未尝不是好事。"

善存涩然一叹，手杖在地上轻轻一杵，"杨老板你先慢慢逛着，我去跟我闺女说会儿话。"叮嘱穆掌柜，"把杨老板招呼好。"

七七站立片刻，见父亲来，忙上前伸手相扶，善存温然一笑，摆摆手，"我还没有老得走不动路。"

将手杖轻轻靠在桌边，自己缓缓坐在藤椅上。

七七黛眉轻展，"女儿长大了，又不能在爹爹面前撒娇，如今想扶您老人家一把您也不让。爹爹没有老，在七七心中，爹爹永远都不会老。"

善存指着身旁的椅子，"你如今有身子，别太累了，坐下吧。"又指了指茶桶，"那里有水，自己舀来喝，静渊的杯子在那里，你就用他的吧。"

七七白嫩的脸颊微微一红，轻声道："也不知是黄嬷还是小孙师傅，总有一些人管不住自己的嘴，真是什么都说。"走到茶桶旁，却没用静渊的茶具，只随手拾了一个干净玻璃杯，从茶桶里舀了一杯茶，端着慢慢坐到椅子上。

善存待她坐下，方道："你这也只瞒得过一时，等过几个月，不也谁都知道这件事了。我看亲家太太那边怕也晓得了。"

七七小口小口地喝茶，微笑道："爹爹，这茶的味道还跟我小时候喝的一样呢。"

善存笑道："就是极普通的沱茶，你爱喝碧螺春，我是记得的，可惜今天没有预备。今天怎么想着过来？出嫁这么多年，这还是你第一次主动到盐场来找我呢。"

"我知道今天静渊不会来工地，有些事情，早就想跟爹爹好好谈一谈了。"

"哦？是谈生意呢，还是谈别的？"

"这不算回娘家，因此或多或少，会说些跟生意有关的事情。"七七微微一笑，清澈的目光投向工地上的石料和木材，"人们都说青杠林是个好盐矿，要是秦伯伯还在，不知道会有多高兴。唉，他走得多可惜，我真是想念得紧。"

善存的目光逐渐变得深沉，"七七，过去的事情，就让它过去吧。"

"我只是偶尔在想，假如秦伯伯还在的话，我心中的疑问若是问他，他是不是就会告诉我那些答案。"七七的眸中流动着澄净的波光，"可惜我把他害死了。"

"好好过日子，别想太多。"

"爹爹觉得我的日子过得很好吗？"七七轻声应道，淡淡一笑，旋即低头，"我其实也知道女人立身于世，这辈子总会经历一些磨难，大可无视所谓悲哀欢愉，浑浑噩噩过一辈子，只是倘若一味浑噩痴傻，人生的乐趣享受无多，更是有负父母养育恩情。爹爹觉得我想太多，可我心里偏偏还是有诸多不解的念头。"

"有什么疑问，大可以问我。"

"都可以问吗？"

"都可以问，但我不一定答。"

"为什么？"

"有些事情还不到时候，就不用说了。你把你又怀有身孕这件事瞒着玉澜堂那边的老太太，不也是因为还不到时候？"

七七轻轻点头，道："我只问爹爹，当年我还那么小，你就把我的姻缘定到了林家，假如能预知之后的事情，是不是还会这么做？"

"会。"善存毫不犹豫，斩钉截铁地回答。

"你那么疼爱我，就忍心把我往一个火坑里扔吗？为什么要这样对我？"

"我没的选择……当然，一开始我也觉得这么做，对你并没有什么坏处。"善存神色终究有些凄然，"我没有想到会发展成如今这样。所以我总是在想，该怎么保护好你，怎么让你在那个家里生存下去，至少不要有人再伤到你。只是你……你到现在，依然还是那么任性。"

七七蹙眉低头，善存看到她长长睫毛下闪烁的泪意，把手放在女儿的肩头。

她的手轻轻一颤，杯中的茶水一洒，如时光之水下坠，冰凉沉重。

半晌，随意将手上的茶水擦掉，深吸一口气，朗声问："爹爹，孟家和林家当年究竟是怎样的过节，我知道其中隐情必不是如今人们传说的那么简单。"

"如今你听到的，和我之前跟你说的就是实情。"善存将手从她肩上缓缓拿开，"林家因无双井钢丝事故被官府查办，一场大火烧死盐官，林老爷因病去世，我以贱价收购天海井六口盐井，这就是实情。"

"如果是因为这样，孟家欠了林家的这些，大可以用钱来补上，没有必要赔上我一辈子的幸福。而爹爹这么多年一直跟天海井争斗，又哪一点像是心怀愧疚？女儿这辈子不尴不尬……全拜爹爹所赐。爹爹究竟是想偿还什么？想得到什么？你究竟是你一直向往的那种仁商儒商，还是一个头脑混乱糊涂的卑鄙之人？"七七脸颊泛红，神情激动。

"住口！"善存大怒，啪的一个耳光打向女儿的脸，七七白嫩的脸颊上登时起了五道指印，善存厉声道，"你什么时候变得这么放肆？你怎么敢……怎么敢这么跟你的父亲说话！"

七七咬着嘴唇，嘴角却扬起一丝倔强的笑，"爹爹急什么？我说到你的痛处了吗？你不觉得你给我安排的这个姻缘很是好笑吗？它带来了什么好处？你这么精明的生意人，怎么不算一算？"

"你……不要太过分了。"善存激动之下，一只手颤抖着碰倒了桌上的茶杯，玻璃杯滚下桌子，砰然而碎。

七七眼中滚动着泪水，只是强忍着不让它落下，"你是我的父亲，不错，你是我的父亲……可你什么时候把我当成你的女儿？我算什么？一个莫名其妙、到如今都不知道自己究竟有什么作用的工具！"她倏地提高了音量，眼中亮出一道光芒，泪水滚落脸颊。

善存怔住，看着她悲伤欲绝的眼神，颤声道："七七……"

她一瞬不瞬凝视父亲，"我原本存了一线希望，希望由你来告诉我，让我的心能安定下来。这辈子我总归嫁了林家，自会做好自己的本分，与静渊好歹把日子过下去。可如今你还是这样，对自己的女儿都这么不坦诚。放心，孟家究竟欠了林家什么，非得要我用一生去偿还，我迟早会弄清楚。做工具也罢，也得当一个明明白白的工具，不能做一个糊涂虫。"

"你这个犟孩子啊！"善存疲惫地靠在椅背上，用手揉了揉额头。

七七抚摸了一下自己的脸，火辣辣的，可她并不觉得疼痛，只是凄然。

"爹爹，你说要是我死了，林家和孟家的关系会变成怎样？你知道吗，我只有想到这一点，才好歹觉得自己在两个家族间或多或少能起点儿作用。我若是死了，我那婆婆可能会很高兴吧。"

她嘴角轻扬，轻轻苦笑。

善存心念急转，"你有什么瞒着我？"

七七摇头，"什么都瞒不住爹爹，也瞒不住我那厉害的婆婆，迟早大家都会知道，我肚子里的这个孩子，很可能会要我的命。"

善存瞳孔一缩，脸上是震惊的表情。

"我知道，爹爹不想我死，必会想办法毁了我的孩子，而我的婆婆不仅恨不得我死，更恨不得我肚子里的孩子死。可我还是和以前一样，为了要孩子活下去，不怕牺牲一切。今天来，只是想恳求爹爹，若还顾念我们的父女之情，请心疼心疼我，帮我保住这个孩子。至于我这条糊里糊涂的命，就交给我自己吧。"

毕竟是自己的骨肉，看着她的痛苦，仿佛看到一盘落子无力的残局，有一瞬，善存心乱如麻。

七七缓缓蹲下身子，脸上犹带泪痕，却用手绢给父亲小心擦着衣服上的茶水。

"对不起。"七七轻声道，"我……只是太累了。"

善存的目光间杂着爱怜和悔意，"你刚才说，你肚子的孩子会让你丢掉性命，这是怎么回事？"

164

"我病了，医生说我心脏有问题，现在怀孕可能会有生命危险。"她轻声道，看着父亲，泪光盈盈，"可我要生下孩子，我不想……不想再像上次那样失去孩子。所以我很怕，爹爹，我好怕，我真的好怕。"

七七一阵哽咽，耳边听着父亲苍老低沉的话语，"……我可怜的孩子。"

他说到这里，自己未曾觉察，声音已经变得沙哑。

她紧紧抓住善存的衣襟，像个无助的孩童，许久，哭湿了父亲一大片衣角，忙又用手绢去擦，善存挡住她，柔声道："别管了。"

沉吟片刻，道："七七，有些事情爹爹不告诉你，是因为时机未到，也因为我对我自己的一个承诺。其实你即便知道了你想要知道的，结果也许都是一样。七七，放心，不会像以前那样，爹爹会保住你想要的，也会保住你。"

七七点点头，善存轻轻给她抹去眼角的泪珠。

临走时，善存问了一句："欧阳松囤货被查办的事情，是不是和你有关？"

七七将手绢方方正正地叠起来，"若是和我有关，爹爹怎么看？"

"若是你做的，我只能说你做错了。"

她看着善存，善存轻声道："要做就做得彻底，不该再让人把他弄出来，七七，有些时候还是得狠点儿心。"他轻轻叹了口气，"也罢，当我没有说吧……"

七七起身，"请您保重身体，毕竟……秦伯伯不在您的身边了。"

第十一章
·寸心冷暖·

行了没多远，"小蛮腰"一个刹车，摇下窗户往后面看了看，道："大奶奶，后面……那个杨什么老板，好像在追我们呢！"

七七回头，果见杨霈林骑着一辆自行车，颠颠簸簸跟在后面，可惜路面不平，他一会儿骑，一会儿却只能下车快步推着车走，还真是像在追赶他们一般。

等了一会儿，他终于赶上，气喘吁吁，满头是汗。

"杨先生。"七七看了他一眼，不待他开言，便道，"你是想跟我们说，路上太难走，要我们带你一程，是不是？"

杨霈林忍不住笑了笑，"那就麻烦林太太了。"

七七淡淡一笑，对坐在副驾驶位子上的小桐道："你坐到我旁边来，让杨先生坐你那儿。"又吩咐"小蛮腰"帮杨霈林把自行车放在后备厢。

"小蛮腰"道："盖子盖不上，会不会把车颠坏啊。"

杨霈林道："没事，坏了也好修！"

"小蛮腰"只得下车帮他搬自行车，手刚一动，那车的轮子忽然滚了下来，一溜滚得好远。

小桐捂着嘴笑了起来，"已经坏了！""小蛮腰"亦忍不住笑。

七七瞪了他们一眼，见杨霈林跑过去把轮子捡起来，若无其事地放进后备厢，也觉得有些滑稽，微笑道："清河的路不是每条都好走的，杨先生这样是自讨苦吃呢。"

166

杨霈林道："哪里的路都不好走，也不光清河这一个地方。走得高兴就好。"说着上了车来。

　　七七一时无言以对，问道："我们把杨先生送到哪里？"

　　"你们去哪里？"杨霈林回头，七七下意识把脸微微一侧，不让他看到脸上的指印。

　　他紧接着又问："你们可吃过饭没有？"

　　七七一愣，"没有。"

　　"我初来乍到，好些东西都吃不惯，要不林太太帮我挑个饭庄，把我放在那里即可。"

　　这时饭点也差不多到了，七七尚未开口，小桐嘴快，脱口道："大奶奶，你反正也要吃饭休息，要不我们都去艾蒿镇吃豆花吧。"

　　艾蒿镇那家著名的卖豆花的小店，七七想起第一次去吃还是怀德带着她和三妹一同去的，那时还没有出嫁呢。听小桐一说，隐约看到杨霈林眼睛里也甚有兴趣的样子，便道："杨先生能吃辣的吗？他那家豆花店的蘸水很辣呢。"

　　杨霈林道："不加辣椒不就行了，我爱吃豆花，爱吃极了。你们说的豆花不就是我们武汉吃的豆腐脑吗？不用加辣椒就可以吃很多。"

　　他似乎很兴奋，平时见他甚是沉稳，此刻这个样子，怕是真的好长时间没有吃到合意的食物了，七七不禁莞尔。

　　豆花店甚小，做的是伙夫和盐工们的生意，很少来这么些富贵人家的客人。伙计又惊又喜迎了上来，二十来岁，是个瘸子，一面走来一面说："哎呀，请进，先生太太请进！"

　　有吃客不时打岔，"丁巴儿，来点儿盐。"

　　"丁巴儿，再切些生辣椒！"

　　"小蛮腰"吭的一声笑了出来。

　　杨霈林轻声道："这伙计名字挺有意思。"

　　小桐悄声道："丁巴儿，用我们清河话就是拳头的意思。"

　　伙计不光瘸，还是个秃头，杨霈林看着他光光的头，想着他这奇怪的名字，嘴一斜，也不禁笑了。

　　毕竟接触的客人大多是粗人，这丁巴儿的每句话里，竟总有颇让人咋舌的词，"屁哟！"

　　比如有人道："丁巴儿，我要点儿醋放进蘸水里。"

　　丁巴儿立马回应，"蘸豆花放醋？屁哟！"

"十文钱加个咸鸭蛋！"

"屁哟，想得美！"

几句来回之后，七七忍不住蹙眉，轻声道："杨先生，对不住了，先前只知道这个地方豆花好吃，却……却是这般光景，要不……我们换个地方？"

杨霈林用茶水洗着杯子，"我骑了一上午车，太累。不走了。"

把洗干净的茶杯轻轻推到七七面前，又拿起一个接着洗。

小桐见了，忙从他手里抢过杯子，"我来给大家洗吧。"

正说着话，丁巴儿一手一大碗豆花捧了上来，热腾腾、香喷喷地放在桌上，笑道："慢用哈！"

一会儿又端来四小碟豆瓣蘸水，上面撒着葱花、花椒末、生辣椒，浸着香油。

七七道："我不要辣椒，这个先生也不要辣椒。"

"屁……"丁巴儿脸一红，总算只吐出一个音节，把那词吞了下去，"这……不要辣椒不好吃的嘛。"

"我们只要豆瓣酱和香油就行了。"七七道。

杨霈林加了一句，"给我拿点儿白糖过来！"

这次却是七七愕然，悄声道："杨先生要白糖做什么？"

杨霈林比她更加愕然，"吃豆花难道不放白糖吗？"

丁巴儿实在忍不住了，脱口而出，"屁哟！"

"小蛮腰"和小桐你看我，我看你，脸上肌肉抽动，忍笑忍得极是艰难。

杨霈林挺直了背，只是轻轻伸手若无其事般擦了擦脸，他坐在丁巴儿正对面，不少唾沫星子喷在了他脸上。

七七对丁巴儿道："快去吧。"

丁巴儿见她温婉秀雅，俏脸这么一沉，倒是别有一股让人不可违逆的气度，把一肚子想说的废话全憋了下去，过了一会儿，拿了两碟新的蘸水上来，另上了一小碟白糖。

七七微微一笑，脸颊上梨涡若隐若现。

丁巴儿咕哝了一句，"也不知道这糖放进去是什么味道……"见七七看着他，挠挠头，赶紧退下。

杨霈林道："原来清河这里的豆花不放糖，杨某人真是孤陋寡闻了。"

七七耐心解释，"别见怪，这是我们清河特有的豆花，和豆腐脑有些不同，这豆花是用猪骨和鸡炖汤煮的，蘸着我们这儿的雪花盐和豆瓣酱，挺好吃的，杨先生尝尝吧。以前我就着下白米饭，都可以吃好几碗呢。"

拿过杨霈林的碗，给他盛了一碗热汤，"杨先生尝尝这汤。"

杨霈林双手捧着碗，极是礼貌，欠身道了声谢，便喝了一口，果真香味浓郁，既有高汤的鲜美，又有豆花的清香，虽不习惯，但亦美味。

七七也给自己盛了一碗，小桐问："大奶奶要不要吃点儿米饭？"

"胃口不好，喝点儿汤吃点儿豆花就可以了。"

"您这几天都没怎么吃东西。"小桐有些着急，压低声音在七七耳边道，"您不吃，肚子里的孩子也要吃啊。"

七七的脸微微一红，也不敢抬眼看杨霈林，只点点头，"那就给我盛一小碗，只要一点儿。"

小桐很高兴，给他们各盛了一碗饭。"小蛮腰"早就开吃了，蘸着豆花，辣得一头汗，两碗饭吭哧吭哧下肚，把碗筷挪到另一张桌子上，抹抹嘴对七七道："大奶奶，我到车上去等着，您慢慢吃。"向杨霈林行了个礼，走出了豆花店。

杨霈林试着吃了一点豆花，蘸着豆瓣酱，一开始不习惯，渐渐吃着，却也开始品出滋味来，把丁巴儿叫来，又加了点儿生辣椒在蘸水中，丁巴儿欣慰极了，"哎呀，这就对了，先生，豆花要这样吃才是对头的！加糖？噢，噢……"

他捂住胸口做出想呕吐的样子，那模样实在滑稽，七七等人都忍不住笑了起来。

厨房里端着新煮的鸡蛋出来，杨霈林走过去拿了两个，趁小桐起身去加热茶，把鸡蛋推到七七面前，七七正想谢绝，他极轻地说了一句："敷一下脸吧。"

七七大窘，也不再说什么，拿起一个鸡蛋敷在脸颊上。

杨霈林站起来道："我吃得差不多了，林太太慢坐，我去把我的自行车修一修。"也不待她回答，径直走了出去。

热鸡蛋在脸颊上轻轻滚着，把痛楚消散了不少，七七忍不住抬头看了看外面，只见杨霈林正和"小蛮腰"在外头鼓捣他那辆掉了轮子的自行车。

小桐回来，七七问："你瞧瞧我的脸，可好些了没？"

小桐认认真真地看了看，"手指印消了！就只这一片像是被烫红了。"

七七忙取出镜子仔细看，果真红了一大片，和另外一边雪白的脸颊一对比，实在太过鲜明。

"怎么办？"七七急了，"这……想是我焐的时间太长了？"

小桐鼓着嘴给她往脸上轻轻吹着，又用手使劲扇风，"没事，大奶奶，我看没事！一会儿就散了！"

"好好给我吹吹！"七七把眼睛闭上，小桐使劲给她吹，吹得都快岔气了，喘气道，"大奶奶……要不再坐着等一等吧，我，我得歇一会儿！"

七七无奈，拿着镜子不停照着，吁了口气，好歹那片红消了些，不似先前那般明显。

小桐在桌子上趴了一会儿，忽道："这杨老板可真够抠门的。"

七七不解地看了她一眼。

小桐瞅了一眼外头，车倒是修得很快，轮子装上了，杨霈林正骑在上面试着。小桐嘴角露出一丝不屑的笑，"大奶奶你看，他借着出去修车，不就是想让我们结账吗？好歹也是个大老板，连顿饭钱也要别人出。"

七七忙轻声斥道："小声点儿，这话可不能乱说。他姐姐是我的大夫，没少帮我，便请他吃顿饭又怎的？还没好好谢人家呢。我们三个人，人家一个人，哪有让他来付钱的道理？"

小桐撇嘴道："可他是个男的呀，怪不得外头人都说他是杨扒皮，比段公鸡还抠！"

"小声点儿！"七七扯了扯小桐的衣袖，急得另外半边脸也红了。

小桐歪着脑袋看着七七的脸，笑道："大奶奶，这下两边都红了，倒挺好看！"

七七狠狠瞪了她一眼，扑哧一声笑了出来，也不知道为什么，心中忽然觉得有一丝轻松，长叹一口气，又盛了一碗汤，多吃了几块豆花。

刚吃完，杨霈林却又走了进来，七七把碗放下，"杨先生，落下什么东西了吗？"

"落下账了。"杨霈林叫来丁巴儿，"小哥，多少钱？结账。"

小桐对杨霈林顿时有了好感。

七七也不好跟一个男人争着付账，捏着自己的小镜子，瞅着他不说话。

他付了钱，转头见到她澄澈的目光，怔了一怔，七七忙道："谢谢杨先生！"

她脸上、眼中全是感谢的神情，这么小心翼翼诚惶诚恐，不过就是一顿饭，不过就是自己给了她一个鸡蛋，那鸡蛋还烫红了她的脸。

他想起自己在工地远远看到她的父亲打了她，想起她无数次在出现的时候都是那么一副强自若无其事的样子。这动人的面容下，隐藏着多少痛楚的心事？

他只看了她一瞬的时间，柔声道："别跟我客气，下次……这家店的豆花真的不错，下次我再带着我姐姐来尝尝。"

他不再跟他们一路，只说车修好了，路也好走些了，一路骑着回去，走走停停就当是观光。

七七在车里忍不住回头，见他在后面慢悠悠行着，落拓不羁的样子，不一会儿就消失在她的视野之中。

七七去韭菜嘴的绣坊又待了一会儿，古掌柜也过来汇报了一下香雪堂的生意。一切还算顺利，因承接了盐务局下派的十口炭花灶，要拼着年内把产量弄上去，从静渊的铁厂又新购置了不少大盐锅，这两日正在陆陆续续上货，小武和古掌柜天天轮流盯着，一点儿都不敢马虎。

盐务局说要修的发电厂也正在筹备期间，七七问："用来烧盐的煤炭够不够，炭花灶不是烧瓦斯火的，要没了煤炭，岂不是白白在那里晾着？"

古掌柜道："现在看也只够烧个一两个月的，久了就不行了。本说看是不是多买些囤着，前两日雁滩那边欧阳老板出事情，现在大家都还不敢多买呢。听六福堂戚掌柜说，连咱们林东家也都放着买煤的银钱没动呢。"

七七沉吟不语，过了一会儿，点头道："我知道了。如今先用着这些吧，等没了再说，既然所有人都是这样，那也没有办法。"

古掌柜叹道："大奶奶，也不怪人家欧阳老板囤煤，要换成我，我也囤着。盐务局管这么紧也只是一阵风罢了，若是要我们盐场保证产盐，没有燃料怎么行？我看他们迟早睁一只眼闭一只眼，到时候就看谁下手下得快，谁家煤多，谁就是老大。"

"哪有你说得那么容易？"

她虽这么说，却着实把这话放在了心上，也不过多纠结，听见大街上叫卖猪儿粑，心念一动，把小桐叫来，"去买点儿猪儿粑，宝宝爱吃，一会儿拿回家去。"

回到晗园，猪儿粑却可能买少了。

文斓被戚大年接来，大包小包的行李放在客厅的玄关里，看样子，倒像是要长住。

虽和静渊商量过从峨眉回来后就把文斓接到晗园住一阵子，但这一天，他来得实在也太过仓促，连声招呼都没打。

走进客厅，小男孩和他父亲正坐在沙发上说话呢，见七七进来，立刻规规矩矩站正了身子，甜甜地叫了一声大妈，像是做错了事情，把小脑袋垂了下来。静渊在一旁面带微笑，见文斓有礼貌，在他的小肩膀上轻轻拍了拍以示嘉许。

静渊道："我之前答应过要接他过来住的，今天办完事，便让老戚去把他接了。七七你不会怪我吧？"

七七尚未回答，文斓却抢着道："大妈不要怪爹爹，是我想爹爹了，才求妈妈跟爹爹说……说……要我过来。"

他怯生生说着，小脸涨得通红，

七七已然知道，定是锦蓉找了静渊让他把儿子接过来，而静渊怕自己生气，自然略过不提。

静渊尴尬一笑。

见文澜低着头小可怜的样子，七七虽隐隐有些不豫，但也没说什么，走过去揽着他坐下，柔声道："这一次好好在这里住，有小姐姐和你一起玩。"

"嗯！"文澜笑着点头，还往她身前凑了凑，把脑袋靠在她身上。七七也忍不住笑了，拍着他的手臂，对静渊道："以后提前说一声，我也好有个准备，文澜爱吃什么，早早就给他预备好。"

文澜抬起头道："大妈，你们吃什么我就跟着吃，我不挑嘴，我答应妈妈要听大妈的话，要乖的。"

"哦？"七七眼睛闪了闪，"你妈妈要你听我的话？"

"是啊，妈妈嘱咐了我好多遍呢，说我要是不乖，大妈就不喜欢我爹爹了，这样爹爹就会不高兴，就会不喜欢我。所以我要让爹爹喜欢我，就得乖乖听大妈的话。"

这绕来绕去的话，倒真有些锦蓉的风格，只是孩子毕竟年纪小，天真无邪，越是无关痛痒的说，听在大人耳中，越是有些可怜和酸涩。

七七起身道："我去厨房给你拿点好吃的，大妈买了猪儿粑，让小桐姐姐蒸着呢，给你拿来先垫下肚子。"

静渊忙道："给宝宝留一些吧，也别都给他吃了，老许去学校接宝宝了，估计一会儿就回来了。"

文澜拉着父亲的手，"爹爹，我陪你说话，我不吃，好吃的东西，我要全留给小姐姐吃，我不饿的，小姐姐上了学，一定又饿又累。"

这孩子实在太过懂事乖巧，这样赔着小心，让七七不由得一怔，不免叹了口气，只道："文澜不用担心，我给小姐姐留一半，你吃一半，好不好？"

文澜看看她又看看静渊，见静渊微笑着，眼中有鼓励之意，小心翼翼地点了点头，"谢谢大妈。"

"跟大妈就不要客气。"

七七说着便要走去厨房，走了几步，轻轻回头，见静渊似乎揉了揉文澜的小脸，爱怜横溢地道："乖儿子，真懂事！"

文澜笑着扑到父亲怀里，"爹爹，我好想你呀！"

172

"我也想我的乖儿子呢！"静渊由衷感叹。

七七问静渊："他住在哪个房间？我让黄嬢她们收拾一下。"

静渊道："早在收拾了，黄嬢就在楼上，我订了一张小床，今天下午已经送了过来，让他和宝宝一间屋子吧。"

"你什么时候订的床，我怎么不知道？"

"这种小事何必让你来烦心，前几天我就跟家具店说好了的。"

静渊说着用手指点了点儿子的额头，"你要是磨牙吵着你姐姐，就去睡走廊。"

文斓温顺地说："我不怕睡走廊，大妈让我睡地上我也不怕，我只要跟爹爹在一块儿。"

七七转过身，放快了脚步离开客厅。

不到半个多时辰，老许带着宝宝回来了，宝宝见到文斓，咦了一声，奔到弟弟身前，拉着他的手，"小弟弟！你是来玩的吗？"

七七在一旁笑道："小弟弟不是来玩的，是来住的。"

宝宝甚是高兴，拉着文斓的手不放，文斓却转头问七七："大妈，小姐姐的猪儿粑呢？"

七七便微笑着叫小桐，"把宝宝的点心拿进来吧。"对宝宝道："快洗手去。"

"哦！"宝宝应了，这才放开文斓，笑眼弯弯看着他，"你真的要在这儿住，不走了？"又问静渊："爹爹，小弟弟不是在骗人吧？"

静渊微笑道："你觉得呢？"

宝宝便歪着脑袋瞧着文斓，小酒窝若隐若现，"不像骗我的。"

"我想在这儿和爹爹、大妈、小姐姐多住一阵子。"文斓忽然瞟了一眼七七，小声道，"只要大妈允许。"

七七笑道："我怎么会不允许呢，傻孩子。"

文斓大喜，轻轻拉着宝宝的衣袖，"小姐姐，我陪你去洗手，我陪你！"

七七和静渊微笑看着他们，静渊把七七往身前一拉，在她耳边轻轻吻了吻，"真没生气吧？"

七七侧过脸来，看着静渊的眼睛，"有没有怨过我？你和文斓以前天天在一块儿的，如今……"

"不要胡想……你瞧，我们现在不也挺好嘛。七七，说真的我是真的挺想文斓的。"

"那就让文斓多住几天，只要她妈妈那边能习惯。她……"

她的话没有说下去，其实她心里在想，锦蓉没有丈夫在身边，也没有儿子

173

在身边，其实甚是可怜。

可自己没有办法，面对这样尴尬的处境，一点办法也没有。

静渊见她一侧脸颊微微有些红，拂开她的发丝瞧了瞧，奇道："你的脸怎么回事？"

七七心里突地一跳，捂着脸故意挠了挠，笑道："今天下午被蚊子咬了一个包。"

静渊捏着她的脸，"这还没入夏，上哪里去会有蚊子？可见你说的谎，快快从实招来。"

七七拉着他的手，笑道："好吧，就算不是蚊子，那也是小虫子。哎呀，你真讨厌，拉拉扯扯的，孩子们看着像什么话？"

生怕他再问，赶紧去找宝宝和文澜。

静渊笑着把头靠在沙发背上。

锦蓉带着文澜找到六福堂，他好长时间没有留意过她了，今天见着，她头上松松绾着一个发髻，穿得素淡至极，往常的那股小姐的高傲气全没了。

"文澜想跟你住一段日子，就辛苦你照看一下吧。"

"你……没事吧？"他不由得问，"文澜要跟着我，你会挺孤单的。"

"没事。"锦蓉凄然垂首，眼圈儿红了，哑着嗓子道，"谢谢你把我哥救出来，我们家欠了你。静渊，我没有丈夫在身边，还能活下去，可文澜需要和父亲在一起。"

"锦蓉……"他看着她这个样子，又见儿子委屈兮兮地坐在一旁的小凳子上，眼泪汪汪地看着自己，无比愧疚，"你要保重些，怎么瘦了这么多？"

锦蓉没有回答，仰起脸，眼角带着一滴泪，"文澜的衣服和东西我收拾了，不过那边有至衡，她的心思细，应该不用我操什么心。"

拉着文澜的小手嘱咐了他几句，跟静渊也没再说什么，转身就走了。

文澜看着母亲的背影，把头埋在自己的膝盖间。

静渊走过去，蹲下来，过了好一会儿，文澜方把小脑袋抬起来，怔怔地看着父亲，也没有说话，只伸出小手盖在父亲的手上。

静渊心中一痛，"儿子，这段时间爹爹好好陪你。"

文澜的大眼睛里落下泪来。

晚上，七七洗漱完回来，见静渊若有所思，便坐到他身旁，微笑道："瞧你，高兴成这样，一会儿睡不着怎么办？"

静渊忽道："七七，我想问你一件事。"

"什么？"她忽然有些不安。

静渊犹豫了很久，考虑着如何措辞，七七觉得有些不对劲儿，便捂着嘴打个哈欠，"我困了，有什么事明天再说吧。"

他的目光随着她，终于开口："我只是问有没有这个可能……你说，假如我和锦蓉三年两载还离不了婚，你有没有可能……有没有可能等孩子生下来，偶尔回玉澜堂住一住？"

她就知道他肯定会这么问，可无法去找什么理由去责怪他。他只是和她商量，不是吗？他只是说有没有可能，并没有要求她必须做什么。他也只是说要她偶尔去一趟，晗园应该还是常住的家。

对于他这样的话，她不该有什么过激的反应，不该有。

因此，她的面容应该还算是平静，"就这一句话，何必想这么久。"

静渊涩然道："我只是随口问问，你既然不愿意，就当我没说。"

"那我先睡了。"七七上了床，拉过被子，把眼睛闭上。

她虽然闭上了眼睛，但也知道他的脸色不是很好看，半晌没有动静，只听见他急促的呼吸声。

她睁开眼睛看了他一眼，他一动不动地坐着，眼睛看着前方，七七叹了口气，"等孩子生下后再说吧，如今我没有办法答应你什么，现在若是去玉澜堂住，指不定大家都会烦心，你也知道的。"

静渊转过头看她，见她神色甚是疲倦，想着她有了身孕且身体病弱，自己原是一心要她过得安宁，刚才说那无心自发的一句话，说得其实很不是时候，不由得有些歉然，温然一笑，"那到时候再说吧。"说着也上了床，习惯性地将她搂在怀中，她捡了个最舒服的姿势靠着，道："若是你想文斓，就经常接他过来住一住，等我的身子稍微稳定些，过两个月，我经常陪你回玉澜堂看看。"

"嗯，快睡吧。"

她却忽然问："对了，天海井的煤还够用吗？"

静渊完全没料到她竟突然说起生意来，"刚刚还嚷着累，怎么说起这事？"

七七道："倒是挺要紧的，如今政府限购煤炭，但又催逼着我们加紧产盐，别人也罢了，我们都是应承了盐务局那些炭花灶的，要是燃料不够，那……"

"好了。"静渊皱眉，"这些都是男人要操心的事情，你现在安心在家里待着，生意上的事情，我来给你想办法。"

"你又是盐灶又是铁厂，还有运盐号，我是怕你……"

"你的事情我会顾不上？在你心里我就这么没用？"也许是积攒了许久的不快，他说到后面音调突然提高，把被子一掀，坐了起来。

"静渊……"

他的肌肉似乎都僵硬了，深深呼吸了几下，起身下床，迈步就走。

"你去哪里？"七七伸手，却只抓住他衣服的一角，被他挣开。

"去湖上书房睡。"

不待她回答，他打开门走了出去，砰地把门带上。

他真的生气了，这两年，他从来没有像今天这样生气过。

七七心里有些难过，他说得对，也许确实他一直在迁就她。因为可怜她，因为对她有所愧疚，便一直忍耐着。可她能凭借这份怜惜与愧疚撑多久？

夜风吹得窗帘飞了起来，庭院中的树木沙沙作响。无尽的疲惫涌上来，她轻轻欠起身，伸手把床头柜灯绳一拉。

次日清晨，七七挣扎着起身，下楼盯着下人准备一家人的早饭。

小桐笑道："东家正在花园里溜达着呢，还说让我们别去吵你，偏巧大奶奶也起得这么早。"

七七走到窗口看了看，果见静渊正在湖边小道上散步，猜想他也许不想让下人知道他昨天是在画舫里睡的，因而起得比谁都早。

转身道："文澜爱吃臊子面，一会儿做一些。"

小桐应了，去厨房准备吃食。

黄嬢端来一碗热热的小米粥，"大奶奶，药已经熬好了，喝了粥就把药先吃了吧。"

一个丫鬟捧了药进来，七七放下粥碗，连眉头都不皱就把药咕咚咕咚喝了下去。

黄嬢爱怜地看着她。

七七笑笑，"喝多了就习惯了，细尝尝这味道还有些甘甜。杨姐姐往药方里加了一味甘草呢。"

黄嬢道："世间哪有好喝的药，你这是太要强了。"

七七正漱着口，见静渊进来，忙把口里的水吐了，微笑道："你散完步了？"

他闻到药味儿，眼中闪过一丝歉意，柔声道："怎么不多休息一会儿。"

"我想着文澜在，便早些起来给他张罗点儿吃的，免得他不习惯。"

176

她微笑着说，其实心里却有些忐忑，便道："你先坐一会儿，我去厨房看看。"他将她轻轻一拉，握住了她的手。

因为一直在花园里，他的手很凉，她心里有些没有来由地酸楚。

"昨天晚上……对不起。"他轻声道，凝目而视，"以后不会了。"

七七一笑，正要说话，忽然听到楼上传来吵嚷声，俩人几步并作一步上了楼，走到宝宝的卧室，只见地上摊着七七给宝宝做的小布包，里头的文具课本散了一地。

宝宝光着脚站在地上，手里拽着本被撕扯得破破烂烂的习字本，小嘴张着呼哧呼哧喘着气，文澜背对着门，听见静渊和七七进来，忙转过身子，头发乱乱的，大眼睛里充满着惧意，跑到七七身前拉着她的手，"大妈大妈，你帮我劝劝小姐姐，我道了歉的，我不是有意的！"

宝宝攥着小拳头叫道："小弟弟撕坏了我的习字本，今天要交的作业全在里面。"可能是真的急了，说到这里，眼泪在眼睛里开始打转儿。

七七被文澜给拉着，也不好挣脱他的小手，静渊已经先发话了，"为什么要撕掉小姐姐的本子？大清早的干什么呢？"

文澜从来没有见父亲这么厉声对自己说着话，紧紧拉着七七，把身子靠着她，七七见他一派的天真无邪，说不出地可怜，只好先安慰他一句，"别着急，慢慢说，是怎么一回事？"

文澜怯怯看了一眼宝宝，摇头道："爹爹和大妈你们就责怪我吧，文澜错了。"

宝宝的脸涨得通红，"小弟弟，你刚才不是这样说的。你刚才明明不是这么说的！你怎么能这样……"

走过去把自己的小布袋子捡起来，捧到静渊和七七面前，"爹爹妈妈，小弟弟故意撕坏了我的习字本，我要他还给我，他不还，还把它摔在了地上。我问他为什么，他说他就是喜欢这样。他还说，他还说……"

她突然说不下去了，泪珠从脸蛋儿上滚了下来。

静渊惊诧万分，这件事与他心目中儿子平日的行为出入实在太大，生气之下无暇细想，转过身就厉声责问，"你姐姐说的是不是真的？"

文澜没有正面回答父亲，沙哑着嗓子道："爹爹，都是我不好，我不乖，小姐姐再也不喜欢我了，小姐姐不高兴，大妈就会不高兴，你们全都会不喜欢我了。"他极力压抑着哭腔，像个小男子汉受了最大的委屈，却要努力显得坚强。

"爹爹，小弟弟刚才不是这样的，他还说……他还说……"宝宝几次欲把话说下去，可不知道为什么，到后面却总是吞吞吐吐，只好把目光求救似的转到母亲身上。

昨天还好好的，现在闹成这样，难不成要把这孩子又送回玉澜堂去吗？那一边知道了会有些什么议论，静渊心里又会怎么想？可宝宝说的要是真的，文澜这孩子心思太重，和宝宝住在一起，难保她不会再次吃亏。七七心中自然是偏袒女儿的，但碍着诸多因素，却又无法立刻帮着她说话，且这情形看起来这么混乱，事实是什么样，两个大人都不清楚。只好连连给她使眼色，要她不要再说下去了。宝宝最听母亲的话，不敢再争辩什么，小嘴一扁，气冲冲地把书袋子收拾好，见静渊脸色严厉地看着文澜，她好歹有丝希望寄托在父亲身上，不由得紧紧盯着静渊。

静渊走过去把文澜从七七身后拉出来，"不要扯到别的话上面去，小姐姐说的是不是真的？你为什么要翻她的东西？"

"是小姐姐……"文澜哽咽道，"小姐姐说她的字写得比我好，是爹爹你教的，我便拿了她的习字本出来，我拿着看……"他哽咽得几乎说不下去了，头越垂越低，长睫毛下泪珠摇摇欲坠，"爹爹对不起，爹爹你打我吧，呜呜，我心里难受，我也想学写字，爹爹你好长时间没有教我写字了。"

他说着说着，声音越来越低，忽然哇的一声哭了出来，边哭边用小手擦着眼泪，可越擦眼泪却是涌得越多，哽哽咽咽接着说了下去："我不是有意要撕烂小姐姐的本子，我只是想等我的字写好了，爹爹也会天天陪着我。我拿着小姐姐的本子看，想得比小姐姐的字写得好，呜呜，我不知道那是她的习作，呜呜，小姐姐以为我不还给她，所以就打了我一下，所以……所以……"

听到这里，静渊心中大震，七七的脸色也变了，这孩子说得合情合理，句句戳到人心坎里去，可是若是他说的是真的，那宝宝难道又会撒谎吗？

不，她的女儿绝不会撒谎，不会。

七七看了一眼文澜，又看了一眼静渊，心里隐隐有丝不安，不自禁往前走到女儿身旁，宝宝的小脸变得苍白，她搂着母亲的衣襟，无助地看着她，摇了摇头，"妈妈，妈妈……不是这样的，不是……不是小弟弟说的这样的。"

文澜忽然冲到了外面去，静渊愣了一愣，立刻追了上去，"你去哪里？"

文澜呜呜地哭着，在楼梯口顿住了脚步，忽然把身子蜷成一团蹲着，瑟瑟发抖。

"儿子。"静渊走过去，把他抱了起来，"儿子，你别哭，不要哭……"

"爹爹送我回家吧。"文澜抽噎着，上气不接下气，"大妈和小姐姐都不喜欢我，我在这里不好。"

静渊给他擦着眼泪，"她们没有不喜欢你。你去给小姐姐道个歉，说自己弄坏了她的本子，给小姐姐说声对不起。"

"小姐姐不会原谅我的。"

"姐姐是个懂事的孩子，不会不原谅你的。"静渊鼓励他，这件事情他相信儿子，这只是一件极为寻常的儿童间的纠纷，宝宝怕文斓弄坏她的作业本，因而和他发生了撕扯。现在他心里难受的只是一件事：那就是儿子的心灵受了伤，自己长期对他的冷落，让这个一直依赖自己的好孩子受了伤害。他要弥补，他要让两个孩子恢复往日的亲密，要让他的晗园成为他理想中的家，温暖、和美、相亲相爱。

"走。"静渊把文斓放下，"去给小姐姐道歉。"

文斓点点头，鼓起勇气随着父亲回去。

七七正和宝宝坐在床边，七七面色冷淡，宝宝的眼中却闪过一丝惧意。

"小姐姐。"文斓走到宝宝面前，极是诚恳，"小姐姐对不起，我再也不惹你生气了。"

宝宝紧闭着小嘴不说话。

七七也没有说话，把目光投向静渊，见他一脸关切，那关切看起来并不是为女儿今天的习作本被毁坏而着急，倒似是怕女儿不原谅儿子，让儿子伤心。

"小姐姐，求你原谅我吧。"文斓又走近一步，眼睛水汪汪地看着宝宝，粉白的小脸上充满了乞求之意，谁看了都会心中一软，七七的心里却突然有了一丝寒意。

宝宝见父亲充满期待地看着自己，又看到文斓这般表情，在心里掂量了一番，咬着嘴唇点了点头。

静渊脸色和缓了不少，"文斓以后注意点儿，别再弄坏姐姐的东西。"

文斓使劲点头，"我再也不碰小姐姐的东西了！我再也不敢了！"

静渊叹了口气，走到女儿身前，把她抱了抱，柔声道："宝宝，别难过了，好不好？"

宝宝忍不住要哭，静渊忙伸手捂住她的眼睛，"别哭，乖宝不要哭，你是大姑娘了，来，我们下去吃饭，妈妈给你和小弟弟都预备了好吃的。"

说着勉强微笑了一下，看着七七，希望她也说点话。

七七道："就这样了吗？事情还没弄清楚呢。宝宝的作业没了，她去学校受罚怎么办？"

文斓在一旁扭着小手，又把头垂了下去。

静渊皱了皱眉，"小孩子间争闹一下，你何必这么较真？"

"我们把事情弄清楚，这怎么就叫较真了？"

静渊极不耐烦，不再接话，微笑着看着女儿，"宝宝，今天爹爹送你去学校，跟你老师说一说，好不好？下午爹爹再来接你，你若受了罚打扫卫生，就让爹爹来帮你做，好不好？"

他这么一说，宝宝心里顿时好受了许多，揉着眼睛点了点头。

"静渊！"七七站了起来，"你这样不对。"

"那要怎么样才对？你倒是教教我。"他猛地抬头，眼光锋利地看着她。

他本拉着宝宝的手，不自觉地用了力，宝宝紧张起来，看看父亲又看看母亲，大大的眼睛里露出惊惶的神情。

静渊努力平复自己的语气，"这件事就这样，孩子们都已经好了，你就别揪着不放了。"

最后几个字，几乎像是从牙缝里吐出来的。

"我揪着不放？孩子们哪里好了，你怎么……"七七正要继续说下去，一只小手拉住了她，是宝宝。她用她空余的那只小手轻轻摇了摇她的手，小声道："妈妈，别……别跟爹爹争了，别……"

她眼中有股说不出的伤心与担忧，七七心中一凛，沉默了好一会儿，对静渊道："好吧，那你今天送宝宝去学校吧。"

静渊这才松了一口气，面色顿时和缓，对文斓道："儿子，今天在家里陪着你大妈，一定要听话。"

文斓大声地嗯了一声，抬起脸来看着七七，脸上还犹带泪痕，眼中已经满是笑意。

七七看着这张堆满笑容的小脸，心里说不出地别扭，把宝宝从静渊身边拉了过来，"赶紧去洗漱，一会儿还要去学校呢，洗完妈妈给你梳头。"

宝宝答应了，她的小书袋子本来已经收拾好了，见地上掉了几支笔还没有捡起来，便打算去捡，七七道："别弄了，我来给你收拾。"走过去给她把笔一支支捡起来，又拾起宝宝的一双小拖鞋，见女儿一双脚还光着，心中一酸，把笔放在一边，给女儿把拖鞋穿上。

宝宝郁郁不乐地走进了盥洗室。

静渊轻轻碰了碰七七的肩膀，"别怄气了。"

七七没理他，文斓慢吞吞走到父亲身后来，左瞧右瞧，七七对文斓道："文斓到大妈这儿来。"

他乖乖走过去，七七把他拉近自己，伸手给他理了理乱蓬蓬的头发，再摸摸他的小脸，"等小姐姐洗完，你也抓紧收拾一下，厨房给你做了你爱吃的臊子面，大妈知道你爱吃花椒油和白芝麻，让他们一定在面里给你加上。你不是也爱喝绿茶吗？小桐姐姐给你泡了一壶好茶。"

文斓愣了一愣，垂头道："谢谢大妈。"

静渊脸上露出了微笑，七七只作不见，给文斓系着衣服扣子。

宝宝洗漱完出来，七七在文斓肩膀上轻轻一拍，"去吧。"文斓便转身去盥洗室，经过宝宝，他立住脚，对宝宝轻声说："小姐姐别生气了，我错了。"

宝宝看着文斓的脸，观察了一下，眼圈儿又红了红，嗯了一声，文斓脸上绽放出笑来，这才高高兴兴去洗漱了。

七七给宝宝梳头，静渊在旁边看着，等宝宝的小辫子一扎好，笑道："来，跟爹爹下楼去。"

宝宝转头看了看母亲，见母亲还在床边坐着，一手拿着梳子，一手却拿着她的小书袋子发着愣，她心中极是难过，母亲忽然开口："跟你爹爹下去吧，妈妈在这儿等着你的小弟弟。"

书袋子下面压着那被撕烂的习作本，七七把本子放进袋子里，轻声道："虽然撕坏了，但你的作业是好好做了的，把本子交给老师看，老师不会怪你。宝宝，以后自己多小心些，把自己的东西保管好，弄坏了也不要着急不要闹，有什么事情就来找妈妈，一定要听妈妈的话啊。"

宝宝点了点头，眼中泪光盈盈。

静渊不好说什么，拉着宝宝的小手，看了七七一眼，七七也看着他，迎向他的目光沉静，不露喜怒。

"你……要不也一块儿下来吧。"静渊道。

"怎么？"七七微微一笑，"怕我做什么吗？"

静渊皱眉道："七七！"

"放心吧。"七七轻声道，"我只是担心文斓磕着碰着，在这儿等他一会儿，不会吃了他。"

静渊被她说得脸色一阵青一阵白，拉着宝宝转身就走，宝宝不住回头，见母亲慢慢地低下头去，眼光定定地看着膝盖上放着的小布袋。

七七默默坐着，等着，天已经亮得差不多了，金银花的香味一阵阵从花园里传进来，初夏的清晨，天朗气清，新绿照眼，可她的心里却只觉得灰暗无力。

见她一个人在房间里坐着，父亲和姐姐都不见了，文澜站在盥洗室门口，一时有些踌躇。

七七抬起头，这个小男孩脸上神色复杂，说不上是害怕还是什么别的情绪。

她对他温和地笑了笑。

"来。"七七伸手想拉他，文澜往后退了一步。

七七的手僵立在空中，慢慢放了下来，站起身，走到宝宝床边的床头柜旁，拉开抽屉，里面有一个硬皮小本，七七拿出这个本子，轻声对文澜说："文澜，你来看看。"

文澜走了过去。

七七翻了翻本子，里面夹着一张纸，把纸拿了出来，交给他，"还记得吗？"

文澜接过，"记得，这是我写给小姐姐的。"

一张极普通的宣纸，上面是规整的楷书，写着"宝宝"两个字。

七七把纸从他手中拿了过来，折好重新夹进了本子里。

"你知不知道你给小姐姐写了这两个字，她有多高兴，那个时候小姐姐还没有上学，连自己的名字都写不好呢。她的名字笔画这么多，你却写得一字不差。小姐姐不知道有多羡慕你，你那么小，就能写那么好的字，所以她自己才努力学写字。这张纸她一直保存得好好的，时不时就拿出来看看，这世界上第一个写她名字送给她的人，就是你啊，文澜。"

文澜紧紧咬着嘴唇不说话。

七七又拿出一样东西来，正是当年在璧山，文澜缠着静渊给宝宝买的那个八音盒，文澜见了，眼睛定定地看着这个已经旧得不成样子的小玩具。

七七轻声低语："这个八音盒，是你和你爹爹送给宝宝的第一个礼物，现在已经不能响了，她却一直舍不得扔掉。"

文澜把八音盒接过去，轻轻抚摩着，嘴角一抽。

七七拿梳子给他梳了梳头发，"以前大妈也跟你说过，若是没有你，我和宝宝说不定一直都会住在那山里，宝宝也许永远也见不到她的父亲。你还小，你的心思是什么样，大妈约莫也能猜到一些。宝宝一直很珍惜和你的情谊，你是她的弟弟，也是她的朋友。你一直过得很寂寞，我会想办法慢慢弥补你，但希望你好好对你姐姐、对你自己，行不行？"

文澜没有说话，过了许久，默默点了点头，把八音盒轻轻放在床头柜上。

"下去吃早饭吧。"七七牵着他的手。

文斓仰起头看她，若有所思，七七朝他微微一笑，"想什么呢？"

文斓稚气的脸上露出一个笑容，似是依恋，可这笑容一瞬间就逝去了。

七七叹了口气，心想："这孩子……真是……总得寻个方法，让他好歹能把心结解了。"

第
十
二
章

·
平
沙
飞
起
·

＊

　　吃过早饭，静渊带着宝宝走了，时间过得不快不慢，七七休息了一会儿，便带着文斓上楼去，帮他把行李箱的衣服一件件拿出来挂起，免得弄皱了，小桐在一旁给她帮忙。

　　他的衣服其实有好些还是七七一针一线做的，有时候在盐场里等着烧盐的时候，她会搬一根小凳子坐在外头给两个小孩做衣服。小桐看着一件件精致的小衣服，赞叹连声。

　　七七道："趁现在有力气，还得给他们多做一点，当年怀宝宝的时候，她还没生下来，一年的衣服我就给她做好了。现在虽然不像以前那么辛苦，又有你和黄嬢帮我，可毕竟孩子多了起来，也得抓紧些才行。"

　　小桐道："何必自己做呢，孟三少爷的商店里多的是衣服，去买就行了。"

　　"自己做的最合身，穿着也舒服些，蹭破了也不会可惜钱。"

　　小桐撇嘴道："不可惜钱，却可惜您辛苦啊。"

　　"那算什么辛苦的。"

　　文斓坐在桌子上写字，不时抬起头看她们一眼。

　　七七笑着问："文斓，你在写什么呢？"

　　文斓有些不好意思，"我在默写歌词呢。"

　　小桐笑道："哟，小少爷还会唱歌呢！"

　　文斓忸怩地笑了笑。

七七走过去，只见纸上端端正正地写着几行歌词，是现在流行的童子军歌，这孩子平日里没什么朋友，也不知道他从哪里听来的。

"原来文澜想当童子军啊？"

文澜很严肃地说："等我上了学，我就要加入童子军，长大以后保家卫国。"

七七忍不住笑，"你从哪里听的这歌？"

"妈妈的收音机里老放着，现在的小朋友都会唱的。"

"那你唱来给大妈听一听。"

文澜白白的小脸红得透了，"我还没练好呢。"

小桐在一旁鼓噪，"小少爷，唱嘛，唱嘛！"

可她越是这么说，文澜越紧张，小手紧紧抓着毛笔。

七七微笑道："你是想把歌练好，唱给你爹爹听吧？"

文澜轻轻点头。

七七对小桐道："把楼下客厅里那个收音机拿上来。"

小桐去拿了收音机，七七给文澜放在桌上，微笑道："大妈一会儿不打扰你，你自己慢慢练吧，等练好了，唱给你爹爹听，好不好？"

文澜笑着点头。

中午，下人们开始准备午饭，七七正喝着药，楼上传来了清脆的童声，配合着收音机里咿咿呀呀的音乐，悦耳动听：

"我们，我们，我们是中华民族的新生命，年纪虽小志气真，献此身、献此心、献此力，为人群！忠孝、仁爱、信义、和平，充实我们行动的精神，大家团结向前进！前进！前进！"

黄嬷愕然笑道："哟，这不是小少爷的声音吗？小家伙唱得真好听！"

七七也不禁笑了，心里却酸酸的。

收音机里的歌只放了一遍，可怜这孩子凭着记忆一遍又一遍重唱着，只想练好给父亲听一听。歌词他已经背得滚瓜烂熟，只是音调记不准，不停唱着最后几句。

真是天籁般干净的声音啊。

简简单单的歌谣，把这个孩子心中的期望、理想，所有美好的心愿都展露了出来。

七七端着药碗，痴痴怔住。

"大奶奶……大奶奶。"黄嬷轻轻推了推她，七七回过神，黄嬷指指药，"赶紧喝，别凉了。"

她一口把药喝下，把碗一放，走到电话前，直接拨了至诚在百货公司的号码。

"小七七，找我什么事？"一如既往的调笑语气。

"三哥哥，给我找一张童子军的唱片吧。"

"什么？"

"我要一张唱片，上面有童子军军歌。"

"你等一等，我叫人帮你看看哈。"

等了一会儿，至诚打过来，"对不住了妹妹，正好卖完了，这种小孩子的东西我们一般进得比较少，卖了以后也不会很快补货。我帮你问了问，威远那边货仓可能还有一张，不过得等明天或者后天，我让他们送过来。"

"也不是特别急，找到了就告诉我一声。"

"放心吧。"至诚笑道，顿了一顿，忽然道，"对了，你今天下午有没有事啊？"

"怎么了？"

"哥哥心疼你在家待着闷，弄了几张戏票，给你两张，你跟我妹夫去看看？"

"我不爱看戏的。"

"是洋戏，电影票！"至诚哧地一笑，"好了，你一会儿吃完饭过来拿吧，今天下午的。"

七七哭笑不得，这个三哥总是这样说风是风的，正好下午也没有什么事，便干脆带着文澜去看看，吃完饭去韭菜嘴大街找至诚，孟三少爷叼着烟斗，正在四楼的台球室打着球。

至诚没想到七七竟带着文澜过来，怔了一怔，"我妹夫呢？"

文澜道："我爹爹去盐场了。"

至诚神情有些犹豫。

七七伸手，"把票给我吧。"

至诚指指文澜，"带着他呀？"

"难不成把这孩子一个人扔在家里？"

至诚想了想，还是将两张票递给了七七，却有些尴尬，道："对了，一会儿你在戏院里可能会碰到熟人，你那杨姐姐也会去，爹让我多关照这姐弟俩，我也送了两张票给他们。"

七七笑道："那好啊，更热闹些。"

至诚看了一眼文澜，点点头，"人多是好些吧。"

文澜拉了拉七七的衣襟。

七七把电影票给他，小男孩好奇地把正面和反面都认认真真地看了一遍，上面印着一男一女两个外国人，像是旅行者，坐在郊外的车站，那男的留着小胡子，高大英俊。

有一排英文字母，却没有中文，写着：*It Happened One Night*。

文澜忽然笑着叫道："我知道他！"

至诚笑道："小家伙，你知道什么？"

文澜指着电影票上的男影星，"那是克拉克·盖博！妈妈买的杂志上我看到过的！"

"你妈妈倒是天天去看戏的，却怎么不带你……"至诚笑道。

"三哥！"七七皱眉打断。

至诚也自觉失言，见小男孩突然把脸沉下来，像是生了气，这脸色阴沉的样子倒是和静渊一模一样，干咳了两声，对七七摆摆手，"你们去吧！那是包厢的票，有点心茶水，要觉得闷，你还可以在里头睡一觉，没人打扰你。"

七七见文澜小手把那电影票都捏皱了，知道他心里不高兴，便牵着孩子出了百货公司，见外头有小摊卖糖画儿，笑道："你去转转，试试运气！"

文澜摇头，"我不想转。"

"走嘛，替大妈转一条龙！"七七牵着他快步走到糖画儿摊旁，小桐拿了几个铜板给画糖画儿的老头子，对老头子连使了几个眼色，那老头子自然明白，这是让他到时候弄点儿小把戏，让孩子能转到自己想要的。

小桐对文澜道："小少爷，现在就看你的了，我们大奶奶可是要吃大龙哟！"

文澜走到那个雕着各种动物的大木盘前，见到七七清澈目光里的鼓励之意，便把手伸向转盘的木头指针，自己数了个一二三，用力一拨，指针转动起来。

他很紧张，退开一步，眼睛死死盯着那个飞快转动的指针。

只见它不停地走着走着，越来越慢，一会儿指向小猴子，一会儿指向小猪、小羊、小老鼠，慢慢地、慢慢地，指针离龙越来越近，文澜的心就像被什么抓起来了，又是焦急，又是期待。

"别怕，你看，离大龙越来越近了呢！"七七嫣然微笑。

文澜藏在七七身后，只露出半张脸，大眼睛一眨一眨地看着木盘。

那老头子悄无声息地把拇指轻轻放在指针后面的木柄上，终于，指针停在了龙的前面。

"大龙！"小桐笑着叫道，"小少爷，你转了一条大龙呢！"

文澜大喜，凑近来仔细看了又看，高兴得跳了起来，拉着七七的手，"大妈，大妈你看，我转了大龙了！"

那老头子做出十分苦恼的样子，摊手道："哎呀，我今天亏了呀，小少爷你怎么这么厉害啊！"

文斓把小脑袋骄傲地昂着，叫道："快，快！给我做大龙！"

那老头子微微一笑，点燃旁边糖罐儿下的火炉，不一会儿，糖霜融化，香味扑鼻，他舀起一勺融化的红糖，在白铁板子上舞动着，一条威风凛凛的大俊龙很快就画了出来，他削好了小木棍，将它按在糖汁里，等糖画儿凝结好了，轻轻用尖刀一挑，金光灿灿的糖龙送到了文斓的手中。

文斓拿起它，举到七七面前，"大妈，给，送给你！"

七七摸摸他的小脑袋，"你一会儿把它吃掉吧！吃掉大龙，文斓也会变得很威风哦！"

"真的？"文斓眼睛亮亮的。

"当然是真的了！"七七笑道。

文斓把糖画儿紧紧攥住，"我不吃，我要留着它！"

"会化的，傻孩子。"七七拍拍他的肩膀，"走吧，我们看电影去！"说着往前走，文斓举着糖画儿快步追了上去。

戏院就在百货公司旁边，平日里若不演川戏，把幕布往下一拉就可以放电影了。七七的包厢在二楼，是个五人座的大包厢。

一进去，果真见着杨漱姐弟，杨漱先笑着站了起来，"瞧瞧，小妹子来了！"

"杨姐姐！杨先生。"七七微笑着招呼。

杨霈林轻轻欠身，"林太太，又见面了。"

七七让文斓给杨氏姐弟行礼，文斓极有礼貌，嘴也甜，杨漱笑道："林东家这两个孩子，都长着一张小甜嘴儿呢。来，小少爷，到阿姨这里来坐。"

文斓见杨漱打扮得比自己母亲还时髦，倒有些不好意思，笑着往七七身旁一靠。

包厢的仆役送上茶点糖果，七七抓了一把糖放在文斓的桌前，"自己剥来吃吧。"

文斓小心翼翼地举着自己的糖龙，摇头道："我不吃，我要拿着我的龙。"

七七叫来仆役，让他用纸给文斓把糖画儿包好放在桌上，给文斓剥了一颗糖放进嘴里，"现在可以吃了吧？"

文斓抿着嘴笑着点点头。

杨漱问："你怎么带着这孩子来了，他父亲呢？"

"在盐场里忙着呢，我和他就是那么出去玩了一趟，回来就堆着好多事情要做呢。"

"怎么样，这两天身体好些了吗？"

"好多了，多亏了姐姐的方子。"

杨霈林坐在一旁默默剥着花生，和七七打了招呼以后，他也就不怎么说话了。杨漱指了指楼下，"你们清河人看来真不爱看电影呢，你瞧瞧，下面一个人也没有，即便不坐包厢，坐到下面去，不也跟包场子一样吗？"

七七笑道："这里是唱川戏的，今天估计是戏班子歇息的日子，我三哥平日里总把这一天的场子租了来放电影，偶尔招待一下朋友，有些太太小姐们也还是喜欢来看的。今天估计是因为放的外国电影，大家没什么兴趣吧。"

杨漱哦了一声，"原来是这样。"

七七看了看手里的电影票，笑道："也不知道这外国的戏好不好看，若是无聊，我倒可以眯一会儿。"

文斓嘴里含着一颗糖，问："大妈，这个电影讲的是什么呀？"

"我也不知道呢，好像是讲一个晚上发生的事情。"

"晚上会发生什么，能拍成一部戏？"文斓好奇。

"晚上也有好多故事啊，林冲夜奔就是在晚上的呀。"

"外国也有林冲吗？"

七七逗他，"若是演捉鬼，你怕不怕？"

"不怕！"文斓大声道。

杨霈林被嘴里的花生呛到，用手捂住嘴，大咳了两声。

杨漱咯咯直笑，"好好的《一夜风流》，被你说成捉鬼，至衡你可真逗！"

给杨霈林拍了拍背，戏谑道："你急什么，人家至衡跟小孩子开玩笑呢，你这也太不矜持了吧。"

杨霈林吸了口气，转过来对七七笑道："对不起了，林太太。"

这时戏院里灯光变暗，光束投在银幕上，电影眼见就要开始，七七凑到杨漱耳边，"杨姐姐，你刚才说什么……什么《一夜……风》那个的，是什么意思啊。"

杨漱嗑着瓜子，"《一夜风流》啊，这电影的名字译过来叫《一夜风流》，挺好看的，上海那边两年前早就放了。我这是看第三遍了。"

七七暗骂至诚，自己带着个小孩，他却让她来看这个什么风流戏，怪不得刚才他脸色那么别扭。七七坐立不安，站了起来，"你们慢慢看吧，我们……

得走了。"

杨漱一把将她按住，"怎么回事？还没有开始呢！"

杨需林也侧过头来。

七七小声道："这戏……怕是太那个了……我这里带着孩子呢，姐姐。"

她忸怩极了，不时悄悄转过头去看文斓，文斓正睁大着眼睛盯着银幕。

杨需林笑着安慰了一句，"林太太，这戏孩子能看的，名字是稍微夸张了些，其实很好看的。"

七七略微松了口气，"杨先生也看过？"

"看过一次，我觉得不错。"

开场音乐响起，电影开始放了，杨漱只是拉着七七的手不放，"看吧，看吧，小孩子懂什么呢，别活得太累，听我的没错！"

七七只好留下。

她想了一个办法，将自己的手帕拿了出来，轻轻展开，万一有什么孩子不该看的东西，她就用手帕把文斓的眼睛蒙住。

杨漱在斑驳光影中见到她紧张戒备的样子，觉得很是好笑。

七七并不清楚，这个电影拍的时候正是美国大萧条的年代，人们吃不饱饭，在最艰苦的环境里寻找着活下去的机遇。她看到影片里有一个调皮的富家千金，为了她的爱情离家出走，于是渐渐被吸引，很想知道银幕上那个俏皮的女孩子最终的命运是什么。

光影交错，千金小姐的父亲正在跳着脚嚷嚷，字幕上打着："快，快！拍电报给侦探社，告诉他们说，我女儿又逃跑了！"

七七眼中隐隐有泪光闪烁，嘴角露出了微笑。

年轻的女孩子在路上遇到了一个落魄的穷光蛋记者，那个记者身上只有三十多块钱，两个人阴错阳差要结伴而行，一段旅途，且歌且行般快乐。

其实没有什么文斓不能看的，不过，演到穷光蛋和千金小姐同宿一室，七七便提高了警惕，果然那男人开始脱衣服，七七扑到文斓身上，用手帕轻轻捂住他的脸。

"大妈，大妈！"文斓小手乱挣着。

"不能看！"七七急道。

这一扑气势太过猛烈，把身边的杨氏姐弟吓了一跳，都凑过身过来看，七七窘得要死，目不斜视盯着银幕，直到里面那穷光蛋扯了一张布帘子挡在自己和那小姐之间，她方把手挪开。

"大妈，刚才怎么了？"文斓抓着七七的手问。

七七不好意思回答，红着脸道："别问了。"

"那你一会儿还捂我眼睛不？"

"那保不准呢。"

又看了一会儿，富家小姐和穷光蛋在路上搭车，穷光蛋得意地说："瞧瞧我怎么拦车！"

他站在路边，伸出手，拇指向上，一辆辆汽车从他身边飞驰而过。

文斓看得直乐，哈哈大笑，"大妈他在干什么呀？他要拦车，为什么那些车都不停呢？"

七七也笑，"我也搞不懂。"

她和文斓越看越感兴趣，杨漱和杨霈林却都忍不住把目光转到他们身上。

可是……可是……又不对劲了……那小姐见一辆辆车从穷光蛋身边开过，连速度都不带减的，便施施然走到路边，慢慢地撩起裙子，露出穿着丝袜的纤长美腿。

杨漱和杨霈林都在心里叹道："又要扑了。"

嗡的一声，果见她又飞快地扑到文斓身上，可是已然来不及，文斓的眼睛被她捂住，嘴却大大张着，"大妈，她……她……脱裙子了吗？"

"我们走。"七七将文斓拉了起来，对杨氏姐弟道，"杨先生、杨姐姐，我们还有事，先走了。"

"至衡！"杨漱还待挽留，杨霈林把姐姐轻轻一拉，轻声道："让他们走吧。"

七七扶着文斓的肩膀，慢慢走到出口，回过头，其实她很想知道接下来会演什么，那穷光蛋正跟千金小姐说："你要是把衣服全脱光，只怕能拦下四十辆车呢。"

"他们一定相爱了。"七七心想，恋恋不舍地带着文斓走出了戏院。

杨漱看着他们的背影，叹了口气，"过日子过得这么不自在，看着总觉得可怜。"

杨霈林的眼睛在黑暗中一闪一闪，"这世间原本没多少自在的人，更何况是在清河这个地方。"

"可我们还是来了。"

杨霈林微微一笑，"是啊，我们还是来了。"

"哎呀，他们落下东西了。"杨漱起身走到文斓刚才的桌前，文斓的糖画儿忘了拿。

杨霁林伸手拿过，"我给他们送过去，估计林太太正折回来呢。"

杨漱忽道："霁林，你没什么别的意思吧？"

杨霁林面色微变，"这是什么话？"

"你知道……这林太太……她可是有丈夫的人……"杨漱踌躇着，不知道如何说下去。

"放心，世间没有人可以取代晓仪。"杨霁林打断她。

七七和文斓刚走到大厅里，杨霁林把他们叫住。

七七又惊又喜，"多谢杨先生！"

杨霁林把糖画儿交到文斓的手上。

文斓问："叔叔，这个戏后面说的是什么呢？那个脱裙子的小姐和先生后来结婚了没有？那个小姐的爹爹不是有钱人吗？他会让小姐跟先生结婚吗？"

七七其实也想知道故事的结局，因而虽然羞涩，却还是悄悄把眼睛抬起来，等待杨霁林回答。

杨霁林突然有些烦躁，只很快地说了一句："他们后来结了婚。"转身就上了楼去。

七七甚是高兴，低头对文斓笑道："我就知道！"笑眯眯地牵着文斓的手，心满意足地出了戏院。

她的绣坊就在韭菜嘴大街上，正对着百货公司和戏院，也就几步路的距离，便带着文斓去了一趟绣坊，找绣娘挑了好些布料，拿了一匹淡蓝色小花布，另又低声嘱咐了负责采购的一个伙计几句话，小桐看了看七七手里的布，笑着问："大奶奶是要给小小姐做衣服吧？"

七七点头，"天气热了，给宝宝做一条小裙子。"

见文斓在一旁默默看着自己，七七微微一笑，"文斓，你好像比以前也长高了许多了。"

"嗯。"文斓小声道，将目光移到别处。

忽然听到轻柔的脚步声，一双手轻轻地放在自己身上。

他转过头，见七七已经走了过来，正用软尺量着他的尺寸，耳边是她的柔和语声，"我们这里的布都是女孩子的，你的衣料得过两天才能买到，大妈也会给你做一件新衣服，等做好了，你穿着唱歌给你爹爹听。"

文斓没有回答，七七抬头看他，他的小脸上又是重重心事的样子。

七七也没有再多说，低下头认认真真地给他量着。

过了一会儿，一只小手放在了肩上，然后慢慢地、轻轻地环过她的脖子，她微微侧了侧脸，对于这孩子的温情有些没有准备，文斓却没有说话，把小下巴放在她的肩头，眼睛愣愣地瞧着外面。

七七只好轻轻拍着他的背，很轻很轻，像安抚一个小婴儿睡觉一般。

晚上静渊和宝宝回到晗园，静渊看了一眼儿子，微笑着问他："今天过得怎么样？"

文斓笑了笑，没有说话。

静渊见七七不在，就文斓一个人坐在客厅里，微微有些不悦，"你大妈呢？"

"大妈在画舫里给小姐姐裁衣服呢。"

宝宝一听，脸上绽开笑容，把书包一放便跑了出去。

静渊问儿子："你一天都待在家里？"

"大妈带我去看了电影。"

静渊不由得一笑，"嗯，你大妈平日很少出去看戏的，瞧，还是心疼你，怕你闷着。电影好看吗？讲的什么？"

文斓想着电影里的情节，也忍不住笑了，"好看！里头有一个小姐脱了裙子拦车呢！"

"什么？"静渊脸色一变，叫来小桐，问，"谁给你大奶奶的电影票？"

"孟家三少爷。"小桐见静渊似乎有些不高兴，忙补了一句，"大奶奶怕少爷在家不好玩，求着三少爷要的票。后来也没有看多长时间，就出来了，想是这洋戏不好看吧。"

不一会儿，宝宝笑语盈盈地和七七一同进来。

见静渊和文斓坐在沙发上，七七微笑道："听宝宝说今天你真帮她打扫了卫生，其实她老师也没有罚她，不用这么娇惯孩子，扫扫地而已，你就让她自己来吧！"

静渊点点头，"是，我是有些娇惯孩子了，可我娇惯的又岂止是孩子呢？"

小桐拍拍手，"厨房正蒸着点心呢，小少爷小小姐，跟我一起去看一看吧！"

文斓和宝宝跟了小桐去，七七走到静渊身旁坐下，"你怎么了？"

"什么怎么了？"

"刚才说的话。你说你娇惯我了，是不是？"

"难道没有吗？"静渊脸一沉，"清河的女人向来不主外事，你这两年做生意，我干涉过你没有？缺什么，少什么，是不是第一时间就给你弄了来？你没有木材，我去徐厚生祠堂给他们徐家祖先磕头，给你弄来了木材。要我不回玉澜堂，林家最重孝道，我放着年迈的老娘在那儿，偶尔才跟着你去看一次。你要带着女儿出去玩，我推了那么多事，安安心心陪着你去玩。七七，自你从璧山回来，摸着你自己的良心问问，我是不是对你赔尽了小心？我对你没有什么别的要求，只希望你善待我的儿子。如今文澜难得见我一面，好不容易来晗园住一住，你就这么对他？"

这么一长串说下来，七七怒极反笑，"你倒是一笔笔记着账了。好，说清楚，我怎么对你儿子了？怎么没善待他了？"

"他为什么一个人坐在客厅里，没个人陪着？你自己想去看电影，也不挑一挑是不是合适带着孩子去看？你好歹是林家的正室，我明媒正娶的正妻，这样不顾身份体统，像什么样子？文澜跟我说里面有女人脱裙子，你就带着一个七岁的孩子去看这样的洋戏？你给宝宝做衣服，这很好，又何必在文澜面前表现得亲疏有别？他看着心里怎么想？"静渊越说声音越大。

七七听他一句句说完，听到最后一句，嘴角斜斜一扬，"我本来就不是他的亲妈，既然这样，我就更没有什么做错的。不错，你对我赔尽了小心，你林静渊上辈子欠了我，今生就由着我让你变成了一个不孝子，让你成为一个失职的父亲。"

静渊怒道："我刚才说的话，哪一句是这个意思？"

七七瞟了他一眼，"你哪一句话不是这个意思。"

"七七！"静渊颤声道，"你怎么变成了这个样子？"

七七站了起来，"说错了，是我们怎么会变成这个样子？我没有精力和心情跟你闹别扭，我上楼去休息一下。"

转身就上楼，刚踏到台阶上，听到客厅里传来砰的一声，想是静渊一拳头击在了实木的茶几上。

不知道为什么，一股难以抑制的怒气腾地冒了起来，本来都已经上了几级台阶了，忽然停住，转身又下来，径直走到玄关拿了手提包，快步走到外头。

"你上哪里去？"

七七目不斜视，只作不闻，越走越快，见"小蛮腰"正在院子里擦车，大声道："孙师傅，快开车！我要出去！"

"小蛮腰"见到静渊从里屋追了过来，毫不犹疑地把抹布一扔，打开车门，把车子发动。

"给我回来！"静渊着急了，大声叫道，差一点儿就能追上，七七却已经上了车。

"小蛮腰"一个加速，车子开出大铁门，扬长而去。

静渊站在院子中间，身子微微颤抖，见那守门的仆役若无其事地重新关上铁门，便吼道："瞎狗眼了？没见我正在追她，还给她开门！"

那仆役神色无辜，"东家，我不知道啊，大奶奶这么着急的样子，我敢不给她开吗？"

静渊气得发颤。

"东家。"老许走过来劝道，"大奶奶心里委屈，你就让她自己出去散散心，等回来好好劝慰一下就好了。"

"你们如今都帮着她说话。"静渊冷声道，"你也见了，这两年我把她惯得越来越猖狂，让她受委屈？说她几句她就委屈？"

老许正色道："东家，大奶奶今天好好陪着少爷没一点儿怠慢的。小少爷跟她回来的时候可是高高兴兴的。真不明白您今天生的是哪门子气呢！"

静渊皱眉不语，见文澜和宝宝也在门廊下站着，甚是担心的样子，他呼出一口气，极力压制着情绪。

老许把小桐叫了过来，让她一五一十把今天一天的事情全部跟静渊讲了，事无巨细，连午饭吃了什么菜，出去花了多少零钱，买了什么东西，全都汇报了一遍。还说大奶奶为了让小少爷能转到那个大龙，多花了好几个铜板。又说要给小少爷做衣服，因没有现成的布料，这才先赶着做小小姐的，小小姐的裙子好做，小少爷的衣服费事，得省点儿精力，过两天好好做。

静渊朝文澜招了招手。

文澜过去，静渊问："你大妈带着你去买糖画儿了？"

文澜点点头，"我转了一条大龙，想送给大妈，大妈没有要。"

"你们为什么没有看完电影？"

"大妈老捂着我的眼睛不要我看，后来她自己也不想看了。"

静渊不再说话。

"爹爹，我的大龙放在屋子里呢，你吃吧，我把它送给你！"

静渊笑笑，"我不吃。"他有些无力，"走吧，咱们进屋去，该吃晚饭了。你姐姐一路上都嚷着肚子饿。"

牵着文澜的手往回走，走到廊下，宝宝问静渊："妈妈去哪里了？"

"她出去散散步，就回来。"

静渊说到这里，声音颤了颤。

要是她不再回来，怎么办？他该怎么办？

他很想出去找她，可他若丢下孩子去找她，只怕她会更生气。黄嬢端着煮好的药从厨房里出来，"大奶奶今天的药还没有喝呢！"

宝宝急道："怎么办？妈妈没有喝药！"

静渊无言以对。

暮色四合，车驶下晗园所处的高地，密密的树林如黑云连成一片，顶端晗园的洋楼，灯光如寒夜的星辰四射开来。

"大奶奶，现在去哪里？"待走了一段距离，"小蛮腰"方开口轻声问了问。

七七的身子依旧轻轻发着抖，她闭着眼睛，深深地呼吸。

"小蛮腰"问过就罢了，知道她气到了极处，估计一时半会儿好不了，便尽量绕过路上的坡坎，让车走得平稳。

七七手扶着额头，"开回去吧。"

"小蛮腰"错愕回头，"回……"

"对，回晗园。"七七用手帕擦了擦眼睛，无力地道，"我没喝药，而且还得按时吃饭。"

"小蛮腰"心中微微一震，七七睁开眼睛，看着车窗外的夜色，"要散心也散了，回去吧。"

七七走进饭厅里，静渊把筷子放下，站了起来。

宝宝又惊又喜，放下筷子，"妈妈你去哪里了？"

文斓也恳切地把目光投了过来。

"妈妈有点儿闷，出去透了透气。"

"今天晚上有妈妈喜欢吃的铜盘鸡，我和爹爹回来的路上去饭庄里买回来的，爹爹说，回来先不告诉你，等吃饭的时候给妈妈惊喜。"宝宝仰起头道。

"是吗？"

宝宝看了一眼静渊，见他眼中似是期待，便对七七点点头，"妈妈，爹爹说你要是看到我和文斓饿了肚子会更不高兴的，所以我们就没有等你。不过你的铜盘鸡还没有上呢，妈妈不要生气了好不好？"

"我没生气。"七七道，这才抬起头，朝静渊看了一眼，他对她笑了笑。

七七侧头对一旁的黄嬢道："把药给我温一温。"

小桐递了手巾给七七，七七擦着手，见文斓亦和他父亲一样，眼睛死死盯着自己，那目光急切，她不回应也不行，便温和地朝他笑了笑，柔声道："快吃吧文斓，别凉着了。"

文斓忙低头拿起筷子。

等黄嬷拿了药来，七七把药喝了，去盥洗室漱口，静渊默默跟在她身后。

七七回转身，"你这是干什么？我不是都回来了……你还……"

他伸手环抱着她的腰，"我错了。"

她拿水杯接水，他抢着拿，却说了句不着边际的话："清河以后会大量地通自来水管，七七，你说我们一起接下这笔生意好不好？"

七七漱了口，擦擦嘴，回头问："什么时候？"

果然心思魂灵都扑在生意上了，一说生意，必然会接口。

他猛地吻上她的嘴唇，霸道凶狠，她几下推却，却怎么也拗不过他，被狠狠抵在墙上。

过了好一会儿，他方微笑道："等打完仗吧。"

原来在逗弄自己，她又气又恼，狠捶了他一下。

吃完饭，七七回到客厅里，和小桐一起分着绣线和布料，静渊给小桐连连使眼色，小桐知趣地退下。

七七把手中活计一放，抬起脸看他。

静渊坐到她身旁去，随手捡起一团线来，"你的东西现在是随处乱放，那边画舫里也是，昨天我睡在书房，头上就枕着你的线团儿。"

"看不惯，我就全拿到韭菜嘴去做就是了。"

他抚摩着手里的绒线，"七七，我是喜欢你这样，四处都有你的痕迹和味道。我没有办法想象有一天身边再也看不到。"

他的语调有些无奈，"看着你冲出去，我一颗心空荡荡的，后来又觉得侥幸。第一次真正感到有宝宝和你肚子里的孩子绊着你，对我来说是多么幸运。我知道你怪我，七七，你怪我可以，别伤了自己。"

她别过脸，低声道："我再也不想信你。"

宝宝回到自己的房间，取出新的习作本，见文斓冷不丁在身后出现，吓了一跳，本子掉在了地上。

文斓给她捡了起来，放到了桌上，默默坐到自己的小床上去。

宝宝见文斓正定定地看着自己，眼神中说不出是悲伤还是什么，让人看了难受。早上他可不是这么颓唐的样子，他那么嚣张跋扈，那么气焰夺人。

宝宝记得，文斓用胖胖的小手将她的小本子用力摔到地上，坏坏地笑，"小姐姐，今天我撕掉的只是你的本子，明天就不知道会是什么了，只要我一天在这里住，你就得把你的东西都看好了。"

她又气又急，"我要去告诉妈妈！"

文斓不慌不忙地说："好啊，你尽管去说。大妈生了气，就会骂我爹爹，爹爹烦了就会带着我走，再也不回来了！不信就试一试！"

从今天静渊的反应，宝宝也觉得指不定父亲真会这样做，他那么疼爱小弟弟，假如妈妈为了维护自己惹爹爹生气，说不定爹爹真会带着小弟弟离开她和妈妈。

越想越怕，忙转过身去不看他，却听身后好长时间一点儿声音都没有，宝宝想了想，还是回头，文斓保持着刚才的姿势坐着，脸上木木的。

宝宝轻声道："小弟弟，你……你早上为什么要撒谎？你对我说的那些话，是不是认真的？"

文斓摇头道："我不知道。我不知道该怎么办。"

他突然无力地躺了下来，把手臂枕在自己脑后，眼睛看着天花板。

宝宝鼓起勇气走到他身边，轻轻碰了碰他的手，文斓挣开，宝宝低声道："小弟弟，你以前对我那么好，为什么变了？"

文斓还是看着天花板，"我不知道我不知道，我心里不舒服，不要问我！我讨厌跟你说话，讨厌听到你的声音。"

宝宝的眼泪落在他的手上，像被烫到了一样，文斓把手一甩，翻过身子，把头埋在枕头里，用手捂住耳朵。

宝宝往门外看了看，又看了看文斓，用手背悄悄擦掉自己眼中的泪水，她怕再次惹起一场争吵，默默坐回了书桌边，把自己的新本子平整好，轻轻地研着墨，拿起了毛笔。

忽然听见身后窸窸窣窣的声音，回过头，见文斓已经坐了起来，手里又拿着自己的小书袋子。

宝宝睁大了双眼，小脸变得苍白。

文斓在里面翻了翻，像早晨那样，把东西全部倒在了他的小床上，得意地晃着小脑袋，像是找到了一件极为好玩的事情。

宝宝咬着嘴唇不说话，怔怔地看着她的弟弟，一双大眼睛充满了泪水。

文斓把袋子里的东西扒拉了一会儿，恶作剧般瞧着宝宝，见她眼中泪光泫然，强忍着不让泪水掉下来，他脸上的微笑更是灿烂。

宝宝转过身去，捂住了小脸无力地趴在桌子上，搭在砚台上的毛笔被她的手肘一撞，滚了下来，在她的新本子画上了一道墨痕。

窗外有杜鹃在鸣叫，穿透了厚厚的云层和浓郁深厚的植物幽香，氤氲盘旋在耳边，这是四川夏夜的天籁之音，是被无数文人墨客记入诗词曲赋中的美丽忧伤的声音，宝宝听在耳里，虽还在天真烂漫无忧无虑的年纪，却觉得痛彻心扉。

她不想哭，她怕爹爹妈妈发现后又要争吵，她怕妈妈因为她难受，所以不能哭，可要忍住泪水是一件多困难的事情啊，她的小手捏成了拳头，鼻子里闻到书桌沉沉的木香，呼出的热气反射到脸上和嘴上，湿湿地糊成了一团。

"小姐姐……"文斓的声音在身边响起。

宝宝抬起脸，擦了擦湿湿的小嘴，红着眼睛看着他。

他手里拿着上午被他撕碎的那个习字本，去搬了根凳子放在她的身边，坐了上去，把本子放在桌上。

"你……"

"我给你把这个本子黏起来。"文斓凑到桌前，伸手把装糨糊的小瓷瓶拿了过去。

"小弟弟……"宝宝哽咽难言，小嘴一扁一扁地几度开合，晶莹的泪珠一滴滴落下来。

文斓没理她，拉开抽屉，翻出一沓纸，找出几张来，用裁纸刀一页页裁成小条，比了比，糊上糨糊，贴在习字本每页的裂痕上。

"以后可不要惹我不高兴，哼，谁都不能惹我。"他一边糊着本子，一边低声念叨了一句。

宝宝看着他认真的样子，心里不知是难过还是高兴，使劲擦了擦眼睛，吸吸鼻子，坐直了身子，开始做她的功课。

文斓还是悄悄侧过脸看了她一眼，橙色的灯光映着她雪白的小脸蛋，她的眼睛像两泓清泉，可小嘴周边有一圈红印，估计是适才趴在桌子上弄的，颇像前些日子看到的一只小哈巴狗。文斓眼中露出一丝笑来，幽微的笑，是一簇小小的火苗，他小心翼翼地用手平展着粘好的纸页，鼓起嘴，将它们轻轻吹干。

盐务局考虑到清河盐业的长远发展，拟从杨霈林的凤兴制盐着手，大批量制作平锅，只是因成本较高，四川境内的钢铁厂都不敢轻易接这个单子。凤兴制盐与运丰号合作多年，极有默契，郭剑霜权衡许久，亲自到运丰号总号去找善存，表达了希望由他接下这个工程的意愿。

善存听郭剑霜把诸多难处讲完，连说能为盐务局解难是清河商人的责任，更是运丰号的责任，这个工程虽然不好做，花费高，按理说接手的人是挣不到钱的，但前两年因西场罢市一事，自己略有牵连，被取消西南盐业总商会会长一职，如今正该借机将功补过，好好地回报乡梓，因而还得多谢郭局长给了他这一个机会。

郭剑霜虽正直清廉，但也是混迹官场多年的精明人，略一寻思，微微一笑，"孟老对清河赤心拳拳，我们也自会好好回报的。郭某今日向孟老保证，一定全力推举孟老重回会长之座。"

善存诚惶诚恐，"我愿为乡里乡亲做些贡献，绝不敢别有所图，郭局长美意，心领了。"

郭剑霜坚决表示要支持善存重当会长，善存愈是坚辞，两人互相推搪一番，郭剑霜殷切地道："民心所向，若众人都一力呼吁孟老来领导清河商界精英，我看孟老也就不必再违逆大家的心愿了吧？"

善存连说："不敢，不敢。"

郭剑霜从运丰号出来，约了杨霈林到西秦茶社喝茶，杨霈林见其神色复杂，便问："从哪里来，怎的模样这般奇怪？"

郭剑霜呵呵一笑，"早知清河人爱看戏，也爱做戏，我一开始不习惯，如今连自己也跟着演了。"

便将适才和善存的那番对话跟杨霈林说了，杨霈林淡淡一笑，不予评说。

郭剑霜道："你说这孟老板，这么大岁数早该安享晚年了，却还是费尽心机，图些虚名薄利。说实话，这商会会长对他来讲，也不会再带来多少钱，顶多平日里多跟政界要人接触一番，临了颁发个什么锦旗奖章之类，撑死了去南京见一见总统，坐一张几十人的大桌子吃个饭，等着敬酒的时候对他说一句说完就忘的客套话。真不知道他图什么。"

杨霈林夹了一个锅贴，放在身前的小醋碟中蘸了蘸，"你不是商人，不明白的。"

"你是商人，你明白？"

杨霈林吃了口锅贴，皱皱眉，叫来小厮："今天的醋难道不是太源井的晒醋吗？"

那小厮挠挠头，"您等一等，我去问问厨房。"不一会儿回来，端着一碟新醋，歉然道："先生您的舌头可真灵，这虽不是清河太源井的晒醋，但也是好醋，是五通桥那边的德鸣醋，因我们老板在五通桥开了家分社，和那边的酱园醋坊有了些往来。真是抱歉了。太源井的醋给您拿来了，请慢用。"

杨霈林笑道："我只尝着太源井的合口，若没有，以后我自己带来就是。"

"不用不用，先生是我们茶社的贵客，我们必要周全招待。"

小厮退下，心道："吃个锅贴都这么刁钻，真是古怪人。"

郭剑霜待杨霈林吃完那个锅贴，往桌上轻轻一捶，"我平生最恨说话大喘气的人！"

杨霈林正色道："我们国家向来重农轻商，别看商人们腰缠万贯，其实是抬不起头的。在中国做一个商人，难免有些自卑。"

"我怎么没看出你自卑啊？"

杨霈林淡然道："无商不奸也好，锱铢必较也好，做哪一行都要付出心力和血汗。在这个乱七八糟的国家，不光要应付商场敌人、市井百姓，还要应付贪官污吏，最可恨的是，每到政局变动，所谓商人的原罪，动不动就拿出来成了一个靶子，你看看，多少大商人成了政界的炮灰，前两年因行贿被抓起来的黄明裕，不就是这样？有人或许不自卑，但心里总没有什么安全感。挣得金山银山又如何，到了必要的时候，也还是为你们这些当官的做嫁衣裳。"

郭剑霜脸色有些不好看，"别动不动说什么'你们这些当官的'，不是所有当官的都是一个样子。"

"自然。"杨霈林笑道，"不过，郭兄在官场中有过安全感吗？"

郭剑霜一噎，道："整日战战兢兢、如履薄冰。"

"所以……"杨霈林笑道，"商场也罢，官场也罢，因为内心中的这一分不安，便会生出无数的心魔，支使自己去做些千奇百怪的事情。别怪孟老板年事已高还在钻营，他只是为一些不会被外力所夺的东西。"

"是什么？"

"荣誉，商人的荣誉。即便死了，钱财散尽了，这个荣誉是不会被人抢走的。孟老板只是想当他心目中最好、最受人尊重的一个商人，如此而已。"

郭剑霜沉吟半晌，忽然道："可……那又如何呢？"

杨霈林苦笑道："是啊，那又如何呢？不论如何，好歹他到了这个位置，总还是能多得几分敬重吧。"

风涛烟雨，晓夕百变。

七七虽几乎每日都待在晗园，但盐号和绣坊的生意，却是每日都细心过问的。近日有件事让她非常挂心：盐灶的燃料只够用到十月了。

她并不愁没有煤炭用，但心中另存了一番心思——如何在燃料紧缺的时候囤出一部分，既可以让财富增值，又能够弥补打起仗来盐灶的损失。

她想到了一个办法，接连想到了一个人。

如今只有运商能帮她，丈夫虽也兼做运商生意，但他的运盐号几乎不走外省，只做中转，再者，他还有一部分运盐的生意交与了欧阳家，自己私自冒险囤煤，静渊支持不支持暂且放在一边，若让欧阳家抓到了把柄报复自己，那风险可就大了。

要做得隐秘周全，万无一失，即便有风险，也要转嫁到他人身上。

在清河的运商里，唯有秦飞会不计后果与条件去帮她。

明白了这一点，她的心隐隐作痛，更萌生强烈的恐惧，她膝上摊着未缝完的孩子衣服，怔怔自语："静渊说得对，我变了。我怎么会想到去利用阿飞？难道入了盐场，我也变得唯利是图不讲情义了吗？孟至衡，你这究竟是为什么？"

至诚打来电话，说童子军的唱片到了，因想着顺便去绣坊取文澜的衣料，七七便说亲自去拿。

文澜跟在她身后恋恋不舍，这两日他与宝宝相处还算平静，七七问："想跟着我出去逛逛？想去哪里？"

若是往常，文斓定会说："大妈去哪里，我就去哪里。"

可是这一天不知道为什么，突然冒出一句，"我想去湖心公园玩。"

七七看了一眼窗外天色，阴沉沉，虽不似要落雨，但委实不算好天气，便有些犹豫，文斓却拉着她的衣襟，"大妈，我想划船！"

七七怕这样的天气去划船让这孩子吹风着凉，回来免不了静渊又有一顿说，柔声道："要不改天吧？你若想划船就在晗园这个湖里划也是一样的，家里还有条小船，我陪着你划，好不好？"

"不！我要去湖心公园划船！"文斓索性抱着她的腿，"大妈带我去嘛！带我去嘛！"仰起头来，水汪汪的大眼睛一闪一闪。

他从未主动向自己提过什么要求，见他这么可爱的样子，七七怎么好拒绝？便道："那这样，你先跟着大妈一起去拿点儿东西，如果天下雨了，我们就改天去好不好？"

文斓使劲点头，手还抱着七七的腿。

七七脸红红地笑笑，伸出手指在他白白的额头上点了点，"走吧，小猴子。"

车行在路上，文斓靠在七七身上，眼睛愣愣地看着车窗之外，七七轻轻摇摇他，找些话来说："你喜欢去湖心公园？以前常去吗？大妈可是一次都没有去过呢。"

文斓没有转头，"以前爹爹常带着我和妈妈一起去的，湖心公园里有卖炒的麻辣小虾米，我很喜欢吃，妈妈嫌脏不吃，可爹爹总会买两包，和我一人一包。"

七七嘴角僵了僵，文斓神情忧伤，不管是无心还是有意，这孩子总归心里不自在，跟父亲在一起难免离开母亲，而跟母亲在一起又见不着父亲。七七本打算把静渊叫着一起去，可他们三个一起，又算个什么呢？

文斓转过头来，"大妈，你一会儿要去拿什么东西？耽搁的时间长吗？"

七七实际上是去给他拿唱片，打算给这孩子一个惊喜，"你到时候就知道了。"

唱片用牛皮纸密密匝匝地包着，沉甸甸的，包得平平整整，看着便如一本大书。文斓在车里等着，把下巴搁在车窗上，七七向他招招手，他打开车门一溜儿地跑上前，兴奋地盯着她。

七七嫣然笑道："你力气大吗？"

文斓昂起头，"当然！我能帮黄管家搬茶几！"

七七将手中一袋西式点心放到他手中，"这个，是一会儿去公园吃的。"

文斓凑过小鼻子闻了闻，漆黑的眼珠子却往小桐的手中瞟过去。

七七从小桐手中把唱片拿过来，放到文斓手上，"这个也是送给你的，可惜……我们一会儿去公园用不上它呢，回家再拆吧。"

说着俏皮地眨眨眼。

文斓脸上现出好奇之色，将牛皮纸包裹紧紧抱在胸前。

进了绣坊，负责采购的伙计阿青迎上来，"东家奶奶，您要的布料还得稍晚些才到，您等一等。"

"怎么会这么晚，都好几天了。"

"原本不麻烦，但我想着是给小少爷做衣服，得挑最好的，便去找军队的人弄来。清河原没有童子军，我也整不清式样是什么，好在他们给了我一张画片，东家奶奶正好可以看着比着做呢。"

七七接过画片看了看，青天白日旗下，一个身穿黄色军装的士兵正在给一个穿童子军服的小男孩讲着话。

七七看到着军服的军人，不免想起雷霁，皮肤条件反射般痛楚，定定神，说道："我倒忘了，清河哪里有什么童子军啊。这件衣服给这孩子做了，只怕便是清河唯一的一件。"对阿青道："你考虑得真细，谢谢你，阿青。"

阿青挠挠头笑笑。

天渐渐阴下来，看样子倒真似乎要下雨一般，七七吩咐阿青去泡一壶碧螺春，走进里屋，文斓正拆着牛皮纸，小桐笑道："大奶奶，小少爷等不及，我拦不住他。"

"我早知他等不及，可拆了也没用。"七七笑着坐到文斓身边去，包裹被拆得差不多了，唱片盒的封面露了出来。

上面写着"童歌集"，注明是百代唱片公司灌录，文斓抬起头怔怔地看着七七，颤声道："大妈……"

七七摸着他的小脑袋，"这唱片只有回晗园去才能听得了，大妈的绣坊里可没有留声机呢。"凑近文斓的耳朵，悄声道："这里头有你爱听的童子军歌，回去你就好跟着唱啦。"

文斓咬着嘴唇笑了笑，阿青送了茶进来，小桐见窗外天空淡墨色的阴云渐起，便问："大奶奶，变天了，我们一会儿还去吗？"

七七看着文斓，文斓似想起什么，过了半晌，低下头轻声道："我还是想去。"

"好吧，真拿你没有办法。"七七无可奈何，"你犟起来也跟宝宝一样呢。"

喝了一会儿茶，一个长工推着一些麻布包着的布匹到了绣坊门口，叫道："阿青，你们的布来了。"

两个绣娘帮着阿青把布抱了进来，各色布匹都有，七七挑了挑，在里面看到了她要的军黄色卡其布。

"手感真不错。"七七把布撩起来展开，回头笑道，"文澜过来，让大妈给你比比。"

文澜走过去，七七把布凑到他脖子下比试了一下，"嗯，肯定会很好看，我们文澜长得这么白净，穿上一定好看。"

文澜伸出小手摸了摸布，"大妈，这是给我做什么衣服啊。"

"童子军的军装啊。"七七笑道，"你想，你穿着小军装唱歌给你爹爹听，该多精神啊！这清河说不定就你这一个童子军呢，到时候再给你弄两个小徽章别着，那你这一身装扮下来，小朋友们一定会羡慕你的！"

文澜一直咬着嘴唇听着，忽然慢慢退后了两步。

七七见他脸上似乎无一分喜悦，不禁讶异，正待说话，外头忽然刮起了大风，运货的板车被风吹得轮子一动，砰的一声撞在一根用来晒布匹的木架子上，那架子哪里经得撞，轰的一声散了，那长工忙把板车拖好，风越来越大，简直是飞沙走石，阿青帮着长工把板车拴在石头墩子上，两人捂着眼睛进了屋子，绣娘们匆匆关着窗户，大家都不免嚷嚷这天气实在是怪，说变就变，像娃娃的脸。

七七叹道："看来老天爷真不打算让我们去玩儿了，文澜，不是大妈不想带你去公园，这……"话没有说完，却见文澜低着头，嘴唇一颤一颤的，小小的肩膀轻轻颤抖。

七七忙蹲下来，把他的小脸抬起，只见文澜乌黑的眼睛里满是泪水，紧紧咬着嘴唇，下巴不住颤抖。

"你怎么了？"

她掏出手绢给他擦眼泪，文澜嘴一扁，啊的一声号哭了出来，把屋子里的大人都吓了一跳。

"别哭，别哭，乖孩子！"七七忙把他搂在怀里，柔声安慰，文澜却越哭越响，鼻涕长流，哭得浑身发颤，一面哭，一面轻轻用小拳头推着七七。响亮的小男孩的哭声与外头的风声竟然不相上下，大有互相攀比拔高之势，七七把他用力一抱，这孩子很有些重！吸了口气，憋着劲儿抱进里屋去，文澜在七七怀里哭着，缓缓抬起小脸，泪痕满面，七七只默然将他搂着，用手绢轻轻给他擦着眼泪。

"傻孩子，什么事情值得你这样伤心。"

"要下雨了，去不了公园了。"文澜抽抽噎噎地说。

"大妈让孙叔叔开车带我们去便是，只是下雨刮风，你划船是不能了，麻辣炒虾米也肯定没有了呢。我们只能坐在车子里看风景。"

"我不去了，不想去了。"文斓哭道，"我再也不想去了。"

小手紧紧握住七七的手，眼神中充满着哀求，"大妈，文斓求求你，把爹爹还给我，求你把爹爹还给我妈妈吧。我求你了！"

豆大的雨点击打着窗户，空气里浮起浓烈的土腥味，尘嚣寂静，只剩下雨声，漫漫红尘，只余下她和这个孩子。

胸前的衣服被文斓哭湿了一大片，凉意似要浸透到心底最深处，面对这个孩子近乎绝望般的乞求，震惊、心痛、悔恨、惧怕交织在一起，让七七怔忡无言。

"求求你，文斓求求你！"文斓的小脸哭得通红，一双大眼睛暗淡无神，失去了光彩。

七七伸手抚摸男孩的脸，掌心的茧摩挲着他的皮肤，那么温暖踏实，文斓怔怔地看着七七，她那张美丽的脸庞充满着忧伤的抚慰。

"是实在没有办法才这么难过，是不是？大妈知道你心里一直憋着事儿，你再也忍不了了，对不对？"

文斓抽噎着点点头，"我想天天和爹爹在一起，我想回到以前去。"

七七心中凄苦，若是她也能回到以前就好了，回到那天真烂漫、无忧无虑的世界里，然后让时间永远停下，再不要向前。

可是再也回不去了。

她可以争，可以慢慢学着反抗和算计，但面对这个孩子，她做不到平淡如闲云，更做不到木然似静水。

真是罪孽。

她只想保护好自己的孩子，给自己的孩子一个温暖、完整的家，可在这个小男孩心中，她却变成了强盗，一个虚伪的、带着温柔可亲面具的强盗。她把他的父亲从他身边抢走，她只能做一个强盗。

男孩坐在她的腿上，头软软地靠在她的肩头，她安抚地拍着他的手臂，思绪变得冷静，低声道："文斓，对不起。"

文斓茫然地看着她。

"你爹爹永远是你的，谁也抢不走。"七七凝视着那双漆黑的眼睛，有些话不忍心，但是必须说清楚，即便他听不懂，即便他不愿听。

她咬咬牙，一字一句、认认真真地告诉他："他现在有两个家，一个在晗园，一个在玉澜堂，你的生活再也不会像以前那样了，你必须慢慢去习惯，我向你保证，我会和你爹爹一样全心全意去疼爱你保护你，他也绝对不会抛下你。但是文斓，他如今不仅仅是你一个人的，也是你姐姐和你将来的弟弟或是妹妹的父亲，大妈为了他们，有许多的不得已，不得已才把你爹爹留在晗园，明白吗？我们会好好补偿你。"

她的手紧了一紧，努力要给他温暖，尽管心知这或许只是徒劳，可她不愿意对这个孩子撒谎，即便是善意的谎言也不要，她怕一个孩子被欺骗之后的伤痛会更甚于斯。

文斓擦了擦眼角的泪珠，缓缓垂下了头，但是，他不再流泪了。

"也许他明白了。"七七心想，"也许他会理解的。"

文斓闭上了眼睛。

人生的玄妙，像一盘无法参透的棋局，每个细节都有着千丝万缕的联系。都说落子无悔，可多年以后，当七七回想起这一天，究竟会不会后悔？这个孩子也许并不愿意从她口中听到真话，也许仅仅只是想得到一个安慰，哪怕是空洞的谎言，但至少是他希望得到的安慰。

然而时光不能倒流，说过的话，再也收不回。

香雪堂旗下的十口炭花灶要全部换成平锅烧盐，还有好些事情需要料理，七七让阿青打电话把古掌柜叫过来，吩咐了一些盐灶上的事，差不多说完，古掌柜告辞，七七跟着送了出去，直到古掌柜走远，她依旧站在门口。

"小蛮腰"见到，从后院走过来问："大奶奶，是不是要回晗园了？"

她把声音压得极低，"有件事情你去帮我打听一下，但是不论结果如何，不能让我爹知道。"

"小蛮腰"很轻很轻地点了点头。

七七幽深的眼中有光亮在闪烁，"找一个你放心的人，这两天去一趟湖心公园，把公园里做小生意的、撑游船的、摆摊的人的底细，全给我打听一番，看是不是这两天有一些和平时不太一样的举动，或者……是不是有人跟那些不喜欢我的人有关系。这件事一定要做得小心，别引起怀疑。"

"小蛮腰"眼中掠过惊讶之色。

七七看着街道，悄无声息地叹了一口气，"文斓不对劲儿，或许是受到了谁的逼迫。总之你帮我打听一下，若是一切正常就好，倘若真如我想的那样，我……自有另一番计较。"

说到这里，她的肩膀微微颤动了一下。

清河市郊的高桐镇，一个小小的茶铺里传来一首充满戏谑的小调：

"好个巴渝大兵船，由渝开万才七天，枪弹炮仗全齐整，外有竹藤两大圈。"

　　茶客们都是些做小生意的人，一面喝茶，一面笑眯眯地看着哼唱的人，那人白白胖胖，像个土财主，摇头晃脑自得其乐，身旁一人穿着青色布衣，脸上一道深深的刀疤。

　　一个书生打扮的人似乎略知些时事，对土财主道："哥子，那船可是咱们刘主席的军舰！"

　　土财主哈哈笑道："是的呀，刘主席重视军队的现代化，办了海军，我们四川没有海，却有了个海军，好要吧？"

　　刀疤脸瞧了土财主一眼，似乎在提醒他说话稍微注意一下，土财主继续哼哼着，"若非拉滩打倒退，几乎盖过柏木船；布告沿江船夫子，浪沉兵船要赔钱！哼，赔钱货啊，有钱用来乱花，一群败家的孙子！"砰的一声，把茶杯重重放在桌上。

　　"四哥。"刀疤脸劝道，"败不败家自是他们的事情，您老人家只管好好喝茶钓鱼过日子，享你的清福。"

　　土财主哼了一声，"现在国不像国军不像军，日本人都骑在我们头上拉屎了，这帮人缩在壳里，只顾闻肚皮里的屎臭。"

　　书生深以为然地点点头，"报上说那海军其实就是一艘普通小轮船，焊上一些铁板做装甲，再装上两门小钢炮，也不知道是不是真的。"

　　土财主冷笑道："不管是不是真的，我们四川总归有个海军了不是？不光有海军，连空军也有呢，天府之国，现在可是水里、天上、地上都有了兵。"

　　他说到空军，倒有人插嘴，"这倒是真的，我从温江回来，就亲眼见过空军做演习。不过好像没有买炸弹，格老子的，找几个石匠上山，打他几十块大条石，从飞机上丢下去，照样把那些个路障啊，房子啊砸得稀巴烂，到处坑坑洼洼的，有长官抓附近的农民做壮丁，把石头通通又搬走，可哪里搬得完？我一个兄弟和他的乡民们脑筋灵活些，把石头抬回去打成猪槽，硬是要得！后来只要有飞机来，不管扔不扔石头，总有人扛着杠子绳子追着飞机喊：'总司令送猪槽来了！'哈哈，哈哈哈！"

　　他说着，一群茶客都跟着轰然笑起来。

　　唯独土财主，渐渐冷下了脸，低声吐出几个字来，"老子真想回去当袍哥。"

　　刀疤脸正要说话，忽然眼睛一亮，轻轻推了推土财主，朝前方努了努嘴，"小幺妹来了。"

　　土财主抬头，见到前方来人，脸上怒容渐消，露出温和的笑容。

七七走上前，大大方方地坐到了他的身边来。

"四哥。"芙蓉秀面，带着微笑。

老夏站了起来，赵四爷抬头瞧他一眼，"做什么？"

"给幺妹弄个干净的茶碗。这儿太脏了。"

七七忙道："夏大哥不用忙，我在你们宅子里喝了水过来的，和嫂子聊了会儿话，她说你们在这里，我方找了过来。"

赵四爷不由得一笑，"她最近闹着去成都玩，我不让，定然冲你说了我不少好话吧。"

七七笑道："嗯，嫂子夸赞四哥得紧。"

这自然是反话，赵夫人实则狠骂了赵四爷一通，老不中用挨千刀之类的词儿用了不少，赵四爷哈哈一笑，抖抖袖子，站了起来，"走吧，换一处说话。"

七七微笑道："我陪两位大哥在这儿多坐一会儿无妨。"话虽这么说，人却盈盈从座位上跟着站起。

三人出了茶铺，沿着乡间小路缓缓行去，身后传来嗡嗡人声，赵四爷回过头看了一眼，"这里头人的眼珠子全盯在你身上。"

七七雪白的脸颊微微一红，没有接话。

赵四爷道："听说前两日欧阳松被林先生给救了出来，你过来就是因为这件事？"

七七轻声道："当时只是想给他点儿苦头吃吃，免得这人日子一好过了，就又寻思捣乱，但他既然和我夫家是那样的关系，我也能料到我丈夫会把他弄出来。却给四哥添了麻烦，真是过意不去。"

"我和老夏这几年闲得快生锈了，你给我们找了件好玩的事情做，哪算什么麻烦？"

老夏接口道："小幺妹，你上次给我们的钱还没有用完，我们正说什么时候还给你呢。"

"两位哥哥千万别跟我客气，这钱你们当时用来打通关节，又得置办那些货物，我还怕不够呢。若有剩余，哥哥们便拿来好好招待下兄弟伙，或是给自己囤点儿东西备着，以后万一乱起来，也有准备。"

赵四爷笑道："我们平日不怕乱子，倒是那些乱子怕我们去找它，自来无牵无挂的，不需要做什么准备。"

高桐镇在清河的上游，土地多用来做农田，是盐场外少有的耕作之地，河边没有熙熙攘攘的码头，只有三两条渔船悠然停靠，有船家摆着小炉子在岸上洗菜做饭，一派安逸的田园风光。

七七看着河水发了一会儿呆，道："四哥，夏大哥，有时候我想，假如我和宝宝一直留在璧山，说不定日子也能过下去，至少比现在安宁许多。"

赵四爷道："你会很辛苦，现在再怎么麻烦，总不愁衣食。当娘的，难道让孩子跟着你受苦？"

七七点点头，忽然一笑，"前两日我丈夫的儿子，哭着求我把他父亲还给他呢。"

老夏道："小孩子撒娇撒痴，不用理他。"

七七道："我看着那张小脸蛋，知道这个孩子心里有多难受。他是实在没有办法才求我，四哥你不知道，这个孩子很要强的，跟我那丈夫一样要强，可那天哭成了那个样子。后来我问自己，我究竟是一个什么样的人？我对自己说，你做得不错了，对这个孩子很好，给他缝衣服买吃的，陪他玩，哄他开心，做的够多了。可是背后呢？你让他父亲冷落他的母亲，你让你的朋友去陷害他的舅舅，你把他的父亲圈在你自己的家里，夺走他应有的那一份父爱，这样又算什么？"

老夏低声道："凡天下做母亲的人，都有自己的私心。他父亲又没有抛了他不管，小幺妹，别给自己背上这么个大包袱，凡事难两全，你要想开点儿。"

赵四爷道："你打算怎么办？"

七七微微苦笑，"还不是老样子，做自己觉得对的事情，保护自己要保护的，该斗的时候也得斗下去。"一双清澈的眼眸似沉淀了月影，暗沉中闪着光亮，"若非文澜，只怕我现在不会好好地坐在你们两位面前，有人想要我的命呢。"

赵夏二人一惊。

七七看着河岸边的小船，"要不是他，要不是那天下雨，只怕我还真就着了那帮人的道儿，这世道总是这么险恶，每日都不消停。"

文澜哭闹那一天，湖心公园里并没有发生什么特别的事，倒是第二日，有游人无意间坐上了一条游船，还没划到湖心的小岛，船里就开始浸水，湖水越涌越多，幸亏船上那两个游人都会水，大声呼救，奋力抓紧时间将船往回划。

公园里游人多半都在长廊亭子里打麻将喝茶，船家原本收了船钱去买烟抽，将游船交给跟着他干活的一个侄儿，等他回来，方发现竟出了这档子事，连忙裤腿一挽跳入湖中，游向那条船，帮着将船拉到岸前，离岸差不多三米处，船底轰然一声散架，船上的人全落入水中，所幸水不深，只没到大腿，船上那两

210

人上了岸，不管那船家适才费力相救，挥拳就打，船家自知理亏，不敢反抗也不敢多话，狠挨了一顿。

假如七七不起疑心，假如她不叫"小蛮腰"着人去公园细细打听，这件事就这么过去了，她不会知道那条船原是欧阳家那姓胡的司机买通船家故意弄坏的。七七知晓后，又怒又怕，对"小蛮腰"道："既是故意的，那他们是打算淹死我？兴起这念头也就罢了，怎么不想想文澜跟我在一起，他若跟着我死了，他们又有什么好处？"

"小蛮腰"道："其实也不是一下子就会出事，只会渐渐浸水，船上的人见了一发慌，难免会自己出乱子，而且那天岸边他们有人守着，假如人一旦落水，定会有人马上去救，自然……并没有打算闹出人命，即便欧阳家有这胆子，那船家可不敢冒这掉脑袋的险。我那兄弟做事很是细心，跟公园里的人都套了一番话，其他人都没有参与这个事，唯独这个船家贪财，做了这笔勾当。大奶奶万幸，避过了这一劫。也怪这船家粗心，没把这条船给挪到一边，被他不经事的侄儿给了那两个游人，因而出了事，但也无非挨顿打，谁能想得到背后这么些事呢？那船家受了皮肉之苦，不免委屈，我兄弟原有些江湖朋友，哄着这人喝酒逛窑子，他一晕乎，方把这件事给说了出来。"

七七切齿道："他们原是想让我受到惊吓，害我肚子里的孩儿，只是这一招太过阴损，连文澜也被他们算计到里面。"

"小蛮腰"人表面上虽然质朴憨愚，实则城府极深，听七七这么说，心中忽然一动，"大奶奶，小少爷可知道您若是一去会有危险？"

七七皱眉思忖，"这其中细节他多半不清楚，只是这孩子心思很密，或多或少能预知一些。毕竟是一个孩子，怎能有大人这般阴险歹毒？"

此时，七七将这件事原原本本告诉了赵四爷和老夏，老夏愤然道："这欧阳松太过阴毒，四哥，得想办法把他给灭了才行！"

赵四爷冷睨了他一眼，"杀他？杀了这小人，小幺妹就有太平日子过了？"

七七道："小人也罢，君子也罢，总归是条命。"

"可若是他们再变着法儿要害你怎么办？"老夏急道。

七七一笑，"其实我也想了很久。别人害我，是不是我就应该以牙还牙想办法报复？可这欧阳松和别人不一样，先不说我爹爹和我丈夫也许都有把柄在他手中，论情分，他是文澜的舅舅。那天文澜那样子央求我，我不是他的亲娘，我的心里都受不了，你想，若是有一天他用这个样子去央求我丈夫，我丈夫心里又是什么样的感受？对于欧阳家，我损他们一分，我丈夫自会帮着补上一分。"

这样下去有什么意思？我又有什么好处？我想了又想，后来想到了一个办法。"

"什么办法？"

七七朱唇微挑，梨涡轻现，"再好斗的公鸡，把他的毛给拔光，看他还有没有脸皮去斗，还有没有精神琢磨害人。欧阳松如今收了我丈夫在雁滩的运盐号，我便要让他这个生意做不下去。"

赵四爷面色微动，"莫非……你也要做运盐的生意？你要开运盐号？"

"我并没本事开什么运盐号。"

"那要做什么？"

"我打听过，雁滩主要是用来运煤，上一次之所以能给欧阳松一点儿教训，也是因为料到他有了这个口岸，必然会趁机囤煤，虽然当时是给他多添了点儿进去，但他私自囤煤是确有其事，只是做得隐秘罢了。如今清河盐场盐灶所煎的炭盐，需煤量大，盐务管理局虽然说统购燃料，把煤炭统一分配，但还是有好多盐商根本得不到所需。我大哥在威远开了煤矿，每年的煤也是刚刚够运丰号和少有的两三家盐号所用，因而现在还有一部分煤炭，是各个运商受那些小盐商之托，在沪州、荣昌甚至外省设庄收买，运来清河，而这一部分，主要就是经过雁滩。"

赵四爷眉毛一动，"那么你是想？"

"我想把这些零散收购的煤炭全部买断，不光如此，我还要趁如今太平的日子多囤些煤，只有这样，不论时局如何变化，我的盐号在很长一段时间都不愁会断了烟火，至于煤炭是否会通过欧阳松的口岸，那就得我说了算。"

赵四爷并没有说话，老夏听了，却吓出一身冷汗，"小幺妹，你这是在冒险，如今有严令在，囤煤若被官府知道了，可是要抓起来的。清河盐商都是多精明的人，现在连孟老爷、你丈夫都没有敢做，你个妇道人家，怎么能做这种事情？"

七七垂下长长的睫毛，"大盐商不缺煤，打起仗来，政府第一个保证的就是他们，可是小盐商呢？等着吃残羹冷炙还不一定能填饱肚子。盐务局虽有严令，但是没有说要堵死盐商的活路，将来情况必会好转。记得西场杜老板曾经告诉过我，逢疲莫懒，疲极莫缓，正是积攒实力的大好时机。趁现在没有人下手，虽是冒险，但人弃我取，没有坏处。现在有许多盐灶因缺燃料疲滞已久，产量已减，岸上存底非常薄弱，我的煤炭一囤上，且不说转眼就会销快价涨，即便留着不用，也胜得过守住一座金山。"

她稍微停顿了一会儿，续道："我爹和我丈夫，也许没有心思在煤炭上，一来他们确实并不缺燃料，且有政府的扶持；二来是因为他们自有钢铁厂，钢

212

材和煤炭一样，世道一乱必会市价暴涨，他们即便不囤煤，我看，钢材在他们的库中自然是少不了的。既然如此，我何不趁他们没有下手之际，先下手呢？或许等他们万一有一天也缺煤烧的时候，也得朝我要。"

赵四爷凝视七七，"那么，你是想让我和老夏帮你做这一笔生意？"

"我知道凡与进货、运货相关的事情，或多或少需要跟袍哥打通关节，四哥，我一个妇道人家很难去和袍哥拉交情，这样的事，我除了找你们帮忙还能找谁？"

"那么你如何保证盐务局不会找麻烦？"

"所有的事情总会有风险，我自会想办法把我们的风险降到最低，这一点四哥不用担心。"

赵四爷沉吟道："一个人掌握了别人要依附生存的东西，也便掌握了控制他们的武器。以后欧阳松要想在盐场做下去，还真不得不忌惮你几分。你丈夫虽然会帮他，但是不太可能帮着他对付你，拿稳了这一点，做起事来也能自主了。"

七七微微一笑。

"除开这件事，你不想用别的办法再收拾一下欧阳松？"

"暂时不想。"七七道，"不过……欧阳松不光指着中转煤炭赚钱，他还试图做鸦片和桐油生意，桐油也就罢了，这鸦片……"她嘴角扬起，轻轻一笑，"我知道有些袍哥兄弟似乎很爱这一口，过段时间他们若是感兴趣，您不妨替欧阳松通告他们一声，雁滩有现成的买卖可以做，价廉物美，包他们满意。"

老夏笑着接口，"等生意做得差不多，我们再悄悄送个信给官府，让官府再跟这欧阳老板做一笔价廉物美的生意。"

说到这里，三个人都笑了起来。

七七笑了一会儿，眸光深沉，面容上渐渐浮起几丝倦意。

赵四爷看着她，"你硬不下心肠？"

七七摇头道："当年秦伯伯被雷霁的人枪杀，虽说有我一部分原因在，但若没有欧阳松从中通风报信挑拨，我不信他就躲不过这一劫。后来……后来又发生那些事情，如今他们还在想办法作怪，我若一味容忍下去，既对不住死去的人，也对不住自己和肚子里的孩子。他自作孽不可活，我有什么心肠硬不下来？只是……收拾欧阳家，让我爹多多出手就行了，但他只要一插手，我丈夫若知晓，难免又牵涉到我们两家的宿怨，我夹在中间实在难处。现在也没有什么别的好担心，就是我的身子不比以前，过段时间只怕连家门也不会再迈出一步了，所以有好多事情，需要在最短的时间之内做完，我还是怕自己力量不够。"

赵四爷道："我虽然不懂得什么生意，但在江湖上也有些靠得住的好朋友，自来在我们四川，有生意的地方就有袍哥在，这些人虽然有时候会捣乱，但有些时候还是会很有用处的。"

七七感激道："四哥，夏大哥，小妹谢谢你们。"忽然想起一事，"对了，还有件事需要你们帮我打听一下。"

"什么事？"

"光绪年间，清河有一个运盐号叫雍福号，老板叫王昌普，这个运盐号和杜老板、我爹以及我夫家都有过生意往来，后来莫名其妙垮了，王昌普也不知所终。我想找到这个人，前段时间我打听过，只说他可能去了宜宾，或者就在清河周边也说不定，这个人关系着我娘家和夫家之间过去的一些旧事，我不便再让身边的人去细打听了，麻烦你们帮我查一查。"

"好！"赵四爷点头道。

因天海井旗下的铁厂要生产政府订下的锅炉和机车，昼夜加班赶工，静渊忙得晕头转向，好几日都回家甚晚，偶尔实在太忙，便就在盐店街的六福堂休息。

在六福堂过夜的第一天，静渊正靠在软榻上和坐在书桌旁的戚大年对着账，却听见屋外门一响，伙计轻声道："二奶奶来了。"

静渊抬头，果见锦蓉手里提着一个大竹篮子，款款走了进来。

戚大年甚觉尴尬，把手中毛笔、账本放下，站了起来，行礼道："二奶奶。"

静渊蹙眉，"这么晚了你来做什么？"

锦蓉将手中的竹篮子提到书桌上放下，从里头端出几个碗碟杯盏，有汤，有饭，有菜，有酒，她脸色清淡，未施脂粉，把声音放得再柔和不过，"怎么过得这么辛苦？听你们伙计说你连饭都顾不得吃，好歹离家里这么近，我便……不，是母亲让我给你送饭来。"

取出筷子，递给静渊，柔声道："快吃吧。"

说得甚是平静，又看了他一眼，眼中却渐渐盈出泪花，她慌忙把脸转开。

静渊见她这神色，那筷子，真是接也不是不接也不是，也不好太过冷淡，柔声道："谢谢你。怎么一个人过来，巧儿呢？也不帮你提提东西。"

"告了假回趟老家，前日她娘过世了。我怕别的人手脚不利落，我反而不省心，索性自己给你送了来。"她揉了揉手腕，笑道，"还好，也不算太累。"

戚大年便要回避，"东家先吃饭吧。"

静渊道："你也没有吃，一块儿吃些，我看这饭菜都够。"

锦蓉也忙道："戚掌柜不用太见外。"

214

戚大年笑道："那谢谢二奶奶了。"看静渊眼色，似很希望自己不要走，就去外头取了自己的碗筷，拿了进来跟他一起吃饭。

几样菜都是静渊爱吃的，想是母亲特意嘱咐预备，静渊本来也饿了，吃得很香。

锦蓉替他们倒酒，戚大年站起来道谢，又说："二奶奶且莫倒酒，一会儿要算账，怕脑子不好使。"

静渊微笑道："你就喝一点吧，这是玉澜堂酿的清酒你还没闻出来？不上头的，润润嗓子也好。"却将锦蓉给自己斟好的一小杯推到戚大年身前，"我闻闻味儿就可以了，这杯给你。"

戚大年老脸上神色尴尬。

锦蓉见静渊不喝酒，便给他斟了杯茶，静渊接过，短短一瞬，见锦蓉脸庞比以前实是瘦了许多，顿生怜意，便道："这段时间天海井事情多，玉澜堂那边我总还是有些照顾不周，若缺了短了什么，只管叫黄管家找我要，我若忙不过来，这边有戚掌柜，也是一样的。"

锦蓉低声道："我什么都不缺。"坐到一旁的凳子上，垂下头，忽然又抬起头，问道："文斓还好吗？听不听话？有没有调皮捣蛋？"

文斓在晗园住了差不多一周了，静渊料得她定是想儿子，但想着若是把文斓送回玉澜堂，他却又舍不得，不由得脸色微微一变，锦蓉忙道："我没别的意思，只是想着我们儿子不是特别合群，也不太会讨好人，怕惹他大妈和姐姐不高兴。"

"他们处得很好。"

锦蓉舒了口气，"那我就放心了。"

她这么说，静渊倒有些不好意思，"你若想他得紧，我明天让他回来一趟，反正我这两日也忙，跟他相处的时间不多。你独个儿在玉澜堂，让他陪着你也好。"

锦蓉百转千回思忖了一番，黯然道："算了，让他在那边多住一阵子也好，你也不在玉澜堂，文斓离你的时间太长了，你也知道，他喜欢在你身边。"

说着，眼中露出凄然的神色。

静渊不再多说，放下筷子，戚大年也吃完了，起身收拾碗筷。静渊叫来一个伙计，吩咐道："给你二奶奶提这些东西。"

锦蓉亦不赘言，站了起来，"那我回去了，你注意休息，别累着了。"

静渊嗯了一声，重新拿起账本。

戚大年把书桌抹了抹，重新摆好笔墨，仔细想想刚才的情景，轻轻摇了摇头。

静渊把账本往身旁一扔，俊秀的眉毛微微扬起，"你是在想，我母亲和锦蓉这一次似乎要狠下一番功夫，只是这功夫下得大了，若长时间下去，只怕会很辛苦。而我呢，难免也跟着辛苦。"

戚大年低头研磨，"东家看得明白，就不会辛苦。"

静渊叹了口气，"这一年无论怎样，我绝不会允许七七那边出任何一点事。母亲她们这么做也有苦衷，但我无能为力。对了，你明天跟老许打声招呼，让他和晗园的人都小心些。"

"东家尽管放心。"

静渊揉了揉太阳穴，重新拿起账本。

六福堂那伙计陪着锦蓉回了玉澜堂，锦蓉递了一块钱给他，微笑道："谢谢你呀小哥。"

那伙计受宠若惊地接了钱，高兴得都结巴了，"二……二奶奶，这钱……"

锦蓉一听到"二"字，心里就如猫挠着一般难受，把脸微微侧了侧，语声却极是和蔼，"把东西交给厨房就行了，赶紧回去吧，你们东家那儿，你可要用心干活儿，多为他尽点儿力。"

那伙计千恩万谢地去了。

锦蓉沿着走廊，快步往林夫人的卧室走去，从侧屋突然蹿出来一个憨憨的丫头，原是柴房里打杂的，差一点儿撞在她身上，锦蓉甩手就是一耳光，指着骂道："不长眼的贱蹄子，路都不会走了，养你们这帮废物做什么用？"

那丫头捂着脸不敢吭一声，只不住弯腰行礼赔不是。

北面厢房的门吱呀一声开了，林夫人站在门前，"大晚上的闹什么？"

锦蓉甩手往林夫人走去，那丫头待她走远，方呜的一声哭了出来，厨房做工的柳妈悄悄从厢房走了出来，将她往回一拉，低声劝道："谁让你撞着她，她你也敢惹。"

那丫头回转身哭道："我怎么知道会撞着人，夫人叫要热水，我慌着去柴房帮她弄，有什么办法？"

"二奶奶脾气就是这样，你还不知道？也不要怨她，总归是个可怜人。"

那丫头擦擦眼泪，"可怜，我怎么不觉得她可怜。"

锦蓉一进屋，林夫人就皱眉道："这脾气怎么总憋不住啊？你不知道我们这宅子里有多少孟家的人？你在静渊面前是一个样，回来又是另一个样，别说那些人看在眼里，你那精明的丈夫，多少厉害人过了他的眼的，真能被你蒙住？"

锦蓉脸色颇不好看，还是点了点头，"母亲说得是，我以后会注意的。"

林夫人缓缓坐到椅子上，"要委屈就得真有个委屈的样儿，别明明是个委屈人，却在别人眼里显得猖狂。"

锦蓉又点点头。

"怎么样？静渊还好吧？"林夫人问，"我这儿子最近忙成这样，一定瘦了吧？"

"我看着也是憔悴了些。不过胃口还好，送去的饭没有剩的。"

林夫人微笑道："能吃就好。"

锦蓉走到林夫人身旁坐下，"母亲，我们接下来做什么？那天公园的事费了那么大劲，她却没有去，你说要不要我再让文斓……"

林夫人皱眉打断，"你这心思我是越来越不明白了。怎么还往文斓身上想？他才多大？还没满八岁！我虽然了解我这个孙子，知道他从来不会乱说话，比好多大人都要沉稳，但毕竟年纪小，你若老让他做一些违背本性的事情，小心因小失大。"

"那狐狸精真是有办法，连我这儿子也被她给迷住了。"

林夫人淡然道："文斓心里明白着呢。他做什么不做什么，别看他小，心里总有算计的。那天我打过电话去，听他的语气，似乎不是特别愿意跟他大妈敌对，这孩子心思重，若强迫他做什么，说不定会适得其反。也罢，这一次算是至衡运气好。你放心，想方设法也得让她吃点儿苦头。至于你，这几天就抓紧机会好好伺候你那辛苦劳累的丈夫，人非草木，你对他这么温存体贴，他不会总是铁石心肠。"

锦蓉幽幽地道："但愿吧。"

林夫人沉吟道："我们得想个办法，让至衡来玉澜堂一趟。"

锦蓉眼中闪出一道光，"她若在我们这儿有什么三长两短，只怕静渊那边……"

林夫人冷冷一笑，"若是真出了什么事，静渊便闹到天上去，又能补救什么？我依然是他母亲，你不也依然还是他儿子的娘？"

锦蓉嘴角渐渐露出一丝笑。

第十四章

我心何伤

※

　　这几日不论静渊是否在六福堂，锦蓉每晚必往六福堂送饭，有时候静渊不在，她就将饭一放就走，偶尔静渊过去正好碰到，她便一味地殷勤照应。静渊本因常年将其冷落，心中过意不去，加之也担心将锦蓉与母亲激怒，生出是非殃及七七，因此也不拒绝，对她十分和气。

　　湖边树影斑驳，阳光融融，七七在画舫的平台上晒着太阳，手靠着栏杆，手里随意抓着一把鱼食，一点点撒入湖水。

　　小桐穿过画舫连接岸边的小桥，气呼呼地走到她身前，七七做了个噤声的手势，"文澜在里头睡午觉呢。"

　　小桐压低嗓子，愤然道："这几日大奶奶太忙，要顾着生意，又要养病照顾孩子，把这件事给疏漏了，让别人钻了空子，我们既然知道了，那也送饭去。"

　　七七把手里的鱼食全抖入了湖中，鲤鱼扑腾扑腾抢食，水花四溅，她看了一会儿，摇摇头，"不去。"

　　"为什么？！"小桐眼睛睁得老大。

　　七七朝书房里看了一眼，道："她儿子现在在我们这儿，毕竟是做娘的人，你以为她心里会好受？也不过就是送个饭，静渊好歹也是她的丈夫，她做的是本分事，我们连这种事也去计较争斗，反而让人家看得轻了。静渊是一家之主，凡事得给他一分尊重，他让我信他，我便好好存着信任，管来管去的甚是无聊不说，自己也没得找气受。"

"万一………"小桐嗫嚅道，"这本分事多了去了，可不止送饭一件啊。"

七七俏脸一沉。

"哪有什么万一的？"黄嬷捧着一盘水果，微笑着走过来放到小茶几上，低声对小桐道，"老许接了东家嘱咐，说这段时间要把大奶奶照顾好，怕的是玉澜堂那边有什么麻烦事上门来，东家心里有计较打算，你以为他是由得人糊弄的？大奶奶说得对，我们若什么事情都去抢着来，反而没有风度，也不过是吃饭送饭这样的小事，别人还没什么，我们跳起脚，东家看在眼里怎么想？"

将切好的苹果递了一片给七七，七七轻轻咬了一小口，黛眉微蹙，"好酸！"

"大奶奶胃口不好，青一点儿的苹果开胃。"

七七微笑道："若整日吃它，不到一个月，我的牙可咬不动什么东西了呢。"

黄嬷叹道："从昨天到今天一直喝的粥，您米饭就吃过一顿。这样可不行啊，多想想吃什么，便是龙肉凤凰肉，东家也能想办法给您弄了来。"

正说着，小武来了。

七七道："你们去里头坐一会儿，我和他说点儿生意上的事儿。"

黄嬷便和小桐进了画舫，小武快步上了平台，作了一个揖，笑着问了声好，将手里提着的一个小布包裹恭敬地放在七七身前的桌上，"这是阿姐您吩咐我拿过来的，银圆是刚从钱庄换的崭新的。"

七七慢慢解开包裹，里头有几个绣工精致的小布包，一封红纸包着的银圆，"是了，阿青真是聪明，知道我要拿来干吗。"

小武笑道："我不懂这些绣活儿，阿青问了我好半天说要什么样子的，我就说大奶奶只说是用来包钱送小孩子的。他便每个颜色给我挑了个，又选了这个红色的，说指不定是哪家孩子过生日要用。"

七七莞尔一笑，"煤的事儿做得怎么样了？"

"散煤已经订好了，有几家小盐号也说好了由我们帮着买。四爷收到您的钱，立刻让夏爷去买荣昌那边的煤，想着离高桐近，有大坝子可以装。只是这毕竟算少数，要真囤起来，光收小煤矿的散煤没有用。要避开孟家大少爷威远那边的煤矿，就得往更远的地方走。如此一来，公路、水路这方面我们都得找靠得住的人。"

七七嗯了一声。

小武走后，七七打了个哈欠，走到躺椅上躺下，让小桐拿条薄毯子给她盖上，眯了一会儿。一觉睡得甚为舒畅，醒过来的时候，听见轻巧细碎的脚步声，睁开眼睛，果见文澜在栏杆那儿靠着喂鱼呢，她便叫了声："文澜！"

文斓回过头，见七七正微笑着看着自己，便把手里的鱼食一抛，笑盈盈地朝她走过去，七七给他理了理衣服，"睡好了？"

　　文斓点头。

　　"桌上有水果，自己去拿了吃。"

　　"大妈吃我就吃。"文斓甜甜地道。

　　七七笑着起来，携着他的手走到桌子前，削了两个鸭梨，和他一人吃了一个。

　　文斓见桌子上的新钱和小布包，擦擦手，拿了一个银圆在手上左瞧右瞧，笑道："这个钱好新！"

　　"还没有人用过的，你喜欢？"

　　文斓煞有介事地点头，"钱是世界上最好的东西，爹爹天天这么辛劳就是为了钱。以后我长大了也要挣好多好多的钱！"

　　七七托腮微笑，"咦，我怎么听说好像有人长大了想当大将军保家卫国呢？"

　　文斓认真道："挣了钱也可以当大将军，反正大将军都很有钱。"

　　他这么一说，七七倒不知如何反驳，便微笑着问他："真的很喜欢钱？"

　　文斓使劲点头。

　　"既然这么喜欢钱，那你敢不敢尝尝它是什么味道？"她伸出雪白的手指，点了点文斓手中白花花的新银圆。

　　文斓顽皮地张口，轻轻在银圆上咬了咬。

　　"什么味儿？"

　　文斓笑道："银子的味儿！银子，银子！"

　　七七微微一笑，走进书房里拿了自己的手提包出来，文斓不解地看着她，她从包里取出一枚银圆，却不是新钱，而是灰黑的旧钱，放在他手上，问："还敢尝尝这个钱的味儿吗？"

　　文斓犹豫了，"大妈，这……"

　　"脏，是吗？"七七微笑道，握住文斓的小手，轻轻往他小鼻子那儿一凑，旧银圆贴在他的鼻子上，凉凉的，七七柔声道，"闻到了吗？"

　　文斓道："有股味儿……好多味道。"

　　"不是所有的钱都像你刚才咬的钱那样干净，经过了人的手，总会有一股奇怪的味道。钱是一个很奇怪的东西，它跟着谁就会留下谁的味道。跟着种田的农民伯伯，就会有汗水的味道；跟着你爹爹这样的盐商，就会有盐卤的味道；跟着卖藤藤菜的小姑娘，就有藤藤菜的味道；跟着杀人放火的强盗，就会有血和泪水的味道……钱有它自己的一段旅程，就和人生一样，一开始干干净净简简单单的，最后变得复杂了，变旧了，变脏了，你刚才咬的那枚新钱，以后也会像这枚旧钱一样，有各种各样的味道在上面呢。"

文斓似懂非懂，怔怔地看着七七。

七七嫣然微笑，拿过一个小布袋，将那枚旧钱和一枚新钱放了进去，"喏，送给你。"

文斓抚摸着小布袋，轻声道："谢谢大妈。"

七七一笑，另将十个崭新的银圆装入红色的那个小布袋。

文斓问："这些新钱是用来买什么东西吗？"

七七微笑道："是呀，大妈是要买东西呢。"

秀气的眉毛极轻微地一蹙。

走湖北的盐船多在新桥码头装货卸货，冯师爷忽然咳了一声，做了个眼色，秦飞转过身，见七七正朝他们走来，微微一怔。

他们有很长时间没有见面了，最近的一次是在郭剑霜的家里，两个人连一句话也没有说，而再之前的一次，是在她的香雪堂，那天他气得够呛，摔门而去。

七七对跟在身后的黄嬢道："你就在车里等我吧。"

秦飞亦跟他身边的冯师爷打了个手势，让他暂时回避。

河风湿润，十余艘盐船向东而去，河面荡漾着条条水纹。

秦飞转身看着远处，"这么多码头，怎么就知道我在新桥这里？"

七七走到他身旁站好，微笑道："古掌柜说宝川号今天送盐走水路去湖北，川盐到楚地历来是件大事，我料到你肯定亲自盯着，所以才过来。"

秦飞剑眉微挑，"怎么，林太太，又有什么账算错了吗？"

他话里带刺，七七并不生气，从手提包里拿出红色绣金线的小布袋递了过去，柔声道："过两天就是三妹她家阿荣的生日，去年这个时候他们母子俩在清河，我带着阿荣去买了件衣服。今年偏巧他们没有回来，你们总有人去江津的，所以这个心意，就托你帮我带到吧。"

秦飞拿着布袋子低头看了一会儿，语气变得柔和，"那我替三妹和阿荣谢谢你。"

他的皮肤被晒成了古铜色，那双漆黑的眼睛并没有因多年的风霜操劳变得混浊憔悴，依然炯炯有神，七七打量着他，时间恍若静止，只余往事翻涌。

他察觉到她的目光，抬起头，七七却指着远处的盐船，笑道："阿飞你好厉害，当初起家的时候只有两条船。如今怕是跟徐伯伯差不多，有几十条了吧？"

"有些船就是徐伯伯的，他用我的汽车，我用他的船，大家合力做生意，省事许多。"

七七点头道："如今生意越来越难做，大家就应该相互帮忙。"

秦飞脸色微变，凝视着她。

七七被他看得脸上发热，睫毛微微垂下，掩住眼中的神色。

秦飞道："你是遇到什么麻烦了？"

七七轻声道："也不算什么麻烦。"

"说来听听。"他抄起手，嘴角露出一丝笑。

七七清了清嗓子，说道："香雪堂接了盐务局十口炭花灶，年底前要完成规定的产量，炭花灶是需要煤炭的，如今清河燃料紧张，盐务局又不让大量存煤，香雪堂的煤炭现在不多了，若是局势更加紧张，不免就捉襟见肘了。"

"大哥在威远有的是煤炭，再说，你丈夫也断不会让你的盐灶没有煤烧，你是在自寻烦恼吧？"

七七叹道："你不知道的，我爹和静渊的盐灶都比我多出了许多，他们进的煤也只是够他们自己用，而且大盐号一般会多存一些，为的是突然接了大单子，赶工的时候不怕不够。小盐号就不同了，我也不想像等食吃的孩子，每次缺粮短米的时候就去他们面前装可怜，虽说是自家人……"

"那么你打算怎么办？"

七七哀怨地叹了口气，"没办法，我想花点钱先囤一点儿下来，不过这件事情不是特别容易。"

秦飞沉吟道："我记得雁滩那边有几个小盐号，喜欢结成伙从荣昌、威远进煤，你可以试着跟他们一样，虽然都是些散煤，但那些小煤矿也都很少停产的，把价钱说好了，再跟那几个小盐号商量下，由你去进，余出来的再给他们，这也不失为一个法子。"

七七微笑道："那边已经弄好了，煤矿也订好了。"

秦飞看着她的眼睛，"那你还要囤？就那几个小煤矿的煤，不说别人，至少香雪堂是够用的了。"

"若是打仗，货比钱贵，多囤点儿总是好的，以物保值。"

秦飞微微眯缝起眼睛，似在思考什么，口中却道："是啊，说得有道理，可如今盐务局管得很紧，一般人不敢乱来。"

七七脱口道："也不是没有办法。犍为、丹溪那边都有煤矿，清河的船从岷江走水路到泸县，正好经过那里，卸完货，盐船返空，便可以在那里用空船

222

运煤。"

秦飞点头，"不错，可是现在风声这么紧，有了煤，谁敢放在清河？不摆明了当枪靶子？"

"也不一定啊，只要不放在清河不就行了？离清河最近，走水路公路都方便的有好几个市镇，比如邓井关、胡市，还有……"她的声音略低了低，鼓起勇气，续道，"还有江津。"

秦飞冷笑，"你终于还是把它说出来了。"

他眼中的尖刻刺痛了她，但这件事情她想得很清楚，煤囤好后，她可以花钱在江津买最大最好的仓库，而宝川号属于江津帮，最大的码头其实并不在清河而是在江津，只要她和他联手，不光可以存好一批保值甚至会增值的物资，还可以避开清河盐务局的禁令，思前想后，只有秦飞有能力帮她。

他既然已经清楚她的打算，她便想再争取一下，急切地道："阿飞，只要你愿意帮我，我可以给你最高的价钱，囤下的煤可以算你的股份，一旦价格涨了，你还可以跟着再赚一笔。"

"你有钱吗？"秦飞似乎颇有兴味，可那笑容却是如此锋利。

"我有钱！"七七放松了不少，"妈妈给过我一笔钱，我并没有用多少，香雪堂这两年也有盈余，即便不够，我还可以卖掉我的嫁妆。"

他盯着她，"嫁妆？你父母给你的陪嫁，你用来换煤？你还记不记得，你当年就是因为卖掉了嫁妆，就是因为……"

"我知道你想说什么，都过去了，过去的事情我早忘了。"她强撑着自己说下去，"那些陪嫁不算什么，摆在库房里生锈发黄变旧，一点儿用处也没有，换来了煤就是换来了钱！"

"你要那么多钱干什么！"秦飞终于吼了出来，脸色难看到了极点，"不够吃不够穿？没房子住？没人伺候？你要那么多钱干什么！你只是一个女人！"

他的手攥紧了，小布包里的银圆硌着手，却痛到了心中，他看着手里的东西，仿佛看到一个笑话，一个自己的笑话，一个他们秦家的笑话，他干笑了几声。

七七有些害怕，忍不住后退了两步。

他笑得似乎连呼吸都困难，斜睨着她，"以后有什么生意上的事，直接说一声行了，我愿不愿意做，就看你给的价钱高不高，看咱们谈不谈得拢。不用拿这些东西来。"手扬起，那红色小布袋被阳光照得鲜红，他目光中满是失望和冰凉，"秦家的人重情义，但绝不会因为重情被人利用，被人当作把柄。"

"阿飞……"七七刚叫出他的名字，他的手却一挥，布袋在空中画出一个漂亮的弧度，被掷进了河中。

水花溅起，布袋子几个起伏，慢慢沉了下去，七七的心也在不断下沉，胸口起伏，极力控制不让眼泪落下。

"回去吧，以后这种生意上的事情不要一个人来跟我谈，让你的掌柜陪着你一起来，账目银钱上的事情，他说得比你清楚。"

七七依旧看着河水，过了好一会儿，慢慢转身，她走了几步，回过头来，苍白的皮肤，雪一样清冷，眼中的泪水已经蒸发不见。

"我知道我现在说什么，你不一定信。"七七道，秦飞轻蹙起眉，不看她。

"你上一次生了我的气，因此，我找不到一个可以主动来找你的理由，所以才拿阿荣的礼物过来，并不是想借它跟你谈生意，只是想借它来见你。还有，你也许觉得我囤煤纯是为了钱，我自己知道不是。不过……"她微微苦笑，"这也不重要了。"

她缓缓走远，秦飞抬头看着她瘦弱的背影，雅致的衣服，可一双鞋……她穿着极普通的布鞋，当年他去扬州，她就为自己做过这样一双，说这样的布鞋穿着舒服，不硌脚好走路。她走了很多的路吧，因为那双鞋如此旧，旧到鞋边有些地方都翻起了毛。他自然知道她如今绝不缺鞋穿，只是因为要奔波，才不能像寻常的太太小姐一样爱漂亮，穿那些好看的鞋子。是什么力量驱使她去做那些连许多男人都做不好的事情，是什么事情让她放着锦衣玉食的日子不过，活得那么累那么辛苦？不，他怎么会想着她是为了钱呢。

一股激荡的心绪慢慢流窜于四肢百骸，他叫住她："七七！"

纤细的背影顿了一顿，他再次上前几步，七七回过头，秦飞被那双含着泪的大眼睛刺疼了，小时候的她娇憨顽皮，高兴就笑，不高兴就任性哭闹，可如今连背着人哭泣也不能，也要生生抑制。

他凝视着她，"你家里有事情要你急着回去吗？"

她不解何意，摇摇头。

秦飞叹了口气，向她做了个手势，"等我一下。"

一会儿，他开来一辆小货车，凑过身子打开车门，探出头道："上来吧，我这车是送货的，不比你家的舒服。"

七七问："去哪里？"

"你不是要跟我谈生意吗？我挑个地方，我们俩好好谈谈。"

七七的脸微微一红，想了想，还是走了过去，无奈那车太高，一下子上不去，秦飞伸过手，用力一拽，把她拽了上去。

汽车在凹凸不平的公路上走着，七七看着窗外，风把她的头发吹得乱了，她也不以为意，只是沉默。经过刚才那一幕，她真不知道该说什么，幸好他也没有主动找话说，唯当汽车每过一个坡坎，他会小声提醒一下，"抓好了，有点儿晃。"

车子开到新桥镇旁的一个小市集外，有农妇在河边洗衣。

秦飞停车，"你在车上等我吧。"

七七转过头，"你要去哪儿？"

她一头短发被风吹得蓬蓬的，那模样又是滑稽又是可爱，眼睛却还是红红的，秦飞别开脸去，"我去买点东西，马上就回来。"

"你不用急，我等你就是。"

他下了车，没走几步，回过头，见她把脑袋靠在车窗上，大大的眼睛怔怔地看着河岸上，说不出地茫然疲倦。

他看了她一会儿，转身快步走入市集。

蓼花绿萍散浮在水面，有轻舟擦过，撑船的是个女子，有着优美却有力的身体曲线，竹竿在河岸边一弯，小船一借力，驶出了好远。岸上的农妇用木杵捶打着衣服，袖子挽到肘上，露出微黑的手腕，七七看着她们，思绪慢慢悠悠飘到了好远。

出了一会儿神，车门轻响，秦飞上了车来，她刚想问："怎么这么快？"

他却将一个金黄色的小糖猪举到她的眼前，嘴角带着她熟悉的笑，不再尖刻，也没有了冷酷。

"给你！"

她愣了一愣，小时候她生病不吃药，哭着闹着要吃糖人儿，不论有多远，不论多麻烦，不怕连鞋子都跑掉，抛下所有的事情，他怎么也得去给她买。只要看到他买的糖人儿，她总会破涕为笑，所有的忧愁都被抛诸脑后。

小糖猪是刚做的，连木签子都还是热的，七七轻轻接过，嘴角绽开一朵笑，眼泪却一滴滴滚落下来。

"别哭。"秦飞柔声道，"不要哭。"

她使劲点头，用手掌擦着眼泪，可眼泪却不可抑制，她的另一只手紧紧握住糖猪的杆子，轻轻颤抖。

秦飞痛楚万分地看着她，"我帮你，我帮你囤煤。"他还能怎么说呢，他还有什么办法？

"我帮你把煤炭运到江津，你要多少我就给你弄多少。"

七七珠泪滚滚而下，"阿飞，对不起，真的，对不起！"

她如何跟他说，她又有了一个孩子，她要保住这个孩子，既要跟人斗，也要跟命运搏一搏，却很可能功亏一篑，连命都没有；她如何跟他说，在她嫁过去的那个家族里，她的丈夫也未必能真正保护好她，她只能自己保护自己；她如何跟他说，如今她身边已经没有多少人能容她好好倾诉一番心里的伤痛，能容她随意地哭与抱怨；她如何跟他说，她明知不能再与他有牵连，却还是不得不求他帮忙，因为只有他能帮得了她。

她欠他，她永远都在欠他。

她的指尖变白，小糖猪上沾满了泪水，晶莹剔透，像凝出的冰花。

他痴痴地看着她，无数的话在心中翻来覆去，却想不出一句可以用来安慰她，用来安慰自己。

她哭了一会儿，终于稍微平静了下来，抬起脸看他，"阿飞，你还怪我吗？"

他摇头，"我从来没有怪过你，只是很伤心，不过也跟你无关，只是因为我自己的私心。"

七七凄然一笑，忽而任性地扬起嘴角，"我怪你！"

"哦？"

七七吸吸鼻子，舔了舔手中的小糖猪，"糖没有熬好，是苦的！"

"小镇子里本没有什么好东西。"

七七看着前方，"这里头有钱庄吗？"

"干什么？"

"我给阿荣的新钱被你扔了，得重新换去。"她一手拿着糖猪，一手在提包里翻着，"还好今天带了钱在身上。"

手上一暖，他的手掌盖在她的手上。

她缓缓垂头，他只看到她浓密如扇的睫毛，想对她说一声对不起，不该扔掉那袋新钱，可觉得这话在此时说出来并不重要，最后只能道："答应我……别再这么瘦了，长好一点儿，长胖一点儿，高兴一点儿。"

她抬头看着他，清澈的眼波里有着他的倒影。

"你需要多长时间？"他问。

她脸一红，"你是说……长胖吗？"

秦飞忍不住微笑，"囤煤的事儿，你希望多长时间解决？"

七七自觉不好意思，定定神，"越快越好，最好两个月内能有个定数。"

"两个月……"秦飞沉吟道，"稍微快了一些，煤矿的主顾都是些熟客，

226

要打通关节需要花一点儿时间，除此之外，运送不能每日一运，只能隔三天运一次，仓库也得花时间找，第一批囤的量，至少要够你一家用半年以上，然后是第二批，到第三批好一些，那个时候和煤矿就已经有了长期交易的资本，只要煤矿那边有保证，即便煤没有到仓库，你也不用太过担心。不过我真不明白，这一次你为何如此着急？为什么非要给自己定个两个月的时间？你是要干什么去？"

七七看着窗外，"我不干什么。只是两个月后可能会一直待在家里，不怎么到外面来了。囤煤这件事很重要，能自己过问最好，所以我要抓紧时间。"

秦飞心一紧，"你究竟怎么了？"

"没怎么。"七七装出淡然的神色，可脸却红得透了，"只是……只是我又有了孩子，再过两个月……自然不能经常在外面晃悠了。"

秦飞半晌没出声。

七七过了好一会儿才敢转过头来，偷偷抬眼看他。

他的目光直直地看着前方，侧脸的肌肉绷得很紧。

"那……"七七只好道，"要不就三个月，我觉得应该也可以……"

"不。"他开口道，"就两个月，就按你说的，两个月。"

七七担心他是不是又生了气，一颗心悬了起来，咬着嘴唇看着他。

秦飞道："你两次主动来找我帮忙，都是为了孩子。第一次，我想帮你，却让你受了那么多的苦。而这一次，我竟误解了你。对不起。"

她心里很难受，她要他帮她，他却对她说对不起，"不，你没有对不起我，是我，我总给你添麻烦。"

秦飞柔声道："好好把你的孩子生下来，不要像上一次那么辛苦了。"

她忍不住喉咙一哽，他飞快地拿开手，把车子发动，"既然如此，那就抓紧时间吧。"

车子转弯的时候晃了晃，他之后一直没有再瞧她，也许想做出轻松的表情，嘴角一直向上扬着，她却看到他眼中闪烁的泪意。

"阿飞，谢谢你。"七七说，公路上噪音实在很大，她提了提嗓子，"阿飞！谢……"

秦飞始终看着前方，却忽然伸手捂住了她的嘴。

他笑了笑，有一些自嘲，有一些凄楚，但更多的是让她安稳的温暖。

"知道！好好坐稳了。"

十天后，欧阳松的雁滩接连接到几个小盐号的通知，说今后他们的燃料及杂货都不经由雁滩来运送了，至于原因，都没说得太清楚。清河的盐场虽大，人情关系网却甚小，欧阳松略一打听就知道有人买断了这些盐号所用的煤炭来源，连同几家杂货商的桐油、丝麻、茶叶等货物，也都被这人给买了下来。

这个人，就是孟七小姐。

静渊在欧阳松知道之前便知晓了此事，七七原以为会为此和他发生一次争吵，出乎她意料的是，静渊连问都没有问。

他通常很晚才回晗园，七七有好几次做好了准备跟他好好谈一谈关于雁滩的事，却总是话刚一开口就被他打断，"不谈生意，我们不谈这些。"

"可我想跟你说……"七七道。

静渊神色极是疲倦，"你做什么我都支持你，不用跟我说太多。"

她知道他夹在其中难处，之所以要跟他说，只是想解释清楚，自己这么做有一大部分也是为了生意，欧阳松假如愿意跟她和平共处，她不一定就不愿意将煤炭交由雁滩中转，借由这层关系，可以掣肘欧阳松，其中根由并非纯属恶意报复。她只是想解释清楚这一点，免得静渊为此在背后为欧阳家添补些什么。

其实她并不知道，一切静渊都清楚。

包括之前的事情，在他知道是她买断了荣昌那边的煤矿之后，就意识到欧阳松此前被盐务局抓去调查，必也与她有关。

当时戚大年叹道："我说之前为什么在盐场查半天查不出是谁干的，原来本来就不是盐场的人，这种事情只有袍哥干得出来，虽说退出江湖那么多年，赵四爷好歹也算是个人物啊。"

见静渊神色越来越不好看，忍不住为七七解释了一句，"东家其实不必太生气，大奶奶这么做也是有根由的，当年欧阳松把她害得那般惨，照说这人本来就该好好在监狱里待着，却被您给救了出来，她心里哪里忍得下这口气？"

静渊似笑非笑地看着戚大年，"你觉得我会生她的气？"

"没有就好，没有就好。"

静渊道："我不过是在气我自己。原来她心中，定也觉得我这个丈夫没有什么好依靠的了。"

其实并不是在这一刻才看清了这个事实，只是不愿意承认罢了。她的一切思想，她的胆怯、她的恐惧、她的伤痛和算计，他全清楚，可偏生许多时候，他总是会迫于无奈站在她的对立面，比如处理和欧阳家的关系。

因而，他只想对此事装作不知，她在为她自己筹划事情，他便任由她去筹划，甚至可以纵容。欧阳松为人阴毒，他比任何人都知晓，因而又花了一些钱，彻底消了所有与那次事件相关的线索。而这一次雁滩生意受损，他略一思忖便猜到了七七的动机，因此，不论欧阳松如何在自己面前旁敲侧击，希望他拿钱出来贴补，把与天海井关系交好的盐号拉给他做生意，他只是说些虚话来应付，一拖再拖。

他爱她，但他也是林家的一家之主。

所以这件事他虽然知道，却无法在她面前表露出自己的立场。而在他的内心深处，他却多么希望深爱的这个女人，能不用学着商场上的阴谋与算计，而是安安心心在家里过日子。

所以，当她一次次试图跟他解释的时候，他推避、排斥，他怕自己忍不住会发作。

直到那一天。

那天他回家早，七七准备了一大桌子菜，一家人开开心心地吃了一顿丰盛的晚饭。

宝宝给大家讲故事，七七则悄悄把文澜带到楼上换了衣服，文澜穿上他的童子军装，容光焕发地在父亲面前，鼓起勇气唱了自己练了许久的童子军歌。

静渊高兴极了，把一双可爱的儿女紧紧搂在身前，七七笑眯眯地坐在一旁，他满脸洋溢着幸福看着她，忽然想，他要一直拥有这样的幸福感，一直拥有，拥有一辈子，而只要她一天在生意场，他的这种幸福感就一天也不得安稳。

他想对她说，把你的盐号和绣坊的生意搁下，从今往后就在家里好好做我的妻子。这句话翻来覆去在他的心里念叨了千遍万遍，一定要对她说。

天气渐渐热了，他们到画舫乘凉，他坐在平台上看着宝宝和文澜掷沙包，七七在起居室里准备茶水。他想了想，不如就现在跟她说，趁大家都很高兴，她也想一直这么高兴，不是吗？

见他进来，她还回头朝他嫣然一笑。

静渊走到她常休息的一张软榻上坐着，寻思着该如何开口，却意外地在枕头下看到一本册子。

十年前就曾经见过的，她的嫁妆册子。

见他低头翻着那册子，七七的脸色变了变，嘴角的笑意慢慢凝结。

一开始静渊并没有想到别的地方，见到十年前她用毛笔勾下的圆圈，心里痛了一痛。

可她居然又重新画了新的标记。

他越看越觉得不对劲儿，猛然抬头，"你老老实实地告诉我，这是怎么一回事？"

七七不假思索道："有些东西搁久了怕掉价，所以把它们找出来处理掉。"心中暗暗叫苦，记得这册子明明是放在书房，看完时是放了一堆账簿下压着的，不知道为什么跑到这里来了，真是后悔至极，还是怪自己太过疏忽，只以为静渊最近忙得连家都少回，因而没注意收捡。

他朝她走过去，"你究竟瞒着我在做什么？"

他的脸色太过阴沉，七七肩膀颤了一颤。

他看到她眼中浮起的惧意，心中一软，想起多年前那次让他悔恨到了极点的争执，便把语气放得柔和了一些，"我没别的意思，只是担心你，是缺钱吗？要购置什么东西，非得要卖掉嫁妆？"

七七把茶杯放到桌上，"我不买什么。"

"那你为什么要卖掉它们？"

七七不说话。

他只要一看到她这样子，就知道若是和她硬碰硬，只会让局面变得更僵。因而他又退了一步，道："要多少钱，我给你。"

她的眼中有光芒闪了一闪，她这是在考虑，考虑要还是不要。

"看来她确实缺钱。"他心想，"她究竟要用这些钱做什么呢？不过不怕，只要她要了他的钱，他自然会查到这钱的去路。"

七七轻声道："我不要你的钱。"

香雪堂的古掌柜是静渊为她找的人，由囤煤所产生的所有财务账目她并没有交给古掌柜，而是由自己、小武，以及秦飞的冯师爷一起来做，因而静渊要查到钱的去路并不容易。

她不能要这钱，一旦她要了他的钱，就无法纯粹地去掌控她要掌控的，不论是钱还是别的。她既不能要他的钱，也不能要父亲的钱，只有这样，对于她自己的事，她才能做到完全自主。

静渊忍了又忍，尽量让语气平缓，"告诉我理由，七七，你做生意这两三年，我向来都是支持的，给我个合理的理由，有些事情我可以不插手，但我必须知道。我是你丈夫。"

七七眼睛看着地上，小声说："过一段时间自然会知道的，现在还不合适告诉你。"

"为什么？"他逼问。

"因为……"七七实在犹豫。

收购荣昌等小煤矿散煤的事情，静渊知道并无甚关系。而自己开始在江津囤煤，这件事一来与秦飞有关，二来风险太大，别说静渊，假如让父亲知道，也一定会出手阻止。其实她并不想瞒他，只是他越早知道，自己办成这件事的概率就越小。时至今日，只有咬牙不说。

"这一次你就不要问了，让我自己做，好不好？"

"你自己做？找赵四爷？找袍哥？"他哼笑一声，"你是又要去栽赃嫁祸，还是又要收购什么桐油杂货铺？本钱不够了？"

七七脸上一红，知道他已经知晓自己嫁祸欧阳松之事，便把目光转向窗外，这件事，解释无用。

外面的平台上，两个孩子玩得正高兴，文斓跑来跑去，稳稳地接住宝宝朝他掷去的沙包。

她正看着，突然手臂一紧，他把她拉过去面向他，逼问："为什么不看我？为什么要回避我说的话？"

她眼中升腾起一丝惫懒，"你把我弄疼了。"

静渊气极，一直是这样，他都忘了自己什么时候开始和她变成了这样，说的话永远对接不到一起，永远是南辕北辙。她的心思飘忽捉摸不定，他越来越看不懂。心灰意冷，将她的手缓缓放开，"好，你要做什么就去做吧，我再不问一句。"

七七心中一软，拉住他的手，"静渊，不要生我的气，过段时间你自然会知道，我不说有我的理由。你就体谅我一次，好不好？"

"好，我体谅你。"他吐出这几个字来，听起来却浑不是滋味。

"你喝点儿水吧。"她讨好似的端起茶杯给他，他并不接过，而是一甩手走出了屋子，一直走到平台上。

"爹爹！"孩子们朝静渊跑过去。

"瞧你们玩得这一身汗。"他微笑道，见文斓额头上全是汗，一张脸红扑扑的，便伸手给他解了领扣，文斓还穿着他卡其色的小军装呢，扣子是金属的铜扣，静渊解了几下解不开，心里有火，用力给他拽了开来，那扣子叮当一声落在地上。

文斓见父亲眼中似有怒色，忙低下了头去。

"哎呀，小弟弟的扣子掉了！"宝宝跑过去追着那还在滚的扣子，小手一扑把它按住，笑道，"我把它捡到了！"

抬起头，见母亲从里头走了出来，便拿着扣子跑到母亲那儿，"妈妈，你给小弟弟重新把扣子缝上吧。"

七七微笑着接过，却听静渊道："文澜，把衣服换了。"

"不用。"七七忙道，"我现在就给他缝上去，这件衣服是新做的，他喜欢穿。"

"你喜欢吗？"静渊问儿子。

他背对着七七，因而她看不见他愠怒的神色，想让气氛活跃些，便抢着道："他可喜欢了，还说以后要当大将军呢！是不是，文澜？"

说着朝文澜眨了眨眼睛，笑盈盈看着他。

文澜的小脸上带着一丝怯怯的微笑，他抬起头看了看父亲，极小声地说道："我……我没有，是大妈说要我以后当大将军，她给我做小军装……"

这声音很小，小得只有静渊才能听见。

"脱了。"静渊冷冷地道。

文澜立刻伸手解扣子。

七七走过去道："不用，文澜不用脱。"蹲下来，扶着文澜的小肩膀，要给他把扣子系上。

静渊将她的手轻轻拂开，待她反应过来，已经几下就把小军装脱了下来，在手里捏成一团，文澜里面穿着件蓝色小衬衫，扎在裤腰里的衣角也被扯了出来。

"你在干什么？！"七七低声道，"这是孩子的新衣服！"

"我看不惯。"静渊道，将文澜的手一拉，走了几步，将衣服随手扔到一旁的石桌上，回过身道，"他以后长大了做将军，到战场上当炮灰，也不知会如谁的愿，总之，这孩子今后做不了天海井的东家，是不是？"

七七不可置信地看着他，一瞬间他被她眼中的伤痛烧灼到，可他不能示弱，是她先过分的，他要惩罚她。

静渊朝宝宝招了招手，"宝宝，跟我回屋去，你功课做了没？"

宝宝摇头道："不，我要陪着妈妈收拾。"走到母亲身旁，七七正慢慢站起来，宝宝关切地看着她。

"听爹爹的话，去做功课。"她不想在孩子面前跟他闹别扭，对女儿笑了笑。

"不！"宝宝把脸蛋贴在她腿上，笑道，"我要陪着妈妈！"

这母女俩真是一样的脾气！

静渊铁青着脸，拉着文澜下了画舫，他走得很慢，其实心中还是希望七七能拉着宝宝追上他，可是半天没有动静，过一会儿，却听见银铃般的笑语，他悄悄回头往画舫看了一眼，一看气得更甚。宝宝滴溜溜跑着，像一只欢快的小狗，七七行走甚慢，身影却极是轻盈，不时弯下腰捡起沙包，再轻轻朝女儿扔过去。

"爹爹！"文斓摇了摇他的手。

她们的笑语声成了一种巨大的干扰。是啊，她是在向他示威呢。她在告诉他，即便他不在，她也能很高兴。她不是和女儿一起高高兴兴地过了七年吗？

可是他呢，没了她，他又会怎么样？

想到这儿，心中焦躁。她凭什么借着他对她的依赖，在他面前如此嚣张？

文斓走了几步，听见父亲说："你想回家吗？"

文斓心中怦怦乱跳，急忙抬起脸看着父亲。

静渊道："我带你回家去。"

临出门时，老许追了出来，"东家，天都黑了，这是上哪儿去？"

"玉澜堂。"

老许赔笑道："要去的话明天去吧，现在都这么晚了，那边老夫人也得休息呢。"

"怎么，连你也要对我指手画脚了？"静渊冷冷地道。

"你要去哪里？"七七清脆的声音响了起来，玉兰花灯下容颜雪白，手肘上搭着文斓脱下来的小军装。

宝宝见父亲脸色不好看，她最怕他和母亲争吵，大眼睛里充满着担心。

"现在轮到我什么事都要跟你禀报了？"静渊眸中尽是凛冽的怒气。

七七挺直了背脊，平静地看着他。

他被她的平静激怒了，"我带文斓回玉澜堂。"

她的嘴角抽了一抽，是受伤的表情，他顿时心里舒服了许多。

孰料七七突然弯下身，对宝宝道："宝宝，想不想去外公家找小坤哥哥玩儿？妈妈现在带你去。"

宝宝咧开嘴挤出一丝笑。

七七不待女儿回答，对老许道："孙师傅呢，我让孙师傅送我。"

老许尚未说话，静渊一声暴喝，"孟至衡！"指着她，眼中如欲喷出火来，"不要太得意忘形！"

两个孩子都吓得震了一震，宝宝泪汪汪的，只是不敢哭出来。文斓的手掌里全是汗，目光沉沉地看着父亲，再悄然转到七七的脸上。

七七恍如未闻，拉着宝宝的手，"走，收拾东西。"

"站住！"静渊吼道。

她反而把脚步加快，静渊要去追，文斓一把抓住他的衣襟，"爹爹，别惹大妈生气了！"

233

这话听起来是好意，极大的好意，此刻却如火上浇油，静渊只觉得憋的一肚子火噼里啪啦烧到了脑门子，一直以来对七七所有的忍耐、迁就、纵容、宠溺，全成了爆发的催化剂，他收住脚步，对着七七和宝宝的背影吼道："好！要走就走！走了就不要回来！"

七七顿了顿，但继续往前走，没有回头。

老许的脸色变了，这么多年，东家夫妇即便要闹别扭也总是避着孩子，今天是几年来吵得最厉害的一次，他小心翼翼道："东家，大奶奶是有身子的了，您知道，这个……这个有身子的女人脾气总是不好的，您便迁就她些，大奶奶也不是不讲理的人，过段时间等脾气过了，自然也就知道您的好。您看啊，她……"

静渊心里如有一把钝刀在戳，他已经无时无刻不在她面前伏低做小，迁就，还要怎么迁就？

文斓怯怯地道："爹爹……你去劝一劝大妈吧，求求她，让她不要生气，让她不要走。"

"我求她？"静渊心想，"凭什么要我去求她？凭什么？"转过身，缓缓朝车库走去，文斓还站在路中央，静渊朝他招手，"我们走。"

"东家！"老许跺脚道，"你这么走，大奶奶或许就真走了！"

静渊置若罔闻，打开了车门，文斓刚刚上了车，却见小桐急匆匆跑了过来，叫道："东家！不好了！"

静渊转头看向她。

小桐哽咽道："大奶奶昏倒了。"

"怎么回事？"静渊的心猛地一跳，怎么回事，他会不知道是怎么回事？他的嗓子干涩而沙哑，他费力道，"打电话，快打电话找杨大夫。"

"已经打了，杨大夫说马上就过来。"小桐抹了抹眼泪，"大奶奶刚才上楼上得急了，才迈了几步，要不是我扶着，差一点儿就踩空摔下来。她现在脸白得吓人！"

静渊步步虚浮地朝洋楼跑去，文斓跟在父亲后面，他走得很慢，也知道父亲必然不会等他，当走进客厅，听见宝宝低低的哭声，脚步方顿了一顿，也许是害怕，也许是担心，也许是为了别的什么，他竟不敢朝里面看。

下人们都在玄关那儿围着，独有黄嬢和一个丫鬟矮身在客厅的沙发前侍候，文斓印象中的那张脸，很美的，那是给他做衣服带他去看电影的那个温柔的女人，他记得她扑过去捂住他的眼睛时那紧张的目光，也记得她带着柔和的笑给他量着衣服时那美丽的容颜，可如今这张脸，怎么这么苍白，这么没有生机。他的小军装，她一针一线给他缝的新衣服，皱皱巴巴挤在沙发的一角，文斓想："适才自己毫不犹豫把衣服脱下来交给父亲，一定也伤了她的心吧？"

他战栗了一下，退后两步，把背脊贴在一张方桌上。

宝宝坐在母亲的脚边哭着，见父亲和弟弟回来，红红的大眼睛里闪出了一丝怒火，狠狠地瞪了父亲一眼。

黄嬷使劲掐着七七的人中，静渊走到跟前蹲了下来，七七的手软软垂在一边，他颤抖着握住那只冰凉的手。

他的心空落落的，把她的手放在自己脸上，他该对她说什么呢？一次又一次，就这样伤她，伤自己，他有什么好说？明明知道她还病着，偏偏要和她闹，明明知道该信任，该不介意，却偏偏被怀疑和计较乱了心。

她慢慢醒转，听到他的声音，无力地想抽出手，他却紧紧握着，七七蹙眉，把脸转过去对着沙发的内侧。

宝宝跳下沙发，凑过来在母亲耳边轻轻叫着："妈妈，你好些了吗？"

见父亲拽着母亲的手，而母亲的脸却扭向一旁，姿势很不舒服，便用小手使劲推着父亲，静渊见女儿这样，心里难受至极，宝宝哭道："都怪你！都怪你！都怪你气妈妈！"

哇的一声大哭了出来。

"宝宝，别哭。"七七低声道，抓住沙发的边缘慢慢坐了起来。

静渊哑着嗓子道："你再躺一会儿，小孙去叫大夫了。"

七七给女儿擦了擦脸上的泪水，"妈妈没事，刚才有些头昏，现在好了。"

宝宝抽抽噎噎道："真的吗？"

"真的！"七七露出微笑给女儿看，"去楼上先做功课，一会儿妈妈来找你。"

宝宝只好点头。七七吩咐一旁的黄嬷，"让下人们都散了，把宝宝和文斓带到楼上去。"

她声音不大，说话时背脊紧紧靠在沙发上。

见文斓转身的时候朝她看了一眼，她叹了口气，歪着身子把脚边那件小军装抓了起来，叠好了交给黄嬷，"我装绣活儿的抽屉里有扣子，你给他把掉的那颗缝上去。"

静渊心如针扎，无力地站起，坐到她身旁。

孩子们和下人们都离开了，两个人沉默了许久，他给她倒了一杯水，七七喝了两口，把水杯放下，看着地板上地毯的暗色花纹，苦笑了一下，"我不是有意要晕倒的，没想过用这种方式让你回来。"

在她心目中，自己竟冷酷多疑到了这种地步吗？静渊绝望地道："你怎么……"

"我怎么变成这样？"她轻声笑了笑，"你又要这么说，是不是？"

她抬起脸看着他，疲倦的眼中又何尝没有绝望。

"我没有变，静渊，我累了。"她注视着他，"我们分开一阵子吧。"

"不！"他眼中射出一道疯狂的光，"绝不！我不要跟你分开！"他对她笑，可那笑容却有些狰狞，"我不该对你发脾气，我只是……心里很乱，我只是因为你不告诉我你要做的事，我心里乱。我是想气你。七七……我不要跟你分开。"

"我受不了了。"七七道，"我受不了你的不信任，受不了你的多疑和冲动，我忍了好多年，现在我受不了了。我本来就不该约束着你不让你回你家，这样下去我也受不了我自己。静渊，我们若要过下去，就给我一点儿时间让我想清楚。我求你，静渊，我求你了。你让我走吧。我只想好好把孩子生下来。"

她说到后面，身子颤抖，眼泪涌了出来。

"你被我气到才这么说的，你说的是气话。"他抚摩着她的头发，"你能去哪里？你怀着孩子能去哪里？"

"我回娘家住一段时间，我想跟我妈妈住在一起。"

静渊眼中闪着偏执的光，"我可以照顾你的，你哪里都不要去，若想你妈妈，我去运丰号把她接来陪你。"

七七用力要挣脱他，他却越加用力箍着她，只是不放手。

她终于嘶声叫道："为什么非要这样逼我？放开我！"

"最后一次。"他眼中的偏执越烧越烈，"最后一次，相信我这最后一次。"

七七手腕被他攥得发疼，神情却开始变得坚决，"你拦不住我，你不可能关得住我。我会让父亲他们来接我。"

"我不会让你走，我宁可……"静渊咬牙道，"我宁可你死，我也不要你走。"

"那你估计就快如愿了。"一个女子的声音冷冷地在身后响起。

静渊手一松，七七挣扎着站了起来，那女子上前把她扶着，正是杨漱，她身后还站着杨霈林。接到了小桐的电话，杨霈林急忙开着车把他姐姐送来，他们进到客厅的时候，静渊正和七七纠缠着。

杨霈林脸色淡淡的，也不觉得有什么该避嫌，站在一旁看着他们。

杨漱拿手帕给七七擦了满脸的泪水，"胸口痛吗？"

七七极力忍着不哭，"不痛，刚才就是头有点儿晕，可能……可能是有些累，上楼上得太急了，因而才昏了。"

236

杨漱点点头，两道锋利的目光朝静渊扫过去，他站直了身子，看似若无其事。

"林先生，你们的家事，我原本不方便发表什么意见。"杨漱道。

"那是自然，杨女士是受过教育、懂礼数、有分寸的人，不是那种跑到别人家看热闹瞎指点的无知妇女。"静渊道。

杨漱大怒，厉声道："至衡有心脏病受不了刺激，她是冒着生命危险在怀着这个孩子，你知不知道！"

"杨姐姐！"七七拉着她的手，央求她不要再说下去。杨漱怒道："你这个傻女人！还瞒着他！你看他刚才这样子，像是会为你担心吗？我看他简直恨不得你死呢！你瞧瞧你的手！"

她晃了晃七七红肿的手腕。

静渊道："你说什么？你说她有什么病？"

杨漱不理他，给七七把了把脉，略松了口气，柔声道："是不是要走？我们开了车来的，我们送你回你娘家。"

七七哽咽着点头。

"你敢！"静渊向前一步。

杨漱没说话，杨需林却接口道："我们尊重林太太的意愿，她想要离开，身为她的朋友，我们自然要帮，这跟胆量有什么关系？不过若要真扯上关系，林先生倒可以瞧瞧我们敢还是不敢。"

说着也往前走了一步。

静渊把目光重新转向七七，尽量语气柔和，"你现在身体不舒服，哪里都不要去，若想回娘家，我明天送你去，听话。"

七七往后退了一步，"我刚才说得很清楚，让我今天就走，我们两个都需要安静地整理一段时间。"

静渊呼吸渐渐粗重。

杨漱见七七脸色苍白，极是憔悴，不愿意再激怒静渊让矛盾激化，极力平静规劝，"林先生，至衡的病情随时会变得严重，你是希望她留在这里跟你争吵伤心，还是希望她好好地去她母亲身边得到安抚与照顾？如果你想为她好，要她和孩子平平安安，你就答应她，等她恢复些再接她回来就是了。何必纠结在今天这个节骨点上？"

静渊垂在一旁的手握成了拳头，青色的血管突出，静渊抬起头看着七七，她那张脸庞，不见孕妇的丰润，消瘦得让人心疼，而那眼中的期盼与焦灼，更让他心中冰凉。她这般盼着离开他。他有什么办法，假如今天阻止了她，指不定她又像十年前那样，一逃就逃七年。

"你确定你真要过去？今天晚上？"

七七低头嗯了一声。

静渊点头，"那你一人过去，宝宝不能跟你走。"

七七霍然抬眼。

静渊涩然道:"大晚上就不要折腾孩子了,我明天把她送过去陪你。日常要用的东西,我让小桐给你收拾一并带去,那边总得有个贴身丫鬟陪着,让她在那边伺候你吧。"

七七眼中隐隐含泪,点点头。

静渊看了一眼杨霈林,淡淡道:"不好意思,慌乱之间也没有想着给客人奉茶。"叫来小桐,"给两个客人沏壶好茶。"

小桐并老许等人一直在外头战战兢兢候着,听主人语气和缓,大松了口气。

杨漱扶着七七到沙发上重新坐好,杨霈林将药箱递给姐姐,借口去花园透气,回避了出去。

静渊默默站在一旁看着,待杨漱听完七七的心音,便问道:"杨大夫,我妻子的病情,究竟有多严重?"

杨漱道:"她的心脏有问题,平日里受不得刺激,不能大喜大怒,也不能太过劳累,这其实没有什么药可以治的,只能慢慢调养让身体状态变好。如今并不是特别严重,但假如像今天这样的情况一直持续下去,我不能保证她是不是会出意外。"

静渊的声音哑了哑,"意外……什么样的意外?"

"至衡如今想方设法要让身体好起来,能够平安生下你的孩子,我并不想吓你,只是你不要以为她生个孩子有多么容易。"杨漱回头看着静渊,"人命关天,林先生记住就行了。"

静渊颓然坐下。

杨氏姐弟喝茶的间隙,静渊给孟家打去了电话,说七七一会儿要过去。那边的穆管家虽然心里诧异,但亦热情回应,说马上给小姐收拾屋子,姑爷万万放心。

孩子们过来给杨氏姐弟问好,杨漱见到文斓,笑道:"这个小家伙那天去看电影,没把至衡给忙活死,隔一会儿就扑过去捂住他的眼睛。"

宝宝奇道:"为什么?"

七七把宝宝叫到身旁,"妈妈今天先去外公家,明天你下学后爹爹会把你接过去,一会儿你早点儿睡。"

宝宝仰起脸,"妈妈,爹爹又气你了吗?我刚才听见你们在下面吵。"

七七勉强微笑,"你爹爹……他只是舍不得妈妈。"

静渊心中陡然一酸,她明白的,她明白自己的心,可是自己为什么总在她面前乱了心?

文斓缓缓走到七七面前，"大妈，你为什么不在晗园住了？你是不是不回来了？"

静渊心中一震，朝七七看过去。

七七柔声问："大妈和姐姐走了，你会想我们吗？"

文斓眼中隐隐露出伤感，"会的。"

七七见他随意在衬衫外头套了件小褂子，叹了口气，低声道："小军装的扣子等黄嬷给你缝好了，如果还想穿，就让她给你熨一熨，免得皱皱巴巴的。你爹爹说不喜欢是跟你开玩笑，不要放在心上，想穿什么就穿。"

文斓低着头，一滴大大的泪珠落在她的手上。

七七心中何尝不酸楚，自始至终她没有再看静渊一眼，但当着孩子们的面，她对他一句埋怨的话也没有。

什么时候再回来？她不知道。

她只知道如今只看到这嫁妆册子，和他就吵成了这样，假如他知道自己和秦飞一起囤煤，指不定又将如何发作。这段时间两个人的争执总是愈演愈烈，彼此积压的矛盾与不满时常都会爆发，她无心应付，也无力应付。躲开也好。

外头响起了汽车喇叭声，铁门吱呀打开，一会儿，老许带着一人进来，竟是孟府的穆管家。

七七知道定是父亲让他来接自己，不知道为什么突然想起了秉忠，心里一酸，几欲落下泪来。

穆管家满面堆笑，"白沙那边最近在修路，旅社里又住了好些当兵的，老爷不放心，说还是让我亲自过来把七小姐给接回去。"

静渊看到他，才切实感觉到七七即将离开。她回来有三年了，折折腾腾，两个人算得上朝夕相处，虽说离别只是暂时，但他心中竟有一丝撕裂般的痛苦。

七七想着还有账簿放在画舫，便道："穆伯伯您先稍等一会儿，我稍微收拾下。"

"不用急。"穆管家笑道，接过小桐端来的茶坐到一旁。

七七去画舫拿了自己平日里要看的账簿，把嫁妆册子也装好了，简单收拾了一下。

出来走到平台上，却见静渊站在廊桥的一头，身影寥落，目光深深。

玉兰花灯照着荡漾的湖水，水声幽幽，花香浓郁，杜鹃声在树林中响起，是凄婉的音调。

"对不起。"他轻声道。

她没有说话，微微垂下睫毛。

静渊苦笑了一下，"你说我可笑不可笑，总想做好，却总把事情搞砸。"

七七低声道："我不怪你，我知道你的脾气。"

"我恨透了我这个脾气。我总是伤害你，也总想牢牢抓住你。"

"我们都累了，就当这次暂时分开，是给大家放一个假吧。"

他走过来，拥抱她，"我不知道这次分别会不会如你所想，能让我们两个人都想清楚。"

他的呼吸喷在她的皮肤上，熟悉的淡淡的香味。七七在他怀中闭上了眼睛，但脑中却逐渐清明，相比起心中的那份不舍，她有更重要的东西，比如孩子，比如安宁。

两辆车一前一后，一路沿着水泥道往山下行去，静渊怔怔地看着那道逐渐远去的光影，独自站了许久，缓缓转身往回走，看门的仆役将铁门关上，声响在漆黑的夜里显得响亮凄清。

宝宝第二日要上学，母亲一走，她就上床睡了。床头柜上的台灯亮着，文斓正坐在他的小床上发着呆。静渊在窗外看到，轻轻推开门走了进去。

文斓忙穿鞋下床，走过去拉着父亲的手，用力握着，似乎在安慰他一般。

"怎么不睡？"静渊轻声道。

"我等着爹爹呢。"文斓道，看了看宝宝，见她沉沉睡着，转过头对静渊笑笑，小声道，"爹爹你没事吧？"

"能有什么事？你这小脑袋里不知道想什么。"

"爹爹，我们明天还回玉澜堂吗？"

静渊摸了摸儿子的小脑袋，柔声道："爹爹白天要去盐场，不能陪你，明天早上我先送你回玉澜堂，中午在六福堂吃午饭，让戚掌柜去接你跟我一起吃，好不好？"

"那你不在玉澜堂住吗？"文斓眼中露出一丝失望，"大妈和小姐姐都不在晗园了，爹爹要一个人住在这里吗？"

静渊心里一痛，抚摩着儿子的头发，"我想一个人静静，想一想事情。爹爹答应你，会经常去看你的。你要想我了打个电话说一声，我让人去接你过来。快睡吧。"

让儿子躺下，给他拢了拢被褥，又走到宝宝床边看了看，见女儿睡得很香，她睡熟了总会把小嘴微微张着，是那么甜美可爱。

他愣愣地站了一会儿，拧灭了台灯，悄然合上门离去。

文斓好一会儿才习惯了屋子里的黑暗，他的眼睛大大地睁着，两行泪水从眼角滚落，侧过身子，看着对面床上的宝宝，黑暗中小小的影子因呼吸轻轻起伏。

文斓想："明天就看不到她了，明天她就会去陪她的妈妈，离开晗园。他以为自己会高兴，奇怪，他竟然一点也不高兴。"

静渊回到卧室，坐到床上，枕头上还有一小缕七七的秀发，他把脸贴在枕头上，闻着她的味道，心中愤懑与郁结在翻涌，也不知道是痛恨自己还是在痛恨她，也不知道是因为空空的失落还是自她一走就升腾起的入骨相思，手捏成拳头，狠狠捶在床沿。

街道中是零落稀疏的灯光，进入白沙镇稍微热闹了些，七七探出头，看到小镇最高处那一片最灿烂的灯火，心潮起伏。

沿着斜坡一路往上而行，榕树树叶的香味扑鼻而来，玉簪花和白兰花都已经开放了，糅合着市镇里的烟火气息，是她童年的味道，离她如此远却又如此近。

秀贞迎了上来，"母亲在你房间里呢，父亲吩咐让你好好休息，就没有跟各房说，免得一会儿鸡飞狗跳的。"带着她往房间走去。

孟夫人正靠在一张椅子上，看着冯保娘装枕头，见七七和秀贞进屋，回过头来。

七七抑制住哽咽，微笑道："妈妈。"

孟夫人对秀贞道："厨房的龙眼粥差不多好了，去给你妹妹端来一碗，你自己也吃一碗。"

秀贞应了，转身出去。冯保娘装好枕头，给七七行了个礼，退了下去。

孟夫人向七七伸出双臂，七七走过去，孟夫人一把将她搂住，柔声道："乖宝贝，是不是姑爷让你受了委屈？"

七七不想让母亲担心，摇了摇头，依偎在母亲怀中，"妈妈，我想你了。"

孟夫人爱怜地看着女儿，"怎么不把宝宝一块儿带来。"

"太晚了，她父亲说明天会送她过来。"

孟夫人把女儿紧紧一抱，"妈妈要把你养得胖胖的，这段时间好好在家里住着，谁也别想带你走。"

七七热泪盈眶，在母亲怀中依偎良久，忽见茶几上的果盘中放着好些牛皮糖，笑道："扬州来了人吗？"

孟夫人拿了一颗糖剥着，"岂止是来了人。你妈妈我最近发了财，连你爹爹都好生眼红呢。"说着抿嘴一笑，把剥好的牛皮糖递给七七，目光中竟颇有俏皮之意。

七七把糖含进嘴里，睁大了眼睛，"能让爹爹都眼红？那得有多少钱？"

孟夫人平静地说："你外祖父当年给我留下的四个酱园，被你三舅舅帮我卖了，大概……大概有个百来万吧。"

"咳咳。"七七一口被牛皮糖给噎住，俏脸涨得通红，孟夫人给她拍着背，眼中却带着笑意。

那牛皮糖黏在喉咙里，半天才被咳了出来，七七直起身子，"百来万，我的香雪堂两年来也才挣了个三十万，妈妈你真是发了大财，难怪……难怪爹爹要眼红。"

孟夫人道："如今江南不太安稳，独你二舅舅决意留着不走。你外祖家的财产一部分随你大舅去了江西，一部分要跟你三舅南下去广州，我那一份原是你三舅舅帮着管的，他要去广州，也怕将来打起仗来酱园没有合适的人照应，落得人财两空，这才跟我们商量说干脆卖了盘成钱，也因为时局不好，算是贱价卖了，那可是近百年的老酱园，如今落到外人手里，扬州那边现在只剩下一个祖屋，连我以前的家具、箱笼也全都卖了，还想着什么时候回去一趟，看来这辈子总是不成了。"说着眼眶一红。

七七安慰道："二舅舅喜欢赌钱，你也不放心把酱园给他管吧？这份产业留在扬州自生自灭，妈妈忍心？卖了也好。"忽然眼睛一亮，"哎呀，赶紧赶紧！"

孟夫人被她吓一跳，"赶紧什么？"

"保不准以后银钱贬值，还是赶紧把钱换成金条，找一家稳当些的银行存着得好。"

孟夫人笑道："你爹爹自然会帮着我料理的。"摸了摸女儿的脸蛋，微笑道："你爹爹不喜欢你做生意，我却觉得挺好，我的小七七如今懂得谋算一些事情，妈妈也不用太过为你担心了。"

七七脸一红，"我这么大了，哪能时时让你和爹爹操心？"

孟夫人看了看她瘦削的脸庞，叹了口气，"我和你爹就是为你操心少了，让你受了这么多委屈。"

七七笑道："那我这几天在家里，妈妈好好为我操操心。"

孟夫人笑道："如今新得了这笔钱，分成七份，你是幺女，我做主给你分得多一些，妈妈如今也真不知该怎么帮你，只能给你一些钱，不论怎样，你和孩子们总也不愁将来。"

七七悄无声息地叹了口气，心道："我现在恰恰缺钱，妈妈真解了我的急。

只是这钱一到手估计眨眼就会被我花光，也不知道她老人家知道了会不会伤心。"

秀贞端着热粥进来，笑道："别只顾着撒娇，快把这龙眼粥喝了好睡。"

七七笑道："我今天跟妈妈一起睡。"

却听外头一声咳嗽，是善存的声音，"阿秀，不早了，早点歇息。"

七七捂着脸低声笑道："爹爹来拿人了。"

孟夫人瞪了她一眼，朝外头道："女儿好不容易回趟家，我陪她多坐一会儿。你不是睡了么？怎么又起来了？

"我没睡。"善存说着走了进来。

阿秀是孟夫人的小字，善存几十年这么叫过来，七七听在耳中，恍如回到了小时候。那时的母亲是个苗条秀美的江南女子，嫁给父亲后，从此长居异乡远离亲人，母亲这份姻缘，如何又算得圆满？

可是，世间什么样的姻缘才是圆满的姻缘？

秀贞站起来行礼，七七亦收了玩笑之色，垂首道："爹爹。"

善存对孟夫人道："你如今睡眠少，那是年岁大了不得已，七七一定累了，即便不为她想，也得为她肚子里的孩子多想想。要叙话有的是时间。"

孟夫人撇嘴道："年岁大，你自己是老头子，就当别人也都老不中用。"知道丈夫心疼女儿辛苦，也不再和他犟嘴，对七七柔声道："我是一见你高兴，忘了你现在又有了身子，你爹爹说得对，早些休息，把身体养好了，我们娘儿俩有的是时间唠家常。"

七七点点头。

善存看了女儿一眼，问道："姑爷过两天就会来接你吧？"

七七没说话，善存却道："安心在娘家养着，想什么时候回去就什么时候回去。姑爷那边再不乐意，有爹爹为你挡着。明日上午他会去青杠林盯着凿井的，我好好跟他谈一谈。"

七七低声道："爹爹不用跟他多谈什么，只是明天找人帮我去宝宝学校把她接了来，静渊虽说了要亲自送她来，我还是怕……总还是担心他变了主意。"

孟夫人不禁有气，"你们两个又不是离婚分居，你想和女儿一起，他凭什么拦着？"

善存道："这件事我来处理，总之明天宝宝能高高兴兴过来就是。"

七七感激地看着父亲。

善存向孟夫人伸出手，孟夫人只得搀着他，但回头叮嘱道："把粥喝了，安神的。"秀贞亦跟着他们出去。

七七见父母的背影颇有老态，心中酸楚万分。房间里只剩下她一人，她将粥喝完，环顾四周，心潮澎湃。

屋内陈设与她出嫁前并无二致，靠窗的黄花梨平头案上摆着她小时候的玩物，她躺到床上去，回想前尘往事，虽然困倦，却辗转难眠，折腾到凌晨，方渐渐睡了过去。

一觉醒来已是大天亮，估计母亲和嫂子要让她好好休息，没人将她叫醒。鸟声喧喧，鼻中花香馥郁，她睁开眼睛，竟是许久未曾有过的轻松，她真想努力将这样的感觉持续得长久一些，却听见外头秀贞和沆荷的声音响起来，沆荷笑道："哎哟，七妹妹也才回来一个晚上，瞧我们姑爷就舍不得了。"

"七七还在睡觉呢，让她再休息一会儿吧。"这是秀贞的声音。

"她近日是很渴睡，多谢嫂嫂们体谅。"听到这个声音，七七一颗心顿时下沉，手无力地把被角抓了抓。

"有什么好谢的，她受了这么多苦，我们还没有好好心疼心疼呢。"秀贞忽然提了提嗓子，"哎，别进去啊，让她多睡一会儿。"

静渊道："我就坐在一旁不出声。"忽听衣服窸窣之声，当是秀贞拦住了静渊，"姑爷，青杠林的盐井还在凿着，父亲可是早早就去了，你算是个大股东，就这么不闻不问不好吧？老辈在工地，你在这儿闲着是为什么？"

静渊和颜悦色道："我没闲着啊，七七身体不好，我担心她呀！"

"只怕你越担心她身体越不好呢。"沆荷忍不住出言讽刺。

静渊不理，把七七房间的门推开。

秀贞大怒，追上去待要怒斥，沆荷将她一拉，朝院子中央努了努嘴，却见小桐、老许及另外两个晗园的仆人走了进来，几个箱子被抬到走廊之下，秀贞轻轻顿足，叹了口气，和沆荷走到院子中去招呼。

七七听见静渊的脚步声，忙将眼睛闭上。

身侧床榻微微一矮，他坐到了床边，她烦躁至极，幸亏脸朝床里，他无从看到脸色。

半晌无声，许久后，静渊方轻声道："我晓得你不想看见我，放心，我不会烦着你。你和女儿常用的东西收拾好了，已经搬了过来。宝宝下午下学后，我让老许把她送过来，你好好在娘家休养，什么时候想回来就回来。我在晗园等你。"

七七没吭声，依旧闭着眼睛。

脸颊上一暖，他的手覆了上来，只听他微微一笑道："你睡着了和宝宝一样喜欢把嘴张着，如今这样抿着嘴皱着眉，分明就是在装睡。平日是我多疑，总不信你，其实你是最不会骗人的。"

七七的脸有些发热。

他不再说话，应该是在凝视着她，七七暗暗叹气，打算转身跟他好歹说句话，孰料他站起身来，走了出去。

孟夫人和三媳妇淑云从市集回来，听说静渊来过一趟，对秀贞皱眉道："他好歹也是七七的丈夫，虽说脾气怪僻了些，但对你妹妹也算是有一份真心在，没必要太给他难堪。难不成七七以后一辈子住娘家？"

七七在屋里听到，从床上缓缓坐起，抱膝无语。

孟家二少爷孟至慧携妻儿在端午前回到了清河，与他一同回来的还有在省政府谋职的六少爷至勤，四少爷至行也从云南前后脚赶回，孟家的儿女终于重聚一堂。

川军整编，分散的各部重新组合，孟至慧在军中供的文差，这一次被分入以往同属刘荣湘部的李坚部，李坚在川军中有儒将之称，尤其善待属下，孟家人得知至慧将跟随此人，均喜不自禁。只有善存心知战乱将起，儿子性命交之国家，将来命运如何实在难说，因而喜容之下，却是忧心。

初夏的熏风让庭院中的树木摇曳，一空碧蓝，榴花如火，雪白的女贞花发出浓郁的香味，如此美好的一个夏天，却涌动着离别和混乱的气氛。

至慧一家向父母行了大礼，孟夫人感慨万分，流下了热泪，善存亦难抑激动之情，见儿子姿容英挺，一身戎装，宛然是前途光明的青年军官，不禁红了眼眶。

至行在云南忙着木材生意，数月才回一次清河，因常走动在昭通、楚雄、大姚等山区，沅荷与丈夫经常分居两地，现在终于一家团聚，她喜得热泪盈盈，扶着七七的手臂，眼泪止不住，七七不住安慰。

至慧小声问母亲："怎么不见妹夫？"

孟夫人微笑着解释，"他一会儿也来的，在工地帮你父亲看着凿井呢。"

至慧方放了心，又转头去瞧七七，见她正嫣然看着自己，目光甚是顽皮，依旧是当年那个调皮可爱的小妹妹的样子，他心中温暖，朝七七走了过去。

"二哥。"七七微笑。

至慧朝自己四岁的儿子招手，"平平过来。"

小男孩正在他母亲身边，闻言一个快跑奔到父亲面前，一双大眼睛漆黑溜圆。

"给小姑姑的礼物呢？"至慧微笑着摸摸他的头。

平平在裤兜里翻了翻，小手举起，"小姑姑，这是平平给你的！"

他和至慧小时候长得极是相像，七七见到，又是感慨又是喜欢，接过他递来的东西，原来是一颗金色糖纸包裹的巧克力。

平平煞有介事地说道："我爱吃巧克力，爹爹说小姑姑也爱吃，定然会很喜欢我，我就把我自己的巧克力送给姑姑。"

七七在他可爱的脸颊上重重一吻，"谢谢平平！"

站直身子，对至慧道："二哥还记得。"

至慧道："虽然不常跟你见面，但总记挂着你的。"

七七含泪微笑。

至慧问："怎么没见宝宝？去年过年时见过一次，也就这么高的小不点儿，如今长高了吧？更像你了吧？"

七七笑道："她在学堂呢。"

至慧拍了拍头，"我果真变成了个粗人，连这个都想不到。"

七七微笑道："那是因为平平还小，等他到了入学的年纪，你也就记得了。"

至慧叹了口气，"也不知道自己能不能看到……将来……"顿了顿，没有将话说完。

七七知道兄长想到了今后战事一起，命运未卜，不愿牵起他的伤感，拍手笑道："二哥，我带你去一个地方！"

至慧跟着她出去，平平好奇，蹦蹦跳跳跟在后头，七七回头看了这孩子一眼，笑道："他这性格跟你小时候可不太像，你那时是个小大人，一本正经的。"

至慧呵呵一笑，"我瞧他很有些像你呢，只会调皮捣蛋，没少惹祸。"

七七瞪了至慧一眼。

行至库房，七七轻轻推开门，里面是香油、盐茶、布匹混合在一起的气味，平平捂着嘴走进去，奇道："爹爹，小姑姑，这里头都装的是什么呀？"

七七看着至慧，脸色不无得意，"我和嫂嫂们忙活了数日，给你准备了要带去军队里的东西，瞧，这是家里送你的礼物！"

从壁上的架子上取下一个大册子，朗声念道："腌雪菜十挑，腊肉十六挑，罐头五百筒，花椒、海椒、豆腐乳、榨菜共四十六挑，防水布三十匹，雪花盐三十挑……另有……"她对着至慧眨了眨眼，翻到一页，"另有香雪井的贡盐十六挑，这十六挑贡盐是七七送给二哥的。"

至慧眼中闪着光，脸颊边的肌肉微微颤动。

七七道："爹爹跟阿飞说好了，让宝川号的汽车给你运过去，运丰号另有一车的盐也会跟着走。爹爹知道军队的饷银不像以往那么紧缺，再不必他和乡里叔伯们凑钱了，如今家中为你们做不了什么，便多预备些东西。你是清河送出去的人，回家一趟，家里不能让你空手回去，这些东西拿去送给长官，随便怎么分，也是清河人的一片心意。爹爹说以后还会给你们送过去。"

平平跑到一堆麻袋面前，因怕受潮，袋口敞着，是白雪一样的盐。他小心翼翼地捧起一把，轻轻伸出舌头舔了舔，哇哇大叫："好咸好咸！"

他还以为是雪花洋糖呢。

七七轻轻拍拍脑门，"别说，还真是忘了买几挑糖。我得记下来。"说着将册子中的一页轻轻折了一折，用指甲画了一道，做个记号。

至慧低声道："孟家儿女之中，唯我一个人薪俸甚低，为家里也没有做过什么贡献，反而时时给父母增加负担……"

七七微笑道："二哥自小稳重，爹爹对你的期望，是希望你建功立业，光宗耀祖。"

平平被盐给咸到了，却依旧执着地在各个麻袋、竹筐中检视着，不时拿起一块东西闻闻，若是吃食，便小心地拈起一点儿尝尝，甚是认真。

七七不由得笑道："倒是个小掌柜的样子。"

兄妹俩说笑一阵，七七正色道："建功立业虽然好，但我们更希望你平平安安的，平平这么可爱，二嫂又这么贤良，二哥要好好保重。"

至慧淡淡一笑，"我是军人，要让家国太平，该挺身而出之时便不能有二话。不过你放心，我一定会保重，只有保重好了自己，才有能力捍卫我珍爱的一切。你也是一样。"

七七深深地点了点头。

差不多快到午饭时分，大厅里的笑语声不住传来，平平跑在前面，一人正好走出来，差一点儿撞到他，笑着把平平抱了起来，"这就是平平，长这么大了？"

至慧心想，这妹夫看起来可真比以前和蔼多了。

"我还说来叫你们吃饭呢。"静渊的笑如春风和煦，把平平放下，跟至慧笑着见礼，七七随着他们走进大厅。

静渊走到妻子身旁，七七见他额头上有汗，拿手绢给他擦了擦。

静渊给她顺了顺鬓边的秀发，"嗯，看着气色好多了。"微微揽着她的腰，轻声问："想我吗？"

七七不好意思，只笑道："你累不累？听爹爹说这几天你一直很辛苦。"

"还好。"静渊淡淡道，"刚才耽搁了下，本可以早些过来，给你二哥准备了三十挑盐。"

"三十挑，有些多了。"

静渊微微一笑，在她耳边低声道："这算什么？我没本事，也只能给这么些，不像有些人。"

这话听着不对劲儿，她抬起头。

静渊眼睛看着大厅中的众人，并没有看她，似在自言自语，又似在找着谁，面上依旧是温和的笑意，"怎么没见到我们的秦老板？二哥好不容易回来，他们自小一起长大的，也不过来聚聚？"

七七背脊渐渐发凉，没有答话，想往父母哥嫂那一边走去，他的手一紧，将她拽住。

"送你哥哥这些东西该是找秦老板的宝川号来运吧？"

许久，七七方嗯了一声。

用人们开始上菜，热闹间无人注意静渊和七七二人，孟夫人略朝他们扫了一眼，见静渊一派温存，对七七低声细语，她心中倒是很宽慰。

"今天大家都很高兴，别跟我找别扭。"七七低声道。

"找别扭？"静渊愕然，"我哪里敢？我现在只想讨你欢心，哪敢得罪你？"

"那就不要说无关紧要的无聊话。"七七咬牙道。

静渊笑得甚是欢欣，手搭在她肩上，抚摩着她的秀发，"你说我哪句话无聊？我说我很想你，你觉得无聊？"

七七轻轻摆动了一下肩膀，避开他的手。

"我又没有说错。"静渊笑了笑，"秦老板就比我有本事嘛。囤煤这样的大事情，也真只有他做得来。我还纳闷你卖嫁妆怎么不心疼，把钱交给他，原是让人放心的。我说得对不对？要不你怎么就指望着他不指望我了？瞧你这神采飞扬的模样，在娘家，果然比在晗园过得好啊。"

七七冷冷注视着静渊，眼神深意莫测，像在穿透他，又仿佛什么也看不见，仿佛他并不在面前。看到这样的神色，静渊心中起了一丝说不出的怪异之感，转开脸去，避开了那双漆黑的眼睛。

七七吸了一口气，闻到庭院中飘来的花香，听到耳边亲人的笑语，这世间有万般美好，细数日子，将来她应该也还有许多美好的时光，侧头看到静渊搭在她肩上的左手，系在无名指上的五彩戒。微微苦笑，原以为那一份美好也将与他有关，孰料期冀中的幸福美如昙花，也败如昙花。

"你曾说……"她的声音，如风动碎玉般清冷，"你曾说让我再信你一次……"

静渊心里一跳，竟不敢转头。

"我再也不信你了。"七七淡淡地道。

他猛然想要抓住她的手，她却倏地甩了一下衣袖，快步走向她的兄长们。

他心中宛如被大力击中，愣在当场，她却连头都不回，只留给他一个倔强的背影。

小坤和宝宝从学校被接了过来吃午饭，被领到至慧跟前行礼，至慧高兴极了，忙让妻子将准备好的礼物送给两个孩子，都是用弹片制作的光闪闪的铭牌，打得跟小娃娃挂脖子上的金锁一样精巧。

宝宝兴奋地跑到静渊身前，"爹爹你来了！"

清脆柔软的童音，像甘泉注入心中，纾解了几分痛楚，他将女儿轻轻搂住。

宝宝微笑环抱着他的脖子，"宝宝想爹爹了。"

静渊的额头轻轻蹭了蹭女儿的额头，"乖宝，我带你洗手去，马上就吃饭了。"

"好！"宝宝笑道，得意地瞟了一眼小坤，见他极郁闷地看着他母亲和父亲两个人坐在一起腻歪地说着话，浑不把他当作一回事，宝宝笑着朝小坤做了个鬼脸，骄傲地拉着父亲的手，小坤狠狠地瞪了她一眼。

七七看过来，宝宝朝母亲笑着叫："妈妈，爹爹带我去洗手，我马上回来！"

其实她只是想跟在座的大人们显示一下父亲有多疼爱自己，果然，舅妈们都故意大声笑道："哎呀，宝宝，你好了不起哦！"

宝宝嘻嘻一笑，可是看到母亲的笑容却十分勉强，她觉得甚是奇怪，虽然年纪小，但自幼跟在母亲身边，母亲所有的神情她几乎都懂，此刻母亲的笑，并不是那种发自内心的高兴的笑，她讶然地抬头看父亲，父亲也在笑着，那笑意……宝宝的心一沉，垂下了头，默默被父亲牵着往厅外走去，用人们早打了水放在外面屋檐下，她蹲下去洗着手，水凉凉的，多像父亲的笑容。

她抬起头小心地对父亲道："爹爹，你不会再惹妈妈生气了吧？"

静渊用毛巾给她擦了擦小手，涩然笑道："爹爹这么爱你妈妈，怎么会惹她生气。"

宝宝略放了点心，"那假如妈妈惹爹爹生气，你不要怪妈妈，好不好？"

静渊微怔，但见女儿眼中担忧的神色，便点点头。

宝宝怯怯地笑了笑。

静渊看着那双和七七长得一模一样的大眼睛，"乖宝想什么时候回家？"

宝宝往大厅内看了看，"我要陪着妈妈。每天早上她给我梳头，有时候梳

250

着梳着她就不舒服，还吐了。妈妈说，是她肚子里的小弟弟在长大，过段时间就好了。妈妈说在外婆家就是养身体。可外公外婆给了她好多好吃的东西，她都没有吃多少。"宝宝不好意思地笑了笑，"最后还有好些被我吃掉了。"

静渊被一股无力感席卷，幽幽叹了口气。

不论怎样，他总是爱着她的。等待吧。如今只能顺着她的意，即便她不顾他的感情与尊严，也还是只有等待，让她好好生下这个孩子，让他再慢慢地挽回那颗越来越远的心。

他确实知晓了七七在江津囤煤的事情。

盐务局统计东西两场运商的车船运量，秦飞的宝川号凭空减少十余艘盐船，盐送出清河之后，空船并不再返回清河，而是直接走往江津。静渊得知，心生疑窦，派人密密跟随查看，终还是发现那些盐船里满载着煤炭，并且接连不断地运送。

在江津的仓库，静渊的人看到了小武，而之前古掌柜曾跟静渊说起，小武被七七派到成都去进绣坊的货。

静渊知道囤煤这件事，也无非是个早晚问题，和他的争执迟早会发生，他多疑敏感，加上此事又和秦飞有关，七七庆幸自己回到了娘家，避开与丈夫正面交锋。他既然要冷战，她巴不得有个清净。

小桐倒是不停去打听，看静渊趁大奶奶不在晗园，有没有回玉澜堂住，是否有机会让那边的那个二奶奶得了势去。不论她带回什么消息，七七只是不听。

小桐急道："大奶奶你不知道，听说东家还带着她去看戏呢，您就别再给东家冷脸色了，他那么要强的一个人，最是喜欢被人哄的。"

又说："东家虽然还在晗园住，您就不想想，会不会有一天，二奶奶也搬过去了？"

"别说了！"七七捂住耳朵。

小桐扭着手，"大奶奶，东家虽然爱发脾气，可一门心思挂在您身上，小心被人钻了空子去。"

钻空子？

七七苦笑。在她心中，锦蓉是否存在，已经不再是她和静渊之间的问题。

她和静渊的下一次见面，是在差不多半个月后了。

青杠林火源旺盛，运丰号与天海井携手开井，尚未完工之时，已经能出火圈灶六十口，瓦斯火极为充裕，不仅如此，下锉到达的盐岩层，直径约八寸，预计完工时深度可以到九百公尺，估算下来，至少可以日产卤水数万担，又赶上增产加运的好时机，善存高兴至极，在工地摆下大宴，邀请所有技师及盐工一同庆祝。

静渊自然要出席，而七七，身为静渊的妻子也自然是要到场的。

她去的时候静渊早就已经到了，见到她，他转身从工棚中拿出一个小箱子，交给陪着七七一同前来的小桐，说是给宝宝买的文具和故事书。

小桐忙笑道："东家好有心！小小姐的故事书还真快翻烂了呢。"说着看着七七，"大奶奶这几日都没出门逛逛。"

七七拿了个父亲平时喝茶的杯子从桶里舀了茶，静渊见到，走过去把那杯子夺了，将水往地上一泼，用自己的青花杯子给七七另倒了一杯茶，是她爱喝的碧螺春，七七只得接过，喝了一口。

小桐见主人夫妇面色都和缓，便识趣地跑到外头去帮着穆掌柜他们张罗。

七七低头喝着水，静渊打量着她，见她脸上丰润了许多，不似往日那般消瘦，腹部微隆，已露出孕相。

她知道他在看她，也知道他看到了什么，脸上微微一红。

外头工人们都很高兴，有的已经开始在喝酒了，喝多了就不免放肆，嚷嚷着要林东家出来喝酒。

静渊听了只是微笑，对七七道："外面日头毒，你在这里坐着，我让小桐给你弄吃的过来，那边都是粗人，你就别出来了。"

七七点点头，叮嘱道："你少喝一点儿，别伤着身体。"

他一瞬不瞬地看着她，看了许久，起身出了工棚。

酒肉气一阵阵传来，七七闻着反胃，小桐给她挑了几样清淡的菜蔬，多少吃了一点，耳听得工人们不断给两个大东家敬酒，静渊全然不拒，最后还是喝多了，被搀扶到工棚里休息。

七七拧了毛巾给他擦脸，他一把拽住她的手直往胸口放去，长工们在一旁看着直乐，七七窘得脸红到耳根，小桐和穆管家把人给驱散了，留他们两个在棚子里，七七觉得这样甚是不妥，便一面叫着小桐让她留下，一面要把手挣脱。

静渊拼命抓住不放，"就这一会儿，就陪我一会儿。七七，我不烦你……我真的不烦你。"

她听着，叹了叹气，也就由着他握着，他没有睁开眼睛，额头上不断渗出冷汗，躺了一会儿，俯过身大吐。

善存进来看了看，让"小蛮腰"开车把静渊送回晗园去，七七在一旁站着，神情怔怔。

善存道："这段时间法币开始贬值，他不光守着工地，还让戚掌柜带着天海井的会计给誉才学校做账，又把法币折成银圆，学校的经费总算没有了什么大问题 ，一来他是校董，二来也是念着宝宝在誉才上学，因而才那么上心，他可是够辛苦的。你去陪他一天，要还是闹别扭，明天我叫老穆去接你。"

七七垂下头，"那我明天再回来。"

静渊一觉睡到晚上，醒过来的时候，七七蜷在一旁也睡着了。

他轻轻把被子牵过去给她盖着，她睡得很沉，肯定也是累了，他不愿意叫醒她，也不知道该和她说什么，只是默默凝视着她，不论怎样，她现在就在他的身边，在身边就好。

不知道过了多久，她醒过来，见他的眼睛与自己距离不到一寸，脸腾地红了。

"饿了吧？厨房做了吃的。"静渊道。

她正要答话，却听电话铃声急促响起。

静渊起身去接，对方说了几句，他听后，脸变得煞白。

"怎么了？"七七看着他。

"母亲病了。"他放下电话，匆匆穿衣，"我去一趟玉澜堂。"紧接着又问了一句："你跟我一起去吗？"

·第十六章·
来日大难

᯼

七七本能地抗拒和林夫人见面，蹙了蹙眉，这嫌恶的表情让静渊脸色倏地变冷，他不再多说，转身打开屋门。

但她也不过是片刻犹豫，叫道："你等我一下。"

静渊略停了停，七七下床把外衣披上，匆忙理了理头发，拿起了提包，"我跟你一起去瞧瞧，母亲她怎么回事？要不要紧？"

静渊沉默了几秒钟，轻声回道："现在还不知道，只是说昏厥了，大夫已经去了。"

"希望没什么事。"

静渊看着妻子，抿了抿嘴唇，"其实我最近也并未回去过，平日只是让老戚把文斓接来一起吃吃饭。"眼中闪过黯然，"对她老人家来说，想来我是个不孝子吧。"

七七听了，心里很不是滋味，闻到他身上还有淡淡的酒味，想着今日中午他为父亲也挡了不少酒，即便他对孟家有多少暗藏的不满与仇怨，碍着她，总归还是把这女婿的本分做足了。防备是一回事，反感是一回事，于情于理，婆婆如今生了病，在丈夫面前，自己这个做妻子和媳妇的，怎能置之不理？

"小蛮腰"跑去开车，黄嬢捧上两碗粥，对静渊道："东家，再怎么也不急这一时半会儿。先垫垫肚子吧，您跟大奶奶晚饭还没有吃呢，大奶奶也不能饿肚子啊。"

静渊接过粥先递给七七，"慢慢喝。"

七七吹了吹，大口大口地喝了下去，静渊则喝到半途，因为心是慌的，呛了一口，拿毛巾擦了擦嘴，剩下的半碗也就那么放着了。

七七把碗一放，"走吧。"

汽车驶出大铁门，车灯的光束穿透黑暗，路旁的桉树和榕树投下暗色身影。

锦蓉正搂着文澜守在林夫人厢房内，神情焦急，见他们来了，立刻站起来，拉着七七的手道："姐姐先坐着，别累着了。"

若不是之前有湖心公园之事，她如此热情体贴，七七好歹也会跟她客套两句，此时却只是淡淡地抽出手，也不坐下，把目光移向别处。文澜坐在一根方凳上，垂着头，在大人们说话的间隙，悄悄抬眼看了看她。

锦蓉抽抽鼻子，对静渊大概说了下林夫人的情况。

林夫人是在晚饭后昏倒的，本还一直好好的，和锦蓉在园子里还散了散步，无奈天刚黑，走了一会儿突然嚷胸口闷，锦蓉忙将她扶到房间里，一踏进屋子，林夫人就往地上倒。锦蓉吓得六神无主，忙叫下人将老人家扶到床上躺着，林夫人初时还能说几句话，叮嘱说："千万不要告诉静官儿，莫要让他担心，他今天盐场有事，别给他添乱。"可瞧着她气色越来越不好，锦蓉焦急万分，还是给晗园打了个电话去。

锦蓉头发散乱，脸色苍白，看来是为婆婆忙得晕头了，她哽咽地说着，静渊的脸色越来越难看，走到母亲身旁，蹲下来，捧着母亲垂在床沿的一只手，转头问："大夫呢？大夫怎么说？"

黄管家正给七七端了一把舒服的椅子，答道："在隔壁屋子里写方子，说夫人目前无甚大恙，但要好生将养，瞧今日的情形，有点儿像是风邪之症的前兆，要万分小心。"

风邪，就是中风，静渊一听就急了，"这叫什么无甚大恙？把大夫叫过来。"

黄管家对七七道："大奶奶，您先坐着。"说着快步出去。

七七把手扶在椅子上，没坐。

静渊紧紧握着母亲的手，"娘，你醒一醒，我回来了，你不要吓我啊，是儿子不孝，没能照看好你，娘，醒一醒！"

锦蓉泪如泉涌，手扑在林夫人的腿上，哭道："母亲呀！您听见静渊叫您了吗？您一直想着他念着他，您睁开眼瞧一瞧，静渊回来了，他和姐姐都回来看你了呀！"

七七在一旁浑身起了鸡皮，既为静渊难过，又为锦蓉觉得尴尬，但想着她与林夫人朝夕相处，这悲恸估计确实发自内心真情流露，可这一番哭诉，也似在影射正是自己让静渊做了不孝之事，她心中本也有几分愧意，于是也慢慢走到床边，关切地看着林夫人。

　　林夫人的眼睛半睁半闭，浑无往日的凌厉，满头的白发散在枕边。七七许久未曾与她见面了，见到她此番情状，暗暗心惊。

　　大夫是林家这几年常聘的一位老中医，姓王，由黄管家带了进来，向静渊和七七深深一礼，"东家，大奶奶。"

　　"你说我母亲是风邪前兆，那么如何调养？有什么药可以根治？"静渊急切地问。

　　"老夫人心力交瘁，近年来日渐衰弱，加上这几天天气炎热，心火肝火夹攻，邪风入侵。如今得安心静养，调理心情，让老人家过得舒心愉快一些，每日服用我开的方子，一日三次，服用一个月，应当不至于恶化。东家不必太过忧心。不过……从年初到现在，旱多雨少，可能短时间有些药材不一定配得齐。"

　　静渊道："缺什么药您就写下来，明日一大早我去想办法，四川买不到，还有云南和贵州，我一定想办法凑齐。"

　　王大夫笑道："是，如今我先另开了一个方子，也是主治风邪的老方子了，让老夫人先吃着这个。"

　　"老黄，还不赶紧跟王大夫抓药去！"

　　黄管家忙带着王大夫出了房间。

　　林夫人悠悠醒转，见儿子无比关切地看着自己，又瞥见七七也站在一旁，不禁涩然苦笑，"不容易啊，如今你们两个倒是来送我上路了。"

　　静渊两道泪水流下，"娘，别这么说，是儿子不孝。"

　　七七上前两步，向林夫人屈膝一礼，"母亲……"

　　林夫人老泪纵横，痛心道："若不是那天文澜说漏了嘴，我就一直被你们夫妇俩蒙在鼓里。至衡，你有了身孕，却瞒着玉澜堂，把我当母亲了吗？我可受不起你这么称呼啊。"

　　七七脸色苍白。

　　不论静渊如何安慰，林夫人不再说话，只是流泪，后来瞧锦蓉在一旁哭，只好叹了口气，"锦蓉，好孩子，你为我忙了一晚上了，去休息吧，文澜也累了，带他回屋去。"

　　锦蓉摇头哽咽道："我陪着母亲。"

林夫人提高音量，"听话！回屋去！"

锦蓉不敢违逆，只得带着文斓出去了，文斓回过头瞧了一眼七七，七七对他勉强笑了笑，他慌忙转头。

七七站也不是，坐也不是，正想干脆说自己也先回避，明日再来，林夫人却道："你是有身子的人了，晚上别折腾，如果眼中还有我这个婆婆，就在玉澜堂住下，一天也好，两天也好，让我再享享天伦之乐。我与我这个儿子见面不容易，跟你见面也不容易，你便遂了我这个心愿吧。"

说着闭上眼睛，泪水长流。

静渊回过头看着七七，通红的双眼中流露出执拗的哀求。

七七僵直地站了一会儿，往后退了两步，坐在黄管家给她搬来的椅子上，"我留下……我……我留下陪着母亲。"

静渊旋即转头，含泪给母亲擦了擦眼角的泪水，柔声道："母亲，我们都在这儿陪着你。"

林夫人有气无力地道："你也别太累着，至衡怀着孩子，别让她熬夜。我是瞧着你们在家，我就安心了。"

"儿子对不住母亲，这段时间一直太过忙碌，没能回来看看。"

林夫人无力地摇摇头，"我最心疼你的就是这拼命认真的劲儿，跟你爹爹一模一样。盐场的事情自来比家事重要，身为东场的大东家，理当如此，母亲不怪你。只是……唉……"她又朝七七看了一眼，"只是……我知道以前在有些事情上你和我看法不同，因而心里有了些嫌隙，如今娘也非常后悔，你娘老了，什么仇啊怨啊，早都看得淡了，想趁着自己还有着几口气，好好享享儿孙之福。之前的一切，儿子你就担待些，别跟娘计较，好不好？"说着哭了起来。

静渊给母亲掖了掖被子，含泪道："您再别说这样的话，儿子知错了，从此再不会伤母亲的心。七七……"他犹豫了一下，顿了顿，还是接着说下去，"儿子何尝不希望一家人和和气气，七七自来懂事讲礼，也是和儿子一样的想法。"

七七听了，只觉得心口如压重物，让她呼吸不能，手紧紧捏着衣襟，一言不发。

黄管家在外头道："东家，已经开始煎药了，明天清早就可以给夫人服用。"

静渊嗯了一声，问："那王大夫说的另一个方子，是不是果真凑不齐？"

黄管家走了进来，道："还差两味，我已经跟咸戚掌柜说了，让他想办法着人去找找，聚安堂那边也说立刻会去找。王大夫说，夫人先吃着目前这一剂方子，也还是可以的。"

静渊皱眉道："母亲的身体如今是第一大事，不能凑合。一定要尽快寻到那两味药材，明天我去运盐号再张罗下这件事。"

"是。"

黄管家见七七坐在一旁，神色萎靡，道："东家，要不我先将大奶奶送回晗园？"

静渊脸色阴沉下来，"她如今哪里能这么折腾？快去收拾房间，她今夜就在玉澜堂过夜。"

黄管家心里突地一跳，朝七七看了一眼，她眼中露出一丝无奈，对他极轻地点了点头。

林夫人挣扎着道："不用收拾……那佛堂旁边的屋子，是我睡午觉的地方，每天都有人打扫，也凉快清爽，被褥子都是刚换的，至衡可以先在那儿住一晚上，赶明儿让下人们把你们原来的卧室给收拾出来。"

七七嘴唇一动，想了想，没有说话。

静渊听母亲这意思，似乎想让七七搬回玉澜堂，他也不是没有防备，只是不敢马上反对，随口应了，"那明天再说吧，母亲快些休息。"

林夫人合上了双目。

静渊恭顺地守着母亲入睡，七七默默无语地坐在一旁，不一会儿，孕期的倦意铺天盖地席卷而来，她以手支额，也不知不觉睡了过去。

蒙眬中自己身子一轻，闻到熟悉的清淡的气息，是静渊身上惯有的味道，恍惚中睁开眼，见他正抱着自己在走廊上走着，佛堂里淡淡的檀香袭来，门吱呀一声响，他抱着她走进里屋，将她放置榻上。

"我睡着了，对不起。"七七揉了揉眼睛。

"没事，母亲也睡了。"

静渊温柔地看着她，一盏台灯柔柔发着光亮，衬着他憔悴的脸色，他脱了外衣，躺到她身边来，要伸手将她揽入怀中，七七微微缩了缩，犹豫了一下，还是任由他将自己搂着。

七七微微有些过意不去，黑暗中见他眼睛闪闪发亮，她轻声道："母亲说的那些话……她说要我搬回……"

"放心。"他语气里有丝不耐，"你明天想回娘家就回去，我刚才只是不想让母亲休息不好，因而才没有拒绝。"

七七松了口气，忙道："我会经常过来看她，明天我回家跟爹爹妈妈说一声，让他们也过来看看母亲。"

静渊呼吸又渐渐急促起来，七七不想和他再发生什么争执，便往里头靠了靠，闭上了眼睛，耳听得他冷冷说道："回家……原来在你心中，林家从来不是你的家。"

她实在太过疲乏，不愿和他在字面上较劲，因而只是不闻，睡意渐渐袭来，蒙眬中，他抬起她的头让她枕在了他手臂上。

她实在太困，沉沉睡去。

也不知道睡了多久，一股奇异的刺鼻的香味将她呛醒，这气味越来越浓，以至于呼吸都困难，七七睁开眼睛，静渊已然不在身边，却有另一个人正坐在床前。

七七一身冷汗冒了出来。

白发肃然的林夫人，正似笑非笑地看着自己。

七七猛地坐起，"母亲……你怎么在这里？静渊呢？"

林夫人的手在自己的拐棍上摸来抚去，悠悠道："哦，静官儿去重滩了，吩咐人去给我找药材。他去得早，是小孙开车送去的，他一走，我方想起我这乖儿子连早饭还没吃呢，便让黄管家给他送饭去，等中午差不多时候一起回来。至于其他跟你家相熟的下人，我也给他们派了些活儿，打发到外头去了。"瞟了七七一眼，微笑道："你还累吧？累就再躺一会儿。我陪你说说话。"

七七掀开被子，起身下床，"你老人家还病着，我扶你回去休息。"

林夫人坐着不动，"门从外面反锁了，你出不去了，我们都出不去了。听话，至衡，乖乖地和我说会子话。"

七七挺直了背，俏脸一沉。

"啧啧啧。"林夫人脸上笑意渐浓，"瞧瞧这小模样，要发脾气了吗？在你丈夫面前，装得那么娇滴滴的，那么柔顺，如今背着他，再也装不下去了？"

七七极力压住心中的怒火，警惕地看着四周，越来越不安，窗户被关得死死的，通往佛堂的门倒是开着，她快步走了过去，却见外面的大门紧闭，一个身影立在门前，依稀见得是锦蓉。

佛堂中香烟缭绕，蒲团前放置一个大铜盆，正熏着什么，那股奇怪的味道正是来自于此。

七七暗道不好，转身面对林夫人，"你要做什么？佛堂中熏的是不是麝香？"

"没错。"林夫人缓缓站起来，"不光是麝香，还有檀香、川乌合在一起，我嫌不够浓，又加了好些藏香，好闻吗？你肚子里的孩子觉得好闻吗？"

七七捂住口鼻，冲到窗前用力捶着窗户，但窗户也从外面被人抵住，根本就推不开，她往门口跑去，林夫人尖厉的声音响起，"锦蓉，快把她给我按住！"

259

锦蓉犹豫了一瞬，但还是飞快伸出手拽住七七的手臂，叫道："母亲，我把她抓住了！"声音里带着一种奇异的兴奋，可惜她一直以来养尊处优，不似七七农活家务全都干过，更在盐场多年跑动，早不是纤纤弱质，被七七奋力一甩，就站立不稳，砰的一声撞在门上。七七将她推开，取下门闩，用力要将门拉开。

锦蓉扑过来扯住她的衣服，拼命往里拽，"不要瞎使力了，外面被锁死了，没有我和母亲的命令，谁也不敢打开。"

七七使劲捶着门，大声叫道："开门！快开门！"熏香越来越重，她被呛得眼泪鼻涕直流，呼喊了几声发现外头无人回应，用袖子捂住了口鼻，转身厉声道："快把门打开，孟家人若知晓，绝不会善罢甘休。"

林夫人一步一步走了出来，烟雾中神情可怖，"孟家能做什么？你父亲当初要把你嫁到我家来，自然就能想到今日，你即便死在我家，他又能把林家怎么样？"她呵呵笑了笑，"我倒忘了，十年前你跟你家那伙计私奔之后，有段时间，我还真以为你死了呢，那个时候你父亲不也没做什么？除了像只缩头乌龟一样阴着跟林家较劲，他还能做什么？"

两道冷电一般的目光在她身上扫来扫去，"知不知道为什么我这么恨孟家，却还由着你这眼中钉嫁到我林家来？知不知道你父亲明明清楚你进了林家，就不会过得安宁舒心，却还是把你许配给我的静官儿？小贱人，你知不知道？"

七七背脊发凉，使劲捂住口鼻，那浓郁的香气却将她慢慢包裹，她想要尽快脱离这个危险的地方，可林夫人的话却又让她心中疑云密布，两年多来自己一点点调查得出的蛛丝马迹，在这混乱凶险的时间突然在脑中如惊电般一一闪过。

七七往后退了一步，"不管过去发生什么，不管林家和孟家有什么仇怨，我孟至衡摸着自己的良心，自问从未做过一丝一毫有违林家利益之事，你们已经害我失去过一个孩子，我的孩子也是林家骨肉，你为何如此狠心？你这么对我，又如何面对你的儿子？"

"不！"林夫人尖声道，"孟家欠了伯铭，欠了我！欠了我们林家！一辈子、永远、世世代代都还不清！孟善存千算百算，以为我儿子爱你，他就可以洗掉他一手的罪孽，就可以借此控制林家，他休想！我要让他看看，他的掌上明珠在我的眼中不值一文，我就是要折磨你，折磨得你生不如死！你以为仗着有我儿子护着你，就可以一辈子躲在晗园？想得美！不要忘了这里才是静官儿真正的家，他永远都不会脱离玉澜堂。而我，也绝不会让你生下林家的嫡子！"

七七极力让自己小口呼吸，语声寒烈，殊无惧意，"好，那我就告诉你，今日我的孩子要有一丝一毫的闪失，我就让你林家从此鸡犬不宁，让你死无安身之地！"

林夫人仰天一笑，"我好怕呀，至衡，你说得我好怕呀！你算什么东西，敢用这样的语气和我说话？"向锦蓉一个示意，锦蓉走上前，伸手就要给七七一个耳光。

七七一下子就攥住了她的手，扑哧一笑，"欧阳锦蓉，你又算什么东西，敢对我动手动脚？！"

"孟至衡！"锦蓉的手被她攥得痛到了骨头里，却强迫自己镇静，要露出一股威严，"我跟你说过，你走了就不该回来，你不该扰乱我们的生活！你不守妇道，整日和盐场上的男人勾勾搭搭，还霸占着静渊，让他不尽孝道冷落母亲！如今你还敢对母亲无礼，我非要……我非要……"

七七一用力，笑道："非要怎样？"锦蓉痛得几乎要晕过去，七七厉声道："别以为我不知道你们在湖心公园做的事，告诉你，把我逼急了，欧阳家一辈子都翻不了身！"

"你怎么知道……你……"

七七无心与她纠缠，将她甩开，快步走到正中佛案之前，一把拽下铺在案上的织锦。香炉、木鱼、供品噼里啪啦滚落一地，她心中怒极，心跳如擂鼓般响在耳边，动作之间手和肩膀都在剧烈抖动，用力将织锦揉成一团，扔入铜盆之中，拾起蒲团也扔了进去，伸脚不停踏着。

锦蓉本待上前，但适才那么一下已让她心中生了怯意，如今见七七面露凶光，竟是不敢再轻举妄动。

林夫人气得浑身发颤，拐杖伸出，指着七七的肚子，切齿道："小妖精，我本想让你少吃点儿苦头，你这么猖狂，真以为……现在我不敢一杖给你劈下去？"

七七不停地踏着铜盆里的垫子，捂着脸淡淡开口，瓮声瓮气，却清清楚楚地传到林夫人耳朵里，"我好怕呀，你倒是劈下来试试？"

黄管家在去重滩之前，心中隐隐有些不安，悄悄派人去通报了孟家林夫人生病之事，自己也还是按林夫人的吩咐，给静渊送去早饭。

静渊见黄管家出现在码头，微微一怔，因为知道黄管家夫妇均是孟家的人，平日玉澜堂有什么差遣，不论大事小事，只要会走动到盐场中去，他和母亲都从不交与黄管家，此时他第一个反应，竟以为是七七叫他来传什么话，忙问："大奶奶怎么了？是不舒服了吗？"

　　黄管家笑道："没有，老夫人说东家没有吃早饭，让我给您送来。"

　　静渊吃了半碗粥，见黄管家恭恭敬敬地站在身前，外头"小蛮腰"正和两个伙计抽着烟聊着天，他眼前似起了一团迷雾，倏忽间又散开，一个不祥的念头冒了上来，他腾地一下站起。

　　黄管家吓了一跳，"东家怎么不吃了？"

　　静渊颤声道："我们快回去！回玉澜堂！"

图书在版编目（CIP）数据

盐店街.Ⅲ/江天雪意著. — 北京：
北京联合出版公司，2017.12
ISBN 978-7-5596-1076-8

Ⅰ.①盐… Ⅱ.①江… Ⅲ.①长篇小说－中国－当代
Ⅳ.①I247.5

中国版本图书馆CIP数据核字(2017)第248449号

盐店街Ⅲ

作　　者：江天雪意
责任编辑：夏应鹏
封面设计：80零·小贾

北京联合出版公司出版
（北京市西城区德外大街83号楼9层　100088）
山东泰安新华印务有限责任公司　全国新华书店经销
字数：307千字　158毫米×230毫米 1/16　印张：17
2018年2月第1版　2018年2月第1次印刷
ISBN 978-7-5596-1076-8
定价：32.00元